'Hartverscheurend en beklemmend.' *NRC Handelsblad*

'Een mokerslag in boekvorm.' *Metro*

'Aangrijpend is een understatement.' *Gazet van Antwerpen*

'*Kamer* is een van de meest ingrijpende boeken die ik in lange tijd gelezen heb. Het verdient een zo breed mogelijk publiek te bereiken.' John Boyne

'Knap en indringend.' *de Volkskrant*

'*Kamer* is een onverwachte ode aan het ouderschap.' *Trouw*

'Dit is een gedenkwaardige roman, een die gelezen kan worden door vele lenzen – psychologisch, sociologisch, politiek. Dit boek biedt een buitengewoon unieke manier om over liefde te praten, terwijl het ons een frisse, verruimde blik geeft op de wereld waarin wij leven.' *The New York Times Book Review*

'Een roman, zó verontrustend, dat we je uitdagen er níet dagen later nog aan te denken.' *O Magazine*

'*Kamer* moet je in een keer lezen. Als je het uit hebt, kijk je op: de wereld is nog hetzelfde, maar jij bent op de een of andere manier veranderd en zo blijf je je nog dagen voelen.'
Audrey Niffenegger, auteur van *The Time Traveler's Wife*

Emma Donoghue (1969) is geboren in Dublin en woont in Canada. Haar internationale bestseller *Kamer* stond op de shortlist van zowel de Man Booker International als de Orange Prize. Voor haar hoofdrol in de verfilming van *Kamer* uit 2015 won Brie Larson een Oscar voor beste actrice. De romans van Donoghue zijn in meer dan 40 talen verschenen en van *Kamer* zijn meer dan 30.000 exemplaren verkocht.

Emma Donoghue

Kamer

Vertaald door Manon Smits

Rainbow® wordt uitgegeven door
Uitgeverij Rainbow bv, Amsterdam

www.rainbow.nl

Een uitgave in samenwerking met
Uitgeverij Atlas Contact, Amsterdam

www.atlascontact.nl

Deze uitgave werd mede mogelijk gemaakt door een subsidie van de Canada Council for the Arts.

De vertaalster dankt het Banff International Literary Translation Centre voor het vruchtbare verblijf in het Banff Centre in Banff, Alberta, Canada.

De vertaalster dankt het Nederlands Letterenfonds voor de toegekende werkbeurs en de reis-en-verblijfbeurs voor het BILTC.

Oorspronkelijke titel: *Room*
Omslagontwerp: bij Barbara
Druk: Novoprint, Sant Andreu de la Barca
Uitgave in Rainbow september 2018

ISBN 978 90 417 1015 4 NUR 302

Kamer is voor Finn en Una, mijn meesterwerken.

O Kind,
welk een smart heb ik.
Maar gij slaapt. Gij sluimert uw zoete rust
in de vreugdelooze, kopergenagelde kist,
in den duisteren nacht
en den blauwzwarten nevel uitgestrekt.

'Klaaglied van Danae', Simonides (ca. 556 – 468 v.Chr.)

CADEAUTJES

Vandaag ben ik vijf. Ik was vier toen ik gisteravond ging slapen in Kast, maar als ik wakker word in Bed in het donker ben ik veranderd in vijf, abracadabra. Eerst was ik drie, toen twee, toen een, toen nul. 'Ben ik ook min geweest?'

'Hmm?' Mam doet een grote strek.

'Boven in Hemel? Was ik toen min een, min twee, min drie...'

'Neuh, het tellen begon pas toen je omlaag kwam zoeven.'

'Door Dakraam heen. Jij was helemaal verdrietig tot ik ineens in je buik kwam.'

'Precies.' Mam buigt zich uit Bed om Lamp aan te doen, hij laat alles licht worden wooeeei.

Ik doe net op tijd mijn ogen dicht, dan doe ik er eentje een stukje open, dan allebei.

'Ik huilde tot ik geen tranen meer overhad,' zegt ze. 'Ik lag hier alleen maar de seconden af te tellen.'

'Hoeveel seconden?' vraag ik.

'Een heleboel miljoen.'

'Ja, maar hoeveel precies?'

'Ik ben de tel kwijtgeraakt,' zegt Mam.

'En toen deed je superlang een wens voor je eitje tot je heel dik werd.'

Ze doet een grijns. 'Ik voelde je schoppen.'

'Waar schopte ik tegenaan?'

'Tegen mij aan, natuurlijk.'

Bij dat stukje moet ik altijd lachen.

'Van binnenuit, boem, boem.' Mam doet haar slaapshirt omhoog en laat haar buik op en neer hupsen. 'Ik dacht: Jack komt eraan. En toen kwam je er heel vroeg in de ochtend uit gefloept, op het kleed, met je ogen wijd open.'

Ik kijk omlaag naar Kleed met haar rood en bruin en zwart die allemaal om elkaar heen ziggen. Daar zit de vlek die ik per ongeluk heb geknoeid toen ik werd geboren. 'Jij snijdde het touwtje door en toen was ik vrij,' zeg ik tegen Mam. 'Toen werd ik een jongetje.'

'Nou, eigenlijk was je al een jongetje.' Ze stapt uit Bed en gaat naar Thermostaat om de lucht warm te maken.

Ik denk niet dat hij gisteravond na negen uur is gekomen, de lucht is altijd anders als hij is geweest. Ik vraag het niet want ze zegt niet graag over hem.

'En, Meneertje Vijf, wil je je cadeautje nu meteen of na het ontbijt?'

'Wat is het, wat is het?'

'Ik weet dat je het spannend vindt,' zegt ze, 'maar onthou dat je niet op je vinger moet bijten, dan kunnen er bacteriën in het gaatje kruipen.'

'Om me ziek te maken, net als toen ik drie was met overgeef en diarree?'

'Nog erger,' zegt Mam, 'als je bacteriën krijgt kun je zelfs doodgaan.'

'En eerder terug naar Hemel gaan?'

'Je zit er nog steeds op te bijten.' Ze trekt mijn hand weg.

'Sorry.' Ik ga op de stoute hand zitten. 'Zeg nog eens Meneertje Vijf tegen me.'

'Wat wordt het, Meneertje Vijf,' zegt ze, 'nu of straks?'

Ik spring op Schommelstoel om op Horloge te kijken, hij zegt 7:14. Ik kan skateboarden op Schommelstoel zonder me aan haar vast te houden, en dan wooeei ik terug op Dekbed en ben ik aan het snowboarden. 'Wanneer moet je cadeautjes eigenlijk openmaken?'

'Het is allebei leuk. Zal ik kiezen?' vraagt Mam.

'Nee, nu ben ik vijf, nu moet ik zelf kiezen. Mijn vinger zit weer in mijn mond, ik stop hem heel stevig onder mijn oksel. 'Ik kies... nu.'

Ze haalt een iets onder haar kussen uit, ik denk dat het zich de hele nacht onzichtbaar heeft verstoppeld. Het is een rol van lijntjespapier, met helemaal eromheen het paarse lint van de duizend chocolaatjes die we kregen toen Kerstmis gebeurde. 'Maak maar open,' zegt ze. 'Voorzichtig.'

Ik frummel de strik los, ik maak het blaadje plat, het is een tekening, alleen potlood, geen kleuren. Ik weet niet waar hij van is, dan draai ik hem om. 'Ik!' Net als in Spiegel maar meer, mijn hoofd en arm en schouder in mijn slaapshirt. 'Waarom zijn de ogen van de ik dicht?'

'Je lag te slapen,' zegt Mam.

'Hoe kon je in slaap een tekening maken?'

'Nee, ik was wakker. Gisterochtend en de dag daarvoor en de dag dáárvoor, toen deed ik de lamp aan en tekende ik jou.' Ze houdt op met glimlachen. 'Wat is er, Jack? Ben je er niet blij mee?'

'Niet... als jij aan bent en dat ik dan uit ben.'

'Tja, ik kon je niet tekenen terwijl je wakker was, anders was het toch geen verrassing meer?' Mam wacht af. 'Ik dacht dat je een verrassing wel leuk zou vinden.'

'Ik wil liever een verrassing en dat ik het wel weet.'

Ze lacht een beetje.

Ik klim op Schommelstoel om een speld te pakken uit Naaikit op Plank, min een betekent dat er nu nog maar nul zijn van de vijf. Eerst waren er zes maar eentje is verdwenen. Eentje houdt *Grote meesterwerken van de westerse kunst nr. 3: Maagd en kind met St. Anna en Johannes de Doper* omhoog achter Schommelstoel, en eentje houdt *Grote meesterwerken van de westerse kunst nr. 8: Impressie: opkomende zon* omhoog naast Bad, en eentje houdt de blauwe octopus omhoog, en eentje het schilderij van het gekke paard dat heet *Grote meesterwerken van de westerse kunst nr. 11: Guernica*. De meesterwerken zaten bij de havermout maar de octopus heb ik getekend, dat is mijn beste van maart, hij wordt een beetje krullerig van de dampende lucht boven Bad. Ik prik de verrassingstekening van Mam precies op de middelste kurktegel boven Bed.

Ze schudt van nee. 'Niet daar.'

Ze wil niet dat Ouwe Nick hem ziet. 'Misschien in Kast, tegen de achterkant?' vraag ik.

'Goed idee.'

Kast is hout, dus ik moet de speld extra hard duwen. Ik doe haar domme deuren dicht, die piepen altijd, ook nog toen we maïsolie op de scharnieren hadden gedaan. Ik kijk door de latjes maar het is te donker. Ik doe haar een stukje open om te kijken, de geheime tekening is wit behalve de dunne lijntjes grijs. Mams blauwe jurk hangt voor een stukje van mijn slapende oog, ik bedoel het oog op de tekening maar de jurk echt in Kast.

Ik kan Mam naast me ruiken, ik heb de beste neus van de familie. 'O, ik was vergeten dat ik wat mocht toen ik wakker werd.'

'Dat maakt niet uit. Misschien kunnen we het af en toe overslaan, nu je vijf bent?'

'No way, José.'

Dus gaat ze op het wit van Dekbed liggen en ik ook en ik mag een heleboel.

* * *

Ik tel precies honderd cornflakes en waterval de melk die bijna hetzelfde wit is als de schaaltjes, niet spetteren, we bedanken Kindje Jezus. Ik kies Gesmelte Lepel met het wit helemaal bobbelig op zijn handvat van toen hij per ongeluk tegen de pan met kokende pasta leunde. Mam vindt Gesmelte Lepel niet fijn maar hij is mijn lievelings omdat hij niet hetzelfde is.

Ik aai over de krassen van Tafel om ze beter te maken, ze is een cirkel helemaal wit alleen grijs in de krassen van groenten snijden. Onder het eten spelen we Neuriën omdat je daar geen monden voor nodig hebt. Ik raad 'Macarena' en 'Old MacDonald Had a Farm' en 'Swing Low, Sweet Chariot' maar dat heet eigenlijk 'Stormy Weather'. Dus ik heb twee punten gescoord, ik krijg twee kusjes.

Ik neurie 'Row, Row, Row Your Boat', dat raadt Mam meteen. Dan doe ik 'Tubthumping', ze trekt een gezicht en zegt 'O, ik weet het, dat is dat liedje over dat je wordt neergeslagen en meteen weer opstaat, hoe heet het ook alweer?' Pas op het laatste nippertje komt ze erop. Voor mijn derde beurt doe ik 'Can't Get You Out of My Head'.

Mam heeft geen idee. 'Je hebt wel een hele lastige gekozen... Heb je die op tv gehoord?'

'Nee, op jou.' Ik begin het refrein te zingen, Mam zegt dat ze een dombo is.

'Sufferd.' Ik geef haar twee kusjes.

Ik schuif mijn stoel naar Wasbak om af te wassen, met schaaltjes moet ik zachtjes doen maar met lepels kan ik kling klang klongen. Ik steek mijn tong uit in Spiegel. Mam staat achter me, ik zie mijn gezicht voor het hare geplakt net als een masker dat we gingen maken toen Halloween gebeurde. 'Ik wou dat de tekening beter gelukt was,' zegt ze, 'maar je ziet in elk geval hoe je eruitziet.'

'Hoe zie ik eruit?'

Ze tikt op Spiegel waar mijn voorhoofd is, haar vinger laat een rondje achter. 'Twee druppels water.'

'Waarom ben ik twee druppels water?' Het rondje gaat weg.

'Het betekent gewoon dat je precies op mij lijkt. Ik denk omdat twee druppels water ook op elkaar lijken. Je bent mijn vlees en bloed. We hebben dezelfde bruine ogen, dezelfde grote mond, dezelfde spitse kin...'

Ik kijk naar ons tegelijk en de ons in Spiegel kijken terug. 'Niet dezelfde neus.'

'Nee, jij hebt nu nog een kinderneus.'

Ik pak hem vast. 'Valt deze eraf en groeit er dan een grote neus?'

'Nee nee, hij groeit alleen maar. Hetzelfde bruine haar...'

'Maar het mijne hangt helemaal tot aan mijn buik en het jouwe maar tot aan je schouders.'

'Dat is waar,' zegt Mam, en ze pakt Tandpasta. 'Jouw cellen zijn twee keer zo levend als de mijne.'

Ik wist niet dat dingen maar half levend konden zijn. Ik kijk weer in Spiegel. Onze slaapshirts zijn ook anders en onze onderbroeken, op de hare staan geen beertjes.

Als ze de tweede keer spuugt ben ik aan de beurt met Tandenborstel, ik schrob elk mijn tanden helemaal rond. De druppels spuug van Mam in Wasbak lijken helemaal niet op haar vlees en bloed, mijn druppels spuug ook niet. Ik spoel ze weg en doe een vampierlach.

'Aaah!' Mam slaat haar handen voor haar ogen. 'Wat zijn je tanden schoon, verblindend!'

De hare zijn best wel verrot omdat ze eerst was vergeten te poetsen, nu vindt ze het jammer en ze vergeet het niet meer maar toch zijn ze nog steeds verrot.

Ik maak de stoelen plat en zet ze naast Deur tegen Droogrek aan. Hij moppert altijd dat het niet past maar er is plaats zat als hij heel goed rechtop gaat staan. Ik kan mezelf ook plat maken maar niet zo heel plat door mijn spieren, omdat ik levend ben. Deur is gemaakt van glimmend toverijzer, hij doet piep piep na negen uur als ik eigenlijk uitgeschakeld moet zijn in Kast.

Gods gele gezicht komt niet naar binnen vandaag, Mam zegt dat hij moeilijk door de sneeuw heen kan dringen.

'Welke sneeuw?'

'Kijk maar,' zegt ze, en ze wijst omhoog.

Er is een klein beetje licht aan de bovenkant van Dakraam, voor de rest is ze helemaal donker. Tv-sneeuw is wit maar de echte niet, dat is gek. 'Waarom valt het niet op ons?'

'Omdat het aan de buitenkant is.'

'In Heelal? Ik wou dat het binnen was, dan kan ik ermee spelen.'

'O, maar dan zou het smelten, want hier is het lekker warm.' Ze begint te neuriën, ik raad meteen dat het 'Let It Snow' is. Ik zing de tweede regel mee. Dan doe ik 'Winter Wonderland' en Mam valt in maar dan hoger.

We hebben elke ochtend duizenden dingen te doen, zoals Plant een beker water geven in Wasbak om niet te knoeien, en dan haar terugzetten op haar bordje op Dressoir. Eerst woonde Plant op Tafel maar Gods gezicht had een blaadje van haar afgebrand. Ze heeft er nog negen over, ze zijn de breed van mijn hand en helemaal pluizig, zo is een hond zegt Mam. Maar honden zijn alleen Tv. Ik hou niet van negen. Ik vind een piepklein blaadje dat eruit komt, ik heb haar twee keer gezien, dat telt als tien.

Spin is echt. Ik zoek haar nu maar er zit alleen een web tussen de poot en het plat van Tafel. Tafel kan goed balanceren, dat is best lastig, als ik op één been ga staan kan ik het heel lang volhouden maar dan val ik altijd om. Ik zeg niks tegen Mam over Spin. Zij veegt webben weg, ze zegt dat ze vies zijn maar ik vind ze juist net extra dun zilver. Mam houdt wel van de dieren die achter elkaar aan rennen en elkaar opeten op de wildedierenplaneet, maar niet van echte. Toen ik vier was zat ik naar mieren te kijken die langs Fornuis omhoogkropen en toen kwam zij eraan rennen en sloeg ze allemaal plat omdat ze ons eten niet mochten opeten. Het ene moment leefden ze en het volgende moment waren ze viezigheid. Ik moest zo huilen dat mijn ogen er bijna af smolten. Ook een andere keer was er een ding in de nacht zoemmm zoemmm zoemmm dat me had gestoken en Mam knalde hem plat tegen Deurmuur onder Plank, hij was een mug. De vlek zit er nog steeds op de kurk ook al had ze gepoetst, het was mijn bloed dat de mug wilde stelen, net een minivampier. Dat was de enige keer dat mijn bloed uit mij is gekomen.

Mam pakt haar pil uit het zilveren pakje waar achtentwintig kleine ruimteschipjes in zitten en ik pak een vitamine uit de pot met het jongetje die een handstand doet en zij pakt er een uit de grote pot met het plaatje van een vrouw die Tennis doet. Vitamines zijn medicijnen voor dat je niet ziek wordt en al terug naar Hemel moet. Ik wil er nooit naartoe, ik vind doodgaan stom, maar Mam zegt dat het misschien wel goed is als we honderd zijn en genoeg hebben gespeeld. Ze pakt ook nog een stiller. Soms pakt ze er twee, nooit meer dan twee, want sommige dingen zijn goed voor ons maar te veel is ineens slecht.

'Voel je Rotte Kies?' vraag ik. Hij zit bovenaan achter in haar mond, hij is de ergste.

Mam knikt.

'Waarom pak je niet alle stukjes van elke dag twee stillers?'

Ze trekt een gezicht. 'Dan zou ik verslaafd raken.'

'Wat is...?'

'Alsof ik er een slaaf van zou worden, omdat ik ze dan de hele tijd nodig heb. Eigenlijk zou ik er dan steeds meer nodig hebben.'

'Waarom is het erg als je iets nodig hebt?'

'Dat is moeilijk uit te leggen.'

Mam weet alles, behalve de dingen die ze zich niet goed kan herinneren, of soms zegt ze dat ze iets niet kan uitleggen omdat ik nog te klein ben.

'Mijn kiezen doen minder pijn als ik er niet meer aan denk,' zegt ze.

'Hoe kan dat?'

'Dat is de kracht van je gedachten. Als je de pijn niet erg vindt, is het ook niet erg.'

Als ik ergens pijn heb, vind ik het wel altijd erg. Mam wrijft over mijn schouder ook al doet mijn schouder geen pijn, maar ik vind het evengoed fijn.

Ik zeg nog steeds niks over het web. Raar dat ik nu iets heb wat alleen van mij, niet van Mam is. Alle andere dingen zijn van ons allebei. Mijn lichaam is denk ik wel van mij en de gedachten die in mijn hoofd gebeuren. Maar mijn cellen zijn gemaakt van haar cellen dus ik ben ook een beetje van haar. En ook als ik tegen haar zeg wat ik denk en zij zegt wat zij denkt, dan springen allebei onze gedachten in ons andere hoofd, net als wanneer je met blauw vetkrijt over geel heen kleurt dan krijg je groen.

Om 8.30 druk ik op de knop van Tv en probeer alle de drie. Ik vind *Dora the Explorer*, joepie! Mam draait Haas heel langzaam rond om het beeld beter te maken met zijn oren en kop. Een keer toen ik vier was ging Tv dood en moest ik huilen, maar in de nacht brengde Ouwe Nick een magisch omvormerkastje om Tv weer levend te maken. De andere kanalen na de drie zijn helemaal wazig dus daar kijken we niet naar want dat is slecht voor onze ogen, alleen als er muziek op is leggen we Deken erover en dan luisteren we alleen door haar grijs heen en doen we de voetjes van de vloer.

Vandaag leg ik mijn vingers tegen Dora's hoofd voor een knuffel en ik vertel haar dat ik nu superkrachten heb omdat ik vijf ben, en ze lacht. Ze heeft supergroot haar, net een hele bruine helm met spitse punten eruit geknipt, het haar is net zo groot als Dora zelf. Ik ga weer op Bed zitten bij Mam op schoot om te kijken, ik wiebel net zo lang tot ik niet meer op haar spitse botten zit. Ze heeft niet veel zachte stukjes maar die zijn wel superzacht.

Dora zegt sommige dingen die niet in echte taal zijn, die zijn Spaans, zoals *lo hicimos*. Ze heeft altijd Rugzak om die vanbinnen groter is dan vanbuiten, met alles wat Dora nodig heeft zoals ladders en ruimtepakken, voor als ze gaat dansen en voetballen en blokfluit spelen en avonturen beleven met Boots haar beste vriendaap. Dora zegt altijd dat ze *mijn* hulp nodig heeft, of ik kan helpen een toverding te zoeken of zo, en dan wacht ze tot ik ja zeg. Ik roep: 'Achter de palmboom!' en de blauwe pijl klikt precies achter de palmboom, en ze zegt: 'Dank je wel.' Elke andere Tv-figuur luistert niet. De Kaart laat iedere keer drie plekken zien, we moeten naar de eerste en dan naar de tweede en dan naar de derde. Ik loop samen met Dora en Boots, hand in hand, ik zing mee met alle liedjes vooral met koprollen of high fives of de Gekke Kippendans. We moeten uitkijken voor die gemene Zwieber, wij roepen: 'Zwieber, niet stelen', drie keer en dan wordt hij helemaal kwaad en zegt: 'O nee!' en rent weg. Een keertje had Zwieber een robotvlinder op afstandsbediening gemaakt, maar het ging fout, de vlinder steelde juist zíjn masker en zíjn handschoenen, dat was supergrappig. Soms vangen we de sterren en stoppen ze in het vakje van Rugzak, ik zou de Herriester kiezen die alles wakker maakt en de Wisselster die in alle vormen kan veranderen.

Op de andere planeten zijn het meestal mannen en vrouwen die met wel honderd op het scherm passen, alleen wordt eentje dan vaak helemaal groot en dichtbij. Ze hebben kleren in plaats van vel, hun gezichten zijn roze of geel of bruin of vlekkerig of harig, met een hele rode mond en grote ogen met een zwarte rand. Ze lachen en schreeuwen heel veel. Ik zou het liefst de hele tijd tv-kijken, maar dan gaan onze hersens rotten. Voordat ik omlaag kwam uit Hemel liet Mam hem de hele dag aan staan en toen veranderde ze in een zombie dat is net een spook maar dan loopt hij stamp stamp. Dus nu zet ze hem altijd uit na één filmpje, dan kunnen de cellen zich de rest van de dag weer vermenigvuldigen en dan kunnen we na het eten nog een filmpje kijken en weer nieuwe hersens laten groeien in onze slaap.

'O, nog eentje, omdat ik jarig ben? Alsjeblieft?'

Mam doet haar mond open en klapt hem weer dicht. Dan zegt ze: 'Waarom ook niet?' Ze zet de reclame met het geluid uit want daar worden onze hersens nog eerder slap van tot ze uit onze oren komen druipen.

Ik kijk naar het speelgoed, er komt een supermooie vrachtwagen en een trampoline en Bionicles. Twee jongetjes vechten met Transformers in de hand maar ze zijn aardig, niet zoals slechteriken.

Dan komt het filmpje, het is *SpongeBob SquarePants*. Ik ren naar hem toe om hem aan te raken en ook Patrick de zeester, maar niet Octo, die is eng. Het is een akelig verhaal over een reuzenpotlood, ik kijk door de vingers van Mam heen die allemaal twee keer langer zijn dan de mijne.

Mam is nergens bang voor. Behalve voor Ouwe Nick misschien. Meestal noemt ze hem gewoon hij, ik wist de naam voor hem niet eens tot ik een tekenfilmpje zag over een man die 's nachts komt en die Ouwe Nick heet. Ik noem de echte ook zo omdat hij 's nachts komt, maar hij lijkt niet op die Tv-man met een baard en hoorns en zo. Ik vroeg een keer aan Mam of hij oud is, en ze zei dat hij bijna dubbel haar is en dat is best oud.

Ze staat meteen op om Tv uit te zetten als de aftiteling komt.

Mijn plas is geel van de vitamines. Ik ga zitten om te poepen, ik zeg: 'Dag dag, ga maar naar de zee.' Als ik heb doorgetrokken kijk ik naar de bak die volloopt, hij doet blubblub gorgel borrel. Dan schrob ik mijn handen tot het net is of mijn vel eraf komt, dan weet ik pas dat ik goed genoeg heb gewassen.

'Er zit een web onder Tafel,' zeg ik, ik wist niet dat ik het ging zeggen. 'Het is van Spin, ze is echt. Ik heb haar twee keer gezien.'

Mam lacht maar niet echt.

'Ga je het niet wegvegen, alsjeblieft? Want ze is er niet eens niet, maar misschien komt ze nog terug.'

Mam zit op haar knieën onder Tafel te kijken. Ik kan haar gezicht niet zien tot ze haar haren achter haar oor duwt. 'Weet je wat, ik zal het laten zitten tot we gaan poetsen, oké?'

Dat is dinsdag, dat is drie dagen. 'Oké.'

'Weet je wat?' Ze staat op. 'We moeten nog aanstrepen hoe lang je bent, nu je vijf bent.'

Ik spring hoog in de lucht.

Normaal mag ik niet op stukjes van Kamer of meubels tekenen. Toen ik twee was had ik op de poot van Bed gekrabbeld, haar poot naast Kast, en iedere keer als we poetsen tikt Mam op die krabbel en zegt: 'Kijk, daar moeten we nu voorgoed mee leven.' Maar mijn verjaardaglang is iets anders, dat zijn kleine cijfertjes naast Deur, een zwarte vier, en daaronder een zwarte drie, en een rode twee dat was de kleur die onze oude Pen was tot hij op was, en onderaan een rode een.

'Rechtop staan,' zegt Mam. Pen kietelt de bovenkant van mijn hoofd.

Als ik aan de kant ga staat er een zwarte vijf een klein stukje boven de vier. Ik vind vijf mijn lievelings van elk cijfer, ik heb vijf vingers aan elke hand en ook evenveel tenen en Mam ook, we zijn twee druppels water vlees en bloed. Negen is mijn slechtste lievelingscijfer. 'Wat is mijn lang?'

'Je lengte. Nou, ik weet het niet precies,' zegt ze. 'Misschien kunnen we een keer om een meetlint vragen, voor Zondagtraktatie.'

Ik dacht dat meetlinten alleen Tv waren. 'Neuh, laten we chocolaatjes vragen.' Ik leg mijn vinger op de vier en ga er met mijn gezicht tegenaan staan, mijn vinger zit boven op mijn haar. 'Ik ben niet veel langer geworden deze keer.'

'Dat is normaal.'

'Wat is normaal?'

'Dat is...' Mam bijt op haar lip. 'Dat betekent dat het oké is. *No hay problema*.'

'Maar kijk eens wat een grote spierballen.' Ik spring op Bed, ik ben Jack de Reuzendoder met zijn Zevenmijlslaarzen.

'Immens,' zegt Mam.

'Reusachtig.'

'Gigantisch.'

'Mega.'

'Enorm,' zegt Mam.

'Meganorm.' Dat is woordbroodje als we er twee op elkaar persen.

'Goeie.'

'Weet je wat?' zeg ik. 'Als ik tien ben, ben ik volgewassen.'

'O ja?'

'Ik groei steeds groter en groter tot ik een mens word.'

'Eerlijk gezegd ben je al een mens,' zegt Mam. 'We zijn allebei mensen.'

Ik dacht dat het woord voor ons 'echt' was. De mannetjes in Tv zijn alleen maar van kleuren gemaakt.

'Bedoel je misschien dat je immens wordt?'

'Ja,' zeg ik, 'ik groei immens groot tot ik een reus ben, maar dan wel een lieve reus, helemaal tot hier.' Ik spring en raak Bedmuur heel hoog aan, bijna waar Dak schuin omhooggaat.

'Dat klinkt geweldig,' zegt Mam.

Haar gezicht staat strak, dat betekent dat ik een verkeerd ding heb gezegd maar ik weet niet welk.

'Dan barst ik door Dakraam in Ruimte en stuiter boing boing tussen alle de planeten,' zeg ik. 'Dan ga ik op bezoek bij Dora en SpongeBob en al mijn vriendjes, en dan heb ik een hond die Lucky heet. En dan krijg ik ook een jongetje in een eitje in mijn buik en dan wordt hij ook een echte.'

Mam heeft weer een lach. Ze legt Pen terug op Plank.

Ik vraag: 'Hoe oud word jij als je jarig bent?'

'Zevenentwintig.'

'Wauw.'

Daar wordt ze geloof ik niet echt vrolijk van.

Als Bad aan staat, pakt Mam Labyrint en Fort van boven op Kast af. We zijn Labyrint al aan het maken vanaf dat ik twee was, ze is van alle wc-rolletjes aan elkaar geplakt, allemaal tunnels die een heleboel kanten op draaien. Stuiterbal vindt het superleuk om in Labyrint te verdwalen en zich te verstoppelen, ik moet hem dan roepen en haar schudden en haar opzij draaien en op de kop houden tot hij eruit komt rollen, wooeeii. Dan stuur ik andere dingen in Labyrint, een pinda en een afgebroken stuk van Blauw Vetkrijtje en een korte spaghetti niet gekookt. Ze zitten elkaar achterna in de tunnels en sluipen naar elkaar en roepen boe, ik kan ze niet zien maar ik luister tegen het karton en dan weet ik wel waar ze zitten. Tandenborstel wil ook een keer maar ik zeg jammer dan, hij is te lang. Dan springt hij maar in Fort om een toren te bewaken. Fort is gemaakt van blikken en vitaminepotten, we maken hem groter elke dag als we weer een lege hebben. Fort kan alle kanten op kijken, hij spuit kokende olie naar de vijanden, ze weten niet dat hij geheime messpleten heeft, haha. Ik wil hem graag meenemen in Bad om een eiland te spelen, maar Mam zegt dat het water zijn plakband dan onplakkerig maakt.

We doen onze paardenstaart los en laten ons haar zwemmen. Ik lig op Mam zonder iets te zeggen, ik hou van haar hartbonzen. Als ze ademt gaan we een beetje omhoog en omlaag. Piemel drijft.

Omdat ik jarig ben mag ik kiezen welke kleren we allebei aandoen. Die van Mam wonen in de hoge la van Dressoir en de mijne in de lage. Ik kies haar lievelingsspijkerbroek met de rode naden die ze alleen aandoet voor speciale gelegenheden omdat de knieën bijna door zijn. Voor mij kies ik mijn gele trui, ik ben voorzichtig voor de la maar toch gaat de rechterkant los en moet Mam hem goed slaan. We trekken samen mijn trui omlaag en hij knijpt in mijn gezicht maar dan is hij plop aan.

'Zal ik hem anders een heel klein stukje inknippen in het midden van de V?' vraagt Mam.

'No way, José.'

Voor Gym laten we onze sokken uit want blote voeten zijn houvaster. Vandaag kies ik eerst Parcours, we tillen Tafel ondersteboven op Bed en Schommelstoel boven op haar met Kleed over ze allebei. Parcours gaat om Bed heen van Kast naar Lamp, de vorm op Vloer is een zwarte C. 'Hé, kijk, ik kan een heen-en-terug in zestien stappen.'

'Wauw. Toen je vier was waren het nog achttien stappen, hè?' zegt Mam. 'Hoeveel heen-en-terugs kun je vandaag rennen, denk je?'

'Vijf.'

'Wat denk je van vijf keer vijf? Dat is je lievelings in het kwadraat.'

We keren het op onze vingers, ik kom op zesentwintig maar Mam zegt vijfentwintig dus doe ik het nog een keer en dan kom ik ook op vijfentwintig. Ze houdt me bij op Horloge. 'Twaalf,' roept ze. 'Zeventien. Het gaat geweldig.'

Ik adem pfff pfff pfff.

'Harder...'

Ik ga nog harderder dan Superman kan vliegen.

Als Mam aan de beurt is om te rennen, moet ik het nummer van de start en het nummer als ze finisht opschrijven op Gelinieerd Collegeblok, en dan halen we ze uit elkaar om te zien hoe snel ze ging. Vandaag is de hare negen seconden groter dan de mijne, dus ik heb gewonnen, ik spring op en neer en fluit haar uit. 'Laten we een keer tegelijk een race doen.'

'Dat zou leuk zijn, hè?' zegt ze. 'Maar weet je nog dat we dat een keer geprobeerd hebben en dat ik met mijn schouder tegen het dressoir aan botste?'

Soms als ik iets vergeet dan vertelt Mam het en dan weet ik het weer.

We halen alle meubels van Bed af en leggen Kleed weer op haar plek over Parcours heen zodat Ouwe Nick de vieze C niet ziet.

Mam kiest Trampoline, dat is alleen ik op Bed springen want anders maakt Mam haar misschien kapot. Zij doet het commentaar: 'Een gedurfde draai in de lucht van deze jonge Amerikaanse kampioen...'

Als ik weer ben kies ik Commando Pinkelen, en daarna zegt Mam dat we onze sokken weer aan moeten doen voor Lijk, dat is liggen als een zeester met slappe teennagels, slappe navel, slappe tong, slappe hersens zelfs. Mam krijgt jeuk achter haar knie en beweegt, dus ik win alweer.

Het is 12:13 dus we kunnen middageten. Mijn favoriete stukje van het gebed is het dagelijks brood. Ik ben de baas van de spelletjes maar Mam is de baas van het eten, zij bepaalt bijvoorbeeld dat we niet cornflakes als ontbijt en middageten en avondeten mogen omdat we dan misschien ziek worden en trouwens dan zou het ook te gauw op zijn. Toen ik nul en een was moest Mam mijn eten altijd fijnhakken en kauwen voor mij, maar toen kreeg ik al mijn twintig tanden en nu kan ik alles opknauwen. Dit middageten is tonijn op crackers, mijn taak is om het deksel van het blikje naar achteren te trekken want dat lukt Mam niet met haar pols.

Ik ben een beetje wiebelig dus Mam zegt laten we Orkest spelen, dan rennen we rond en kijken welke geluiden we uit dingen kunnen slaan. Ik trommel op Tafel en Mam doet tik tik tegen de poten van Bed, dan plof plof op de kussens, ik doe met een vork en lepel beng beng tegen Deur en onze tenen doen bonk tegen

Fornuis, maar mijn lievelings is op het pedaal van Vuilnis stampen want dan klapt zijn deksel open met een kleng. Mijn beste instrument is Ploink dat is een cornflakespak dat ik heb volbeplakt met allemaal verschillend gekleurde benen en schoenen en jassen en hoofden uit de oude catalogus, en toen deed ik drie elastieken om zijn middel. Ouwe Nick brengt geen catalogussen meer om zelf onze kleren uit te kiezen, Mam zegt dat hij gieriger wordt.

Ik klim op Schommelstoel om de boeken van Plank te pakken en ik maak een wolkenkrabber van tien verdiepingen op Kleed. 'Tien verboekingen,' zegt Mam en ze moet lachen, nou ja, zo'n leuk grapje is het niet.

Eerst hadden we negen boeken en maar vier met plaatjes erin:

Mijn grote versjesboek
Gerrie de Graafmachine
Het weggelopen haasje
Pop-upvliegveld

Ook nog vijf met plaatjes alleen voorop:

De schuur
Twilight
Je bent nooit alleen
Bitterzoete liefde
De Da Vinci Code

Mam leest die met zonder plaatjes bijna nooit behalve als ze wanhopig is. Toen ik vier was vroegen we om nog een boek met plaatjes voor Zondagtraktatie en toen kwam *Alice in Wonderland*, ik vind haar wel leuk maar ze heeft te veel woorden en een heleboel ouderwetse.

Vandaag kies ik *Gerrie de Graafmachine*, hij zit bijna onderaan dus moet hij de wolkenkrabber slopen klabang.

'Alweer Gerrie?' Mam trekt een gezicht, dan zet ze haar diepste stem op:

Daaaaarrrrrrrr komt Gerrie de Graafmachine aan!
Hij schept bergen zand langs de hele baan.
Kijk zijn lange arm eens grijpen in de grond,
geen enkele graver werkt zo hard in het rond.
Deze supershovel rijdt en draait rond op de bouw,
en begint al te scheppen voor dag en dauw.

Op het tweede plaatje staat een kat, op het derde plaatje zit hij op een stapel keien. Keien zijn stenen, dat betekent dat ze net zo zwaar zijn als keramiek waar Bad en Wasbak en Wc van gemaakt zijn, maar niet zo glad. Katten en keien zijn alleen Tv. Op het vijfde plaatje valt de kat naar beneden, maar katten hebben negen levens, niet zoals ik en Mam met allebei maar eentje.

Mam kiest bijna altijd *Het weggelopen haasje* want ze vindt het leuk dat de moederhaas het kindje haas op het laatst te pakken krijgt en zegt: 'Hier, een lekker worteltje.' Hazen zijn Tv maar worteltjes zijn echt, ze hebben een mooi geluid. Mijn lievelingsplaatje is het kindje haas dat is veranderd in een kei op de berg en de moederhaas moet helemaal omhoog hoger hoger klimmen om hem te vinden. Bergen zijn te groot om echt te zijn, ik heb er een keer een in Tv gezien waar een vrouw aan hangt met touwen. Vrouwen zijn niet echt zoals Mam, en meisjes en jongens ook niet. Mannen zijn niet echt behalve Ouwe Nick, en ik weet eigenlijk niet zeker of hij wel helemaal echt is. Misschien half? Hij brengt boodschappen en Zondagtraktatie en hij verdwijnt de vuilnis, maar hij is niet een mens zoals wij. Hij gebeurt alleen 's avonds, net als vleermuizen. Misschien tovert Deur hem tevoorschijn met een piep piep en dan verandert de lucht. Ik denk dat Mam niet graag over hem praat omdat hij anders misschien echter wordt.

Ik draai me nu om op haar schoot om te kijken naar mijn lievelingsschilderij van Kindje Jezus die speelt met Johannes de Doper dat is zijn vriendje en grote neef tegelijk. Maria is er ook bij, zij zit bij haar Mam op schoot dat is de Oma van Kindje Jezus, net als de *abuela* van Dora. Het is een raar schilderij met geen kleuren en sommige handen en voeten staan er niet op, Mam zegt dat het nog niet af is. Kindje Jezus begon in de buik van Maria te groeien door een engel die omlaag kwam zoeven, net als een spook maar dan een hele coole met veren. Maria was helemaal verbaasd, ze zei: 'Hoe kan dat nou?' en toen zei ze: 'Oké, laat maar komen.' Toen Kindje Jezus uit haar vagina floepte op Kerstmis stopte ze hem in een kribbe maar niet voor de koeien om op te kauwen, alleen om hem warm te maken met hun geblaas omdat hij magisch was.

Mam doet nu Lamp uit en we gaan liggen, eerst zeggen we het herdersgebed over groene weiden, ik denk dat dat net zoiets is als Dekbed maar dan pluizig en groen in plaats van wit en plat. (Die beker die overvloeit zal wel een vreselijk geknoei zijn.) Nu mag ik wat, de rechter want de linker daar zit niet veel meer in. Toen ik drie was mocht ik nog heel veel zo vaak ik wilde, maar sinds ik vier was heb ik het zo druk met dingen doen dat ik nog maar een paar keer wat mag overdag en 's avonds. Ik wou dat ik kon praten en wat hebben tegelijk maar ik heb maar één mond.

Ik schakel bijna uit maar niet echt. Ik denk Mam wel door haar adem.

Na dutje zegt Mam dat ze heeft bedacht dat we geen meetlint hoeven te vragen, we kunnen zelf een liniaal maken.

We recyclen het cornflakespak van Oud-Egyptische Piramide daarvoor, Mam doet voor hoe ik een strook moet afknippen die net zo groot is als haar voet, daarom noemen ze dat ook een voet, dat is dertig centimeter, en dan maakt ze dertig kleine streepjes. Ik meet haar neus die is vijf centimeter. Mijn neus is ietsje meer dan drie centimeter, ik schrijf het op. Mam laat Liniaal koprollen maken langs Deurmuur omhoog waar mijn langs zijn, ze zegt dat ik negenennegentig centimeter ben, bijna een meter.

'Hé,' zeg ik, 'laten we Kamer meten.'

'Wat, helemaal?'

'Hebben we dan iets beters te doen?'

Ze kijkt me raar aan. 'Nee, ik denk het niet.'

Ik schrijf alle getallen op, zoals de lang van Deurmuur tot de lijn waar Dak begint is twee meter en zestig centimeter. 'Kijk nou,' zeg ik tegen Mam, 'elke kurktegel is net ietsje groter dan Liniaal.'

'Duh,' zegt ze, en ze slaat tegen haar hoofd, 'die zijn natuurlijk dertig bij dertig, dan heb ik de liniaal net iets te kort gemaakt. Dan kunnen we ook gewoon de tegels tellen, dat is makkelijker.'

Ik begin de lang van Bedmuur te tellen, maar Mam zegt dat alle muren hetzelfde zijn. Een andere regel is: de breed van de muren is hetzelfde als de breed van Vloer, ik tel drie meter en vijfendertig centimeter allebei de kanten op, dat betekent dat Vloer een vierkant is. Tafel is een cirkel dus ik weet niet wat ik moet doen, maar Mam meet haar over het midden waar ze op haar allerbreedst is, dat is een meter en vijftien centimeter. Mijn stoel is zevenennegentig centimeter en die van Mam is precies hetzelfde, dat is twee minder dan ik. Dan is Mam het meten een beetje beu dus stoppen we ermee.

Ik kleur achter de cijfers allemaal verschillend met onze vijf vetkrijtjes die zijn blauw, oranje, groen, rood, bruin, als ik helemaal klaar ben ziet het blaadje er net uit als Kleed maar dan veel gekker. Mam zegt dat ik hem wel als mijn placemat kan gebruiken met het eten.

Ik kies spaghetti vanavond, er is ook verse broccoli maar die kies ik niet, die is alleen maar goed voor ons. Ik mag de grote broccoli in stukjes hakken met Zigzagmes, soms eet ik gauw een stukje op als Mam niet kijkt en dan zegt ze: 'O nee, waar is dat grote stuk nou gebleven?' maar ze is niet echt kwaad want rauwe dingen maken ons extra levend.

Mam doet het opwarmen op de twee ringen van Fornuis die rood worden, ik mag niet aan de knoppen komen want het is de taak van Mam om te zorgen dat er nooit brand komt net als in Tv. Als de ringen ooit ergens tegenaan gaan zoals een theedoek of zelfs onze kleren, dan lopen de vlammen er helemaal overheen met oranje tongen en branden ze Kamer tot as en wij hoesten en stikken en schreeuwen met de ergste pijn ooit.

Ik vind broccoli die kookt niet lekker ruiken, maar het is nog niet zo erg als sperziebonen. Groenten zijn allemaal echt maar ijsjes zijn Tv, ik wou dat die ook echt waren. 'Is Plant ook rauw?'

'Ja, dat wel, maar niet het soort om op te eten.'

'Waarom heeft ze geen bloemen meer?'

Mam haalt haar schouders op en roert door de spaghetti. 'Ze is moe geworden.'

'Dan moet ze gaan slapen.'

'Ze is nog steeds moe als ze wakker wordt. Misschien heeft de grond in haar pot niet meer genoeg voeding.'

'Ze mag mijn broccoli wel.'

Mam lacht. 'Niet dat soort voeding, plantenvoeding.'

'Zullen we dat dan vragen voor Zondagtraktatie?'

'Ik heb al een hele lange lijst met dingen om te vragen.'

'Waar dan?'

'Gewoon in mijn hoofd,' zegt ze. Ze trekt een worm spaghetti uit de pan en bijt erin. 'Ik denk dat ze van vis houden.'

'Wie?'

'Planten, die houden van rotte vis. Of waren het visgraten?'

'Getsie.'

'Misschien kunnen we de volgende keer dat we vissticks eten een stukje onder Plant begraven.'

'Niet van de mijne.'

'Oké, een stukje van de mijne dan.'

De waarom ik spaghetti het lekkerst vind is het liedje van de gehaktbal die van de spaghetti af rolt, dat zing ik als Mam onze borden opschept.

Na het eten iets geweldigs, we gaan een verjaardagstaart maken. Ik wed dat hij *delicioso* wordt met kaarsjes evenveel als ik en in brand dat heb ik nog nooit in het echt gezien.

Ik ben de beste eierblazer, ik laat de drab er non-stop uit lopen. Ik moet er drie blazen voor de taart, ik gebruik de speld van het schilderij *Impressie: opkomende zon* want ik denk dat het gekke paard kwaad zou worden als ik *Guernica* eraf haal, ook al doe ik de speld altijd meteen weer terug. Mam vindt *Guernica* het beste meesterwerk omdat het het echtste is, maar het is juist helemaal door elkaar, het paard schreeuwt met een heleboel tanden omdat er een speer in hem is gestoken, en een stier en een vrouw die een slap kind vasthoudt met zijn hoofd ondersteboven en een lamp als een oog, en het ergste is die grote lompe voet in de hoek, ik ben altijd bang dat die mij gaat platstampen.

Ik mag de lepel aflikken, en dan stopt Mam de taart in de hete buik van Fornuis. Ik probeer te jongleren met de eierschalen allemaal tegelijk omhoog. Mam vangt er eentje. 'Kleine Jacks met gezichtjes?'

'Neuh,' zeg ik.

'Zullen we van brooddeeg een nestje voor ze maken? Als we die bieten morgen ontdooien, kunnen we het vocht gebruiken om het paars te maken...'

Ik schud van nee. 'Laten we ze aan Eierslang maken.'

Eierslang is meer langer dan helemaal Kamer rond, we maken hem al sinds ik drie was, hij woont in Onderbed helemaal opgerold en houdt ons veilig. Zijn meeste eieren zijn bruin maar soms is er een witte, sommige hebben tekeningen erop van potloden of vetkrijtjes of Pen of dingetjes erop geplakt met bloemlijm, een kroontje van folie en een riem van geel lint en draadjes en stukjes papieren zakdoek als haren. Zijn tong is een naald, die houdt de rode draad vast die helemaal door hem heen gaat. We pakken Eierslang niet meer zo vaak want soms gaat hij in de war en dan gaan zijn eieren kapot bij de gaatjes of ze vallen er helemaal af, en dan moeten we de stukjes gebruiken voor mozaïeken. Vandaag doe ik zijn naald in een van de gaatjes van de nieuwe eieren, ik moet ermee bungelen tot de naald helemaal scherp weer door het andere gaatje eruit komt, het is best wel gevaarlijk. Nu is hij drie eieren langer, ik rol hem extra voorzichtig weer op zodat hij helemaal in Onderbed past.

Wachten op mijn taart duurt uren en uren, we ademen de heerlijke lucht in. Dan als hij afkoelt maken we spul dat heet glazuur maar het is niet zuur, het is suiker gesmelt met water. Mam smeert het helemaal over de taart. 'Nu mag jij de chocolaatjes erop doen, dan doe ik de afwas.'

'Maar we hebben geen chocolaatjes.'

'Aha,' zegt ze, en ze houdt het zakje omhoog en schudt ermee rammelderammel, 'ik had er een paar bewaard van Zondagtraktatie drie weken geleden.'

'Ooh, stiekeme Mam. Waar?'

Ze perst haar mond dicht. 'Stel dat ik nog een keer een verstopplek nodig heb?'

'Zeg het!'

Mam lacht niet meer. 'Schreeuwen doet pijn aan mijn oren.'

'Zeg de verstoppelplek!'

'Jack...'

'Ik vind het niet leuk dat er verstoppelplekken zijn.'

'Wat is daar zo erg aan?'

'Zombies.'

'O.'

'Of orken of vampiers...'

Ze maakt Keukenkast open en pakt het pak rijst. Ze wijst in het donkere gat. 'Ik had ze gewoon hier bij de rijst verstopt, oké?'

'Oké.'

'Daar zou nooit iets engs in passen. Je kunt het altijd controleren.'

Er zitten vijf chocolaatjes in het zakje, roze, blauw, groen en twee rode. Er komt een beetje kleur aan mijn vingers als ik ze erop leg, ik krijg glazuur op me en ik sabbel het allemaal op.

Dan is het tijd voor de kaarsjes maar er zijn er geen.

'Je schreeuwt weer,' zegt Mam, met haar handen tegen haar oren.

'Maar jij zei een verjaardagstaart, het is geen verjaardagstaart als er geen vijf kaarsjes in brand staan.'

Ze blaast haar adem uit. 'Ik had het beter moeten uitleggen. Daar zijn de vijf chocolaatjes voor, die zeggen dat je vijf bent.'

'Ik wil die taart niet.' Ik kan het niet uitstaan als Mam helemaal stil blijft. 'Stomme taart.'

'Rustig, Jack.'

'Je had kaarsjes moeten vragen voor Zondagtraktatie.'

'Nou, vorige week hadden we pijnstillers nodig.'

'Die had ik niet nodig, alleen jij!' roep ik.

Mam kijkt naar me alsof ik een nieuw gezicht heb dat ze nog nooit heeft gezien. Dan zegt ze: 'Hoe dan ook, denk eraan dat we altijd dingen moeten kiezen die hij makkelijk kan krijgen.'

'Maar hij kan alles krijgen.'

'Ja, tuurlijk,' zegt ze, 'als hij de moeite zou nemen...'

'Waarom neemt hij moeite?'

'Ik bedoel gewoon, dan moet hij misschien naar twee of drie winkels, en daar wordt hij chagrijnig van. En stel dat hij iets niet kan vinden, dan krijgen we misschien helemaal geen Zondagtraktatie.'

'Maar Mam...' Ik moet lachen. 'Hij gaat toch niet naar winkels. Winkels zijn in Tv.'

Ze bijt op haar lip. Dan kijkt ze naar de taart. 'Nou ja, hoe dan ook, het spijt me. Ik dacht dat de chocolaatjes ook goed zouden zijn.'

'Gekke Mam.'

'Dombo.' Ze slaat tegen haar hoofd.

'Sukkeltje,' zeg ik, maar niet gemeen. 'Volgende week als ik zes word moet je zorgen dat je kaarsjes hebt.'

'Volgend jáár,' zegt Mam, 'je bedoelt volgend jaar.' Haar ogen zijn dicht. Dat doen ze altijd soms en dan zegt ze een hele minuut niks. Toen ik klein was dacht ik dat haar batterij op was net als Horloge een keer had, toen moesten we een nieuwe batterij voor hem vragen voor Zondagtraktatie.

'Beloofd?'

'Beloofd,' zegt ze, en ze doet haar ogen weer open.

Ze snijdt een meganorm stuk voor me af en ik steel al de vijf en doe ze op mijn stuk als ze niet kijkt, de twee rode, de roze, de groene, de blauwe, en ze zegt: 'O nee, er is er alweer een gestolen, hoe kan dat nou?'

'Je vindt hem nooit meer terug, hahaha,' zeg ik net als Zwieber die iets van Dora steelt. Ik pak een van de rode en zoef hem in de mond van Mam, ze duwt hem naar haar voortanden want die zijn niet zo rot en ze knabbelt hem blij op.

'Kijk,' wijs ik, 'er zitten gaten in mijn taart waar de chocolaatjes hebben gezeten.'

'Net kraters,' zegt ze. Ze stopt haar vinger in een gat.

'Wat is kraters?'

'Gaten waar iets is gebeurd. Een vulkaan of een explosie of iets.'

Ik stop het groene chocolaatje terug in zijn krater en doe tien, negen, acht, zeven, zes, vijf, vier, drie, twee, een, boem. Hij vliegt omhoog naar Ruimte en dan met een bocht in mijn mond. Mijn verjaardagstaart is het lekkerste wat ik ooit heb gegeten.

Mam heeft er nu niet zo'n trek in. Dakraam zuigt alle licht weg, ze is bijna zwart. 'Het is de lente-equinox,' zegt Mam, 'ik weet nog dat ze dat op tv zeiden, op de ochtend dat jij geboren werd. Dat jaar lag er ook nog steeds sneeuw.'

'Wat is equinox?'

'Dat betekent gelijk, als er evenveel donker en licht is.'

Het is nu te laat voor Tv door de taart, Horloge zegt 20:33. Mijn gele trui rukt mijn hoofd er bijna af als Mam eraan trekt. Ik doe mijn slaapshirt aan en poets mijn tanden terwijl Mam de vuilniszak dichtbindt en naast Deur zet met ons lijstje dat ik heb geschreven, vandaag staat erop: *Alsjeblieft Pasta, Linzen, Tonijn, Kaas (als niet te $), Sinaasappelsap, Bedankt.*

'Kunnen we ook druiven vragen? Die zijn goed voor ons.'

Onderaan schrijft Mam: *Druiven als het kan (of ander vers fruit of in blik).*

'Mag ik een verhaaltje?'

'Heel snel dan. Wat denk je van... "GingerJack het Peperkoekmannetje"?'

Ze doet het heel snel en grappig, GingerJack het Peperkoekmannetje springt uit de oven en rent en rolt en rolt en rent zodat niemand hem kan vangen, niet de oude mevrouw en niet de oude man en niet de dorsers en de ploegers. Maar op het laatst is hij een sukkel, hij laat zich door de vos over de rivier dragen en dan wordt hij hap opgegeten.

Als ik van koek was zou ik mezelf opeten voordat een ander het kon doen.

We doen een vlug vlug gebedje dat is handen in elkaar geklikt, ogen dicht. Ik bid dat Johannes de Doper en Kindje Jezus bij mij komen spelen met Dora en Boots. Mam bidt dat de zonneschijn de sneeuw van Dakraam af smelt.

'Mag ik wat?'

'Morgenvroeg als je wakker wordt,' zegt Mam en ze trekt haar T-shirt weer omlaag.

'Nee, nu.'

Ze wijst omhoog naar Horloge die zegt 20:57, dat is nog maar drie minuten voor negen. Dus spring ik snel in Kast en ga liggen op mijn kussen en trek Deken om me heen die helemaal grijs en wollig is met de rode bies. Ik lig precies onder de tekening van mij die ik al was vergeten. Mam steekt haar hoofd naar binnen. 'Drie kusjes?'

'Nee, vijf voor Meneertje Vijf.'

Ze geeft me vijf kusjes en dan kraakt ze de deuren dicht.

Er komt nog steeds licht binnen door de latjes zodat ik toch nog iets van mij op de tekening kan zien, de stukjes die op Mam lijken en de neus die alleen op mij lijkt. Ik aai het papier, het is helemaal zacht. Ik ga recht liggen zodat mijn hoofd tegen Kast drukt en mijn voeten ook. Ik luister naar Mam die haar slaapshirt aantrekt en de stillers pakt, altijd twee 's avonds want ze zegt dat pijn net water is, het verspreidt zich meteen als ze gaat liggen. Ze spuugt tandpasta uit.

'Onze vriend Zack heeft jeuk in zijn nek,' zegt ze.

Ik bedenk er eentje. 'Onze vriend Zah zegt blablabla.'

'Onze vriend Maurice woont in een diepvries.'

'Onze vriend Dora zingt in het koor-a.'

'Dat is een smokkelrijm,' zegt Mam.

'O nee!' mopper ik net als Zwieber. 'Onze vriend Kindje Jezus... gaat naar een cursus.'

'Onze vriend Daan kijkt blij naar de maan.'

De maan is Gods zilveren gezicht dat alleen op speciale avonden komt.

Ik ga zitten en druk mijn gezicht tegen de latjes, ik zie reepjes van Tv die uit staat, Wc, Bad, mijn blauwe octopustekening die omkrult, Mam die haar kleren weer in Dressoir legt.

'Mam?'

'Mmm?'

'Waarom ben ik verstoppeld net als de chocolaatjes?'

Ik denk dat ze op Bed gaat zitten. Ze praat zachtjes zodat ik het bijna niet kan horen. 'Ik wil gewoon niet dat hij naar je kijkt. Zelfs toen je nog een baby was wikkelde ik je altijd in de deken voordat hij binnenkwam.'

'Zou het pijn doen?'

'Zou wat pijn doen?'

'Als hij me zag.'

'Nee, nee. Ga nu maar slapen,' zegt Mam.

'Je moet nog van de Beestjes doen.'

'*Goedenacht, slaap zacht, laat de beestjes niet bijten vannacht.*'

De Beestjes zijn onzichtbaar maar ik praat met ze en soms tel ik, de laatste keer kwam ik tot driehonderdzevenenveertig. Ik hoor het klikken van de schakelaar en Lamp gaat uit allemaal in dezelfde seconde. Geluiden van Mam die onder Dekbed kruipt.

Ik heb Ouwe Nick wel eens door de latjes gezien op sommige avonden maar nooit hem helemaal van dichtbij. Zijn haar heeft een beetje wit en het is kleiner dan zijn oren. Misschien kunnen zijn ogen me wel in steen veranderen. Zombies bijten kinderen om ze ondood te maken, vampiers zuigen ze leeg tot ze helemaal slap zijn, orken laten ze aan hun benen bungelen en knauwen ze op. Reuzen kunnen net zo erg zijn, *is hij levend is hij dood ik smeer hem vrolijk op mijn brood*, maar Jack rende weg met de gouden kip en hij glipte gauw gauw omlaag langs de bonenstaak. De reus klom achter hem aan naar beneden maar Jack riep naar zijn Mam dat hij een bijl nodig had, dat is net als onze messen maar dan groter, en zijn Mam was te bang om de bonenstaak zelf om te hakken maar toen Jack op de grond kwam deden ze het samen en toen viel de reus bam met al zijn binnenste eruit, haha. En toen was Jack voortaan Jack de Reuzendoder.

Ik vraag me af of Mam al is uitgeschakeld.

In Kast probeer ik mijn ogen altijd dicht te knijpen en snel uit te schakelen, zodat ik Ouwe Nick niet hoor komen, dan word ik wakker en is het 's ochtends en dan lig ik in Bed bij Mam en mag ik wat en alles is oké. Maar nu ben ik nog steeds aan, de taart borrelt in mijn buik. Ik tel mijn boventanden met mijn tong van rechts naar links tot tien, dan mijn ondertanden van links naar rechts, dan weer terug de andere kant op, ik moet iedere keer tot tien gaan en twee keer tien is twintig, zoveel heb ik er.

Er komt geen piep piep, het is vast al heel veel over negen. Ik tel mijn tanden weer en krijg negentien, ik heb vast iets fout gedaan of er is er eentje geverdwijnd.

Ik bijt heel eventjes op mijn vinger en dan nog heel eventjes. Ik wacht uren en uren. 'Mam?' fluister ik. 'Komt hij niet of ja?'

'Blijkbaar niet. Kom er maar bij.'

Ik spring op en duw Kast open, ik lig binnen twee tellen in Bed. Het is extra heet onder Dekbed, ik moet mijn voeten eruit steken anders verbranden ze. Ik mag een heleboel, de linker en dan de rechter. Ik wil niet in slaap zijn want dan ben ik niet meer jarig.

* * *

Er flitst een licht op me, het steekt in mijn ogen. Ik kijk uit Dekbed maar met spleetjes. Mam staat naast Lamp en alles licht, dan klik en weer donker. Weer licht, ze laat het drie tellen duren en dan donker, dan een tel licht. Mam kijkt steeds omhoog naar Dakraam. Weer donker. Dat doet ze altijd 's nachts. Ik denk dat ze dan beter in slaap kan vallen.

Ik wacht tot Lamp helemaal uit is. Ik fluister in het donker: 'Helemaal klaar?'

'Sorry dat ik je wakker heb gemaakt,' zegt ze.

'Geeft niet.'

Ze stapt weer in Bed kouder dan ik, ik sla mijn armen om haar middel.

* * *

Nu ben ik vijf en een dag.

Gekke Piemel staat altijd rechtop 's ochtends, ik duw hem omlaag.

Als we onze handen schrobben na het plassen zing ik: 'He's Got the Whole World in His Hands', dan kan ik er geen meer bedenken met handen, maar het liedje van de vogeltjes gaat over vingers.

Vlieg weg, Peter,
vlieg weg Paul.

Mijn twee wijsvingers zoeven helemaal door Kamer en krijgen bijna een botsing in de lucht.

Kom terug Peter,
kom terug Paul.

'Volgens mij zijn het eigenlijk engelen,' zegt Mam.
'Hè?'
'Of nee, sorry, heiligen.'
'Wat zijn heiligen?'
'Extra speciale personen. Zoals engelen maar dan zonder vleugels.'
Ik snap er niks van. 'Hoe kunnen ze dan van de muur af vliegen?'
'Nee, dat zijn de vogeltjes, die kunnen wel vliegen. Ik bedoel alleen dat ze zijn genoemd naar Petrus en Paulus, twee vrienden van Kindje Jezus.'
Ik wist niet dat hij nog meer vrienden heeft behalve Johannes de Doper.
'Weet je, Petrus heeft een keer in de gevangenis gezeten...'
Ik moet lachen. 'Kindjes hoeven toch niet naar de gevangenis.'
'Dit gebeurde toen ze allemaal al groot waren.'
Ik wist niet dat Kindje Jezus groot wordt. 'Is Petrus een slechterik?'
'Nee nee, hij was per ongeluk in de gevangenis gezet, ik bedoel het was een slechte politie die hem had opgesloten. Hoe dan ook, hij ging heel lang bidden om eruit te komen, en weet je wat er toen gebeurde? Er vloog een engel omlaag en die knalde de deur open.'
'Cool,' zeg ik. Maar ik vind het leuker als ze kindjes zijn die allemaal bloterig rondrennen.
Er klinkt een raar gebonk en een zwoesj zwoesj. Dakraam laat licht naar binnen, de donkere sneeuw is bijna weg. Mam kijkt ook omhoog, ze heeft een klein lachje op, ik denk dat het gebed zomaar heeft gewerkt.
'Is het nog steeds dat van dat gelijke?'

'O, de equinox?' zegt ze. 'Nee, nu wordt het steeds een beetje langer licht.'

Ik mag taart als ontbijt, dat heb ik nog nooit gehad. Hij is knapperig geworden, maar hij is nog steeds lekker.

Tv is *Wonderteam*, heel wazig, Mam beweegt steeds met Haas maar hij maakt ze niet veel scherper. Ik maak een strik om zijn draad met het paarse lint. Ik wou dat het *Backyardigans* was, die heb ik al superlang niet meer gezien. Zondagtraktatie is er nog niet want Ouwe Nick is niet gekomen gisteravond, dat was eigenlijk nog het allerfijnste van mijn verjaardag. Wat we hebben gevraagd is sowieso niet zo spannend, een nieuwe broek omdat mijn zwarte gaten heeft in plaats van knieën. Ik vind de gaten niet erg maar Mam zegt dat ik dan net een dakloze lijk, ze kan niet uitleggen wat dat is.

Na Bad speel ik met de kleren. Mams roze rok is een slang vandaag, hij heeft ruzie met mijn witte sok. 'Ik ben Jack z'n beste vriend.'

'Nee, ík ben Jack z'n beste vriend.'

'Ik heb jou gebeukt.'

'Ik heb jou geraakt.'

'Ik ga jou knallen met mijn super-*shooter*.'

'O ja, nou ik heb een jumbo-megatron-transformerblaster...'

'Hé,' zegt Mam, 'zullen we Vangbal spelen?'

'We hebben Strandbal niet meer,' herinner ik haar. Hij is per ongeluk gebarsten toen ik hem superhard tegen Keukenkast schopte, ik wou juist een nieuwe vragen in plaats van een stomme broek.

Maar Mam zegt dat we er zelf een kunnen maken, we frommelen alle blaadjes op waar ik mijn schrijven op heb geoefend en die proppen we in een boodschappentas en dan duwen we tot hij ongeveer de vorm van een bal is, dan tekenen we er een eng gezicht op met drie ogen. Woordenbal kan niet zo hoog als Strandbal maar elke keer als we hem vangen doet hij een hard gekraak. Mam is de beste met vangen, alleen steekt het haar pijne pols soms, en ik ben de beste met gooien.

Omdat we taart als ontbijt hadden krijgen we de zondagpannenkoeken nu met het middageten. Er is niet veel mix meer over dus het zijn hele dunne die zich uitspreiden, dat is mooi. Ik mag ze opvouwen, sommige breken. Er is niet veel jam meer, dus daar doen we ook water bij.

Een hoekje van de mijne druppelt, Mam wrijft over Vloer met Spons. 'Die kurk slijt helemaal af,' zegt ze met haar tanden op elkaar, 'hoe moeten we dat ooit schoon zien te houden?'

'Waar?'

'Hier, waar onze voeten eroverheen gaan.'

Ik kruip onder Tafel, er zit een gat in Vloer met bruin spul eronder dat harder is dan mijn nagel.

'Maak het niet nog erger, Jack.'

'Dat doe ik niet, ik kijk alleen even met mijn vinger.' Het is net een kleine krater.

We schuiven Tafel naast Bad zodat we kunnen zonnebaden op Kleed recht onder Dakraam waar het extra warm is. Ik zing 'Ain't No Sunshine', Mam doet 'Here Comes the Sun', ik kies 'You Are My Sunshine'.

Dan wil ik wat, de linker is extra romig vandaag.

Gods gele gezicht maakt rood door mijn oogleden. Als ik ze opendoe is het te fel om te kijken. Mijn vingers doen schaduwen op Kleed, kleine platgedrukte.

Mam ligt te doezelen.

Ik hoor een geluid dus ik sta op zonder haar wakker te maken. Daar bij Fornuis, een heel klein kriebel krabbel geluidje.

Een levend ding, een dier, echt echt niet Tv. Hij zit op Vloer, iets te eten, misschien een kruimeltje pannenkoek. Hij heeft een staartje, ik denk wat hij is, wat hij is is een muis.

Ik ga dichterbij en wooeeiii hij is weg onder Fornuis dus ik heb hem amper gezien, ik had nooit geweten dat iets zo snel kon gaan. 'O Muis,' zeg ik heel zachtjes zodat hij niet bang wordt. Zo moet je een muis aanspreken, dat staat in *Alice*, alleen praat zij per ongeluk over haar kat Dina en dan wordt de muis zenuwachtig en dan zwemt hij weg. Ik doe mijn handen nu biddend: 'O Muis, kom toch terug, alsjeblieft, alsjeblieft, alsjeblieft...'

Ik wacht wel uren maar hij komt niet.

Mam ligt zeker te slapen.

Ik doe Koelkast open, ze heeft niet veel vanbinnen. Muizen houden van kaas, maar die is op. Ik pak het brood en kruimel een beetje op een bord en dat zet ik op de plek waar Muis was. Ik kruip heel klein in elkaar en wacht nog meer uren en uren.

Dan iets geweldigs, Muis steekt zijn mond naar voren, die is heel spits. Ik spring bijna in de lucht maar ik doe het niet, ik blijf extra stil zitten. Hij komt naar de kruimels en snuffelt. Ik ben maar ongeveer zestig centimeter van hem af, ik wou dat ik Liniaal had om het te meten maar hij ligt opgeruimd in Krat in Onderbed en ik wil niet bewegen want dan schrikt Muis. Ik kijk naar zijn handjes, zijn snorharen, zijn krullerige staart. Hij is echt levend, hij is het grootste levende ding dat ik ooit heb gezien, miljoen keer zo groot als de mieren of Spin.

Dan knalt er iets tegen Fornuis, booeeemmm. Ik schreeuw en ga per ongeluk op het bord staan, Muis is weg, waar is hij naartoe? Is hij nu plat door het boek? Ze is *Pop-upvliegveld*, ik kijk in al haar bladzijden maar hij is er niet. Bagageband is helemaal gescheurd, hij blijft niet meer staan.

Mam heeft een raar gezicht. 'Jij hebt hem weggejaagd!' schreeuw ik tegen haar.

Ze heeft VegerBlik, ze veegt de kapotte stukken bord op. 'Waarom stond dit op de grond? Nu hebben we alleen nog maar de twee grote borden en een kleintje, meer niet...'

De kokkin in *Alice* gooit borden naar de baby en een steelpan die bijna zijn neusje eraf hakt.

'Muis vond de kruimels lekker.'

'Jack!'

'Hij was echt, ik zag hem.'

Ze trekt Fornuis naar voren, er is een kleine spleet onder in Deurmuur, ze pakt de rol aluminiumfolie en stopt allemaal ballen folie in de spleet.

'Niet doen. Alsjeblieft.'

'Het spijt me. Maar als er één zit, zitten er tien.'

Dat is raar rekenen.

Mam legt de folie neer en pakt me hard bij mijn schouders. 'Als we hem hier laten, worden we straks overspoeld door zijn kindjes. Ze komen ons eten stelen en brengen bacteriën naar binnen met hun smerige pootjes...'

'Dan mogen ze mijn eten wel, ik heb toch geen honger.'

Mam luistert niet. Ze duwt Fornuis weer tegen Deurmuur.

Later gebruiken we een beetje plakband om Hangar-bladzijde weer beter rechtop te laten staan in *Pop-upvliegveld*, maar Bagageband is te gescheurd om te maken.

We zitten opgekruld in Schommelstoel en Mam leest *Gerrie de Graafmachine* drie keer voor, dat betekent dat ze spijt heeft. 'Laten we een nieuw boek vragen voor Zondagtraktatie,' zeg ik.

Ze vertrekt haar mond. 'Dat heb ik al gevraagd, een paar weken geleden; ik wilde je er een geven voor je verjaardag. Maar hij zei dat ik niet zo moest zeuren, we hebben toch al een hele plank vol.'

Ik kijk langs haar hoofd omhoog naar Plank, ze zou nog wel honderd meer boeken kunnen dragen als we sommige andere dingen in Onderbed naast Eierslang leggen. Of boven op Kast... maar daar wonen Fort en Labyrint al. Het is lastig om te bedenken waar alles thuishoort, Mam zegt soms dat we dingen in de vuilnis moeten gooien maar ik vind meestal wel een plekje voor ze.

'Hij vindt dat we gewoon de hele tijd tv moeten kijken.'

Dat klinkt leuk.

'Dan zouden onze hersens verrotten, net als de zijne,' zegt Mam. Ze strekt haar arm uit om *Mijn grote versjesboek* te pakken. Ze leest er van elke bladzijde een voor dat ik uitkies. Mijn beste zijn die met Jack erin, zoals 'Jack Sprat' of 'Kleine Jack Horner'.

Jack wees handig,
Jack ren ver;
Jack spring over de lucifer.

Ik denk dat hij wilde kijken of hij het kon zonder dat zijn nachtshirt in brand vloog. In Tv hebben ze een pyjama aan, of een nachtpon bij meisjes. Mijn slaapshirt is mijn grootste, er zit een gat op de schouder en daar stop ik graag mijn vinger in om mezelf te kietelen als ik uitschakel. Je hebt ook 'Jackie Wackie pudding en pastei', maar toen ik zelf leerde lezen zag ik dat het eigenlijk 'Georgie Porgie' is. Mam had het veranderd zodat het bij mij paste, dat is niet liegen, dat is alleen doen alsof. Hetzelfde met:

Jack, Jack, de zoon van de troubadour,
Stal een varken en draaide iedereen een loer.

In het boek staat eigenlijk Tom maar Jack klinkt beter. Stelen is als een jongen iets pakt wat van een andere jongen is, want in boeken en Tv hebben alle personen dingen die alleen van hun zijn, heel ingewikkeld.

Het is 17:39 dus we kunnen avondeten, het is snelle bami. Als ze in het hete water liggen zoekt Mam op het melkpak moeilijke woorden om mij te testen zoals *energiebehoefte* dat betekent dat je eten nodig hebt, en *gepasteuriseerd* dat betekent dat de bacteriën zijn weggeschoten met laserpistolen. Ik wil nog een stuk taart maar Mam zegt eerst de bietjes die helemaal sappig zijn gehakt. Dan mag ik taart die is nu best wel knapperig en Mam neemt ook een klein beetje.

Ik klim op Schommelstoel om Spelletjesdoos te pakken van het uiteinde van Plank, vandaag kies ik Dammen en ik ben rood. De stukken zijn net kleine chocolaatjes, maar ik heb er al heel vaak aan gelikt en ze smaken naar niks. Ze plakken aan het bord door magnetische tovenarij. Mam vindt Schaken leuker maar daar krijg ik pijn in mijn hoofd van.

Als het Tv-tijd is kiest zij de wildedierenplaneet, er zijn schildpadden die hun eieren in het zand begraven. Als Alice heel lang wordt omdat ze van de paddenstoel eet, wordt de duif kwaad omdat ze denkt dat Alice een gemene slang is die haar duiveneieren wil opeten. Nu komen de schildpadkindjes uit hun schaal, maar de schildpadmoeders zijn al weg, dat is raar. Ik vraag me af of ze elkaar een keer tegenkomen in de zee, de moeders en de kindjes, of ze elkaar dan kennen of misschien gewoon langszwemmen.

De wilde dieren zijn te snel afgelopen dus schakel ik over naar twee mannen die alleen een korte broek en sportschoenen aanhebben en nat van de hitte. 'O, o, je mag niet slaan,' zeg ik tegen ze. 'Dan wordt Kindje Jezus boos.'

De man in de gele korte broek beukt de harige man op zijn oog.

Mam kreunt alsof ze pijn heeft. 'Moeten we hiernaar kijken?'

Ik zeg: 'Zo meteen komt de politie taa-tuuu-taa-tuuu-taa-tuuu en dan gooien ze die slechteriken in de gevangenis.'

'Weet je, boksen is eigenlijk... niet zo leuk maar het is een spel, het mag wel als ze die speciale handschoenen aanhebben. Nu is de tijd om.'

'Eén potje Papegaai, dat is goed voor woordenschat.'

'Oké.' Ze loopt naar Tv en schakelt naar de rodebank-planeet waar de vrouw met het bolle haar die de baas is aan andere mannen en vrouwen vragen stelt en honderden andere mannen en vrouwen klappen.

Ik luister extra goed, ze praat met een man met één been, ik denk dat hij zijn andere been in een oorlog is kwijtgeraakt.

'Papegaai,' roept Mam en ze zet het geluid uit met de knop.

'*Meest navrante aspect, dat is denk ik wat voor al onze kijkers het meest aangrijpend is van wat u hebt doorstaan...*' ik weet geen woorden meer.

'Goede uitspraak,' zegt Mam. 'Navrant betekent droevig.'

'Nog een keer.'

'Hetzelfde programma?'

'Nee, iets anders.'

Ze vindt een nieuwsprogramma dat nog moeilijker is. 'Papegaai.' Ze zet het geluid weer uit.

'*Tja, de hervormingen in de gezondheidszorg worden op de voet gevolgd door het debat over de aardbeiwet, en niet te vergeten de tussentijdse verkiezingen...*'

'Nog meer?' Mam wacht even. 'Ook heel goed. Alleen was het arbeidswet, niet aardbeiwet.'

'Wat is het verschil?'

'Voor aardbeien is niet echt een wet nodig, en de arbeidswet...'

Ik doe een hele grote gaap.

'Laat maar.' Mam doet een grijns en zet Tv uit.

Ik kan er niet tegen als de plaatjes weggaan en het scherm alleen maar grijs is. Dan wil ik altijd huilen, maar heel eventjes.

Ik kruip bij Mam op schoot in Schommelstoel met onze benen helemaal door de war. Zij is de tovenaar die is veranderd in een reuzeninktvis en ik ben Prins JackerJack en ik ontsnap op het laatst. We doen Kietelen en Stuiterdestuiter en spitse schaduwen op Bedmuur.

Dan vraag ik om JackerJackKonijn, hij haalt altijd slimme streken uit met die Broer Vos. Hij gaat op de grond liggen en doet net of hij dood is en Broer Vos ruikt aan hem en zegt: 'Ik zal hem maar niet mee naar huis nemen, hij stinkt te erg...' Mam ruikt helemaal aan mij en trekt hele vieze gezichten en ik probeer niet te lachen zodat Broer Vos niet te weten komt dat ik wel levend ben, maar ik kan mijn lachen nooit inhouden.

Als liedje wil ik een grappig liedje, ze begint: 'De wormen kruipen erin, de wormen kruipen eruit...'

'Ze eten je darmen op als sappig fruit...' zing ik.

'Ze eten je ogen, ze eten je benen...'

'Ze eten de viezigheid tussen je tenen...'

Ik mag een heleboel op Bed maar mijn mond heeft slaap. Mam draag me naar Kast, ze stopt Deken in om mijn nek, ik trek haar weer wat losser. Mijn vingers doen tjoeketjoek over haar rode streep.

Piep piep, dat is Deur. Mam springt op en maakt een geluid, ik denk dat ze haar hoofd heeft gestoten. Ze doet Kast stevig dicht.

De lucht die binnenkomt is ijskoud, ik denk dat het een beetje Ruimte is, het ruikt lekker. Deur doet zijn klap dat betekent dat Ouwe Nick nu binnen is. Ik heb geen slaap meer. Ik ga op mijn knieën zitten en kijk door de latjes, maar ik zie alleen maar Dressoir en Bad en een bocht van Tafel.

'Dat ziet er goed uit.' Ouwe Nick z'n stem is extra laag.

'O, dat is gewoon het laatste restje van de verjaardagstaart,' zegt Mam.

'Had het me laten weten, dan had ik iets voor hem mee kunnen brengen. Hoe oud is hij nu, vier?'

Ik wacht tot Mam het zegt, maar ze zegt niks. 'Vijf.' Ik fluister het.

Maar ze heeft me zeker toch gehoord, want ze komt dicht bij Kast en zegt 'Jack' met een boze stem.

Ouwe Nick lacht, ik wist niet dat hij kon lachen. 'Het praat.'

Waarom zegt hij *het* en niet *hij*?

'Wil je eruit komen en je nieuwe spijkerbroek aanpassen?'

Dat zegt hij niet tegen Mam, maar tegen mij. Mijn hart doet ineens boem boem boem.

'Hij slaapt al bijna,' zegt Mam.

Niet waar. Ik wou dat ik niet *vijf* had gefluisterd zodat hij me hoorde, ik wou dat ik niks had gedaan.

Weer iets wat ik niet goed hoor...

'Oké, oké,' zegt Ouwe Nick. 'Mag ik een stuk?'

'Hij wordt al taai, als je echt wilt...'

'Nee, laat maar, jij bent de baas.'

Mam zegt niks.

'Ik ben alleen maar de boodschappenjongen, ik breng jouw vuilnis naar buiten, ik sjouw rond op de kinderafdeling, ik klim de ladder op om je dakraam sneeuwvrij te maken, tot uw diensten, mevrouw...'

Ik denk dat hij sarcasme doet, als hij juist precies het tegenovergestelde zegt met een hele rare stem.

'Bedankt daarvoor.' Mam klinkt anders dan zichzelf. 'Nu is het weer een stuk lichter.'

'Kijk, was dat nou zo moeilijk?'

'Sorry. Heel erg bedankt.'

'Je moet het er echt uit trekken af en toe,' zegt Ouwe Nick.

'En bedankt voor de boodschappen, en de spijkerbroek.'

'Graag gedaan.'

'Hier, ik zal een bord voor je pakken, misschien valt het in het midden nog mee.'

Er klinkt wat gerammel, ik denk dat ze hem taart geeft. Mijn taart.

Even later praat hij wazig. 'Nou, behoorlijk taai ja.'

Zijn mond zit vol met mijn taart.

Lamp gaat uit klik, ik schrik ervan. Ik vind donker niet erg maar ik vind het niet leuk als het ineens gaat. Ik ga onder Deken liggen en wacht.

Als Ouwe Nick met Bed kraakt, luister ik en ik tel vijven op mijn vingers, vandaag is het tweehonderdzeventien kraken. Ik moet altijd tellen tot hij dat hijggeluid maakt en stopt. Ik weet niet wat er gebeurt als ik niet tel, want ik tel altijd.

Maar op de avonden dat ik slaap dan?

Ik weet niet, misschien dat Mam dan telt.

Na de tweehonderdzeventien is het helemaal stil.

Ik hoor Tv aan gaan, het is alleen maar de nieuwsplaneet, ik zie stukjes met tanks door de latjes daar is niet veel aan. Ik stop mijn hoofd onder Deken. Mam en Ouwe Nick praten een beetje maar ik luister niet.

* * *

Ik word wakker in Bed en het regent, dan is Dakraam helemaal wazig. Mam geeft me wat en ze doet heel zachtjes 'Singing in the Rain'.

Rechts smaakt niet lekker. Dan weet ik het weer, ik ga rechtop zitten. 'Waarom had je niet eerder tegen hem gezegd dat ik jarig was?'

Mam lacht niet meer. 'Jij hoort te slapen als hij hier is.'

'Maar als je het tegen hem had gezegd, had hij iets voor me meegebrengd.'

'Meegebracht,' zegt ze. 'Dat zegt hij, ja.'

'Wat voor iets dan?' Ik wacht even. 'Je had het tegen hem moeten zeggen.'

Mam strekt haar armen boven haar hoofd. 'Ik wil niet dat hij dingen voor je meebrengt.'

'Maar Zondagtraktatie...'

'Dat is wat anders, Jack, dat zijn dingen die we nodig hebben waar ik hem om vraag.'

Ze wijst naar Dressoir, er ligt iets blauws opgevouwen. 'Daar is je nieuwe spijkerbroek trouwens.'

Ze gaat plassen.

'Je had hem om een cadeautje voor mij kunnen vragen. Ik heb nog nooit van mijn leven een cadeautje gehad.'

'Je hebt je cadeau van mij gekregen, weet je nog? Dat was de tekening.'

'Ik wil die stomme tekening niet.' Ik begin te huilen.

Mam droogt haar handen af en komt me vastpakken. 'Het geeft niet.'

'Misschien was het...'

'Ik kan je niet verstaan. Haal eens diep adem.'

'Misschien was het...'

'Zeg eens rustig wat er is.'

'Misschien was het wel een hond.'

'Wat was misschien een hond?'

Ik kan niet meer stoppen, ik moet praten door het huilen heen. 'Het cadeau. Misschien was het wel een hond die echt was geworden, en dan konden we hem Lucky noemen.'

Mam veegt mijn ogen af met het plat van haar handen. 'Je weet dat we daar geen plaats voor hebben.'

'Wel waar.'

'Honden moeten wandelen.'

'Wij wandelen toch.'

'Maar een hond...'

'Wij rennen heel ver over Parcours, Lucky kan naast ons rennen. Ik wed dat hij harder kan dan jij.'

'Jack. Een hond zou ons op de zenuwen werken.'

'Niet waar.'

'Wel waar. De hele dag opgesloten, en blaffen, en krabben...'

'Lucky zou niet krabben.'

Mam rolt met haar ogen. Ze gaat naar Keukenkast om de cornflakes te pakken, ze strooit ze in onze schaaltjes gewoon zonder te tellen.

Ik kijk net als een leeuw die brult. 'In de nacht als jij slaapt dan blijf ik wakker, en dan haal ik de folie uit de gaten zodat Muis terugkomt.'

'Doe niet zo dom.'

'Ik ben niet dom, jij bent de domme sukkel.'

'Luister, ik snap dat...'

'Muis en Lucky zijn mijn vriendjes.' Ik moet weer huilen.

'Er is geen Lucky.' Mam praat met haar tanden op elkaar.

'Wel waar, en ik hou van hem.'

'Je hebt hem gewoon verzonnen.'

'En Muis is er ook, hij is mijn echte vriend en jij hebt hem weggemaakt...'

'Ja,' schreeuwt Mam, 'zodat hij 's nachts niet over je gezicht rent en je bijt!'

Ik huil zo erg dat mijn adem helemaal gaat hakkelen, ik wist niet dat Muis in mijn gezicht zou bijten, ik dacht dat alleen vampiers dat deden.

Mam laat zich op Dekbed vallen en beweegt zich niet.

Dan ga ik ook naast haar liggen. Ik doe haar T-shirt omhoog en mag wat, ik moet steeds stoppen om mijn neus te snuiten. De linker is lekker maar er zit niet veel in.

Later pas ik mijn nieuwe spijkerbroek aan. Hij zakt de hele tijd af.

Mam trekt aan een draadje dat uitsteekt.

'Niet doen.'

'Het zat al los. Wat een goedkope tr...' Ze zegt niet wat.

'Spijkerstof,' zeg ik, 'daar is een spijkerbroek van gemaakt.' Ik leg het draadje in Keukenkast in Knutselbak.

Mam pakt Naaikit om een paar steken in de taille te naaien, daarna blijft mijn spijkerbroek wel zitten.

We hebben best wel een drukke morgen. Eerst halen we Piratenschip uit elkaar die we vorige week hebben gemaakt en veranderen hem in Tank. Ballon is de chauffeur, eerst was ze zo groot als Mams hoofd en roze en dik, nu is ze zo klein als mijn vuist maar dan rood en rimpelig. We blazen er alleen een op als het de eerste van een maand is, dus we kunnen pas een zusje voor Ballon maken als het april is. Mam speelt ook met Tank maar niet zo lang als ik. Ze is dingen gauw moe, dat komt van volwassen zijn.

Maandag is wasdag, we gaan in Bad met sokken, onderbroeken, mijn grijze broek waar ik ketchup op gespetterd had, de lakens en theedoeken, en we stampen alle viezigheid eruit. Mam doet Thermostaat helemaal warm voor het drogen, ze pakt Droogrek bij Deur en klapt hem uit en ik zeg dat hij sterk moet zijn. Ik zou heel graag nog een keer op hem rijden net als toen ik klein was, maar ik ben nu zo groot dat ik zijn rug misschien breek. Het zou super zijn om soms kleiner en soms groter te worden net als Alice. Als we het water uit alle dingen hebben gewringd en ze hebben opgehangen, moeten Mam en ik onze T-shirts uittrekken en om de beurt ons hoofd in Koelkast steken om weer koud te worden.

Middageten is bonensalade, mijn tweede vieste. Na dutje doen we Schreeuw, elke dag behalve op zaterdag en zondag. We schrapen onze keel en klimmen op Tafel om dichter bij Dakraam te zijn, hand in hand zodat we niet vallen. We zeggen: 'Op uw plaatsen, klaar voor de start, af!' en dan doen we onze tanden wijd open en roepen gillen joelen blèren krijsen brullen schreeuwen zo hard als we kunnen. Vandaag kan ik het hardste ooit want mijn longen zijn groter omdat ik vijf ben.

Dan doen we ssst met vingers voor de mond. Ik heb een keer aan Mam gevraagd waar we naar luisteren en ze zei: Voor het geval dat, je weet nooit.

Dan doe ik wrijftekeningen van een vork en Kam en deksels en de zijkant van mijn spijkerbroek. Lijntjespapier is het gladste voor wrijftekeningen, maar wc-papier is goed voor een tekening die eeuwig doorgaat, vandaag maak ik mij met een poes en een papegaai en een leguaan en een wasbeer en de Kerstman en een mier en Lucky en al mijn Tv-vriendjes in een optocht en ik ben Koning Jack. Als ik helemaal klaar ben rol ik hem weer op zodat we hem nog kunnen gebruiken voor onze billen. Ik pak een ander stukje van de nieuwe rol voor een brief aan Dora, ik moet het rode potlood slijpen met Glad Mes. Ik druk heel hard op het potlood want het is zo kort dat het bijna op is, ik schrijf helemaal goed alleen soms gaan mijn letters achterstevoren. *Ik ben vijf eergisteren, jij mag het laatste stukje van de taart maar er is geen kaarsjes, dag groetjes Jack*. Hij scheurt alleen maar een klein beetje bij de *van*. 'Wanneer krijgt ze hem?'

'Nou,' zegt Mam, 'ik denk dat het wel een paar uur duurt voor hij bij de zee komt, en dan spoelt hij aan op het strand...'

Ze klinkt grappig omdat ze op een ijsklontje sabbelt voor Rotte Kies. Stranden en zee zijn TV maar ik denk dat ze eventjes echt worden als we een brief sturen. De drollen zinken en de brieven drijven op de golven.

'Wie vindt hem? Diego?'

'Ik denk het wel. En dan brengt hij hem naar zijn nichtje Dora...'

'In zijn safari-jeep. Vroem vroem door het oerwoud.'

'Dus morgenvroeg, lijkt me. Op z'n laatst rond het middageten.'

Het ijsklontje maakt nu niet meer zo'n grote bobbel in Mams gezicht. 'Laat eens zien?'

Ze steekt het uit op haar tong.

'Ik denk dat ik ook een rotte kies heb.'

Mam kreunt: 'O, Jack.'

'Echt helemaal echt. Au, au, au.'

Haar gezicht verandert. 'Je mag best op een ijsklontje sabbelen als je wilt, daar hoef je geen kiespijn voor te hebben.'

'Joepie.'

'Je moet me niet zo laten schrikken.'

Ik wist niet dat ik haar kon laten schrikken. 'Misschien doet hij wel pijn als ik zes ben.'

Ze blaast haar adem uit als ze de klontjes uit Diepvries pakt. 'Liegbeest, apenkop, praatjesmaker, jokkebrok.'

Maar het was geen liegen, ik deed alleen alsof.

Het regent de hele middag, God kijkt helemaal niet naar binnen. We zingen 'Stormy Weather' en 'It's Raining Men' en dat liedje over de woestijn die de regen mist. Avondeten is vissticks met rijst. Ik mag de citroen uitknijpen dat is geen echte maar een plastikke. We hebben een keer een echte citroen gehad maar die verschrompelde veel te snel. Mam stopt een stukje van haar visstick onder Plant in de grond.

De tekenfilmplaneet is niet 's avonds, misschien omdat het dan donker is en ze daar geen lampen hebben. Ik kies een kookplaneet vandaag, dat lijkt niet op echt eten, ze hebben helemaal geen blikken. De zij en de hij lachen naar elkaar en doen een vlees met een pastei erbovenop en groene dingen rondom andere groene dingen in bosjes. Dan zap ik naar de fitnessplaneet waar mannen en vrouwen ondergoed aanhebben en met allemaal machines de hele tijd hetzelfde moeten doen. Ik denk dat ze opgesloten zitten. Dat is algauw afgelopen en dan komt de verbouwers, ze maken huizen in verschillende vormen en ook miljoenen kleuren met verf, niet gewoon op een schilderij maar op alles. Huizen zijn een heleboel Kamers aan elkaar geplakt, Tv-mannen en Tv-vrouwen blijven er meestal in maar soms gaan ze in hun buiten en dan krijgen ze regendruppels of zonnestralen op zich.

'Zullen we het bed eens daar neerzetten?' zegt Mam.

Ik kijk haar verbaasd aan, en dan kijk ik waar ze naartoe wijst. 'Dat is Tv-Muur.'

'Ja, omdat wij hem zo noemen,' zegt ze, 'maar het bed zou daar volgens mij wel passen, tussen de wc en... dan moeten we de kast een stukje opschuiven. Dan zou het dressoir hier staan in plaats van het bed, met de tv erbovenop.'

Ik schud heel hard van nee. 'Dan kunnen we hem niet zien.'

'Jawel, dan zouden we hier zitten, in de schommelstoel.'

'Geen goed idee.'

'Oké, laat maar.' Mam doet haar armen strak over elkaar.

De Tv-vrouw huilt omdat haar huis nu geel is. 'Vond ze het bruin mooier?' vraag ik.

'Nee,' zegt Mam, 'ze is zo blij dat ze ervan moet huilen.'

Dat is raar. 'Is ze blijverdrietig, net als jij als er mooie muziek in Tv is?'

'Nee, ze is gewoon dom. Kom, we zetten de tv uit.'

'Nog vijf minuutjes? Alsjeblieft?'

Ze schudt van nee.

'Ik zal Papegaai doen, ik ben er nu nog beter in.' Ik luister heel goed naar de Tv-vrouw. Ik zeg: '*... droom die uitkomt, echt waar, Darren, dit gaat mijn stoutste fantasieën te boven, de kroonlijsten...*'

Mam drukt op de uit. Ik wil vragen wat een kroonlijsten is maar ik denk dat ze nog steeds boos is over de meubels veranderen, dat was een stom plan.

In Kast moet ik eigenlijk gaan slapen maar ik tel de ruzies. Dat zijn er al drie in drie dagen, een over de kaarsjes en een over Muis en over Lucky. Ik wil liever weer vier zijn als vijf betekent dat we al de dagen ruzie krijgen.

'Welterusten Kamer,' zeg ik heel zachtjes. 'Welterusten Lamp en Ballon.'

'Welterusten fornuis,' zegt Mam, 'en welterusten tafel.'

Ik doe een grijns. 'Welterusten Woordenbal. Welterusten Fort. Welterusten Kleed.'

'Welterusten lucht,' zegt Mam.

'Welterusten geluiden overal.'

'Welterusten Jack.'

'Welterusten Mam. En Beestjes, vergeet de Beestjes niet.'

'*Goedenacht*,' zegt ze, '*slaap zacht*, *laat de beestjes niet bijten vannacht*.'

* * *

Als ik wakker word is Dakraam helemaal blauw in haar glas, er ligt geen sneeuw meer op, zelfs niet in de hoekjes. Mam zit op haar stoel en houdt haar gezicht vast, dat betekent pijn. Ze kijkt naar iets op Tafel, twee dingen.

Ik spring op en pak het. 'Het is een jeep. Een jeep op afstandsbediening!' Ik zoef ermee door de lucht, hij is rood, even groot als mijn hand. De afstandsbediening is zilver en een rechthoek, als ik een van de knoppen beweeg met mijn duim gaan de wielen van de jeep draaien brrrrooemm.

'Een cadeau, nog voor je verjaardag.'

Ik weet wie het gebrengd heeft, dat is Ouwe Nick maar dat wil ze niet zeggen.

Ik wil mijn cornflakes niet eten maar Mam zegt dat ik meteen daarna weer met de jeep mag spelen. Ik eet er negenentwintig, dan heb ik geen honger meer. Mam zegt dat dat verspilling is, dus eet zij de rest op.

Ik ontdek hoe ik Jeep kan laten bewegen alleen met Afstand. De dunne zilveren antenne, die kan ik heel lang of heel kort maken. Met een knop gaat Jeep vooruit en achteruit, en met de andere gaat hij opzij. Als ik ze allebei tegelijk doe wordt Jeep verlamd net als met een giftige pijl, dan zegt hij arghhhhhh.

Mam zegt dat ze maar eens moet gaan poetsen omdat het dinsdag is. 'Voorzichtig,' zegt ze, 'denk eraan dat hij kapot kan.'

Dat weet ik allang, alles kan kapot.

'En als je hem heel lang aan laat staan gaan de batterijen op, en we hebben geen reservebatterijen.'

Ik kan Jeep helemaal rondom Kamer laten rijden, dat is een makkie behalve over de rand van Kleed, ze krult om onder zijn wielen. Afstand is de baas, hij zegt: 'En nu rijden, slome Jeep. Twee keer rondom die Tafelpoot, als de wiedeweerga. Laat die wielen draaien.' Soms is Jeep moe, dan draait Afstand met zijn wielen trrrrrrrrr. Die stoute Jeep verstoppelt zich in Kast maar Afstand weet hem toch slim te vinden en laat hem zoeven, vooruit en achteruit tegen de latjes aan.

Dinsdag en vrijdag ruiken altijd naar azijn. Mam poetst onder Tafel met de doek die vroeger een van mijn luiers was die ik aanhad tot ik één was, Ik wed dat ze het web van Spin wegveegt maar ik vind het niet zo erg. Dan pakt ze Stofzuiger die alles lawaaierig en stoffig maakt woei woei woei.

Jeep glipt weg in Onderbed. 'Kom terug, mijn kleine kindje Jeepy,' zegt Afstand. 'Als je een vis in de rivier wordt, word ik een visser en dan vang ik je in mijn net.' Maar die slimme Jeep blijft stilletjes zitten tot Afstand een dutje doet met zijn antenne helemaal omlaag, en dan komt Jeep achter hem aan gesluipt en pakt zijn batterijen eruit, hahaha.

Ik speel de hele dag met Jeep en Afstand behalve als ik in Bad zit dan moeten ze op Tafel parkeren anders gaan ze roesten. Als we Schreeuw doen hou ik ze heel dicht bij Dakraam en Jeep vroemt met zijn wielen zo hard als hij kan.

Mam gaat weer liggen en houdt haar kiezen vast. Soms blaast ze een hele lange adem uit uit uit.

'Waarom blaas je zo lang?'

'Ik probeer het te onderdrukken.'

Ik ga bij haar hoofd zitten en veeg haar haren uit haar ogen, haar voorhoofd is glibberig. Ze pakt mijn hand en knijpt erin. 'Het is wel goed.'

Het ziet er niet goed uit. 'Wil je spelen met mij en Jeep en Afstand?'

'Straks misschien.'

'Als je speelt denk je er niet aan en dan vind je het niet erg.'

Ze lacht een beetje maar de volgende adem klinkt nog harder, net een kreun.

Om 17:57 zeg ik: 'Mam, het is bijna zes uur', en dan staat ze op om het avondeten te maken maar ze eet zelf niks. Jeep en Afstand wachten in Bad want die is nu droog, het is hun geheime grot. 'Weet je, eigenlijk was Jeep dood en naar Hemel gegaan,' zeg ik, en ik eet mijn kipstukjes heel snel op.

'O ja?'

'Maar toen God in de nacht lag te slapen sloop Jeep eruit en glipte langs de bonenstaak omlaag naar Kamer om bij mij op bezoek te komen.'

'Dat was slim van hem.'

Ik eet drie sperziebonen en neem een grote slok melk en dan nog drie, ze gaan een beetje sneller omlaag met z'n drieën. Vijf zou nog snellerder gaan maar dat lukt me niet: dan gaat mijn keel dicht. Een keer toen ik vier was schreef Mam *Sperziebonen/andere diepvr. groene gr.* op het boodschappenlijstje en toen streepte ik *Sperziebonen* door met het oranje potlood, dat vond ze wel grappig. Op het laatst eet ik het zachte brood want dat hou ik graag in mijn mond als een kussentje. 'Dank je wel, Kindje Jezus, vooral voor de kipstukjes,' zeg ik, 'en alsjeblieft heel lang geen sperziebonen meer. Hé, waarom bedanken we eigenlijk Kindje Jezus en niet hem?'

'Hem?'

Ik knik naar Deur.

Haar gezicht wordt strak, en ik heb niet eens zijn naam gezegd. 'Waarom zouden we hem moeten bedanken?'

'Dat deed jij vorige keer toch ook, voor de boodschappen en het sneeuwvegen en de broek.'

'Je mag niet luisteren.' Soms als ze heel kwaad is gaat haar mond niet echt open. 'Het was een nep-dankjewel.'

'Waarom was het...'

Ze praat verder: 'Hij is alleen maar de brenger. Hij zorgt er niet echt voor dat het graan op de akker groeit.'

'Welke akker?'

'Hij kan niet zorgen dat de zon erop schijnt, of dat de regen erop valt, of wat dan ook.'

'Maar Mam, brood komt toch niet uit de akkers.'

Ze drukt op haar mond.

'Waarom zei jij...'

'Ik denk dat het tijd is voor tv,' zegt ze vlug.

Het is videoclips, super. Mam doet meestal de bewegingen mee maar vandaag niet. Ik spring op Bed en leer Jeep en Afstand hoe ze hun voetjes van de vloer moeten doen. Het is Rihanna en T.I. en Lady Gaga en Kanye West.

'Waarom hebben rappers ook 's avonds een zonnebril op?' vraag ik aan Mam. 'Hebben ze pijn aan hun ogen?'

'Nee, ze willen er gewoon stoer uitzien. En dat de fans ze niet de hele tijd aangapen omdat ze zo beroemd zijn.'

Ik snap het niet. 'Waarom zijn de fans beroemd?'

'Nee, de sterren zijn beroemd.'

'En willen ze niet beroemd zijn?'

'Nou, ik denk van wel,' zegt Mam, en ze staat op om Tv uit te zetten, 'maar ze willen ook een beetje privacy hebben.'

Als ik wat mag, wil Mam niet dat ik Jeep en Afstand meeneem in Bed, ook al zijn ze mijn vriendjes. En dan zegt ze dat ze op Plank moeten staan als ik ga slapen. 'Anders stoten ze je vannacht.'

'Nee, echt niet, dat beloven ze.'

'Luister, laten we je jeep wegzetten, dan mag je met de afstandsbediening slapen want die is kleiner, maar dan moet je wel de antenne helemaal omlaag doen. Afgesproken?'

'Afgesproken.'

Als ik in Kast lig, praten we door de latjes heen. 'God zegene Jack,' zegt ze.

'God zegene Mam en tover haar kies weer beter. God zegene Jeep en Afstand.'

'God zegene boeken.'

'God zegene alles hier en Ruimte en Jeep ook. Mam?'

'Ja?'

'Waar zijn we als we slapen?'

Ik kan haar horen gapen. 'Gewoon hier.'

'Maar dromen dan?' Ik wacht even. 'Zijn die Tv?' Ze zegt nog steeds niks. 'Gaan we in Tv om te dromen?'

'Nee. We zijn nooit ergens anders dan hier.' Haar stem klinkt heel ver weg.

Ik ga opgekruld liggen en voel met mijn vingers aan de knoppen. Ik fluister: 'Kunnen jullie niet slapen, kleine knoppen? Dat geeft niet, je mag wel wat.' Ik hou ze tegen mijn tepels, ze doen om de beurt. Ik slaap al een beetje, maar nog niet helemaal.

Piep piep. Dat is Deur.

Ik luister heel goed. Daar komt de koude lucht. Als ik mijn hoofd uit Kast had, zag ik Deur opengaan, ik wed dat ik dan zomaar de sterren kon zien en de ruimteschepen en de planeten en de buitenaardse wezens die rondzoeven in ufo's. Ik wou ik wou ik wou dat ik dat kon zien.

Boem, dat is Deur die dichtgaat en Ouwe Nick zegt tegen Mam dat er niks was van iets en iets anders was trouwens ook belachelijk duur.

Ik vraag me af of hij naar Plank heeft gekeken en Jeep heeft gezien. Ja, hij heeft hem voor me meegebrengd, maar hij heeft nog nooit met hem gespeeld denk ik. Hij weet niet hoe Jeep ineens gaat als ik Afstand aanzet, vrooeeemmm.

Mam en hij praten maar een beetje vanavond. Lamp gaat klik uit en Ouwe Nick kraakt met Bed. Ik tel in enen soms in plaats van vijven gewoon voor de anders. Maar dan raak ik de tel kwijt dus ik begin weer met vijven dat gaat sneller, ik tel tot driehonderdachtenzeventig.

Alles stil. Ik denk dat hij slaapt. Schakelt Mam ook uit als hij uit is, of blijft ze wakker liggen wachten tot hij weggaat? Misschien zijn ze allebei uit en ik aan, dat is raar. Ik kan gaan zitten en uit Kast kruipen, en dan merken ze het niet eens. Ik kan een tekening van hun in Bed maken of zo. Ik vraag me af of ze naast elkaar liggen of tegenovergesteld.

Dan krijg ik een vreselijk idee, stel je voor dat hij wat mag? Zou hij wat mogen van Mam of zou ze zeggen: 'No way José, dat is alleen voor Jack'?

Als hij wat mag wordt hij misschien wel echter.

Ik wil het liefst opspringen en schreeuwen.

Ik voel de aanknop van Afstand, ik maak hem groen. Zou het niet grappig zijn als zijn superkrachten de wielen van Jeep lieten draaien daarboven op Plank? Dan wordt Ouwe Nick misschien wel wakker van de schrik, haha.

Ik probeer de vooruitknop, er gebeurt niks. Hè hè, ik was vergeten de antenne omhoog te doen. Ik maak hem helemaal lang en probeer het nog een keer maar Afstand doet het nog steeds niet. Ik steek zijn antenne door de latjes, hij is buiten en ik ben binnen tegelijkertijd. Ik druk op de knop. Ik hoor een klein geluidje dat is denk ik de wielen van Jeep die levend worden en dan...

KLABAAAANGGGGG.

Ouwe Nick brult zoals ik hem nog nooit heb gehoord, iets over Jezus maar het was niet Kindje Jezus die het heeft gedaan, het was ik. Lamp is aan, het licht knalt door de latjes naar mij, mijn ogen knijpen dicht. Ik ga gauw weer liggen en trek Deken over mijn gezicht.

Hij roept: 'Wat flik je me nou?'

Mam klinkt helemaal trillerig, ze zegt: 'Wat, wat? Heb je een nachtmerrie gehad?'

Ik bijt in Deken, zacht als grijs brood in mijn mond.

'Probeerde je me iets te flikken? Hmm?' Zijn stem gaat omlager. 'Want ik heb je gezegd, het is je eigen schuld als...'

'Ik lag te slapen.' Mam praat met een heel klein plat stemmetje. 'Alsjeblieft... kijk, kijk, het was gewoon die stomme jeep die van de plank af is gerold.'

Jeep is niet een stommerik.

'Het spijt me,' zegt Mam. 'Het spijt me zo vreselijk, ik had hem ergens neer moeten zetten waar hij niet af kon vallen. Ik vind het echt heel, heel...'

'Oké.'

'Luister, laten we het licht uitdoen...'

'Neuh,' zegt Ouwe Nick, 'ik heb het gehad.'

Niemand zegt iets, ik tel eenentwintig tweeëntwintig drieëntwintig...

Piep piep, Deur gaat open en dicht boem. Hij is weg.

Lamp klikt weer uit.

Ik voel op de vloer van Kast waar Afstand is, ik vind iets heel ergs. Zijn antenne is helemaal kort en scherp, hij is zeker afgebroken tussen de latjes.

'Mam,' fluister ik.

Geen antwoord.

'Afstand is kapot.'

'Ga slapen.' Haar stem klinkt zo schor en akelig dat ze net een ander lijkt.

Ik tel vijf keer mijn tanden, ik krijg elke keer twintig maar toch moet ik steeds opnieuw tellen. Ze doen nu nog geen van alle pijn maar dat komt misschien als ik zes ben.

Ik lig blijkbaar te slapen maar ik weet het niet, want dan word ik wakker.

Ik lig nog steeds in Kast, het is helemaal donker. Mam heeft me nog niet in Bed gedragen. Waarom heeft ze me niet gehaald?

Ik duw de deuren open en luister naar haar adem. Ze slaapt, ze kan toch niet boos zijn in haar slaap, of wel?

Ik kruip onder Dekbed. Ik ga dicht bij Mam liggen zonder aan te raken, er is allemaal hitte om haar heen.

ONLIEGEN

In de ochtend eten we havermout en ik zie plekken. 'Je bent vies in je nek.'

Mam drinkt alleen wat water, haar vel beweegt als ze slikt.

Volgens mij is het toch geen viezigheid.

Ik eet een beetje havermout maar het is te warm, ik spuug hem terug op Gesmelte Lepel. Ik denk dat Ouwe Nick die plekken in haar nek heeft gemaakt. Ik probeer te praten maar er komt niks uit. Ik probeer het nog een keer. 'Sorry dat ik Jeep omlaag liet vallen in de nacht.'

Ik ga van mijn stoel af, Mam laat me op haar schoot. 'Wat was je eigenlijk van plan?' vraagt ze, met haar stem nog steeds schor.

'Hem laten zien.'

'Wat bedoel je?'

'Ik wou ik wou ik wou...'

'Het geeft niet, Jack. Praat wat rustiger.'

'Maar Afstand is kapot en jij bent helemaal kwaad op mij.'

'Luister,' zegt Mam, 'die jeep kan me geen bal schelen.'

Ik knipper met mijn ogen. 'Hij was mijn cadeau.'

'Waar ik kwaad over ben...' haar stem wordt nu weer groter en krakeriger... 'is dat je hem wakker hebt gemaakt.'

'Jeep?'

'Nee, Ouwe Nick.'

Ik schrik ervan dat ze hem hardop zegt.

'Je hebt hem laten schrikken.'

'Was hij geschrokken van *míj*?'

'Hij wist niet dat jij het was,' zegt Mam. 'Hij dacht dat ik hem aanviel, dat ik iets zwaars op zijn hoofd gooide.'

Ik hou mijn mond en mijn neus vast maar de giechels sissen er toch uit.

'Het is niet grappig, het is het tegenovergestelde van grappig.'

Ik zie haar nek weer, de plekken die hij heeft gemaakt, ik hoef niet meer te giechelen.

De havermout is nog steeds te heet dus gaan we terug naar Bed om te knuffelen.

Vandaag is het *Dora*, joepie! Ze zit op een boot die bijna tegen een schip aan botst, we moeten met onze armen zwaaien en 'Kijk uit!' roepen, maar Mam doet niet mee. Schepen zijn alleen Tv en de zee ook behalve als onze drollen en brieven er aankomen. Of misschien zijn die eigenlijk juist niet meer echt als ze daar aankomen? Alice denkt eerst dat ze in zee is gevallen en dan zegt ze dat ze naar huis kan via de spoorwegen, dat is ouderwets voor treinen. Bossen zijn Tv en ook oerwouden en woestijnen en straten en wolkenkrabbers en auto's. Dieren zijn Tv behalve mieren en Spin en Muis, maar hij is nu weer teruggegaan.

Bacteriën zijn echt, en bloed. Jongens zijn Tv maar ze lijken wel een beetje op mij, de mij in Spiegel die ook niet echt is, alleen maar een plaatje. Soms maak ik mijn paardenstaart los en hang al mijn haren ervoor en steek mijn tong erdoorheen, en dan doe ik mijn gezicht naar voren en zeg boe.

Het is woensdag dus gaan we haren wassen, we maken een tulband van schuim van Afwasmiddel. Ik kijk helemaal om Mams nek heen maar niet naar de plekken.

Ze maakt een snor bij mij, het is te kriebelig dus ik wrijf hem eraf. 'Wil je dan een baard?' vraagt ze. Ze doet allemaal schuim op mijn kin voor een baard.

'Ho ho ho. Is de Kerstman een reus?'

'Nou, ik denk dat hij best wel groot is,' zegt Mam.

Ik denk dat hij wel echt moet zijn want hij brengde ons de miljoenen chocolaatjes in de doos met het paarse lint.

'Ik word Jack de Reuzereuzendoder. Ik word een lieve reus, ik zoek alle gemene reuzen en sla hun kop eraf tsjak *spletsj*.'

We maken trommels, verschillende door de glazen potten voller te maken of er een beetje uit te watervallen. Ik maak een jumbo-megatron-transformerzeeboot met een antizwaartekrachtgeweer dat eigenlijk Pollepel is.

Ik kijk om naar de *Impressie: opkomende zon*. Er staat een zwart bootje op met twee kleine mannetjes en Gods gele gezicht erboven en wazig oranje licht op het water en blauwe dingen dat zijn andere bootjes denk ik, het is moeilijk te zeggen want het is kunst.

Voor Gym kiest Mam Eilanden, dat is dat ik op Bed sta en Mam de kussens en Schommelstoel en stoelen en Kleed helemaal opgevouwen en Tafel en Vuilnis op gekke plekken zet. Ik moet naar elk eiland springen maar niet twee keer. Schommelstoel is het moeilijkst, ze probeert me altijd omlaag te schieten. Mam zwemt rond als het Monster van Loch Ness, ze probeert mijn voeten op te eten.

Mijn beurt, ik kies Kussengevecht, maar Mam zegt dat de vulling al uit mijn kussen komt dus dat we beter Karate kunnen doen. We maken altijd een buiging als respect voor onze tegenstander. We doen *Huh* en *Hi-yah* net of we heel boos zijn. Een keertje sla ik te hard, het doet pijn aan Mams pijne pols, maar dat is per ongeluk.

Ze is moe dus kiest ze Oogstrekking want dat is naast elkaar op Kleed liggen met de armen naast elkaar dan passen we er allebei op. We kijken naar verre dingen zoals Dakraam dan dichtbije dingen zoals onze neus, we moeten heel vlug heen en weer kijken.

Als Mam het middageten warm maakt zoef ik arme Jeep overal naartoe want hij kan niet meer zelf rijden. Afstand zet alle dingen stil, hij zet Mam stil als een robot. 'Nu aan,' zeg ik.

Ze roert weer in de pan, ze zegt: 'Bikken!'

Groentesoep, bleeehhhhh. Ik blaas bellen om hem leuker te maken.

Ik ben niet moe voor dutje dus ik pak wat boeken. Mam doet de stem: '*Daaaaarrrrrrrr komt Gerrie de Graafmachine aan!*' Dan stopt ze ineens. 'O, ik heb zo de pest aan die Gerrie.'

Ik kijk haar verbaasd aan. 'Hij is mijn vriendje.'

'Ach, Jack... ik heb gewoon de pest aan dat boek, snap je, ik heb niet... het is niet dat ik de pest heb aan Gerrie zelf.'

'Waarom heb je de pest aan *Gerrie* het boek?'

'Ik heb het te vaak gelezen.'

Maar als ik iets wil dan wil ik het altijd, net als chocolaatjes, ik heb nooit te vaak een chocolaatje gegeten.

'Je kunt het toch voor jezelf lezen?' zegt ze.

Dat is raar, ik kan ze allemaal zelf lezen, ook *Alice* met haar ouderwetse woorden. 'Ik wil liever dat jij ze voorleest.'

Haar ogen zijn helemaal hard en glimmend. Dan doet ze het boek weer open. '*Daaaaarrrrrrrr komt Gerrie de Graafmachine aan!*'

Omdat ze chagrijnig is laat ik haar *Het weggelopen haasje* doen, en dan een stukje *Alice*. Mijn beste van de liedjes is 'Soep van de avond', dat is dus geen groentesoep. Alice is de hele tijd in een lange gang met allemaal deuren, eentje is piepklein, als ze hem open krijgt met het gouden sleuteltje is er een tuin met bonte bloembedden en koele fonteinen maar ze is steeds de verkeerde maat. Dan als ze eindelijk in de tuin komt ontdekt ze dat de rozen gewoon geverfd zijn niet echt en ze moet croquet spelen met flamingo's en egels.

We gaan boven op Dekbed liggen. Ik mag een heleboel. Ik denk dat Muis misschien wel terugkomt als we heel zachtjes doen maar hij komt niet, Mam heeft zeker alle gaten dichtgepropt. Ze is niet gemeen maar soms doet ze wel gemene dingen.

Als we opstaan om Schreeuw te doen, sla ik met de pannendeksels net als bekkens. Schreeuw gaat superlang door want elke keer als ik begin te stoppen gilt Mam nog even door, haar stem is bijna weg. De plekken op haar nek zijn net zoals ik soms verf met bietensap. Ik denk dat de plekken de vingerafdrukken van Ouwe Nick zijn.

Later speel ik Telefoon met wc-rolletjes, ik vind het leuk hoe hard de woorden zijn als ik door een dikke praat. Meestal doet Mam alle stemmen maar vanmiddag moet ze echt even gaan liggen en lezen. Het is *De Da Vinci Code* waar de ogen van een vrouw uit kijken, ze lijkt op de Mam van Kindje Jezus.

Ik bel Boots en Patrick en Kindje Jezus, ik vertel ze over mijn nieuwe krachten nu ik vijf ben. 'Ik kan onzichtbaar zijn,' fluister ik tegen mijn telefoon, 'ik kan mijn tong binnenstebuiten doen en net als een raket in Ruimte schieten.'

Mams oogleden zijn dicht, hoe kan ze daar nou doorheen lezen?

Ik speel Toetsenblok, dat is dat ik op mijn stoel bij Deur sta en meestal zegt Mam de nummers maar vandaag moet ik ze zelf verzinnen. Ik druk ze op Toetsenblok vlug vlug geen fouten. De nummers laten Deur niet openpiepen maar het maakt mooie klikjes als ik ze indruk.

Verkleden is een stil spel. Ik doe de koningskroon op die is van stukjes goudfolie en stukjes zilverfolie en melkpak eronder. Ik verzin een armband voor Mam van twee sokken van haar aan elkaar geknoopt, een witte en een groene.

Ik pak Spelletjesdoos van Plank. Ik meet met Liniaal, elke domino is twee en een halve centimeter en de damstenen zijn een centimeter en nog een beetje. Ik maak Petrus en Paulus van mijn vingers, eerst buigen ze naar elkaar en ze fladderen na elke bocht.

Mam heeft haar ogen weer open, ik geef haar de sokkenarmband, ze vindt hem heel mooi, ze doet hem meteen om.

'Zullen we Pesten?'

'Zo meteen,' zegt ze. Ze gaat naar Wasbak en wast haar gezicht, ik weet niet waarom want het was niet vies maar misschien zaten er bacteriën op.

Ik pest haar twee keer en zij pest mij een keer, ik vind het niet leuk om te verliezen. Dan GinRummy en Kwartetten, ik win de meeste keren. Dan spelen we gewoon wat met de kaarten, dansen en vechten en zo. Er is ook een spel dat BlackJack heet dat lijkt me het superleukst, maar Mam zegt dat ik daar nog te klein voor ben.

'Kijk.' Ik wijs naar Horloge. '17:01, we kunnen avondeten.'

Het is allebei een hotdog, lekker!

Voor Tv ga ik in Schommelstoel maar Mam gaat op Bed zitten met Naaikit, ze maakt de zoom van haar bruine jurk met roze dingetjes. We kijken naar de medische planeet waar dokters en verpleegsters gaten in mannen en vrouwen snijden om de bacteriën eruit te trekken. De patiënten zijn aan het slapen, niet dood. De dokters bijten de draad niet door net als Mam, ze gebruiken superscherpe dolken en daarna naaien ze de patiënt dicht net als Frankenstein.

Als de reclame komt vraagt Mam of ik ernaartoe wil gaan en op geluid uit wil drukken. Er is een man met een gele helm op die een gat in een straat boort, hij houdt zijn voorhoofd vast en trekt een gezicht. 'Heeft hij pijn?' vraag ik.

Ze kijkt op van het naaien. 'Hij heeft denk ik hoofdpijn van die lawaaierige boor.'

We kunnen de boor niet horen omdat het geluid uit staat. De Tv-man staat bij een wasbak en pakt een pil uit een pot, en dan lacht hij weer en gooit een bal naar een jongetje. 'Mam, Mam.'

'Wat?' Ze maakt een knoop.

'Dat is onze pot. Zag je dat? Keek je naar de man met de hoofdpijn?'

'Nee.'

'De pot waar hij de pil uit pakte, dat is precies de pot die wij hebben, de stillers.'

Mam kijkt naar Tv, maar daar is nu een auto in die om een berg heen scheurt.

'Nee, net,' zeg ik. 'Hij had echt onze pot stillers.'

'Nou, misschien was het dezelfde soort als wij hebben, maar het is niet de onze.'

'Jawel.'

'Nee, er zijn er een heleboel van.'

'Waar?'

Mam kijkt naar mij, dan weer naar haar jurk, ze trekt aan de zoom.

'Nou, onze pot staat hier op de plank, en de andere zijn...'

'In Tv?' vraag ik.

Ze kijkt naar de draadjes en draait ze om de kleine kaartjes zodat ze weer in Naaikit passen.

'Weet je?' Ik zit te springen. 'Weet je wat dat betekent? Dan gaat hij dus in Tv.' De medische planeet is weer terug maar ik kijk niet eens. 'Ouwe Nick,' zeg ik, anders denkt ze dat ik de man met de gele helm bedoel. 'Als hij niet hier is, overdag, weet je waar hij dan is? Dan gaat hij echt in Tv. Daar heeft hij onze stillers in een winkel gehaald en hierheen gebrengd.'

'Gebracht,' zegt Mam, en ze staat op. 'Gebracht, niet gebrengd. Het is bedtijd.' Ze begint te zingen: 'Indicate the Way to My Abode' maar ik zing niet mee.

Volgens mij snapt ze niet hoe geweldig dit is. Ik denk er de hele tijd over na als ik mijn slaapshirt aantrek en mijn tanden poets en zelfs als ik wat mag in Bed. Ik maak mijn mond los en zeg: 'Hoe komt het dat we hem nooit zien in Tv?'

Mam gaapt en gaat zitten.

'We kijken zo vaak en we zien hem nooit, hoe komt dat?'

'Hij is daar niet.'

'Maar die pot, hoe komt hij daar dan aan?'

'Ik weet het niet.'

Ze zegt het op een rare manier. Ik denk dat ze doet alsof. 'Je moet het weten. Jij weet alles.'

'Luister, het maakt eigenlijk niet uit.'

'Het maakt wel uit en ik vind het wel erg.' Ik schreeuw bijna.

'Jack...'

Wat Jack? Wat betekent *Jack?*

Mam leunt weer op de kussens. 'Het is heel moeilijk uit te leggen.'

Volgens mij kan ze het best uitleggen, ze wil het gewoon niet. 'Je kunt het wel uitleggen, want ik ben nu vijf.'

Haar gezicht kijkt naar Deur. 'Waar onze pot pillen eerst was, ja, dat was een winkel, daar heeft hij hem gekocht en toen nam hij hem mee hiernaartoe voor Zondagtraktatie.'

'Een winkel in Tv?' Ik kijk omhoog naar Plank om te kijken of de pot er nog staat.

'Maar de stillers zijn echt...'

'Het is ook een echte winkel.' Mam wrijft in haar oog.

'Hoe...?'

'Oké oké oké.'

Waarom schreeuwt ze nu?

'Luister. Wat wij op tv zien zijn... dat zijn de beelden van echte dingen.'

Dat is het ongelooflijkste wat ik ooit heb gehoord.

Mam houdt haar hand voor haar mond.

'Dus Dora is echt echt?'

Ze doet haar hand weg. 'Nee, sorry. Een heleboel dingen van tv zijn verzonnen beelden... bijvoorbeeld, Dora is gewoon getekend... maar de andere mannen en vrouwen, degenen met gezichten die er net zo uitzien als jij en ik, die zijn echt.'

'Echte mensen?'

Ze knikt. 'En de plaatsen zijn ook echt, zoals boerderijen en bossen en vliegtuigen en steden...'

'Niet.' Waarom houdt ze me voor de gek? 'Waar kunnen die dan zijn?'

'Overal rondom,' zegt Mam. 'Buiten.' Ze gooit haar hoofd naar achteren.

'Buiten Bedmuur?' Ik kijk naar die kant.

'Buiten Kamer.' Ze wijst nu de andere kant op, naar Fornuismuur, haar vinger gaat rond in een cirkel.

'Dus de winkels en de bossen zoeven rond in Ruimte?'

'Nee. Laat maar, Jack, ik had er niet over moeten...'

'Jawel, dat moet wel.' Ik schud hard aan haar knie, ik zeg: 'Vertel.'

'Niet vanavond, ik kan nu niet de goede woorden vinden om het uit te leggen.'

Alice zegt dat ze zichzelf niet kan uitleggen omdat ze niet hetzelfde is, ze weet wel wie ze vanmorgen was maar nu is ze al een paar keer veranderd.

Ineens staat Mam op en pakt de stillers van Plank, ik denk dat ze wil kijken of het dezelfde zijn als in Tv maar ze maakt de pot open en eet er een en dan nog een.

'Kun je morgen de woorden vinden?'

'Het is acht negenenveertig, Jack, wil je nu alsjeblieft naar bed gaan?' Ze bindt de vuilniszak dicht en zet hem naast Deur.

Ik ga in Kast liggen maar ik ben klaarwakker.

* * *

Vandaag is weer zo'n dag dat Mam Weg is.

Ze wordt niet helemaal wakker. Ze is er wel maar niet echt. Ze blijft in Bed met de kussens op haar hoofd.

Gekke Piemel staat rechtop, ik duw hem omlaag.

Ik eet mijn honderd cornflakes en ik ga op mijn stoel staan om het schaaltje en Gesmelte Lepel af te wassen. Het is heel stil als ik de kraan uitdraai. Ik vraag me af of Ouwe Nick in de nacht is gekomen. Ik denk het niet want de vuilniszak staat nog steeds bij Deur, maar misschien is hij wel gekomen alleen heeft hij niet de vuilnis meegenomen. Misschien is Mam niet gewoon Weg. Misschien heeft hij nog harder op haar nek geduwd en nu is ze...

Ik ga heel dichtbij en luister tot ik haar adem hoor. Ik ben maar twee centimeter van haar af, mijn haar komt tegen Mams neus en ze legt haar hand over haar gezicht, dus dan ga ik achteruit.

Ik ga niet in Bad in mijn eentje, ik trek meteen mijn kleren aan.

Er zijn heel veel uren, zeker wel honderd.

Mam staat op om te plassen maar geen praten, met haar gezicht helemaal leeg. Ik heb al een glas water naast Bed gezet maar ze gaat gewoon weer onder Dekbed liggen.

Ik vind het heel stom als ze Weg is, maar ik vind het leuk dat ik de hele dag Tv kan kijken.

Ik zet hem eerst heel zachtjes aan en doe hem steeds een beetje harder. Van te veel Tv kan ik een zombie worden maar Mam is vandaag net een zombie en ze kijkt niet eens. Er is *Bob de Bouwer* en *Wonderteam* en *Barney*. Ik ga ze allemaal aanraken voor hallo. Barney en zijn vriendjes doen een heleboel knuffels, ik ren ernaartoe om mee te doen maar soms ben ik te laat. Vandaag gaat het over een fee die in de nacht naar binnen glipt en oude tanden in geld verandert. Ik wil Dora maar ze komt niet.

Donderdag is weer wasdag, maar ik kan het niet helemaal alleen en Mam ligt trouwens nog steeds op de lakens.

Als ik weer honger krijg kijk ik op Horloge maar hij zegt pas 9:47. Tekenfilms zijn afgelopen dus dan kijk ik naar voetbal en de planeet waar mannen en vrouwen prijzen winnen. De vrouw met het bolle haar zit op haar rode bank te praten met een man die eerst een beroemde golfspeler was. Er is een andere planeet waar vrouwen kettingen omhooghouden en zeggen hoe prachtig ze zijn. 'Sukkels,' zegt Mam altijd als ze die planeet ziet. Vandaag zegt ze niks, ze heeft niet door dat ik zit te kijken en dat mijn hersens al beginnen te stinken.

Hoe kan Tv nou beelden van echte dingen zijn?

Ik zie ze voor me hoe ze allemaal rondzweven in Ruimte buiten de muren, de bank en de kettingen en het brood en de stillers en de vliegtuigen en alle zijen en hijen, de boksers en de man met één been en de vrouw met het bolle haar, ze zweven langs Dakraam.

Ik zwaai naar ze, maar er zijn ook wolkenkrabbers en koeien en schepen en vrachtwagens, het is helemaal vol daar, ik tel alle dingen die op Kamer kunnen neerstorten. Ik kan niet goed ademen, ik moet mijn tanden tellen, links naar rechts bovenaan dan rechts naar links onderaan, dan terug, elke keer twintig maar ik denk toch dat ik misschien fout tel.

Als het 12:04 is kan het middageten zijn dus ik snij een blik witte bonen in tomatensaus open, ik doe heel voorzichtig. Zou Mam wakker worden als ik in mijn hand snijdde en help roep? Ik heb nog nooit koude bonen gehad. Ik eet er negen, dan heb ik geen honger meer. Ik doe de rest in een bakje voor geen verspilling. Sommige plakken aan het blik vast onderaan, ik doe er water in. Misschien staat Mam straks op om het uit te schrapen. Misschien heeft ze wel honger, dan zegt ze: 'O Jack, wat lief van je dat je bonen voor me bewaart in een bakje.'

Ik meet nog meer dingen met Liniaal maar het is moeilijk om de nummers in mijn eentje op te tellen. Ik doe hem over de kop en hij is een acrobaat van een circus. Ik speel met Afstand, ik wijs hem naar Mam en fluister: 'Wakker worden,' maar het werkt niet. Ballon is helemaal flubberig, ze gaat een tochtje maken op Pruimensapfles omhoog naar Dakraam, ze maken het licht helemaal bruinig glinsterig. Ze zijn bang voor Afstand met zijn scherpe randje, dus ik stop hem in Kast en doe de deuren dicht. Ik zeg tegen alle dingen dat het niet erg is omdat Mam morgen weer terug is. Ik lees de vijf boeken allemaal zelf maar alleen een paar stukjes van *Alice*. Meestal zit ik gewoon maar wat.

Ik doe niet Schreeuw want ik moet Mam niet storen. Ik denk dat het niet zo erg is om het een dag over te slaan.

Dan zet ik Tv weer aan en wiebel met Haas, hij maakt de planeten een beetje minder wazig maar alleen een beetje. Het is raceauto's, ik vind het leuk als ze supersnel gaan maar het is niet zo interessant als ze de ovaal wel honderd keer hebben gedaan. Ik wil Mam wakker maken en vragen over Buiten met de echte mensen en dingen die allemaal rondzoeven, maar dan wordt ze boos. Of misschien zou ze niet eens aan gaan ook al schud ik haar. Dus ik doe het niet. Ik ga heel dichtbij, ik kan haar halve gezicht zien en haar nek. De plekken zijn nu paars.

Ik ga Ouwe Nick schoppen tot zijn kont pijn doet. Ik zap Deur open met Afstand en zoef naar Ruimte en haal alles in de echte winkels en breng het naar Mam.

Ik huil een beetje maar geen lawaai.

Ik kijk naar een programma van weer en een van vijanden bestormen een kasteel, de goeieriken bouwen een barricade zodat de deur niet opengaat. Ik bijt op mijn vinger, Mam kan niet zeggen dat ik moet ophouden. Ik vraag me af hoeveel van mijn hersens nu al slijmerig is en hoeveel nog goed. Ik denk dat ik misschien moet overgeven net als toen ik drie was en ook diarree had. En als ik helemaal op Kleed overgeef, hoe moet ik haar dan wassen in mijn eentje?

Ik kijk naar haar vlek van toen ik was geboren. Ik ga zitten en aai erover, het voelt een beetje warm en kriebelig net als de rest van Kleed, niet anders.

Mam is nooit meer dan een dag Weg. Ik weet niet wat ik doe als ik morgen wakker word en ze is nog steeds Weg.

Dan heb ik honger, ik pak een banaan ook al is hij een beetje groen.

Dora is een tekening in Tv maar ze is mijn echte vriendin, dat is raar. Jeep is echt echt, ik kan hem met mijn vingers voelen. Superman is alleen Tv. Bomen zijn Tv maar Plant is echt, o, ik heb haar nog geen water gegeven. Ik draag haar van Dressoir naar Wasbak en doe het nu meteen. Ik vraag me af of ze Mams stukje vis heeft opgegeten.

Skateboarden zijn Tv en meisjes en jongens ook alleen Mam zegt dat ze echt zijn, hoe kan dat nou als ze zo plat zijn? Mam en ik kunnen een barricade maken, we kunnen Bed tegen Deur schuiven dan gaat hij niet meer open, dan zal hij wel schrikken, haha. 'Laat me erin,' roept hij, 'anders zal ik huffen en puffen en ik zal je huisje omblazen.' Gras is Tv en vuur ook, maar het kan ook echt in Kamer komen als ik de bonen heet maak en het rood op mijn mouw springt en me opbrandt. Ik zou dat wel willen zien maar niet dat het gebeurt. Lucht is echt en water alleen in Bad en Wasbak, rivieren en meren zijn Tv, de zee weet ik niet want als die Buiten rondzoeft zou hij alles natmaken. Ik wil Mam schudden en vragen of de zee echt is. Kamer is echt echt, maar Buiten misschien ook alleen met een onzichtbaarheidsmantel aan net als Prins JackerJack in het verhaal. Kindje Jezus is Tv denk ik behalve in het schilderij met zijn Mam en zijn neef en zijn Oma, maar God is echt want hij kijkt naar binnen door Dakraam met zijn gele gezicht, alleen niet vandaag, nu is er alleen grijs.

Ik wil in Bed liggen met Mam. Maar ik ga op Kleed zitten met mijn hand alleen op de bobbel van haar voet onder Dekbed. Mijn arm wordt moe dus ik doe hem even omlaag en dan weer op haar voet. Ik rol Kleed een stukje op en laat haar dan weer opengaan, ik doe dat wel honderd keer.

Als het donker wordt probeer ik nog meer witte bonen in tomatensaus te eten maar ze zijn afschuwelijk. Dan pak ik maar een boterham met pindakaas. Ik maak Diepvries open en stop mijn gezicht erin naast de zakken met erwtjes en spinazie en smerige sperziebonen, ik blijf daar tot ik verdoofd ben, zelfs mijn oogleden.

Dan spring ik eruit en doe de deur dicht en wrijf over mijn wangen om ze warm te maken. Ik kan ze voelen met mijn handen maar ik kan niet voelen dat ze mijn handen erop voelen, dat is raar.

Het is nu donker in Dakraam, ik hoop dat God zijn zilveren gezicht naar binnen doet.

Ik doe mijn slaapshirt aan. Ik vraag me af of ik vies ben omdat ik niet in Bad ben geweest. Ik probeer aan mezelf te ruiken. In Kast ga ik in Deken liggen, maar ik heb het koud. Ik heb Thermostaat niet omhoog gedaan vandaag, daarom is het, ik denk er nu pas aan maar ik kan het niet meer doen want nu is het nacht.

Ik wil heel graag wat, ik heb de hele dag niks gehad. De rechter is ook goed, maar liever de linker. Ik kan bij Mam kruipen en wat pakken... maar dan duwt ze me misschien weg en dan is het nog erger.

En als ik in Bed ben bij haar en Ouwe Nick komt? Ik weet niet of het al negen uur is, het is te donker om Horloge te zien.

Ik glip in Bed, extra langzaam zodat Mam het niet merkt. Ik ga gewoon naast haar liggen. Als ik de piep piep hoor kan ik gauw gauw terug in Kast springen.

En als hij komt en Mam wordt niet wakker, wordt hij dan nog kwader? Zal hij dan nog ergere plekken op haar maken?

Ik blijf wakker zodat ik hem kan horen als hij komt.

Hij komt niet maar ik blijf toch wakker.

* * *

De vuilniszak staat nog steeds naast Deur. Mam was vanmorgen al eerder op dan ik en maakte hem los en schraapte de bonen uit het blik erbij. Als de zak er nog steeds is, is hij denk ik niet gekomen, dat is al twee avonden niet, joepie!

Vrijdag betekent tijd voor Matras. We draaien haar om, van voor naar achter en ook opzij, dan wordt ze niet bobbelig, ze is zo zwaar dat ik al mijn spieren moet gebruiken en als ze omlaag flopt duwt ze me van Bed af op Kleed. Ik zie de bruine vlek op Matras van toen ik de eerste keer uit de buik van Mam kwam. Dan doen we een wedstrijd stoffen, stof is kleine onzichtbare stukjes van ons vel die we niet meer nodig hebben omdat we nieuwe stukjes krijgen net als slangen. Mam niest heel hoog net als een operazangeres die we een keer in Tv hebben gehoord.

We doen onze boodschappenlijst, we weten niet wat we moeten kiezen voor Zondagtraktatie. 'Laten we snoep vragen,' zeg ik. 'Niet gewoon chocola. Een soort snoep die we nog nooit hebben gehad.'

'Een hele plakkerige soort, zodat je net zulke tanden krijgt als ik?'

Ik vind het niet leuk als Mam sarcasme doet.

Nu lezen we zinnen uit niet-plaatjesboeken, dit is *De schuur* met een akelig huis en allemaal witte sneeuw: 'Sindsdien,' lees ik voor, 'hebben hij en ik, zoals de jeugd dat tegenwoordig noemt, veel met elkaar opgetrokken, samen een kop koffie drinken... of *chai*-thee voor mij, extra heet met sojamelk.'

'Heel goed,' zegt Mam, 'alleen chai rijmt op Hawaii.'

Mannen en vrouwen in boeken en Tv hebben altijd dorst, ze drinken bier en sinaasappelsap en champagne en cappuccino en allerlei soorten dranken, soms tikken ze met hun glas tegen het glas van een ander als ze blij zijn maar ze maken ze niet kapot. Ik lees de zin nog een keer, ik snap hem nog steeds niet. 'Wie zijn de hij en de ik, zijn ze de jeugd?'

'Hmm,' zegt Mam, ze leest over mijn schouder mee, 'de jeugd is volgens mij meer de jeugd in het algemeen.'

'Wat is in het algemeen?'

'Een heleboel jongens en meisjes.'

Ik probeer ze voor me te zien, de heleboel, allemaal samen aan het spelen. 'Echte mensen?'

Mam zegt even niks meer, en dan 'Ja', heel zachtjes. Dus het was waar, alles wat ze zei.

De plekken zitten nog steeds in haar nek, ik vraag me af of ze ooit weggaan.

* * *

In de nacht is ze aan het flitsen, ik word er wakker van in Bed. Lamp aan, ik tel vijf. Lamp uit, ik tel een. Lamp aan, ik tel twee. Ik doe een kreun.

'Nog heel eventjes.' Ze staat nog steeds omhoog te kijken naar Dakraam die helemaal zwart is.

Er staat geen vuilniszak naast Deur, dan is hij dus hier geweest toen ik lag te slapen. 'Alsjeblieft, Mam.'

'Zo meteen.'

'Het doet pijn aan mijn ogen.'

Ze buigt over Bed en kust me naast mijn mond, ze legt Dekbed over mijn gezicht. Het licht flitst nog steeds maar donkerder.

Na een tijdje komt ze weer in Bed en geeft me wat om weer in slaap te vallen.

* * *

Op zaterdag maakt Mam drie vlechten bij me voor de verandering, het voelt raar. Ik zwaai met mijn gezicht om mezelf ermee te slaan.

Ik kijk vanochtend niet naar de tekenfilmplaneet, ik kies een beetje van een planeet van tuinen en van fitness en van nieuws, en alles wat ik zie vraag ik: 'Mam, is dat echt?' en ze zegt ja, behalve een stukje over een film met weerwolven en een vrouw die knapt als een ballon dat is gewoon special effects, dat is tekenen op computers.

Middageten is een blik kikkererwtencurry en rijst ook nog.

Ik wil graag een extra grote Schreeuw doen maar dat kan niet in het weekend.

Bijna de hele middag spelen we Touwfiguren, we kunnen de Kop-en-Schotel en de Vuurtoren en het Haarnetje en de Diamanten doen en we oefenen nog steeds het Geheim van de Smid alleen komen Mams vingers dan steeds in de war.

Avondeten is minipizza's, allebei een en eentje samen. Dan kijken we naar een planeet waar mannen en vrouwen allemaal sierlijke kleren dragen en heel hoog wit haar. Mam zegt dat ze echt zijn maar dat ze doen alsof ze van vroeger zijn en al honderden jaren geleden zijn doodgegaan. Het is een soort spel maar er lijkt me niet veel aan.

Ze zet Tv uit en snuift. 'Ik ruik nog steeds die curry van het middageten.'

'Ik ook.'

'Het smaakte goed maar het is smerig dat het zo lang blijft hangen.'

'De mijne smaakte ook smerig,' zeg ik.

Ze lacht. De plekken op haar nek worden minder, ze zijn groenig en gelig.

'Mag ik een verhaaltje?'

'Welk verhaaltje?'

'Eentje dat je nog nooit hebt verteld.'

Mam lacht naar me. 'Volgens mij ken je intussen alles wat ik ken. "De Graaf van Monte Cristo"?'

'Dat heb ik al miljoen keer gehoord.'

'"GulliJack in Lilliput"?'

'Triljoen keer.'

'"Nelson op Robbeneiland"?'

'En toen kwam hij na zevenentwintig jaar vrij en werd de regering.'

'"Goudlokje"?'

'Te eng.'

'De beren grommen alleen maar tegen haar,' zegt Mam.

'Evengoed.'

'"Prinses Diana"?'

'Had haar gordel om moeten doen.'

'Zie je wel, je kent ze allemaal.' Mam blaast haar adem uit. 'Wacht even, er is er nog een over een zeemeermin...'

'"De Kleine Zeemeermin".'

'Nee, een ander verhaal. Deze zeemeermin zit 's avonds op een rots haar haar te kammen, en dan komt er stilletjes een visser aan die haar in zijn net vangt.'

'Om haar te bakken voor zijn avondeten?'

'Nee nee, hij neemt haar mee naar zijn huisje en ze moet met hem trouwen,' zegt Mam. 'Hij pakt haar toverkam af zodat ze nooit meer terug kan naar de zee. Dus na een tijdje krijgt de zeemeermin een kindje...'

'... en dat heet JackerJack,' zeg ik.

'Precies. Maar telkens als de visser op zee gaat vissen zoekt ze overal in het huisje, en op een dag vindt ze de plek waar hij haar kam heeft verstopt...'

'Haha.'

'... en ze rent weg naar de rotsen en glipt snel terug in de zee.'

'Nee.'

Mam kijkt me heel dichtbij aan. 'Vind je dat geen leuk verhaal?'

'Ze moet niet weg zijn.'

'Het is niet erg.' Ze pakt de traan uit mijn oog met haar vinger. 'Ik vergat te zeggen dat ze haar kindje JackerJack natuurlijk meeneemt, hij zit helemaal vastgeknoopt in haar haar. En als de visser terugkomt is het huisje leeg, en hij ziet ze nooit meer terug.'

'Verdrinkt hij?'

'De visser?'

'Nee, JackerJack, onder water.'

'O, maak je geen zorgen,' zegt Mam, 'hij is een halve zeemeermin, weet je nog? Hij kan lucht of water inademen, dat maakt niks uit.' Ze gaat op Horloge kijken, het is 20:27.

Ik lig heel lang in Kast, maar ik krijg geen slaap. We doen liedjes en gebedjes. 'Nog één versje,' zeg ik, 'alsjeblieft?' Ik kies 'Het huis dat Jack heeft gebouwd' want dat is het langste.

Mams stem is geeuwerig. 'Dit is de man die gaf er niet om...'

'Die kuste het meisje wier wangetje glom...'

'Die molk de koe met de hoorn zo krom...'

Ik doe gauw gauw nog een paar regels. 'Die gooide de hond al om en om die beet de kat die ving de rat die...'

Piep piep.

Ik pers mijn mond stijf dicht.

Het eerste wat Ouwe Nick zegt kan ik niet horen.

'Mmm, ja sorry,' zegt Mam, 'we hebben curry gegeten. Ik vroeg me af, eerlijk gezegd, of het misschien mogelijk is...' Haar stem is helemaal hoog. 'Of we misschien een keer een afzuigkap of zoiets zouden kunnen krijgen?'

Hij zegt niks, ik denk dat ze op Bed zitten.

'Een kleintje maar,' zegt ze.

'O ja, dat is een goed idee,' zegt Ouwe Nick. 'En dan alle buren zich maar afvragen waarom ik iets pittigs sta te koken in mijn schuur.'

Dat is volgens mij weer sarcasme.

'O. Sorry,' zegt Mam. 'Daar had ik niet aan gedacht...'

'Zal ik dan ook maar meteen een knipperende neonpijl op het dak zetten?'

Ik vraag me af hoe een pijl kan knipperen.

'Het spijt me echt,' zegt Mam, 'ik had er niet bij nagedacht dat de geur, dat het, dat een afzuigkap zou...'

'Volgens mij heb jij helemaal niet door hoe goed je het hier hebt,' zegt Ouwe Nick. 'Of wel soms?'

Mam zegt niks.

'Bovengronds, natuurlijk licht, luchtverversing, het is een stuk beter dan andere plekken, dat kan ik je wel vertellen. Vers fruit, toiletspullen, noem maar op, je hoeft maar te kikken en je krijgt het. Er zijn zat meiden die de hemel op hun blote knieën zouden danken voor zo'n plek, veilig als een huis. Vooral met die kleine...'

Ben ik dat?

'Geen dronken chauffeurs om je zorgen over te maken,' zegt hij, 'drugsdealers, kinderlokkers...'

Mam praat heel snel door hem heen. 'Ik had niet over een afzuigkap moeten beginnen, dat was stom van me, alles is prima.'

'Goed dan.'

Eventjes zegt niemand iets.

Ik tel mijn tanden, ik heb het steeds fout, negentien dan twintig dan weer negentien. Ik bijt op mijn tong tot het pijn doet.

'Je krijgt natuurlijk wel slijtage, dat kun je verwachten.' Zijn stem is bewogen, ik denk dat hij nu bij Bad staat. 'Hier laat de kitrand los, dat moet ik schuren en opnieuw kitten. En kijk, hier komt de ondervloer erdoorheen.'

'We doen voorzichtig,' zegt Mam, heel zachtjes.

'Niet voorzichtig genoeg. Kurk is niet bedoeld voor intensief gebruik, ik had één zittende bewoner in gedachten.'

'Kom je naar bed?' vraagt Mam met dat gekke hoge stemmetje.

'Laat me eerst even mijn schoenen uittrekken.' Er klinkt een soort gegrom, ik hoor iets op Vloer vallen. 'Jij bent degene die al over renovaties begint te zeuren terwijl ik amper twee minuten binnen ben...'

Lamp gaat uit.

Ouwe Nick kraakt Bed, ik tel tot zevenennegentig dan denk ik dat ik er een heb overgeslagen en ik ben de tel kwijt.

Ik blijf wakker liggen luisteren ook als er niks meer te horen is.

* * *

Op zondag hebben we bagels als avondeten, met jam en ook met pindakaas, we moeten hard kauwen. Mam haalt haar bagel uit haar mond en er zit een spits ding in. 'Eindelijk,' zegt ze.

Ik pak het, het is helemaal gelig met donkerbruine stukjes. 'Rotte Kies?'

Mam knikt. Ze voelt achter in haar mond.

Dat is wel heel raar. 'We kunnen hem terugstoppen, met bloemlijm misschien.'

Ze doet een grijns en schudt van nee. 'Ik ben juist blij dat hij eruit is, nu kan hij geen pijn meer doen.'

Net zat hij nog in haar en nu niet meer. Gewoon een ding. 'Hé, weet je wat, als je hem onder je kussen legt komt er in de nacht onzichtbaar een fee en die verandert hem in geld.'

'Hier niet, sorry,' zegt Mam.

'Waarom niet?'

'De tandenfee weet niet dat Kamer bestaat.' Haar ogen kijken door de muren heen.

Buiten heeft alles. Steeds als ik nu aan iets denk zoals ski's of vuurwerk of eilanden of liften of jojo's, dan moet ik onthouden dat ze echt zijn, dat ze echt allemaal samen gebeuren in Buiten. Ik krijg er een moe hoofd van. En mannen en vrouwen ook, brandweer leraren inbrekers kindjes heiligen voetballers en alle soorten, ze zijn allemaal echt in Buiten.

Maar ik ben daar niet, ik en Mam zijn de enigen die daar niet zijn. Zijn wij nog wel echt?

Na het eten vertelt Mam "Hans en Grietje" en "De val van de Berlijnse Muur" en "Repelsteeltje". Ik vind het leuk als de koningin moet raden hoe het mannetje heet anders pakt hij haar kindje af. 'Zijn verhaaltjes echt?'

'Welke?'

'"De zeemeerminmoeder" en "Hans en Grietje" en die allemaal.'

'Nou,' zegt Mam, 'niet letterlijk.'

'Wat is...'

'Ze zijn magisch, ze gaan niet over echte mannen en vrouwen die nu op de wereld rondlopen.'

'Dus ze zijn nep?'

'Nee nee. Verhalen zijn op een andere manier waar.'

Mijn gezicht is helemaal in elkaar gefrommeld omdat ik het probeer te snappen. 'Is de Berlijnse Muur echt?'

'Ja, er was wel een muur, maar nu niet meer.'

Ik ben zo moe dat ik straks nog in tweeën scheur, net als Repelsteeltje op het eind.

'*Goedenacht*,' zegt Mam, en ze doet de deuren van Kast dicht, '*slaap zacht*, *laat de beestjes niet bijten vannacht*.'

* * *

Ik dacht dat ik niet uitgeschakeld was maar nu is Ouwe Nick hier ineens heel hard aan het praten.

'Maar vitamines...' zegt Mam.

'Afzetterij.'

'Wil je dan dat we ziek worden?'

'Het is gewoon oplichting,' zegt Ouwe Nick. 'Ik heb een keer een documentaire gezien, ze belanden allemaal in de wc.'

Wie belandt er in Wc?

'Maar weet je, als we betere voeding zouden krijgen...'

'O, daar gaan we weer. Jij met je eeuwige gezanik.' Ik kan hem zien door de latjes, hij zit op de rand van Bad.

Mams stem wordt boos. 'Ik denk dat wij nog goedkoper in onderhoud zijn dan een hond. We hebben niet eens schoenen nodig.'

'Je hebt echt geen idee hoe de wereld vandaag de dag in elkaar steekt. Ik bedoel, waar denk je dat het geld vandaan moet blijven komen?'

Niemand zegt iets. Dan zegt Mam: 'Hoe bedoel je? Geld in het algemeen, of...'

'Een halfjaar.' Hij heeft zijn armen over elkaar, ze zijn immens. 'Een halfjaar geleden ben ik ontslagen, en heb jij daar je mooie hoofdje over hoeven breken?'

Ik zie Mam ook, door de latjes, ze staat bijna naast hem.

'Wat is er gebeurd?'

'Alsof dat wat uitmaakt.'

'Ben je op zoek naar een nieuwe baan?'

Ze kijken elkaar aan.

'Heb je schulden?' vraagt ze. 'Hoe ga je...?'

'Hou je bek.'

Ik wil het niet maar ik ben zo bang dat hij haar weer pijn gaat doen dat het geluid gewoon uit mijn hoofd barst.

Ouwe Nick kijkt recht naar mij, hij zet een stap en dan nog een en hij klopt op de latjes. Ik zie zijn handschaduw. 'Hé, daarbinnen.'

Hij praat tegen mij. Mijn hart doet boem boem boem. Ik hou mijn knieën vast en pers mijn tanden op elkaar. Ik wil onder Deken kruipen maar ik kan het niet, ik kan niks doen.

'Hij slaapt.' Dat is Mam.

'Stopt ze je overdag ook de hele tijd in de kast, net als 's nachts?'

De je, dat ben ik. Ik wacht tot Mam nee zegt, maar ze zegt niks.

'Het lijkt me niet normaal.' Ik zie zijn ogen, ze zijn helemaal bleek. Kan hij me zien, verander ik in steen? En als hij de deur opendoet? Ik denk dan misschien wel...

'Volgens mij is er iets mis,' zegt hij tegen Mam, 'je hebt me nooit naar hem laten kijken vanaf de dag dat hij geboren is. Heeft die kleine freak soms twee hoofden of zo?'

Waarom zei hij dat? Ik wil bijna mijn ene hoofd uit Kast steken, om het hem te laten zien.

Mam staat daar voor de latjes, ik zie de knobbels van haar schouderbladen door haar T-shirt. 'Hij is gewoon verlegen.'

'Hij hoeft toch niet verlegen te zijn voor mij,' zegt Ouwe Nick. 'Ik heb hem nooit met een vinger aangeraakt.'

Waarom zou hij mij met een vinger aanraken?

'Ik heb die mooie jeep voor hem gekocht, toch? Ik weet hoe jongens zijn, ik ben er zelf ook een geweest. Kom op, Jack...'

Hij zei mijn naam.

'Kom er eens uit, dan krijg je een lolly.'

Een lolly!

'Laten we gewoon naar bed gaan.' Mams stemt klinkt vreemd.

Ouwe Nick doet een soort lach. 'Ik weet wat jij nodig hebt, juffie.'

Wat Mam nodig heeft? Is het iets op de lijst?

'Kom,' zegt ze weer.

'Heeft je moeder je geen manieren geleerd?'

Lamp gaat uit.

Maar Mam heeft geen moeder.

Bed maakt lawaai, dat is hij die gaat liggen.

Ik trek Deken over mijn hoofd en druk tegen mijn oren om niks te horen. Ik wil de kraken niet tellen maar ik tel ze toch.

* * *

Als ik wakker word lig ik nog steeds in Kast en het is stikdonker.

Ik vraag me af of Ouwe Nick er nog is. En de lolly?

De regel is: in Kast blijven tot Mam me komt halen.

Ik vraag me af wat voor kleur de lolly is. Zijn er kleuren in het donker?

Ik probeer weer uit te schakelen maar ik ben helemaal aan.

Ik kan mijn hoofd eruit steken alleen om...

Ik duw de deuren open, heel langzaam en zachtjes. Het enige wat ik hoor is het zoemen van Koelkast. Ik sta op, ik doe een stap, twee stappen, drie. Ik stoot mijn teen aan iets aaaaaaaauuuuuuw. Ik raap het op en het is een schoen, een reuzenschoen. Ik kijk naar Bed, daar ligt hij, Ouwe Nick, zijn gezicht is van steen volgens mij. Ik steek mijn vinger uit, niet om het aan te raken, alleen maar bijna.

Zijn ogen flitsen helemaal wit. Ik spring achteruit, ik laat de schoen vallen. Ik denk dat hij misschien gaat roepen maar hij doet een grijns met grote blinkende tanden en zegt: 'Hé, jonkie.'

Ik weet niet wat dat...

Dan hoor ik Mam harder dan ik haar ooit Schreeuw heb horen doen. 'Weg daar, ga weg bij hem!'

Ik spurt terug naar Kast, ik stoot mijn hoofd, aaauuuw, ze blijft krijsen: 'Ga weg bij hem.'

'Hou je kop,' zegt Ouwe Nick, 'hou je kop.' Hij noemt haar woorden die ik niet kan horen door het schreeuwen. Dan wordt haar stem wazig. 'Hou op met dat kabaal,' zegt hij.

Mam doet mmmmmmm in plaats van woorden. Ik hou mijn

hoofd vast waar het heeft gestoten, ik doe mijn twee handen eromheen.

'Jij bent echt knettergek, weet je dat?'

'Ik kan wel stil zijn,' zegt ze, ze fluistert bijna, ik hoor haar adem helemaal krakerig. 'Je weet hoe stil ik kan zijn, zolang je hem maar met rust laat. Dat is het enige wat ik ooit heb gevraagd.'

Ouwe Nick snuift. 'Elke keer als ik de deur opendoe vraag je om dingen.'

'Het is allemaal voor Jack.'

'Oké, maar vergeet niet waar je hem vandaan hebt.'

Ik luister heel goed maar Mam zegt niks.

Geluiden. Pakt hij zijn kleren? Zijn schoenen, ik denk dat hij zijn schoenen aandoet.

Ik slaap niet als hij weg is. Ik ben de hele nacht aan in Kast. Ik wacht wel honderd uren maar Mam komt me niet halen.

* * *

Ik kijk omhoog naar Dak en dan vliegt hij ineens weg en dan komt de lucht naar binnen vallen en de raketten en de koeien en de bomen knallen op mijn hoofd neer...

Nee, ik ben in Bed, er komt licht omlaag druppelen door Dakraam, dan is het ochtend.

'Je hebt gewoon een nare droom gehad,' zegt Mam, ze aait mijn wang.

Ik mag wat maar niet veel, de linker, hmm.

Dan weet ik het weer en ik ga zitten in Bed om te kijken of er nieuwe plekken op haar zijn maar ik zie er geen. 'Sorry dat ik uit Kast kwam in de nacht.'

'Ja,' zegt ze.

Is dat hetzelfde als vergeven? Ik herinner me nog iets. 'Wat is een kleine freak?'

'O, Jack.'

'Waarom zei hij dat er iets mis is met mij?'

Mam kreunt. 'Er is helemaal niks mis met jou, je bent helemaal goed.' Ze kust mijn neus.

'Maar waarom zei hij dat?'

'Hij probeert me gewoon gek te maken.'

'Waarom probeert hij...?'

'Weet je, jij vindt het toch leuk om met autootjes en ballonnen en zo te spelen? Nou, zo vindt hij het leuk om met mijn hoofd te spelen.' Ze tikt erop.

Ik weet niet hoe je met hoofden kunt spelen. 'Is ontslagen hetzelfde als geslagen?'

'Nee, het betekent dat hij zijn baan kwijt is,' zegt Mam.

Ik dacht dat alleen dingen kwijt konden raken, net als een van onze spelden van de zes. Alles is anders in Buiten. 'Waarom zei hij vergeet niet waar je mij vandaan hebt?'

'O, kun je alsjeblieft één minuut je mond houden?'

Ik tel met het geluid uit, eenentwintig tweeëntwintig, al de zestig seconden springen de vragen op en neer in mijn hoofd.

Mam schenkt een glas vol melk voor haar, ze doet er geen voor mij. Ze kijkt in Koelkast, het licht gaat niet aan, dat is raar. Ze doet de deur weer dicht.

De minuut is voorbij. 'Waarom zei hij vergeet niet waar je mij vandaan hebt? Dat was toch uit Hemel?'

Mam klikt Lamp maar hij wordt ook niet wakker. 'Hij bedoelde... van wie je bent.'

'Ik ben van jou.'

Ze geeft me een kleine grijns.

'Is het peertje van Lamp op?'

'Ik denk niet dat het daaraan ligt.' Ze bibbert en gaat op Thermostaat kijken.

'Waarom zei hij dat je dat niet moest vergeten?'

'Nou, eerlijk gezegd heeft hij het helemaal mis, hij denkt dat jij van hem bent.'

Ha! 'Wat een sukkel.'

Mam staart naar Thermostaat. 'Stroomstoring.'

'Wat is dat?'

'De dingen krijgen nu allemaal geen stroom.'

Het is een rare dag.

We eten onze cornflakes en poetsen onze tanden en kleden ons aan en geven Plant water. We proberen Bad te laten vollopen maar na het eerste beetje komt het water er helemaal ijzig uit dus dan wassen we ons alleen met doekjes. Het wordt lichter door Dakraam maar niet heel veel. Tv doet het ook niet, ik mis mijn vriendjes. Ik doe alsof ze op het scherm komen, ik tik ze met mijn vingers. Mam zegt laten we allebei nog een shirt en een broek aantrekken om warm te worden, en zelfs twee sokken aan elke voet. We rennen Parcours heel veel kilometers om warm te worden, dan zegt Mam dat ik de buitensokken uit mag trekken want mijn tenen zijn helemaal tegen elkaar geperst. 'Mijn oren doen pijn,' zeg ik.

Haar wenkbrauwen gaan omhoog.

'Het is te stil in mijn oren.'

'O ja, dat komt doordat we niet alle kleine geluidjes horen die we gewend zijn, zoals de verwarming die aanslaat of het zoemen van de koelkast.'

Ik speel met Rotte Kies, ik verstoppel hem op verschillende plekken zoals onder Dressoir en in de rijst en achter Afwasmiddel. Ik probeer te vergeten waar hij is, en dan ben ik helemaal verbaasd. Mam hakt alle sperziebonen uit Diepvries, waarom hakt ze er zoveel?

Dan pas denk ik weer aan het leuke deel van gisteravond. 'O, Mam, de lolly.'

Ze hakt gewoon door. 'Die ligt in de vuilnis.'

Waarom heeft hij hem daarin gedaan? Ik ren ernaartoe, trap op het pedaal en het deksel doet ping maar ik zie de lolly niet. Ik voel tussen de sinaasappelschillen en rijst en stamppot en plastic.

Mam pakt mijn schouders vast. 'Laat liggen.'

'Maar het is mijn snoep voor Zondagtraktatie,' zeg ik.

'Het is troep.'

'Niet waar.'

'Hij heeft er misschien vijftig cent voor betaald. Hij lacht je gewoon uit.'

'Ik heb nog nooit een lolly gehad.' Ik trek me los.

Niks kan warm worden op Fornuis omdat de stroom uit is. Dus middageten is glibberige bevriesde sperziebonen die nog viezer zijn dan gekookte sperziebonen. We moeten ze opeten want anders gaan ze smelten en rotten. Ik zou het niet erg vinden maar het is verspilling.

'Wil je *Het weggelopen haasje*?' vraagt Mam als we de afwas hebben gedaan in helemaal koud.

Ik schud van nee. 'Wanneer gaat de stroom weer aan?'

'Ik weet het niet, het spijt me.'

We gaan in Bed liggen om warm te worden. Mam trekt al haar kleren omhoog en ik mag heel veel, de linker dan de rechter.

'En als Kamer nu steeds kouder en kouderder wordt?'

'O, dat gebeurt niet. Over drie dagen is het april,' zegt ze, en ze gaat lepeltje lepeltje tegen me aan liggen. 'Zo koud kan het niet zijn buiten.'

We doezelen, maar ik alleen een beetje. Ik wacht tot Mam helemaal zwaar is en dan wurm ik me los en ga weer in Vuilnis kijken.

Ik vind de lolly bijna onderin, het is een rode cirkel helemaal plat. Ik was mijn armen en mijn lolly ook want er zit vieze stamppot aan. Ik haal het plastic er meteen af en ik sabbel en sabbel, het is het zoetste wat ik ooit heb gehad. Zou dat de smaak van Buiten zijn?

Als ik wou weglopen dan werd ik een stoel en dan weet Mam niet welke. Of ik maak mezelf onzichtbaar en plak tegen Dakraam zodat ze dwars door me heen kijkt. Of een heel klein spikkeltje stof en dan ga ik in haar neus en dan niest ze me meteen weer uit.

Haar ogen zijn open.

Ik hou de lolly achter mijn rug.

Ze doet haar ogen weer dicht.

Ik ga uren door met sabbelen ook al ben ik een beetje misselijk. Dan is het alleen nog maar een stokje en ik stop het in Vuilnis.

Als Mam opstaat zegt ze niks over de lolly, misschien was ze nog aan het slapen met haar ogen open. Ze probeert Lamp weer maar hij blijft uit. Ze zegt dat ze hem aan zal laten zodat we het meteen weten als de stroomstoring voorbij is.

'En als hij midden in de nacht aan gaat en ons wakker maakt?'

'Ik denk niet dat het midden in de nacht zal zijn.'

We doen Bowlen met Stuiterbal en Woordenbal, en we gooien vitaminepotten om waar we verschillende hoofden op hadden gemaakt toen ik vier was, zoals Draak en Buitenaards Wezen en Prinses en Krokodil, ik win het vaakst. Ik oefen optellen en aftrekken en rijtjes en vermenigvuldigen en delen en de grootste getallen die er zijn opschrijven. Mam naait twee nieuwe handpoppen van kleine sokjes van mij toen ik een baby was, ze hebben een lachende mond van draadsteken en allemaal verschillende knopenogen. Ik kan ook naaien maar er is niet veel aan. Ik wou dat ik mijn baby-ik nog kon herinneren, hoe ik toen was.

Ik schrijf een brief aan SpongeBob met op de achterkant een tekening van mij en Mam die dansen om warm te blijven. We spelen Snip-Snap en Memory en Kwartetten, Mam wil Schaken maar daar worden mijn hersens slap van dus vindt ze Dammen ook goed.

Mijn vingers worden zo stijf dat ik ze in mijn mond stop. Mam zegt dat je zo bacteriën verspreidt, ik moet ze weer gaan wassen in het vriezige water.

We doen een heleboel kralen van brooddeeg voor een ketting maar we kunnen hem niet rijgen tot ze helemaal droog en hard zijn. We maken een ruimteschip van doosjes en bakjes, de plakband is bijna op maar Mam zegt: 'Ach, waarom ook niet?' en gebruikt het laatste stukje.

Dakraam wordt donker.

Avondeten is kaas die helemaal zweterig is en smeltende broccoli. Mam zegt dat ik moet eten anders krijg ik het nog kouder. Ze pakt twee stillers en een grote slok om ze door te slikken. 'Waarom heb je nog steeds pijn ook al is Rotte Kies eruit?'

'Ik denk dat de andere nu meer opvallen.'

We trekken onze slaapshirts aan maar doen onze kleren er weer overheen.

Mam begint een liedje. '*De andere kant van de berg...*'

'*De andere kant van de berg...*' zing ik.

'*De andere kant van de berg...*'

'*Was alles wat hij zag.*'

Ik doe 'Negenennegentig flessen bier op de muur' helemaal omlaag tot zeventig.

Mam houdt haar handen tegen haar oren en vraagt of we de rest alsjeblieft morgen kunnen doen. 'Dan hebben we denk ik wel weer stroom.'

'Okidoki,' zeg ik.

'En ook al hebben we dan nog geen stroom, hij kan niet tegenhouden dat de zon opkomt.'

Ouwe Nick? 'Waarom zou hij de zon tegenhouden?'

'Dat kan hij niet, zei ik.' Mam geeft me een harde knuffel, ze zegt: 'Het spijt me.'

'Waarom spijt het je?'

Ze blaast haar adem uit. 'Het is mijn schuld, ik heb hem boos gemaakt.'

Ik kijk naar haar gezicht maar ik kan het bijna niet zien.

'Hij kan het niet uitstaan als ik begin te gillen. Dat heb ik in geen jaren gedaan. Hij wil ons straffen.'

Mijn hart bonst heel erg hard. 'Hoe gaat hij ons straffen?'

'Nee, hij straft ons nu al, bedoel ik. Door de stroom af te sluiten.'

'O, dat is niet erg.'

Mam lacht. 'Hoe bedoel je? We hebben het ijskoud, we eten slijmerige groenten...'

'Ja, maar ik dacht dat hij ons ook ging straffen.' Ik probeer het voor me te zien. 'Stel dat er twee Kamers waren, en dat hij mij in de ene zet en jou in de andere.'

'Jack, je bent geweldig.'

'Waarom ben ik geweldig?'

'Ik weet niet,' zegt Mam, 'zo ben je er gewoon uit gefloept.'

We gaan nog dichter tegen elkaar aan liggen in Bed. 'Ik vind het donker niet leuk,' zeg ik.

'Nou, het is nu tijd om te slapen, dus dan zou het sowieso donker zijn.'

'O ja.'

'We kennen elkaar ook zonder te kijken, toch?'

'Ja.'

'Goedenacht, slaap zacht, laat de beestjes niet bijten vannacht.'
'Hoef ik niet in Kast?'
'Vanavond niet,' zegt Mam.

* * *

Als we wakker worden is de lucht bibberiger. Horloge zegt 7:09, hij heeft een batterij, dat is zijn eigen kleine stroom vanbinnen verstoppeld.

Mam gaapt de hele tijd want ze was de hele nacht wakker.

Ik heb buikpijn, ze zegt dat het misschien door al die rauwe groenten komt. Ik wil een stiller uit de pot, ze geeft me een halve. Ik wacht en wacht maar mijn buik voelt niet anders. Dakraam wordt lichter.

'Ik ben blij dat hij gisteravond niet is gekomen,' zeg ik tegen Mam. 'Ik wed dat hij nooit meer terugkomt, dat zou supergeweldig zijn.'

'Jack.' Ze kijkt een beetje fronsend. 'Denk eens goed na.'

'Ik denk ook na.'

'Ik bedoel, over wat er dan zou gebeuren. Waar komt ons eten vandaan?'

Die weet ik. 'Van Kindje Jezus in de akkers in Buiten.'

'Nee, maar... wie is de brenger?'

O.

Mam staat op, ze zegt dat het een goed teken is dat de kranen het nog doen.

'Hij had het water ook af kunnen sluiten, maar dat heeft hij niet gedaan.'

Ik weet niet waar dat een teken van is.

Er is bagel als ontbijt maar hij is koud en papperig.

'Wat gebeurt er als hij de stroom niet meer aandoet?' vraag ik.

'Ik weet zeker dat hij dat wel weer doet. Misschien vanmiddag.'

Ik probeer de knoppen op Tv soms. Gewoon een stomme grijze bak, ik kan mijn gezicht zien maar niet zo goed als in Spiegel.

We doen alle Gyms die we kunnen bedenken om warm te worden. Karate en Eilanden en Commando Pinkelen en Trampoline.

Hinkelen, dan moeten we van de ene kurktegel naar de andere hinkelen en nooit de lijnen aanraken en nooit vallen. Mam kiest Blindemannetje, ze bindt mijn camouflagebroek voor haar ogen. Ik verstoppel me in Onderbed naast Eierslang en ik haal niet eens adem, zo plat als een bladzijde in een boek, en ze doet er wel honderd uur over tot ze me heeft gevonden. Dan kies ik Abseilen, Mam houdt mijn handen vast en ik loop tegen haar benen omhoog tot mijn benen hoger zijn dan mijn hoofd, en dan hang ik ondersteboven, mijn vlechten vallen in mijn gezicht en maken me aan het lachen. Ik doe een salto en dan ben ik weer rechtop. Ik wil het heel veel keren maar haar pijne pols doet pijn.

Dan zijn we moe.

We maken een mobile van een lange spaghetti en draden eraan waar dingen aan geplakt zitten, hele kleine tekeningetjes van mij helemaal oranje en Mam helemaal groen en gedraaide folie en propjes wc-papier. Mam maakt de bovenste draad aan Dak vast met de speld van mijn octopustekening, en de spaghetti bungelt met alle kleine dingetjes die op en neer vliegen als we eronder staan en heel hard blazen.

Ik heb honger dus Mam zegt dat ik de laatste appel mag.

En als Ouwe Nick geen appels meer brengt?

'Waarom straft hij ons nu nog steeds?' vraag ik.

Mam trekt met haar mond. 'Hij denkt dat wij dingen zijn die van hem zijn, omdat Kamer van hem is.'

'Hoezo?'

'Nou, hij heeft Kamer gemaakt.'

Dat is raar, ik dacht dat Kamer gewoon is. 'Maar God heeft toch alles gemaakt?'

Mam is even stil en dan wrijft ze over mijn nek. 'Alle goede dingen, dat wel.'

We spelen De Ark van Noach op Tafel, alle dingen zoals Kam en Klein Bord en Bakspaan en de boeken en Jeep moeten in de rij gaan staan en vlug vlug in Krat stappen voordat er een reusachtige zondvloed komt. Mam speelt niet echt meer mee, ze heeft haar gezicht in haar handen net of het heel zwaar is.

Ik kauw op de appel. 'Doen je andere kiezen pijn?'

Ze kijkt door haar vingers heen naar mij, haar ogen zijn supergroot.

'Welke dan?'

Mam staat zo ineens op dat ik bijna schrik. Ze gaat in Schommelstoel zitten en steekt haar handen uit. 'Kom eens. Ik heb een verhaal voor je.'

'Een nieuw verhaal?'

'Ja.'

'Super.'

Ze wacht tot ik helemaal in haar armen gevouwen zit. Ik knabbel aan de tweede kant van de appel, dan kan ik er zo lang mogelijk mee doen. 'Weet je nog van Alice, dat ze niet altijd in Wonderland is geweest?'

Dat was een strikvraag, die ken ik al. 'Ja, ze gaat in het huis van het Witte Konijn en groeit zo groot dat ze haar arm uit het raam moet steken en haar voet door de schoorsteen en ze schopt Wil de Hagedis eruit, klaboem, dat is een grappig stukje.

'Nee, maar daarvoor. Weet je nog dat ze in het gras lag?'

'En toen viel ze in het hol wel zesduizend kilometer maar het deed geen pijn.'

'Nou, ik ben net als Alice,' zegt Mam.

Ik moet lachen. 'Niet. Zij is een klein meisje met een heel groot hoofd, nog groter dan het hoofd van Dora.'

Mam bijt op haar lip, er zit een donker stukje. 'Ja, maar ik kom van ergens anders, net als zij. Heel lang geleden was ik...'

'Boven in Hemel.'

Ze houdt haar vinger voor mijn mond, ik moet stil zijn. 'Toen kwam ik omlaag en toen was ik een kind net als jij, ik woonde bij mijn vader en moeder.'

Ik schud van nee. 'Jíj bent de moeder.'

'Maar ik had zelf ook een moeder die ik Mama noemde,' zegt ze. 'Ik heb nog steeds een moeder.'

Waarom doet ze zo alsof, is dit een spelletje dat ik niet ken?

'Ze is... jij zou haar eigenlijk Oma noemen.'

Net als de abuela van Dora. Sint-Anna op het schilderij dat de Maagd Maria op haar schoot zit. Ik eet het klokhuis, het is nu bijna niks meer. Ik leg het op tafel. 'Ben jij in haar buik gegroeid?'

'Nou... eerlijk gezegd niet, ik ben geadopteerd. Zij en mijn vader... die zou jij dus Opa noemen. En ik had, ik heb, ook een grote broer die Paul heet.'

Ik schud van nee. 'Bedoel je Paulus, dat is toch een heilige?'

'Nee, ik bedoel mijn broer, die heet Paul.'

Hoe kunnen er nou ineens twee van zijn?

'Voor jou is hij eigenlijk Oom Paul.'

Dat zijn te veel namen, mijn hoofd is vol. Mijn buik is nog steeds leeg, net of de appel er niet in zit. 'Wat is het middageten?'

Mam lacht niet. 'Ik ben je aan het vertellen over mijn familie.'

Ik schud van nee.

'Alleen omdat jij ze nooit gezien hebt, wil dat nog niet zeggen dat ze niet echt zijn. Er zijn meer dingen op aarde dan jij je kunt voorstellen.'

'Hebben we nog kaas die niet zweterig is?'

'Jack, dit is belangrijk. Ik woonde in een huis met mijn mama en mijn papa en Paul.'

Ik moet het spel meespelen, anders wordt ze boos. 'Een huis in Tv?'

'Nee, buiten.'

Dat is belachelijk, Mam is nooit in Buiten geweest.

'Maar het leek wel op een huis dat je op tv kunt zien, ja. Een huis aan de rand van de stad, met een tuin erachter, en een hangmat.'

'Wat is een hangmat?'

Mam pakt het potlood van Plank en maakt een tekening van twee bomen, er hangen touwen tussen helemaal aan elkaar geknoopt en er ligt een mannetje op de touwen.

'Is dat een piraat?'

'Dat ben ik, schommelend in de hangmat.' Ze doet het papier heen en weer, ze is helemaal opgewonden. 'En ik ging altijd naar de speeltuin met Paul en dan schommelden we op de schommels, en we gingen ijs eten. Jouw oma en opa gingen uitstapjes met ons maken in de auto, naar de dierentuin en naar het strand. Ik was hun kleine meisje.'

'Nietes.'

Mam frommelt de tekening op. Er ligt nat op Tafel, het maakt haar wit helemaal glimmend.

'Niet huilen,' zeg ik.

'Ik kan er niets aan doen.' Ze wrijft de tranen over haar gezicht.

'Waarom kun je er niets aan doen?'

'Ik wou dat ik het beter kon beschrijven. Ik mis het.'

'Mis je de hangmat?'

'Alles. Ik mis het om buiten te zijn.'

Ik hou haar hand vast. Ze wil dat ik het geloof dus ik doe mijn best, maar mijn hoofd doet pijn. 'Heb je echt eerst in Tv gewoond?'

'Ik zei toch dat het niet Tv is? Het is de echte wereld, je zou niet geloven hoe groot die is.' Ze doet haar armen opzij, ze wijst naar alle muren. 'Kamer is alleen maar een klein stinkhol vergeleken met de rest van de wereld.'

'Kamer is geen stinkhol.' Ik schreeuw bijna. 'Hij stinkt alleen heel soms als jij een scheet laat.'

Mam veegt weer over haar ogen.

'Jouw scheten stinken veel erger dan die van mij. Je probeert me gewoon voor de gek te houden, daar moet je mee ophouden.'

'Oké,' zegt ze, al haar adem sist eruit net als een ballon. 'Laten we een boterham eten.'

'Waarom?'

'Je zei toch dat je honger had?'

'Nee hoor.'

Haar gezicht is weer boos. 'Ik smeer een boterham,' zegt ze, 'en jij eet hem op, oké?'

Het is alleen pindakaas, want de kaas is helemaal slap. Ik zit te eten en Mam zit naast me, maar zij eet geen boterham. Ze zegt: 'Ik weet dat het veel is om in één keer te behappen.'

Mijn boterham?

* * *

Als toetje eten we een schaaltje mandarijntjes samen, ik mag de grote stukken want zij vindt de kleine lekkerder.

'Ik zou hier niet over liegen tegen je,' zegt Mam als ik het sap opslurp. 'Ik kon het je niet eerder vertellen, omdat je te klein was om het te kunnen snappen, dus toen was ik eigenlijk wel een beetje aan het liegen tegen je. Maar nu je vijf bent, kun je het denk ik wel begrijpen.'

Ik schud van nee.

'Wat ik nu doe is het tegenovergestelde van liegen. Het is eigenlijk onliegen.'

We doen een lang dutje.

Mam is al wakker, ze kijkt naar mij vanaf ongeveer vijf centimeter. Ik wurm mezelf omlaag en mag wat uit de linker.

'Waarom vind je het hier niet leuk?' vraag ik.

Ze gaat zitten en trekt haar T-shirt omlaag.

'Ik was nog niet klaar.'

'Jawel,' zegt ze, 'je was aan het praten.'

Ik ga ook zitten. 'Waarom vind je het niet leuk in Kamer samen bij mij?'

Mam houdt me heel stevig vast. 'Ik vind het altijd leuk om bij jou te zijn.'

'Maar je zei dat Kamer klein en stinkerig is.'

'O, Jack.' Ze zegt eventjes niks. 'Ja, ik zou liever buiten zijn. Maar wel samen met jou.'

'Ik vind het hier leuk met jou.'

'Oké.'

'Hoe heeft hij Kamer gemaakt?'

Ze weet wie ik bedoel. Ik denk dat ze het me niet wil vertellen, en dan zegt ze: 'Eigenlijk was het eerst een tuinschuurtje, gewoon simpel drieënhalf bij drieënhalf, van metaal met een kunststof coating. Maar hij bouwde er een geluiddicht dakraam in, en hij deed een heleboel isolatieschuim in de muren, plus een laag bladlood, want lood dempt alle geluid. O ja, en een veiligheidsdeur met een code. Hij loopt altijd op te scheppen hoe goed hij het heeft aangepakt.'

De middag gaat langzaam.

We lezen al onze boeken met plaatjes in het ijskoude soort licht. Dakraam is anders vandaag. Ze heeft een zwart stukje, net een oog.

'Kijk, Mam.'

Ze staart omhoog en doet een grijns. 'Dat is een blaadje.'

'Waarom?'

'Dat zal wel door de wind van een boom op het glas zijn geblazen.'

'Een echte boom in Buiten?'

'Ja. Zie je wel? Dat is het bewijs. De hele wereld is daarbuiten.'

'Laten we Bonenstaak spelen. We zetten mijn stoel hierboven op Tafel...'

Ze helpt me daarmee. 'Dan Vuilnis boven op mijn stoel,' zeg ik. 'En dan klim ik helemaal omhoog...'

'Dat is gevaarlijk.'

'Nee, niet als jij op Tafel staat en Vuilnis vasthoudt zodat ik niet wiebel.'

'Hmm,' zegt Mam, dat is bijna nee.

'Laten we het gewoon proberen, alsjeblieft, mag het?'

Het werkt perfect, ik val helemaal niet. Als ik op Vuilnis sta kan ik de kurkranden van Dak echt vasthouden waar ze schuin naar Dakraam gaan. Er zit iets over haar glas dat ik nog nooit heb gezien. 'Honingraat,' zeg ik tegen Mam, en ik voel eraan.

'Dat is polycarbonaatvezel,' zegt ze, 'onbreekbaar. Ik heb hier heel vaak naar buiten staan kijken, voordat jij werd geboren.'

'Het blaadje is helemaal zwart met gaatjes erin.'

'Ja, ik denk dat het een dood blaadje is, van afgelopen winter.'

Ik zie blauw eromheen, dat is de lucht, met een beetje wit erin dat zijn wolken zegt Mam. Ik kijk door de honingraat heen, ik kijk en kijk maar ik zie alleen maar lucht. Er is verder niks in zoals schepen of treinen of paarden of meisjes of wolkenkrabbers die voorbijzoeven.

Als ik weer omlaag klim van Vuilnis en mijn stoel duw ik Mams arm weg.

'Jack...'

Ik spring helemaal zelf op Vloer. 'Liegbeest, jokkebrok, er is helemaal geen Buiten.'

Ze begint nog meer uit te leggen maar ik stop mijn vingers in mijn oren en roep: 'Blablablablabla!'

Ik speel alleen in mijn eentje met Jeep. Ik moet bijna huilen maar ik doe alsof van niet.

Mam kijkt in Keukenkast, ze rammelt met blikken, volgens mij hoor ik haar tellen. Ze telt wat we nog overhebben.

Ik heb het nu extra koud, mijn handen zijn helemaal verdoofd onder de sokken die ik eraan heb.

Als avondeten vraag ik steeds of we de laatste cornflakes mogen en op het laatst zegt Mam ja. Ik knoei een beetje omdat ik mijn vingers niet voel.

Het donker komt weer terug, maar Mam heeft alle versjes in haar hoofd uit *Mijn grote versjesboek*. Ik vraag 'Sinaasappels en citroenen', mijn beste regel is 'Ik weet niet, hoezo, zegt de grote klok van Bow' want die klinkt helemaal laag als een leeuw. Ook die van de *chopper* die je hoofd komt afhakken. 'Wat is een chopper?'

'Een heel groot hakmes, denk ik.'

'Dat denk ik niet,' zeg ik. 'Het is een helikopter waar de wieken heel snel van ronddraaien en hoofden afhakken.'

'Getsie.'

We hebben geen slaap maar er is niet veel te doen zonder te zien. We gaan op Bed zitten en maken zelf rijmpjes. 'Onze vriend Wiebels heeft de kriebels.'

'Onze vriend SpongeBob zegt steeds blobblob.'

'Goeie,' zeg ik tegen Mam. 'Onze vriendin Grace winde de race.'

'*Won* de race,' zegt Mam. 'Onze vriend Tom is helemaal niet dom.'

'Onze vriendin Emma is dol op zwemma.'

'Smokkelrijm.'

'Goed dan,' zeg ik. 'Onze vriend Paul de Oom viel heel diep in zijn droom.'

'Hij is echt een keer gevallen met zijn motor.'

Ik was vergeten dat hij echt was. 'Waarom was hij gevallen met zijn motor?'

‘Hij kreeg een ongeluk. Maar toen werd hij met de ambulance naar het ziekenhuis gebracht en hebben de dokters hem weer helemaal beter gemaakt.’

‘Hadden ze hem opengesneden?’

‘Nee nee, ze deden alleen gips om zijn arm zodat het geen pijn meer deed.’

Dus ziekenhuizen zijn ook echt, en motors. Straks knapt mijn hoofd nog van alle nieuwe dingen die ik moet geloven.

Het is nu helemaal zwart, alleen Dakraam heeft een donker soort schijnsel. Mam zegt dat er in een stad altijd wel wat licht is van de straatlantaarns en de lampen in de gebouwen en zo.

‘Waar is de stad?’

‘Om ons heen,’ zegt ze, en ze wijst naar Bedmuur.

‘Ik heb door Dakraam gekeken en ik heb er niks van gezien.’

‘Ja, en daarom werd je boos op me.’

‘Ik ben niet boos op jou.’

Ze geeft me mijn kusje terug. ‘Dakraam kijkt recht omhoog naar de lucht. De meeste dingen waar ik je over heb verteld zijn op de grond, dus als we die zouden willen zien zouden we een raam moeten hebben dat naar de zijkant kijkt.’

‘We kunnen een zijkantraam vragen voor Zondagtraktatie.’

Mam lacht halfhalf.

Ik was vergeten dat Ouwe Nick niet meer komt. Misschien was mijn lolly wel de laatste Zondagtraktatie van ooit.

Ik denk dat ik begin te huilen, maar er komt alleen een enorme gaap.

‘Welterusten Kamer,’ zeg ik.

‘Is het al zo laat? Oké. Welterusten,’ zegt Mam.

‘Welterusten Lamp en Ballon.’ Ik wacht op Mam maar ze zegt er geen meer. ‘Welterusten Jeep, en Welterusten Afstand. Welterusten Kleed, en Welterusten Deken, en Welterusten Beestjes, en niet bijten.’

* * *

Ik word wakker van een geluid de hele tijd opnieuw. Mam is niet in Bed. Er is een beetje licht, de lucht is nog steeds ijzig. Ik kijk over de rand, ze zit midden op Vloer en doet bonk bonk bonk met haar hand. 'Wat heeft Vloer gedaan?'

Mam stopt, ze blaast een hele lange adem uit. 'Ik moet iets slaan,' zegt ze, 'maar ik wil niks kapotmaken.'

'Waarom niet?'

'Of eigenlijk zou ik heel graag iets kapotmaken. Ik zou het liefst alles kapotmaken.'

Ik vind het niet leuk als ze zo is. 'Wat is het ontbijt?'

Mam staart me aan. Dan staat ze op en loopt naar Keukenkast en pakt een bagel, dat is denk ik de laatste.

Zij neemt maar een kwart ervan, ze heeft niet zo'n honger.

Als we onze adem uitblazen is die helemaal mistig. 'Dat komt doordat het vandaag kouder is,' zegt Mam.

'Jij zei dat het niet kouder zou worden.'

'Sorry, ik had het fout.'

Ik heb de bagel op. 'Heb ik nog steeds een Oma en Opa en Oom Paul?'

'Ja,' zegt Mam, ze lacht een beetje.

'Zijn ze in Hemel?'

'Nee nee.' Ze trekt met haar mond. 'Dat denk ik niet, tenminste. Paul is maar drie jaar ouder dan ik, hij is... wauw, dan is hij al negenentwintig.'

'Weet je, ze zijn hier,' fluister ik. 'Ze zitten verstoppeld.'

Mam kijkt rond. 'Waar dan?'

'In Onderbed.'

'O, dat is wel heel krap. Ze zijn met z'n drieën, en ze zijn best wel aan de dikke kant.'

'Net zo dik als een nijlpaard?'

'Zo dik ook weer niet.'

'Misschien zitten ze... in Kast.'

'Bij mijn jurken?'

'Ja. Als we iets horen rammelen zijn zij het, ze stoten de kleerhangers eraf.'

Mams gezicht is strak.

'Ik maak maar een grapje,' zeg ik.

Ze knikt.

'Mogen ze een keer echt hierheen komen?'

'Ik wou dat dat kon,' zegt ze. 'Ik bid er heel hard voor, elke nacht.'

'Ik hoor je niet.'

'Alleen in mijn hoofd,' zegt Mam.

Ik wist niet dat ze dingen in haar hoofd bidt waar ik het niet kan horen.

'Zij verlangen er ook heel erg naar,' zegt ze, 'maar ze weten niet waar ik ben.'

'Je bent in Kamer met mij.'

'Maar zij weten niet waar Kamer is, en ze kennen jou helemaal niet.'

Dat is raar. 'Ze kunnen toch op Landkaart van Dora kijken, en als ze komen dan spring ik ineens tevoorschijn als verrassing.'

Mam lacht bijna maar niet helemaal. 'Kamer staat op geen enkele landkaart.'

'We kunnen het ze aan de telefoon vertellen. Bob de Bouwer heeft er een.'

'Maar wij niet.'

'We kunnen er een vragen voor Zondagtraktatie.' Dan weet ik het weer. 'Als Ouwe Nick niet meer kwaad is.'

'Jack. Hij zou ons nooit een telefoon geven, en ook geen raam.' Mam pakt mijn duimen en knijpt erin. 'Wij zijn net mensen in een boek, en hij wil het aan niemand anders laten lezen.'

Voor Gym rennen we over Parcours. Het is lastig om Tafel en de stoelen aan de kant te schuiven met handen die voelen alsof ze er niet zijn. Ik ren tien heen-en-terugs maar ik ben nog steeds niet opgewarmd, mijn tenen zijn struikelig. We doen Trampoline en Karate, *Hi-yah*, en dan kies ik weer Bonenstaak. Mam zegt oké als ik beloof dat ik niet kwaad word als ik niks kan zien. Ik klim op Tafel op mijn stoel op Vuilnis en ik wiebel niet eens. Ik hou me vast aan de randen waar Dak schuin in Dakraam gaat, ik staar zo hard door de honingraat naar het blauw dat ik ervan moet knipperen. Na een tijdje zegt Mam dat ze eraf wil om middageten te gaan maken.

'Geen groenten, alsjeblieft, daar kan mijn buik niet tegen.'

'We moeten ze opmaken voordat ze gaan rotten.'

'We kunnen pasta eten.'

'Die is bijna op.'

'Dan rijst. Of zullen we...' Dan vergeet ik te praten want ik zie het door de honingraat, het ding dat zo klein is dat het net zo'n drijvertje in mijn oog lijkt, maar dat is het niet. Het is een klein lijntje dat een dikke witte streep in de lucht trekt. 'Mam...'

'Wat?'

'Een vliegtuig!'

'Echt?'

'Echt helemaal echt. O...'

Dan val ik op Mam en dan op Kleed, Vuilnis knalt boven op ons en mijn stoel ook. Mam zegt au au au en wrijft over haar pols. 'Sorry sorry,' zeg ik, ik geef er een kusje op. 'Ik heb het gezien, het was een echt vliegtuig maar dan heel klein.'

'Dat is alleen omdat het ver weg is,' zegt ze met een grote glimlach. 'Ik wed dat het eigenlijk enorm is als je het van dichtbij zou zien.'

'Ongelooflijk, het schreef een letter in de lucht.'

'Dat heet een...' Ze slaat tegen haar hoofd. 'Ik weet het niet meer. Het is de rook van het vliegtuig of zoiets.'

Als middageten al de zeven rest van de crackers met de zweterige kaas, we houden onze adem in dan proeven we het niet.

Mam geeft me wat onder Dekbed. Er komt zonneschijn van Gods gele gezicht maar niet genoeg om te zonnebaden. Ik kan niet uitschakelen. Ik staar zo hard naar Dakraam dat mijn ogen jeukerig worden, maar ik zie geen vliegtuigen meer.

Ik heb dat vliegtuig echt gezien toen ik op Bonenstaak stond, het was geen droom, ik zag het echt vliegen in Buiten, dus het bestaat echt, Buiten waar Mam een klein meisje was.

We staan op en spelen Touwfiguren en Domino en Onderzeeër en Handpoppen en een heleboel andere dingen maar allemaal maar eventjes. We doen Neuriën, de liedjes zijn te makkelijk om te raden. We gaan weer in Bed liggen om warm te worden.

'Laten we morgen in Buiten gaan,' zeg ik.

'O, Jack.'

Ik lig op Mams arm die helemaal dik in twee truien zit. 'Ik vind dat het daar lekker ruikt.'

Ze beweegt haar hoofd en kijkt naar me.

'Als Deur opengaat na negen uur en de lucht naar binnen woeit die anders is dan onze lucht.'

'Dus dat is je opgevallen,' zegt ze.

'Alle dingen vallen me op.'

'Ja, het is frisser. In de zomer ruikt het naar gemaaid gras, omdat we in zijn achtertuin zitten. Soms vang ik een glimp op van struiken en heggen.'

'Wie zijn achtertuin?'

'Van Ouwe Nick. Kamer is gemaakt van zijn schuurtje, weet je nog?'

Het is moeilijk om alle stukjes te onthouden, ze klinken allemaal niet erg waar.

'Hij is de enige die de cijfers weet van de code die je moet intikken op het toetsenblok aan de buitenkant.'

Ik staar naar Toetsenblok, ik wist niet dat er nog een was. 'Ik tik ook cijfers in.'

'Ja, maar niet de geheime cijfers waarmee de deur opengaat... als een onzichtbare sleutel,' zegt Mam. 'En als hij teruggaat naar het huis tikt hij de code weer in, maar dan op deze...' Ze wijst naar Toetsenblok.

'Het huis met de hangmat?'

'Nee.' Mam praat heel hard. 'Ouwe Nick woont in een ander huis.'

'Kunnen we een keer naar zijn huis gaan?'

Ze duwt met haar hand tegen haar mond. 'Ik wil liever naar het huis van je opa en oma gaan.'

'Dan kunnen we in de hangmat schommelen.'

'Dan kunnen we doen wat we willen, dan zijn we vrij.'

'Als ik zes ben?'

'Het gaat in elk geval zeker een keer gebeuren.'

Er loopt nat van Mams gezicht op het mijne. Ik schrik ervan, het is zoutig.

'Niks aan de hand,' zegt ze, en ze wrijft over haar wang, 'niks aan de hand. Ik ben alleen... ik ben een beetje bang.'

'Je mag niet bang zijn.' Ik schreeuw bijna. 'Geen goed idee.'

'Een beetje maar. Het komt wel goed, we hebben de basisdingen.'

Nu ben ik nog banger. 'Maar als Ouwe Nick de stroom niet meer aansluit en als hij geen eten meer brengt, helemaal nooit meer?'

'Dat doet hij wel,' zegt ze, ze ademt nog steeds snikkerig. 'Ik weet bijna honderd procent zeker dat hij dat wel doet.'

Bijna honderd, dat is negenennegentig. Is negenennegentig genoeg?

Mam gaat rechtop zitten, ze poetst haar gezicht met de mouw van haar trui.

Mijn buik rammelt, ik vraag me af wat we nog overhebben. Het wordt alweer donker. Volgens mij is het helemaal niet langer licht.

'Luister, Jack, ik moet je nog een verhaal vertellen.'

'Een echt verhaal?'

'Helemaal echt. Weet je nog dat ik altijd helemaal verdrietig was?'

O ja, dat is een leuk verhaal. 'En toen kwam ik omlaag uit Hemel en groeide in jouw buik.'

'Ja, maar weet je, waarom ik verdrietig was... dat kwam juist door Kamer,' zegt Mam. 'Ouwe Nick, ik kende hem niet eens, ik was negentien. Hij heeft me gestolen.'

Ik probeer het te snappen. Zwieber niet stelen. Maar ik heb nog nooit gehoord van mensen stelen.

Mam houdt me te strak vast. 'Ik studeerde aan de universiteit. Het was vroeg in de ochtend, ik stak een parkeerplaats over om naar de bibliotheek te gaan, en ik luisterde naar – het is een klein apparaatje waar wel duizend liedjes op staan die je in je oren kunt horen, ik was de eerste in mijn vriendenkring die er een had.'

Ik wou dat ik dat apparaatje had.

'Maar goed... toen kwam er een man aanrennen die om hulp vroeg, zijn hond had een aanval gekregen en hij was bang dat hij dood zou gaan.'

'Hoe heet hij?'

'Die man?'

Ik schud van nee. 'De hond.'

'Nee, de hond was alleen maar een list om mij in zijn pick-uptruck te krijgen. De auto van Ouwe Nick.'

'Wat voor kleur is die?'

'De auto? Bruin, hij heeft nog steeds dezelfde, daar loopt hij altijd over te mopperen.'

'Hoeveel wielen?'

'Je moet je nu echt even concentreren op wat belangrijk is,' zegt Mam.

Ik knik. Haar handen zijn te strak, ik maak ze losser.

'Hij deed me een blinddoek voor...'

'Net als Blindemannetje?'

'Ja, maar het was niet leuk. Hij bleef maar rijden, ik was doodsbang.'

'Waar was ik toen?'

'Jij was nog niet gebeurd, weet je nog?'

Dat was ik vergeten. 'Zat de hond ook in de auto?'

'Er was geen hond.' Mam klinkt weer chagrijnig. 'Laat me dit verhaal nou uitvertellen.'

'Mag ik een ander verhaal kiezen?'

'Dit is wat er is gebeurd.'

'Mag ik "Jack de Reuzendoder"?'

'Luister,' zegt Mam, en ze doet haar hand voor mijn mond. 'Hij gaf me slechte medicijnen waardoor ik in slaap viel. En toen ik wakker werd was ik hier.'

Het is bijna zwart en ik kan Mams gezicht nu helemaal niet zien, het is de andere kant op dus ik kan alleen maar horen.

'De eerste keer dat hij de deur opendeed gilde ik om hulp en toen sloeg hij me tegen de vlakte. Dat heb ik niet nog een keer geprobeerd.'

Mijn buik zit helemaal in de knoop.

'Ik was altijd bang om te gaan slapen, voor het geval hij terug zou komen,' zegt Mam, 'maar alleen als ik sliep hoefde ik niet te huilen, dus ik sliep wel zestien uur per dag.'

'Maakte je een meer?'

'Wat?'

'Alice huilt een tranenmeer omdat ze niet meer al haar versjes en getallen weet, en dan verdrinkt ze bijna.'

'Nee,' zegt Mam, 'maar ik had de hele tijd hoofdpijn, mijn ogen jeukten. Ik werd misselijk van de geur van de kurktegels.'

Welke geur?

'Ik maakte mezelf gek, ik zat voortdurend op mijn horloge te kijken en de seconden af te tellen. Ik schrok overal van, de dingen leken groter of kleiner te worden terwijl ik ernaar keek, maar als ik de andere kant op keek begonnen ze altijd te schuiven. Toen hij eindelijk de tv meenam, liet ik hem vierentwintig uur per dag aan staan, allemaal domme rotzooi, reclames voor lekkere dingen die ik me herinnerde, en waar ik zo naar hunkerde dat mijn mond er pijn van deed. Soms hoorde ik stemmen uit de tv die tegen me praatten.'

'Net als Dora?'

Ze schudt van nee. 'Als hij op zijn werk was probeerde ik te ontsnappen, ik heb alles geprobeerd. Ik heb dagenlang op mijn tenen op de tafel staan schrapen rond het dakraam, al mijn nagels braken af. Ik gooide alles wat ik maar kon bedenken ertegenaan maar de polycarbonaatvezel is zo sterk. Ik heb zelfs nooit ook maar een barst in het glas weten te krijgen.'

Dakraam is gewoon een vierkant van niet zo heel donker. 'Wat alles?'

'De grote pan, stoelen, de vuilnisbak...'

Wauw, ik had haar wel eens met Vuilnis willen zien gooien.

'En een andere keer heb ik een gat gegraven.'

Ik snap het niet. 'Waar?'

'Je kunt het voelen, wil je dat? Dan moeten we onder het bed schuifelen...'

Mam gooit Dekbed van ons af en trekt Krat uit Onderbed, ze maakt een kleine grom als ze naar binnen gaat. Ik kruip naast haar, we zijn dicht bij Eierslang maar we drukken hem niet plat. 'Ik had het idee van *The Great Escape*.' Haar stem is heel donderend naast mijn hoofd.

Dat verhaal weet ik nog, van dat nazikamp, niet een zomerkamp met marshmallows maar in de winter met miljoenen mensen die madensoep te drinken kregen. De geallieerden gooiden de hekken open en iedereen rende naar buiten. Ik denk dat geallieerden engelen zijn, net als die van Petrus.

'Geef je vingers eens...' Mam trekt eraan. Ik voel de kurk van Vloer. 'Hier is het.' Ineens is er een stukje dat omlaag is met ruwe randen. Mijn hart doet boem boem boem, ik wist helemaal niet dat er een gat was. 'Voorzichtig, pas op dat je je niet snijdt. Ik heb het met het zigzagmes gemaakt,' zegt ze. 'De kurk openwrikken was een makkie, maar het hout duurde wel even. Het loodfolie en het schuimrubber gingen heel snel, maar weet je wat ik toen vond?'

'Wonderland?'

Mam maakt een boos geluid en ik stoot mijn hoofd tegen Bed.

'Sorry.'

'Wat ik vond was een hek van kippengaas.'

'Waar?'

'Daar, onder in het gat.'

Een hek in een gat? Ik duw mijn hand laag en lager.

'Iets van ijzer, voel je het?'

'Ja.' Koud, helemaal glad, ik pak het in mijn vingers.

'Toen hij de schuur in Kamer veranderde,' zegt Mam, 'verstopte hij een heel hekwerk onder de vloerdelen en in alle muren en zelfs in het dak, zodat ik er nooit doorheen kon komen.'

We schuifelen er weer uit. We gaan met onze rug tegen Bed aan zitten. Ik heb geen adem meer.

'Toen hij het gat vond,' zegt Mam, 'brulde hij het uit.'

'Net als een beer?'

'Nee, van het lachen. Ik was bang dat hij me pijn zou doen maar die keer vond hij het alleen maar ontzettend grappig.'

Mijn tanden zitten hard op elkaar.

'Hij lachte toen veel vaker,' zegt Mam.

Ouwe Nick is een stinkende stelende boevenzombie. 'We kunnen tegen hem in opstand komen,' zeg ik. 'Ik sla hem helemaal in stukken met mijn jumbo-megatron-transformerblaster.'

Ze geeft een kus op de zijkant van mijn oog. 'Het heeft geen zin om hem pijn te doen. Dat heb ik een keer geprobeerd, toen ik hier ongeveer anderhalf jaar zat.'

Dat is echt ongelooflijk. 'Heb jij Ouwe Nick pijn gedaan?'

'Weet je wat ik deed? Ik haalde het deksel van de wc af, en ik had ook het gladde mes, en op een avond ging ik vlak voor negen uur tegen de muur naast de deur staan...'

Ik snap het niet. 'Wc heeft geen deksel.'

'Eerst zat er wel een, boven op de pot. Het was het zwaarste ding in Kamer.'

'Bed is superzwaar.'

'Maar het bed kon ik natuurlijk niet optillen, toch?' zegt Mam. 'Dus toen ik hem hoorde binnenkomen...'

'Het piep piep.'

'Precies. Toen sloeg ik met het wc-deksel keihard op zijn hoofd.'

Ik heb mijn duim in mijn mond en ik bijt en bijt.

'Maar ik deed het niet hard genoeg, het deksel viel op de grond en brak in tweeën, en hij, Ouwe Nick, hij kon de deur nog net dicht duwen.'

Ik proef iets geks.

Mams stem klinkt helemaal snikkerig. 'Ik wist dat het mijn enige kans was om hem te dwingen me de code te geven. Dus ik duwde het mes tegen zijn keel, zo.'

Ze houdt haar vingernagel onder mijn kin, ik vind het niet fijn. 'Ik zei: Zeg op, wat is de code.'

'En zei hij het?'

Ze blaast haar adem uit. 'Hij zei een paar cijfers, en toen ging ik ze intoetsen.'

'Welke cijfers?'

'Ik denk niet dat het de echte waren. Hij sprong op en draaide mijn pols om en pakte het mes af.'

'Je pijne pols?'

'Nou, daarvoor deed hij nog geen pijn. Niet huilen,' zegt Mam in mijn haar. 'Dat is al heel lang geleden.'

Ik probeer te praten maar het komt er niet uit.

'Dus, Jack, we moeten niet nog eens proberen om hem pijn te doen. Toen hij de volgende avond terugkwam, zei hij ten eerste dat hij me nooit ofte nimmer de code zou geven. En ten tweede: als ik nog eens zoiets zou uithalen, zou hij weggaan en dan zou ik steeds meer honger krijgen tot ik doodging.'

Ze denkt na.

Mijn buik rommelt heel hard en ineens snap ik het, waarom Mam me dit verschrikkelijke verhaal vertelt. Ze bedoelt dat we moeten gaan...

Dan begin ik te knipperen en ik doe mijn handen voor mijn ogen, alles is helemaal verblindend want Lamp is weer aan gegaan.

DOODGAAN

Het is lekker warm. Mam is al op. Op Tafel zie ik een nieuw pak cornflakes en vier bananen, joepie! Ouwe Nick is dus gekomen in de nacht. Ik spring uit Bed. Er is ook macaroni, en hotdogs en mandarijntjes en...

Mam eet er niks van, ze staat bij Dressoir en kijkt naar Plant. Er zijn drie blaadjes af. Mam raakt de steel van Plant aan en...

'Niet doen!'

'Ze was al dood.'

'Je hebt haar kapotgemaakt.'

Mam schudt van nee. 'Levende dingen kunnen buigen, Jack. Ik denk dat het door de kou is gekomen, daardoor werd Plant helemaal stijf vanbinnen.'

Ik probeer haar stam weer aan elkaar te krijgen. 'Ze heeft plakband nodig.'

Dan weet ik weer dat de plakband op is, Mam heeft het laatste stukje op Ruimteschip gedaan, stomme Mam. Ik haal gauw Krat uit Onderbed, ik vind Ruimteschip en trek de stukjes plakband eraf.

Mam kijkt alleen maar.

Ik duw de plakband op Plant maar hij blijft niet zitten en ze is doormidden.

'Ik vind het heel erg.'

'Maak haar weer levend,' zeg ik tegen Mam.

'Als het kon zou ik het doen.'

Ze wacht tot ik stop met huilen, ze veegt mijn ogen af. Ik heb het nu veel te heet, ik trek mijn extra kleren uit.

'Laten we haar maar in de vuilnisbak doen,' zegt Mam.

'Nee,' zeg ik, 'in Wc.'

'Dan raken de buizen misschien verstopt.'

'We kunnen haar in hele kleine stukjes breken...'

Ik kus een paar blaadjes van Plant en ik trek door, dan nog een paar en ik trek weer door, dan de stengel in stukjes. 'Dag Plant,' fluister ik. Misschien plakt ze in de zee weer helemaal aan elkaar en groeit ze tot aan Hemel.

De zee is echt, ineens weet ik het weer. Alles is echt in Buiten, alles wat er is, want ik heb het vliegtuig gezien in het blauw tussen de wolken. Mam en ik kunnen daar niet naartoe gaan want we weten de geheime code niet, maar het is toch echt.

Eerst wist ik niet eens dat ik boos moest zijn dat we Deur niet open kunnen maken, mijn hoofd was te klein om Buiten erin te hebben. Toen ik een klein kind was dacht ik net als een klein kind, maar nu ben ik vijf en nu weet ik alles.

We gaan meteen na het ontbijt in Bad, het water is helemaal stomend, hmm!

We doen Bad zo vol dat er bijna een overstroming komt. Mam gaat achteroverliggen en valt bijna in slaap. Ik maak haar wakker om haar haren te wassen en zij doet mijn haar. We doen ook de was, maar dan zitten er lange haren op de lakens dus die moeten we eraf plukken, we doen een wedstrijd om te zien wie er het snelste de meeste haren kan pakken.

De tekenfilms zijn al afgelopen, kinderen zijn eieren aan het verven voor het weggelopen haasje. Ik kijk naar elk verschillend kind en ik zeg in mijn hoofd: *Jij bent echt.*

'De Paashaas, niet het weggelopen haasje,' zegt Mam. 'Paul en ik gingen altijd... toen we klein waren, kwam de Paashaas 's nachts chocolade-eieren verstoppen overal in onze achtertuin, onder de struiken en in gaten in de bomen, en zelfs in de hangmat.'

'Nam hij dan jouw tanden mee?' vraag ik.

'Nee, hij bracht de eieren gratis en voor niks.' Haar gezicht is strak.

Ik denk dat de Paashaas niet weet waar Kamer is, maar we hebben toch geen struiken en bomen, die zijn aan de buitenkant van Deur.

Dit is best een blije dag want het is weer warm en we hebben eten, maar Mam is niet blij. Ik denk dat ze Plant mist.

Ik kies Gym, het is Wandelen, we lopen hand in hand over Parcours en roepen wat we kunnen zien. 'Kijk, Mam, een waterval.'

Even later zeg ik: 'Kijk, een gnoe.'
'Wauw.'
'Jij bent.'
'Hé, kijk eens,' zegt Mam, 'een slak.'
Ik buk om hem te zien. 'Kijk, een reuzenbulldozer die een wolkenkrabber afbreekt.'
'Kijk,' zegt ze, 'daar vliegt een flamingo.'
'Kijk, een kwijlerige zombie.'
'Jack!' Ze moet een halve seconde lachen.
Dan lopen we sneller en we zingen 'This Land Is Your Land'.
Dan leggen we Kleed weer neer en ze is ons vliegende tapijt, we zoeven over de Noordpool.
Mam kiest Lijk, dan liggen we extra stil, ik vergeet het en krab aan mijn neus, dus zij wint. Dan kies ik Trampoline maar ze zegt dat ze geen Gym meer wil doen.
'Doe jij alleen het commentaar, dan doe ik het springen.'
'Nee, het spijt me, ik ga nog even terug naar bed.'
Mam is ook saai vandaag.
Heel langzaam haal ik Eierslang uit Onderbed uit, ik denk dat ik hem kan horen sissen met zijn naaldtong, Groetjesssssss, ik aai hem vooral zijn eieren die gebarsten of gedeukt zijn. Eentje breekt af in mijn vingers, ik maak lijm met een beetje bloem en ik plak de stukjes op een lijntjespapier voor een puntige berg. Ik wil hem aan Mam laten zien maar haar ogen zijn dicht.
Ik ga in Kast en speel dat ik een mijnwerker ben. Ik vind een goudklompje onder mijn kussen, hij is eigenlijk Kies. Hij is niet levend en hij kan niet buigen, maar we hoeven hem niet door Wc te doen. Hij is gemaakt van Mam, haar druppels water vlees en bloed.
Ik steek mijn hoofd naar buiten en Mams ogen zijn open. 'Wat ben je aan het doen?' vraag ik.
'Gewoon, aan het denken.'
Ik kan denken en tegelijkertijd leuke dingen doen. Kan zij dat niet? Ze staat op om middageten te maken, het is een doos macaroni helemaal oranjeachtig, delicioso.
Na middageten speel ik Icarus met zijn vleugels die smelten.

Mam wast heel langzaam af. Ik wacht tot ze klaar is zodat ze mee kan spelen, maar ze wil niet spelen, ze gaat alleen in Schommelstoel zitten schommelen.

'Wat ben je aan het doen?'

'Nog steeds aan het denken.' Even later vraagt ze: 'Wat zit er in die kussensloop?'

'Dat is mijn rugzak.' Ik heb twee hoeken van de sloop om mijn nek geknoopt.

'Dat is voor als we in Buiten gaan als we worden gered.' Ik heb Kies en Jeep en Afstand erin gedaan en een onderbroek voor mij en een voor Mam en ook sokken en Schaar en de vier appels voor als we honger krijgen. 'Is er water?' vraag ik.

Mam knikt. 'Rivieren, meren...'

'Nee, maar om te drinken, is er een kraan?'

'Een heleboel kranen.'

Ik ben blij dat ik geen fles water mee hoef te nemen want mijn rugzak is nu al best zwaar, ik moet hem bij mijn keel vasthouden anders kan ik niet goed praten.

Mam blijft maar schommelen. 'Ik droomde er altijd van om te worden gered,' zegt ze. 'Ik schreef briefjes en die verstopte ik in de vuilniszakken, maar niemand heeft ze ooit gevonden.'

'Je had ze door Wc moeten sturen.'

'En als we schreeuwen, hoort niemand ons,' zegt ze. 'Ik heb gisternacht de halve nacht het licht aan en uit staan flitsen, maar toen dacht ik: er is toch niemand die het ziet.'

'Maar...'

'Niemand gaat ons redden.'

Ik zeg niks. En dan zeg ik: 'Jij weet niet alles wat er is.'

Ik heb haar gezicht nog nooit zo vreemd gezien.

Ik wil liever dat ze de hele dag Weg is dan helemaal zo Niet-Mam.

Ik pak al mijn boeken van Plank en lees ze: *Pop-upvliegveld* en *Mijn grote versjesboek* en *Gerrie de Graafmachine* die is mijn lievelings en *Het weggelopen haasje* maar ik stop op de helft en bewaar dat voor Mam, ik lees een paar stukjes in *Alice* maar ik sla de enge Hertogin over.

Eindelijk stopt Mam met schommelen.
'Mag ik wat?'
'Ja hoor,' zegt ze. 'Kom maar.'
Ik ga bij haar op schoot liggen en doe haar T-shirt omhoog en ik mag wat heel lang.
'Helemaal klaar?' zegt ze in mijn oor.
'Ja.'
'Luister, Jack. Luister je?'
'Ik luister altijd.'
'We moeten hieruit zien te komen.'
Ik kijk haar aan.
'En we moeten het helemaal zelf doen.'
Maar ze zei toch dat we een soort van in een boek waren, hoe kunnen figuren in een boek eruit ontsnappen?
'We moeten een plan bedenken.' Haar stem is helemaal hoog.
'Wat dan?'
'Hoe moet ik dat weten? Ik probeer al zeven jaar een plan te bedenken.'
'We kunnen de muren afbreken.' Maar we hebben geen jeep om ze af te breken, en ook geen bulldozer. 'We kunnen... Deur opblazen.'
'Waarmee?'
'De kat deed het ook bij *Tom en Jerry*...'
'Het is geweldig dat je meedenkt,' zegt Mam, 'maar we hebben een idee nodig dat ook echt werkt.'
'Een hele grote explosie,' zeg ik.
'Als die heel groot is, worden we zelf ook opgeblazen.'
Daar had ik niet aan gedacht. Ik denk nog verder mee. 'O, Mam! We kunnen wachten tot Ouwe Nick op een avond komt en dan kun jij zeggen: "O, kijk eens wat een lekkere taart we hebben gemaakt, hier heb je een groot stuk van onze heerlijke Paastaart", en dan is het eigenlijk vergif.'
Mam schudt van nee. 'Als we hem ziek maken, geeft hij ons evengoed niet de code.'
Ik denk zo hard dat het pijn doet.
'Nog andere ideeën?'

'Jij zegt overal nee tegen.'

'Sorry, het spijt me. Ik probeer gewoon realistisch te zijn.'

'Welke ideeën zijn realistisch?'

'Ik weet het niet. Ik weet het niet.' Mam likt aan haar lippen. 'Ik zit steeds te denken aan het moment dat de deur opengaat, als we het precies voor die fractie van een seconde timen, denk je dat we dan langs hem heen zouden kunnen rennen?'

'O ja, dat is een superidee.'

'Of als jij ertussenuit zou kunnen knijpen, terwijl ik naar zijn ogen grijp...' Mam schudt van nee. 'Ach nee, dat is niks.'

'Dat is wel wat.'

'Hij zou je zo te pakken krijgen, Jack, hij zou je te pakken krijgen voor je halverwege de tuin was en...' Ze stopt met praten.

Even later zeg ik: 'Nog meer ideeën?'

'Alleen maar steeds dezelfde die voortdurend ronddraaien, als muizen in een rad,' zegt Mam door haar tanden.

Waarom gaan muizen in een rad? Is het een reuzenrad op een kermis?

'We moeten een slimme list uithalen,' zeg ik.

'Wat dan?'

'Nou, misschien net als toen jij studeerde en hij je in zijn auto lokte met zijn hond die geen echte hond was.'

Mam blaast haar adem uit. 'Ik weet dat je probeert te helpen, maar misschien kun je nu even stil zijn, zodat ik kan nadenken.'

Maar we waren toch aan het denken, we waren samen heel hard aan het denken. Ik sta op en eet de banaan met het grote bruine stuk op, het bruin is het zoetste.

'Jack!' Mams ogen zijn helemaal enorm en ze praat extra snel. 'Wat je zei over die hond... dat was eigenlijk een geweldig idee. Stel dat we doen alsof jij ziek bent?'

Eerst snap ik het niet, maar dan wel. 'Net als de hond die er niet was?'

'Precies. Als hij binnenkomt... dan zeg ik tegen hem dat je heel erg ziek bent.'

'Wat voor soort ziek?'

'Misschien een heel, heel erge verkoudheid,' zegt Mam. 'Probeer eens heel hard te hoesten.'

Ik hoest en hoest en ze luistert. 'Hmm,' zegt ze.

Ik denk dat ik er niet zo goed in ben. Ik hoest nog harder, het voelt alsof mijn keel gaat scheuren.

Mam schudt van nee. 'Laat dat hoesten maar zitten.'

'Ik kan het nog wel harder...'

'Je doet het geweldig, maar het klinkt nog steeds een beetje nepperig.'

Ik doe de allergrootste, allerergste hoest die ik kan.

'Ik weet het niet,' zegt Mam, 'misschien is hoesten gewoon te moeilijk om na te doen. Maar...' Ze slaat tegen haar hoofd. 'Wat stom van me.'

'Nee, je bent niet stom.' Ik wrijf waar ze geslagen heeft.

'Het moet iets zijn wat je van Ouwe Nick hebt opgepikt, snap je? Hij is de enige die bacteriën naar binnen brengt, en hij is niet verkouden geweest. Nee, we moeten... misschien iets in het eten?' Ze kijkt heel kwaad naar de bananen. 'De E.colibacterie? Zou je daar koorts van krijgen?'

Mam moet die dingen niet aan mij vragen, die moet ze zelf weten.

'Een heel erge koortsaanval, zodat je niet kunt praten en niet goed wakker wordt...'

'Waarom kan ik niet praten?'

'Je kunt beter doen alsof als je niet praat. Ja,' zegt Mam, haar ogen glimmen helemaal, 'ik zeg tegen hem: "Jij moet Jack met je auto naar het ziekenhuis brengen zodat de dokters hem de goede medicijnen kunnen geven."'

'Moet ik in de bruine auto rijden?'

Mam knikt. 'Naar het ziekenhuis.'

Ik kan het niet geloven. Maar dan denk ik aan de medische planeet. 'Ik wil niet worden opengesneden.'

'O, de dokters doen niet echt iets met je, want je hebt niet echt iets, weet je nog?' Ze aait mijn schouder. 'Het is alleen een list voor onze Grote Ontsnapping. Ouwe Nick brengt je naar het ziekenhuis, en tegen de eerste dokter die je ziet, of verpleegster, wie dan ook... roep je: "Help!"'

'Roep jij dat maar.'

Ik denk dat Mam me misschien niet gehoord heeft. Dan zegt ze: 'Ik ben er niet bij in het ziekenhuis.'

'Waar ben jij dan?'

'Hier in Kamer.'

Ik weet een beter idee. 'Jij doet ook alsof je ziek bent, net als toen we allebei tegelijk diarree hadden, dan neemt hij ons allebei mee in zijn auto.'

Mam bijt op haar lip. 'Daar trapt hij niet in. Ik weet dat het heel raar zal zijn om in je eentje te gaan, maar ik zal de hele tijd in je hoofd tegen je praten, dat beloof ik. Weet je nog dat Alice in haar hoofd de hele tijd met haar kat Dina praatte terwijl ze steeds, steeds verder omlaag viel?'

Maar Mam zit dan niet echt in mijn hoofd. Mijn buik doet pijn als ik eraan denk. 'Ik vind dit geen leuk plan.'

'Jack...'

'Het is een slecht idee.'

'Eerlijk gezegd...'

'Ik ga niet in Buiten zonder jou.'

'Jack...'

'No way José no way José no way José.'

'Oké, rustig. Laat maar.'

'Echt?'

'Ja, het heeft geen zin om dit te proberen als jij er niet klaar voor bent.'

Ze klinkt nog steeds chagrijnig.

Het is vandaag april dus ik mag een ballon opblazen. Er zijn er nog drie over, een rode, een gele, en nog een gele, ik kies een gele dan is er van allebei rood of geel nog een voor volgende maand. Ik blaas hem op en laat hem heel veel keren door Kamer zoeven, ik vind dat splutterige geluid leuk. Ik kan moeilijk kiezen wanneer ik de knoop zal maken want dan kan ballon niet meer zoeven, alleen maar langzaam vliegen. Maar ik moet de knoop wel maken om Ballontennis te spelen. Dus ik laat hem heel vaak splutterzoeven en ik blaas hem nog drie keer op, dan maak ik de knoop, met mijn vinger per ongeluk ertussen. Als hij goed dicht is, spelen Mam en ik Ballontennis, ik win vijf keer van de zeven.

Ze zegt: 'Wil je wat?'

'Ja, graag, de linker,' zeg ik, en ik klim op Bed.

Er zit niet heel veel in maar het is wel heerlijk.

Ik denk dat ik even lig te doezelen maar dan praat Mam ineens in mijn oor. 'Weet je nog hoe ze door de donkere tunnel kropen om aan de nazi's te ontsnappen? Eén tegelijk.'

'Ja.'

'Zo doen wij het ook, als jij er klaar voor bent.'

'Welke tunnel?' Ik kijk overal rond.

'Net zoals met de tunnel, niet een echte. Ik bedoel alleen, de gevangenen moesten heel dapper zijn en één tegelijk gaan.'

Ik schud van nee.

'Het is het enige plan dat kan werken.' Mams ogen glimmen te erg. 'Dan ben jij mijn dappere Prins JackerJack. Jij gaat als eerste naar het ziekenhuis, snap je, en dan kom je terug met de politie...'

'Gaan ze me arresteren?'

'Nee nee, ze gaan je helpen. Jij brengt ze hiernaartoe zodat ze mij kunnen redden en dan zijn we voortaan altijd weer samen.'

'Ik kan niet redden,' zeg ik. 'Ik ben pas vijf.'

'Maar je hebt superkrachten,' zegt Mam. 'Jij bent de enige die dit kan doen. Wil je het doen?'

Ik weet niet wat ik moet zeggen maar ze blijft wachten.

'Oké.'

'Betekent dat ja?'

'Ja.'

Ze geeft me een reusachtige kus.

We gaan uit Bed en eten allebei een schaaltje mandarijntjes.

Ons plan heeft probleemstukjes, steeds denkt Mam daaraan en dan zegt ze o, nee, maar dan bedenkt ze toch een manier.

'De politie weet de geheime code niet om jou eruit te krijgen,' zeg ik.

'Daar bedenken ze wel wat op.'

'Wat dan?'

Ze wrijft in haar oog. 'Ik weet niet, een brander?'

'Wat is...?'

'Het is een gereedschap waar een vlam uitkomt, daarmee kun je de deur zo openbranden.'

'We kunnen er zelf een maken,' zeg ik, en ik spring op en neer. 'Dat kan, we kunnen de vitaminepot met de Drakenkop pakken en dan zetten we hem op Fornuis met de stroom aan tot hij in brand staat, en dan...'

'En dan verbranden we levend,' zegt Mam, niet aardig.

'Maar...'

'Jack, dit is geen spelletje. Laten we het plan nog een keer doornemen...'

Ik weet alle stukken maar ik zeg ze steeds in de verkeerde volgorde.

'Luister, het is net als bij Dora,' zegt Mam, 'als ze naar de ene plek gaat en dan naar de andere plek om op de derde plek te komen. Voor ons is het Auto, Ziekenhuis, Politie. Zeg eens na?'

'Auto, Ziekenhuis, Politie.'

'Of misschien zijn het eigenlijk vijf stappen. Ziek, Auto, Ziekenhuis, Politie, Mam Redden.' Ze wacht.

'Auto...'

'Ziek.'

'Ziek,' zeg ik.

'Ziekenhuis... o nee, sorry: Auto. Ziek, Auto...'

'Ziek, Auto, Ziekenhuis, Mam Redden.'

'Je bent Politie vergeten,' zegt ze. 'Tel het maar op je vingers na. Ziek, Auto, Ziekenhuis, Politie, Mam Redden.'

We doen het iedere keer opnieuw. We maken er een landkaart van op lijntjespapier met plaatjes, het zieke heeft mij met mijn ogen dicht en mijn tong helemaal uit mijn mond, dan is er een bruine pick-uptruck, dan is er een mannetje met een lange witte jas dat betekent dokters, dan een politieauto met een flitsende sirene, dan Mam die zwaait en lacht omdat ze vrij is, met de brander helemaal vurig net als een draak. Mijn hoofd is moe maar Mam zegt dat we het zieke stuk moeten oefenen, dat is het allerbelangrijkste. 'Want als hij het niet gelooft, gaat de rest ook allemaal niet gebeuren. Ik heb een idee, ik ga je voorhoofd heel warm maken en dan laat ik hem eraan voelen...'

'Nee.'

'Het is niet erg, ik zal je niet verbranden.'

Ze snapt het niet. 'Nee, dat hij aan mij voelt.'

'O,' zegt Mam. 'Eén keertje maar, dat beloof ik, en dan sta ik vlak naast je.'

Ik blijf van nee schudden.

'Ja, dit zou kunnen lukken,' zegt ze, 'misschien kun je tegen de ventilatie aan gaan liggen...' Ze gaat op haar knieën zitten en steekt haar hand in Onderbed naast Bedmuur, dan zegt ze met een frons: 'Niet warm genoeg. Misschien... een zak met heel erg heet water op je voorhoofd, vlak voordat hij komt? Dan lig jij in bed, en als we de deur piep piep horen doen verstop ik de zak water gauw.'

'Waar?'

'Dat maakt niet uit.'

'Het maakt wel uit.'

Mam kijkt me aan. 'Je hebt gelijk, we moeten alle details plannen zodat ons plan nergens door kan worden verpest. Ik zal de zak water onder het bed laten vallen, oké? Als Ouwe Nick dan aan je voorhoofd voelt is het superheet. Zullen we dat eens oefenen?'

'Met de zak water?'

'Nee, ga nu maar gewoon even in bed liggen en oefen dat je helemaal slap bent, net zoals wanneer we Lijk spelen.'

Daar ben ik heel goed in, mijn mond hangt open. Zij doet net of ze hem is, met een hele lage stem. Ze legt haar hand boven mijn wenkbrauwen en zegt heel knorrig: 'Wauw, dat is heet!'

Ik moet lachen.

'Jack.'

'Sorry.' Ik ga extra stil liggen.

We oefenen nog veel meer, dan heb ik geen zin meer om nepziek te zijn, dus Mam zegt dat ik mag ophouden.

Avondeten is hotdogs. Mam eet de hare bijna niet op. 'Weet je het plan nu nog?' vraagt ze.

Ik knik.

'Zeg het eens.'

Ik slik mijn laatste stuk broodje door. 'Ziek, Auto, Ziekenhuis, Politie, Mam Redden.'

'Geweldig. Dus je bent er klaar voor?'

'Waarvoor?'

'Onze Grote Ontsnapping. Vanavond.'

Ik wist niet dat het vanavond is. Ik ben er niet klaar voor. 'Waarom is het vanavond?'

'Ik wil niet langer meer wachten. Nadat hij de stroom heeft afgesloten...'

'Maar gisteren heeft hij de stroom weer aangezet.'

'Ja, na drie dagen. En Plant was dood van de kou. En wie weet wat hij morgen doet?' Mam staat op met haar bord, ze schreeuwt bijna. 'Hij ziet eruit als een mens, maar er zit niks vanbinnen.'

Ik snap het niet. 'Net als een robot?'

'Nog erger.'

'Er was een keer een robot bij Bob de Bouwer...'

Mam praat door me heen. 'Weet je waar je hart zit, Jack?'

'Boem boem boem.' Ik wijs ernaar.

'En waar zit je gevoel, waar voel je je verdrietig of bang of vrolijk en zo?'

Dat is lager volgens mij, ik denk in mijn buik.

'Nou, dat heeft hij dus niet.'

'Geen buik?'

'Geen gevoel,' zegt Mam.

Ik kijk naar mijn buik. 'Wat heeft hij dan?'

Ze haalt haar schouders op. 'Gewoon een gat.'

Een soort krater? Maar dat is een gat waar iets is gebeurd. Wat is er gebeurd?

Ik snap nog steeds niet waarom we het slimme plan vandaag moeten doen alleen omdat Ouwe Nick een robot is. 'Laten we het een andere avond doen.'

'Oké,' zegt Mam, ze laat zich slap in haar stoel vallen.

'Oké?'

'Ja.' Ze wrijft over haar voorhoofd. 'Sorry Jack, ik weet dat ik te snel ga voor jou. Ik heb heel veel tijd gehad om hierover na te denken maar voor jou is het allemaal nieuw.'

Ik knik en knik.

'Een paar dagen extra zal wel niet veel uitmaken. Zolang ik hem maar niet nog een keer ruzie laat maken.' Ze lacht naar me. 'Misschien over een paar dagen?'

'Misschien als ik zes ben.'

Mam kijkt me raar aan.

'Ja, ik ben er klaar voor om hem te slim af te zijn en in Buiten te gaan als ik zes ben.'

Ze laat haar gezicht op haar armen zakken.

Ik trek aan haar. 'Niet doen.'

Als het omhoogkomt is het een heel eng gezicht. 'Je zei dat je mijn superheld zou zijn.'

Daar weet ik niks meer van.

'Wil jij dan niet ontsnappen?'

'Jawel. Maar niet echt.'

'Jack!'

Ik kijk naar mijn laatste stukje hotdog maar ik wil het niet. 'Laten we gewoon blijven.'

Mam schudt van nee. 'Het wordt hier te klein.'

'Wat?'

'Kamer.'

'Kamer is niet klein. Kijk dan.' Ik klim op mijn stoel en spring in een draai met mijn armen wijd, ik kom nergens tegenaan.

'Je hebt zelf geen idee wat het met je doet.' Haar stem is beverig. 'Je moet dingen zien, dingen voelen...'

'Dat doe ik nu ook.'

'Meer dingen, andere dingen. Je hebt meer ruimte nodig. Gras. Ik dacht dat je het leuk vond om Oma en Opa en Oom Paul te leren kennen, te gaan schommelen in de speeltuin, ijsjes te eten...'

'Nee hoor.'

'Oké, laat maar.'

Mam doet haar kleren uit en trekt haar slaapshirt aan. Ik doe het mijne. Ze zegt niks, zo kwaad is ze op mij. Ze bindt de vuilniszak dicht en zet hem naast Deur. Er ligt geen lijstje bovenop vanavond.

We gaan tandenpoetsen. Ze spuugt. Er zit wit op haar mond. Haar ogen kijken in de mijne in Spiegel. 'Ik zou je wel meer tijd gunnen als het kon,' zegt ze. 'Echt waar, ik zou zo lang wachten als jij nodig had als ik dacht dat we veilig waren. Maar we zijn niet veilig.'

Ik kijk snel opzij naar de echte zij, ik verstoppel mijn gezicht in haar buik. Er komt wat tandpasta op haar shirt maar ze vindt het niet erg.

We gaan op Bed liggen en Mam geeft me wat, de linker, we zeggen niks.

In Kast kan ik niet in slaap vallen. Ik zing heel zachtjes: '*John Jacob Jingleheimer Schmidt.*' Ik wacht af, dan zing ik het nog een keer.

Eindelijk antwoordt Mam: '*Zijn naam is ook mijn naam.*'

'*Steeds als ik naar buiten ga...*'

'*Roepen de mensen me altijd na...*'

'*Daar gaat John Jacob Jingleheimer Schmidt...*'

Meestal doet ze ook mee met het '*na na na na na na na*', dat is het grappigste stukje, maar nu niet.

* * *

Mam maakt me wakker maar het is nog steeds nacht. Ze buigt over me heen in Kast, ik stoot mijn schouder als ik ga zitten. 'Kom eens kijken,' fluistert ze.

We staan naast Tafel en kijken omhoog, daar is het meest enormste ronde zilveren gezicht van God. Heel licht, het schijnt helemaal in Kamer, de kranen en Spiegel en de pannen en Deur en Mams wangen ook. 'Weet je,' fluistert ze, 'soms is de maan een halve cirkel, en soms een sikkel, en soms is er alleen een heel dun gebogen streepje, als een afgeknipte vingernagel.'

'Niet.' Alleen in Tv.

Ze wijst naar Dakraam. 'Jij hebt hem alleen maar gezien als het volle maan is en hij recht boven ons staat. Maar als we ontsnappen, kunnen we hem ook lager in de lucht zien hangen, als hij allerlei soorten vormen heeft. En zelfs overdag.'

'No way, José.'

'Echt waar, Jack. Je zult de wereld zo prachtig vinden. Wacht maar eens tot je de zon ziet als hij ondergaat, helemaal roze en paars...'

Ik gaap.

'Sorry,' zegt ze, ze fluistert weer, 'kom maar in bed.'

Ik kijk of de vuilniszak weg is, hij is weg. 'Is Ouwe Nick hier geweest?'

'Ja. Ik heb tegen hem gezegd dat je ziek aan het worden bent. Kramp, diarree.' Mams stem lacht bijna.

'Waarom heb je...?'

'Dan begint hij onze list te geloven. Morgenavond, dan doen we het.'

Ik trek mijn hand uit de hare. 'Dat had je niet moeten zeggen.'

'Jack...'

'Slecht plan.'

'Het is een goed plan.'

'Het is een stom dombo plan.'

'Het is het enige plan dat we hebben,' zegt Mam heel hard.

'Maar ik zei nee.'

'Ja, en daarvoor zei je misschien, en daarvoor zei je ja.'

'Je bent een valsspeler.'

'Ik ben je moeder.' Mam schreeuwt bijna. 'Dat betekent dat ik soms voor ons allebei moet kiezen.'

We gaan in Bed liggen. Ik rol me klein op, met haar achter me.

Ik wou dat we die speciale bokshandschoenen hadden gekregen voor Zondagtraktatie, dan mocht ik haar tenminste slaan.

* * *

Als ik wakker word ben ik bang en ik blijf bang. We mogen van Mam niet doortrekken als we gepoept hebben, ze roert het in kleine stukjes met de steel van Pollepel zodat het eruitziet als poepsoep, het ruikt het allerviest.

We spelen niks, we oefenen alleen dat ik slap ben en niet één woord zeg. Ik voel me echt een beetje ziek. Mam zegt dat dat gewoon inbeeldingskracht is. 'Jij kunt zó goed alsof doen dat je zelfs jezelf voor de gek houdt.'

Ik pak mijn rugzak weer in die eigenlijk een kussensloop is, ik stop Afstand erin en mijn gele ballon, maar Mam zegt nee. 'Als je iets meeneemt, raadt Ouwe Nick dat je gaat weglopen.'

'Ik kan Afstand in mijn broekzak verstoppelen.'

Ze schudt van nee. 'Je hebt alleen je slaapshirt en onderbroek aan, want dat zou je ook aanhebben als je bloedheet van de koorts was.'

Ik bedenk hoe Ouwe Nick me naar zijn auto draagt. Ik ben duizelig, net of ik ga vallen.

'Bang is wat je voelt,' zegt Mam, 'maar dapper is wat je gaat doen.'

'Hè?'

'Bangedapper.'

'Bapper.'

Ze moet altijd lachen om woordbroodjes, maar ik wou niet grappig zijn.

Middageten is rundvleessoep, ik zuig alleen op de crackers.

'Over welk stuk maak je je op dit moment zorgen?' vraagt Mam.

'Het ziekenhuis. Stel dat ik niet de goede woorden zeg?'

'Je hoeft alleen maar tegen ze te zeggen dat je moeder zit opgesloten en dat de man die je heeft gebracht het gedaan heeft.'

'Maar de woorden...'

'Wat?' Ze wacht.

'Stel dat ze helemaal niet uit mijn mond komen?'

Mam leunt met haar mond op haar vingers. 'Ik vergeet steeds dat je nog nooit tegen iemand anders dan mij hebt gepraat.'

Ik wacht.

Mam blaast haar adem lang en lawaaiig uit. 'Weet je wat, ik heb een idee. Ik schrijf een briefje voor je dat je verstopt houdt, een briefje waarin alles wordt uitgelegd.'

'Goeie.'

'Jij geeft het gewoon aan de eerste man of vrouw... niet een patiënt, ik bedoel, de eerste man of vrouw met een uniform aan.'

'Wat gaat die er dan mee doen?'

'Het lezen, natuurlijk.'

'Kunnen Tv-figuren lezen?'

Ze staart me aan. 'Het zijn echte mensen, weet je nog, net als wij.'

Ik geloof er nog steeds niks van maar dat zeg ik niet.

Mam maakt het briefje op een stukje lijntjespapier. Het is een verhaal helemaal over ons en Kamer en Alsjeblieft stuur hulp z.s.m., dat betekent supersnel. Bij het begin staan twee woorden die ik nog nooit heb gezien, Mam zegt dat dat haar namen zijn net als Tv-figuren hebben, zo noemde iedereen in Buiten haar altijd, ik ben de enige die Mam zegt.

Ik heb buikpijn, ik wil niet dat ze andere namen heeft die ik nog niet eens had geweten. 'Heb ik ook andere namen?'

'Nee, jij bent altijd Jack. O, maar... ik denk dat je ook mijn achternaam krijgt.' Ze wijst naar de tweede.

'Waarom?'

'Nou, om te laten zien dat je niet hetzelfde bent als alle andere Jacks in de wereld.'

'Welke andere Jacks? Net als in de toververhalen?'

'Nee, echte jongens,' zegt Mam. 'Er zijn daarbuiten miljoenen mensen, en er zijn niet genoeg namen voor iedereen, dus moeten ze samen doen.'

Ik wil niet samen doen met mijn naam. Mijn buikpijn wordt nog erger. Ik heb geen broekzak dus stop ik het briefje in mijn onderbroek, het schuurt.

Het licht lekt helemaal weg. Ik wou dat de dag langer bleef, dan wordt het geen avond.

Het is 20:41 en ik lig in Bed te oefenen. Mam heeft heel heet water in een plastic zak gedaan en die heeft ze dichtgebonden zodat er niks uit knoeit, ze doet hem in een andere zak en die bindt ze ook dicht. 'Au.' Ik probeer weg te duiken.

'Doet het pijn aan je ogen?' Ze legt hem weer op mijn gezicht. 'Hij moet goed heet zijn, anders werkt het niet.'

'Maar het doet pijn.'

Ze probeert het bij zichzelf. 'Heel eventjes nog.'

Ik stop mijn handen ertussen.

'Je moet net zo dapper zijn als Prins JackerJack,' zegt Mam, 'anders gaat het niet lukken. Zal ik anders maar gewoon tegen Ouwe Nick zeggen dat je weer beter bent?'

'Nee.'

'Ik wed dat Jack de Reuzendoder wel een hete zak op zijn gezicht zou leggen als het moest. Kom op, nog ietsje langer.'

'Ik doe het zelf.' Ik leg de zak op het kussen, ik verfrommel mijn gezicht en duw het op het heet. Soms kom ik even omhoog voor een pauze en dan voelt Mam aan mijn voorhoofd en wangen en zegt: 'Bloedheet', en dan moet ik mijn gezicht weer terug doen. Ik huil een beetje, niet om het heet maar omdat Ouwe Nick komt, als hij vanavond komt, ik wil niet dat hij komt, ik denk dat ik echt echt ziek word. Ik luister de hele tijd naar de piep piep. Ik hoop dat hij niet komt, ik ben niet bapper maar gewoon echt bang.

Ik ren naar Wc en moet nog meer poepen en Mam roert erdoor. Ik wil doortrekken maar ze zegt nee, Kamer moet net zo stinken alsof ik de hele dag diarree heb gehad.

Als ik weer in Bed lig kust ze de achterkant van mijn nek en zegt: 'Je doet het geweldig, huilen helpt heel goed.'

'Waarom...?'

'Omdat je er daardoor nog veel zieker uitziet. Laten we nog iets aan je haar doen daar had ik eerder aan moeten denken.' Ze doet wat afwasmiddel in haar handen en wrijft het heel hard over mijn hele hoofd. 'Dat ziet er goed vettig uit. O, maar het ruikt te lekker, je moet viezer ruiken.' Ze gaat vlug weer op Horloge kijken. 'De tijd is bijna om,' zegt ze, helemaal bibberig. 'Wat stom van me, je moet vies ruiken, je moet echt... Wacht even.'

Ze buigt over Bed, ze doet een rare hoest en steekt haar hand in haar mond. Ze maakt de hele tijd dat rare geluid. Dan komt er van alles uit haar mond, net als spuug maar dan veel dikker. Ik zie de vissticks die we voor avondeten hebben gehad.

Ze wrijft het op het kussen, op mijn haar. 'Stop,' roep ik, ik probeer weg te komen.

'Sorry, het moet.' Mams ogen zijn vreemd en glimmend. Ze wrijft haar overgeef op mijn T-shirt en zelfs op mijn mond. Het ruikt het vieste ooit, helemaal scherp en giftig. 'Leg je gezicht weer op de hete zak.'

'Maar...'

'Doe het nou, Jack, opschieten.'

'Ik wil hiermee ophouden.'

'Dit is geen spelletje, we kunnen niet ophouden. Doe het nou.'

Ik huil van de stink en mijn gezicht in de hete zak dus ik denk dat het eraf gaat smelten. 'Je bent gemeen.'

'Ik heb een goede reden,' zegt Mam.

Piep piep. Piep piep.

Mam grijpt de zak water weg, hij schuurt over mijn gezicht. 'Ssst.'

Ze drukt mijn ogen dicht, duwt mijn gezicht omlaag in het vieze kussen, ze trekt Dekbed helemaal omhoog over mijn rug.

De koudere lucht komt met hem mee naar binnen. Mam roept meteen: 'Daar ben je!'

'Schreeuw niet zo.' Ouwe Nick zegt het zacht, als een grom.

'Ik ben gewoon...'

'Ssst.' Nog een piep piep, dan de boem. 'Je kent de afspraak,' zegt hij, 'ik wil geen kik horen voordat de deur dicht is.'

'Sorry sorry. Het is alleen, het gaat heel slecht met Jack.' Mams stem beeft en even geloof ik het zelf bijna, ze kan nog beter alsof doen dan ik.

'Het stinkt hier.'

'Ja, het kwam er aan allebei de kanten uit bij hem.'

'Waarschijnlijk gewoon een eendagsgriep,' zegt Ouwe Nick.

'Nou, het duurt nu al zowat anderhalve dag. Dan heeft hij de koude rillingen, dan heeft hij het weer bloedheet...'

'Geef hem dan zo'n hoofdpijnpil.'

'Waar denk je dat ik de hele dag mee bezig ben geweest? Hij spuugt ze meteen weer uit. Hij kan zelfs geen water binnenhouden.'

Ouwe Nick blaast zijn adem uit. 'Laat me eens naar hem kijken.'

'Nee,' zegt Mam.

'Schiet op, aan de kant...'

'Nee, ik zei nee...'

Ik hou mijn gezicht in het kussen, het is plakkerig. Mijn ogen zijn dicht. Ouwe Nick staat daar, vlak naast Bed, hij kan me zien.

Ik voel zijn hand op mijn wang, ik maak een geluid omdat ik zo bang ben. Mam zei dat het mijn voorhoofd zou zijn maar dat is het niet, hij voelt aan mijn wang en zijn hand voelt anders dan de hand van Mam, hij is koud en zwaar...

Dan is hij weg. 'Ik ga wel wat sterkers halen bij de nachtapotheek.'

'Wat sterkers? Hij is amper vijf jaar, hij is volkomen uitgedroogd en hij heeft god weet hoeveel koorts.' Mam schreeuwt, ze moet niet schreeuwen, dan wordt Ouwe Nick boos.

'Hou nou even je kop en laat me nadenken.'

'Hij moet nu meteen naar de Eerste Hulp, dat moet er gebeuren en dat weet jij ook.'

Ouwe Nick maakt een geluid, ik weet niet wat dat betekent.

Mams stem is huilerig. 'Als je hem nu niet naar het ziekenhuis brengt, dan gaat hij, dan kan hij...'

'Hou op met dat hysterische gedoe,' zegt hij.

'Alsjeblieft. Ik smeek je.'

'No way.'

Ik zeg bijna José. Ik denk het maar ik zeg het niet, ik zeg helemaal niks, ik ben gewoon slap helemaal Weg.

'Zeg gewoon dat hij een illegaal is zonder papieren,' zegt Mam, 'hij is toch te ziek om iets te zeggen, je kunt hem meteen weer terugbrengen zodra ze hem wat vocht hebben toegediend...' Haar stem gaat achter hem aan. 'Alsjeblieft. Ik zal alles doen.'

'Met jou valt niet te praten.' Hij klinkt in de buurt van Deur.

'Ga niet weg. Alsjeblieft, alsjeblieft...'

Er valt iets op de grond. Ik ben zo bang dat ik mijn ogen nooit meer ga opendoen.

Mam jammert. De piep piep. Boem, Deur is dicht, we zijn alleen.

Het is helemaal stil. Ik tel mijn tanden vijf keer, steeds twintig alleen een keer is het negentien maar ik tel nog een keer tot het twintig is. Ik gluur opzij. Dan doe ik mijn hoofd omhoog van het stinkende kussen.

Mam zit op Kleed met haar rug tegen Deurmuur. Ze kijkt naar niks. Ik fluister: 'Mam?'

Ze doet iets heel raars, ze lacht halfhalf.

'Heb ik niet goed alsof gedaan?'

'Jawel, hoor. Je was geweldig.'

'Maar hij heeft me niet naar het ziekenhuis gebracht.'

'Dat geeft niet.' Mam staat op en maakt een doek nat in Wasbak, ze komt mijn gezicht schoonvegen.

'Maar jij zei...' Al dat hete gezicht en overgeef en zijn hand op mijn gezicht. 'Ziek, Auto, Ziekenhuis, Politie, Mam Redden.'

Mam knikt, ze doet mijn T-shirt uit en veegt mijn buik schoon. 'Dat was Plan A, het was het proberen waard. Maar zoals ik al dacht was hij te bang.'

Ze heeft het fout. 'Was *híj* bang?'

'Hij was bang dat je de dokters zou vertellen over Kamer en dat de politie hem dan in de gevangenis zou stoppen. Ik hoopte dat hij het risico zou nemen, als hij dacht dat je echt in gevaar was... maar ik heb het nooit echt geloofd.'

Ik snap het. 'Je hebt me voor de gek gehouden,' schreeuw ik. 'Ik ging helemaal niet in de bruine auto rijden.'

'Jack,' zegt ze, ze drukt me tegen zich aan, haar botten doen pijn aan mijn gezicht.

Ik duw. 'Jij zei dat je niet meer ging liegen en dat je ging onliegen, maar toen ging je toch weer liegen.'

'Ik doe mijn best,' zegt Mam.

Ik zuig op mijn lip.

'Luister. Je moet heel even naar me luisteren.'

'Ik wil niet meer naar jou luisteren.'

Ze knikt. 'Ik weet het. Maar het moet toch. Er is een Plan B. Plan A was eigenlijk het eerste deel van Plan B.'

'Dat had je niet gezegd.'

'Het is heel ingewikkeld. Ik loop er al een paar dagen op te puzzelen.'

'Nou, ik heb miljoenen hersens om te puzzelen.'

'Zeker weten,' zegt Mam.

'Veel meer dan jij.'

'Dat is waar. Maar ik wilde niet dat jij allebei de plannen tegelijk in je hoofd moest houden, dan zou je misschien in de war raken.'

'Ik ben nu ook in de war. Ik ben honderd procent in de war.'

Ze kust me door mijn haar dat helemaal plakkerig is. 'Ik zal je over Plan B vertellen.'

'Ik hoef niks te horen over jouw domme stinkplannen.'

'Oké.'

Ik bibber omdat ik geen T-shirt aanheb. Ik vind een schone in Dressoir, een blauwe.

We gaan in Bed liggen, het stinkt verschrikkelijk. Mam doet voor hoe ik door mijn mond moet ademen want monden ruiken niks. 'Kunnen we met ons hoofd de andere kant op liggen?'

'Geweldig idee,' zegt Mam.

Ze doet aardig maar ik ga haar niet vergeven.

We doen onze voeten naar de kant van de stinkmuur en onze gezichten de andere kant op.

Ik denk dat ik nooit kan uitschakelen.

Het is al 8:21, ik heb lang geslapen en nu mag ik wat, de linker is zo lekker romig. Ouwe Nick is niet teruggekomen volgens mij.

'Is het zaterdag?' vraag ik.

'Dat klopt.'

'Joepie, dan gaan we haren wassen.'

Mam schudt van nee. 'Je mag niet schoon ruiken.'

Dat was ik even vergeten. 'Wat is het?'

'Wat?'

'Plan B.'

'Ben je er klaar voor om het te horen?'

Ik zeg niks.

'Goed. Hier komt het.' Mam schraapt haar keel. 'Ik heb het van alle kanten bekeken, ik denk dat het zou kunnen werken. Ik weet niet, ik ben er niet zeker van, het klinkt krankzinnig en ik weet dat het ongelooflijk gevaarlijk is maar...'

'Vertel het maar gewoon,' zeg ik.

'Oké, oké.' Ze haalt hard adem. 'Weet je nog van de Graaf van Monte Cristo?'

'Hij zat opgesloten in een kerker op een eiland.'

'Ja, maar weet je nog hoe hij ontsnapte? Hij deed alsof hij zijn dode vriend was, hij verstopte zich in het doodskleed en de bewakers gooiden hem in zee maar de Graaf verdronk niet, hij wurmde zich eruit en zwom weg.'

'En hoe ging het verhaal verder?'

Mam zwaait met haar hand. 'Dat maakt niet uit. Waar het om gaat, Jack, is dat jij hetzelfde gaat doen.'

'Word ik in zee gegooid?'

'Nee, je gaat op dezelfde manier ontsnappen als de Graaf van Monte Cristo.'

Ik ben weer in de war. 'Ik heb geen dode vriend.'

'Ik bedoel alleen dat je je gaat vermommen alsof je dood bent.'

Ik kijk haar aan.

'Het lijkt eigenlijk meer op een toneelstuk dat ik op de middelbare school heb gezien. Er was een meisje, Julia, dat wilde weglopen met de jongen waar ze verliefd op was, en daarom deed ze alsof ze dood was door een medicijn te drinken, en een paar dagen later werd ze weer wakker, ta-daa!'

'Nee, dat is Kindje Jezus.'

'Nou... niet echt.' Mam wrijft over haar voorhoofd. 'Die was echt drie dagen lang dood, en toen werd hij weer levend. Jij bent helemaal niet dood, je doet alleen alsof net als het meisje in het toneelstuk.'

'Ik weet niet hoe ik moet doen alsof ik een meisje ben.'

'Nee, doen alsof je dood bent.' Mams stem is een beetje boos.

'We hebben geen doodskleed.'

'Aha, daarvoor gebruiken we het kleed.'

Ik kijk omlaag naar Kleed, al haar rode en zwarte en bruine zigzag.

'Als Ouwe Nick terugkomt vanavond, of morgenavond, of wanneer dan ook dan zeg ik tegen hem dat je bent doodgegaan, en dan laat ik hem het kleed zien dat helemaal opgerold is met jou erin.'

Dat is het gekste wat ik ooit heb gehoord. 'Waarom?'

'Omdat je niet meer genoeg water in je lichaam had, en toen stopte je hart met kloppen door de koorts.'

'Nee, waarom in Kleed?'

'Ah,' zegt Mam, 'slimme vraag. Dat is je vermomming, zodat hij niet kan zien dat je eigenlijk nog leeft. Weet je, je hebt het supergoed gedaan toen je gisteravond deed alsof je ziek was, maar dood is nog veel moeilijker. Als hij ook maar één keer ziet dat je ademhaalt, weet hij dat het een list is. En trouwens, dode mensen zijn altijd heel koud.'

'We kunnen een zak met koud water gebruiken...'

Ze schudt van nee. 'Helemaal koud, niet alleen je gezicht. O, en ze worden ook stijf, dus je moet net als een robot liggen.'

'Niet slap?'

'Het tegenovergestelde van slap.'

Maar hij is toch de robot, Ouwe Nick? Ik heb wel gevoel.

'Dus de enige manier om te voorkomen dat hij doorheeft dat je eigenlijk nog leeft, is als we jou in het kleed rollen. Dan zeg ik tegen hem dat hij je ergens naartoe moet brengen en begraven, snap je?'

Mijn mond begint te bibberen. 'Waarom moet hij me begraven?'

'Omdat dode lichamen heel snel stinkerig worden.'

Kamer is vandaag ook al best wel stinkerig door het niet doorspoelen en het overgeefkussen en zo. 'De wormen kruipen erin, de wormen kruipen eruit...'

'Precies.'

'Ik wil niet worden begraven en slijmerig met de wormen die kruipen.'

Mam aait mijn hoofd. 'Het is alleen maar een list, weet je nog?'

'Net als een spelletje.'

'Maar je mag niet lachen. Het is een serieus spel.'

Ik knik. Ik denk dat ik moet huilen.

'Geloof me,' zegt Mam. 'Als er iets anders was waarvan ik dacht dat het ook maar een schijn van kans had...'

Ik weet niet wat een schijn van kans is.

'Oké.' Mam stapt uit Bed. 'Ik zal je vertellen hoe het zal gaan, dan hoef je niet meer zo bang te zijn. Ouwe Nick tikt de cijfers in om de deur open te maken, en dan draagt hij jou uit Kamer, helemaal opgerold in het kleed.'

'Ben jij dan ook in Kleed?' Ik weet het antwoord maar ik vraag het voor de zekerheid.

‘Ik blijf gewoon hier wachten,’ zegt Mam. Hij draagt je naar zijn pick-uptruck, hij legt je in de laadbak, het open gedeelte...’

‘Ik wil ook hier wachten.’

Ze legt haar vinger op mijn mond omdat ik stil moet zijn. ‘En dat is je kans.’

‘Wat is...?’

‘De auto! Zodra hij de eerste keer afremt bij een stopbord wurm je jezelf los uit het kleed en je springt uit de auto op straat, en dan ren je hard weg en haal je de politie om mij te komen redden.’

Ik kijk haar aan.

‘Dus deze keer is het plan Dood, Auto, Rennen, Politie, Mam Redden. Zeg het eens na.’

‘Dood, Auto, Rennen, Politie, Mam Redden.’

We gaan ontbijten, allebei honderdvijfentwintig cornflakes want we hebben extra kracht nodig. Ik heb geen honger maar Mam zegt dat ik ze allemaal op moet eten.

Dan kleden we ons aan en oefenen het doodgedeelte. Het is de gekste Gym die we ooit hebben gespeeld. Ik ga op de rand van Kleed liggen en Mam vouwt haar over me heen en zegt dat ik op mijn buik moet gaan liggen, dan op mijn rug, dan mijn buik, dan weer mijn rug, tot ik helemaal strak opgerold ben. Het ruikt raar in Kleed, stoffig en nog iets, anders dan als ik gewoon op haar lig.

Mam raapt me op, ik word in elkaar gedrukt. Ze zegt dat ik net een lang, zwaar pakket ben, maar Ouwe Nick kan me makkelijk optillen omdat hij meer spieren heeft.

‘Hij zal je door de achtertuin dragen, waarschijnlijk naar zijn garage, zo gaat dat...’ Ik voel dat we rond Kamer gaan. Mijn nek wordt verkreukeld maar ik beweeg niet. ‘Of misschien over zijn schouder, zo...’ Ze tilt me op, ze gromt. Ik word in tweeën gedrukt.

‘Is het een lange lange weg?’

‘Wat zeg je?’

Mijn woorden worden kwijtgeraakt in Kleed.

‘Wacht even,’ zegt Mam, ‘ik bedacht net dat hij je misschien een paar keer neer zal zetten, als hij een deur moet opendoen.’ Ze zet me neer, met mijn hoofd omlaag.

‘Au.’

'Maar dan maak je geen enkel geluid, hè?'

'Sorry.' Kleed zit tegen mijn gezicht, ze kriebelt mijn neus maar ik kan niet krabben.

'En dan gooit hij je in de laadbak van zijn auto, zo.'

Ze laat me boem vallen, ik bijt op mijn mond om niet te schreeuwen.

'Maar jij blijft steeds stijf, stijf, stijf als een robot, oké? Wat er ook gebeurt.'

'Oké.'

'Want als je slap wordt of beweegt of ook maar één geluidje maakt, Jack, als je per ongeluk een van die dingen doet, dan weet hij dat je eigenlijk nog leeft, en dan wordt hij zo kwaad dat hij...'

'Wat?' Ik wacht. 'Mam. Wat doet hij dan?'

'Maak je geen zorgen, hij zal echt wel geloven dat je dood bent.'

Hoe weet ze dat zo zeker?

'Dan gaat hij voor in de auto zitten en begint hij te rijden.'

'Waarheen?'

'Nou, de stad uit, waarschijnlijk. Ergens waar geen mensen zijn die kunnen zien dat hij een gat aan het graven is, een bos of zo. Maar weet je, zodra de motor start... dat voelt lawaaierig en ronkerig en trillerig, zoals dit' – ze doet een lipscheet naar me door Kleed, normaal moet ik lachen om lipscheten maar niet nu – 'en dat is jouw teken dat je moet beginnen om je los te wurmen uit het kleed. Wil je het eens proberen?'

Ik wurm, maar het lukt niet, het is te strak. 'Ik zit vast. Ik zit vast, Mam.'

Ze rolt me meteen los. Ik adem heel veel lucht in.

'Alles goed?'

'Alles goed.'

Ze lacht naar me, maar het is een rare lach, net of ze doet alsof. Dan rolt ze me weer op, een beetje losser.

'Het zit nog steeds strak.'

'Sorry, ik had niet gedacht dat het zo stug zou zijn. Wacht even...' Mam maakt me weer los. 'Zeg, probeer eens je armen over elkaar te doen zodat je ellebogen een beetje uitsteken, dan heb je meer ruimte.'

Ze rolt me op met mijn armen over elkaar en deze keer kan ik mijn handen boven mijn hoofd krijgen, ik zwaai met mijn vingers uit de rand van Kleed.

'Geweldig. Probeer nu eens omhoog te kruipen, net of het een tunnel is.'

'Het is te strak.' Ik weet niet hoe de Graaf dit kon doen terwijl hij aan het verdrinken was. 'Laat me eruit.'

'Wacht nog heel even.'

'Laat me er nu uit!'

'Als je steeds in paniek raakt,' zegt Mam, 'dan gaat ons plan niet werken.'

Ik moet weer huilen, Kleed zit nat tegen mijn gezicht. 'Eruit!'

Kleed rolt open, ik haal weer adem.

Mam legt haar hand op mijn gezicht maar ik duw hem eraf.

'Jack...'

'Nee.'

'Luister.'

'Dombo Plan B.'

'Ik weet dat het eng is. Dacht je dat ik dat niet wist? Maar we moeten het proberen.'

'Nee, dat hoeft niet. Pas als ik zes ben.'

'Er bestaat iets wat heet executie van hypotheek.'

'Wat?' Ik kijk Mam aan.

'Het is heel moeilijk uit te leggen.' Ze blaast haar adem uit. 'Het huis van Ouwe Nick is niet echt van hem, maar eigenlijk van de bank. En als hij zijn baan kwijt is en hij heeft geen geld meer om de bank te betalen... dan wordt de bank boos op hem en dan proberen ze misschien zijn huis af te pakken.'

Ik vraag me af hoe een bank dat zou doen. Misschien met een reusachtige graafmachine? 'Met Ouwe Nick erin?' vraag ik. 'Net als Dorothy toen de tornado haar huis optilde?'

'Luister naar me.' Mam houdt mijn ellebogen zo hard vast dat het bijna pijn doet.

'Wat ik probeer te zeggen is dat hij nooit iemand in zijn huis of in zijn achtertuin zou laten komen, want dan vinden ze Kamer, toch?'

'En dan redden ze ons!'

'Nee, dat zou hij nooit laten gebeuren.'

'Wat zou hij dan doen?'

Mam zuigt haar lippen naar binnen tot ze er geen meer heeft. 'Waar het om gaat is dat we moeten ontsnappen voor het zover is. Je moet nu meteen terug in het kleed en net zo lang oefenen tot je weet hoe je je eruit moet wurmen.'

'Nee.'

'Jack, alsjeblieft...'

'Ik ben te bang,' roep ik. 'Ik ga het nooit doen en ik haat jou.'

Mam haalt raar adem, ze gaat op Vloer zitten. 'Dat geeft niet.'

Hoezo geeft het niet dat ik haar haat?

Ze heeft haar handen op haar buik. 'Ik heb je in Kamer gebracht, het was niet mijn bedoeling maar ik heb het gedaan en ik heb er nooit spijt van gehad.'

Ik kijk haar aan en ze kijkt terug.

'Ik heb je hierin gekregen, en vanavond zorg ik dat je eruit komt.'

'Oké.'

Ik zeg het heel klein maar ze hoort het. Ze knikt.

'En jij ook, met de brander. Eén tegelijk maar allebei.'

Mam knikt nog steeds. 'Maar het gaat om jou. Alleen om jou.'

Ik schud van nee tot mijn hoofd wiebelt, er is geen alleen ik.

We kijken elkaar aan met zonder lach.

'Klaar om weer terug in het kleed te gaan?'

Ik knik. Ik ga liggen, Mam rolt me extra strak op. 'Ik kan niet...'

'Jawel hoor.' Ik voel dat ze me klopjes geeft door Kleed.

'Ik kan het niet, ik kan het niet.'

'Wil je even tot honderd tellen voor mij?'

Dat doe ik, makkie, heel snel.

'Je klinkt nu al rustiger. We zullen er zo iets op bedenken,' zegt Mam. 'Hmm. Ik vraag me af... als het loswurmen niet werkt, kun je dan misschien... jezelf loswikkelen, zeg maar?'

'Maar ik zit aan de binnenkant.'

'Dat weet ik, maar je kunt je handen naar buiten steken en de hoek vinden. Laten we dat eens proberen.'

Ik voel rond tot ik iets voel wat puntig is.

'Dat is het,' zegt Mam. 'Goed zo, nu trekken. Niet die kant op, de andere kant, zodat je het los voelt komen. Net alsof je een banaan pelt.'

Ik doe een klein stukje.

'Je ligt op de rand, daardoor hou je het tegen.'

'Sorry.' Mijn tranen komen weer terug.

'Je hoeft geen sorry te zeggen, je doet het geweldig. En als je rolt?'

'Welke kant op?'

'De kant die het meest los voelt. Op je buik, misschien, en dan moet je de rand van het kleed weer zoeken en eraan trekken.'

'Ik kan het niet.'

Ik doe het. Ik krijg één elleboog los.

'Fantastisch,' zegt Mam. 'Je hebt het echt losgemaakt aan de buitenkant. Hé, en als je overeind gaat zitten, denk je dat dat zou lukken?'

Het doet pijn en het gaat echt niet.

Het lukt om te gaan zitten en allebei mijn ellebogen zijn eruit en Kleed is los bij mijn gezicht. Ik kan haar helemaal van me af krijgen. 'Het is gelukt!' roep ik. 'Ik ben de banaan!'

'Jij bent de banaan,' zegt Mam. Ze kust me op mijn gezicht dat helemaal nat is. 'Nu gaan we dat nog een keer oefenen.'

Als ik zo moe ben dat ik moet stoppen, vertelt Mam me hoe het zal zijn in Buiten. 'Ouwe Nick rijdt door de straat. Jij ligt in de laadbak, het open gedeelte van de auto, dus hij kan je niet zien, oké? Pak de rand van de auto vast zodat je niet omvalt, want hij rijdt heel snel, zo.' Ze trekt me en wiebelt me heen en weer. 'Dan als hij afremt, voelt het ongeveer... alsof je de andere kant op wordt getrokken, terwijl de auto langzamer gaat rijden. Dat betekent een stopbord, waar de mensen in auto's even voor moeten stoppen.'

'Hij ook?'

'Nou en of. Dus zodra je het gevoel hebt dat de auto bijna niet meer beweegt, dan is het veilig voor je om over de rand te springen.'

In Heelal. Dat zeg ik niet, ik weet dat dat fout is.

'Je springt op het asfalt, dat is hard, net als...' Ze kijkt rond. 'Net als keramiek, maar dan ruwer. En dan ga je rennen, rennen, rennen, net als GingerJack het Peperkoekmannetje.'

'Maar GingerJack wordt opgegeten door de vos.'

'Oké, geen goed voorbeeld,' zegt Mam. 'Maar deze keer zijn wij degenen met de listigste listen. 'Jack wees handig, Jack ren ver...'

'Jack spring over de lucifer.'

'Je moet over de straat rennen, weg van de auto, supersnel net als weet je nog die tekenfilm die we een keer gezien hebben, van Road Runner?'

'Tom en Jerry, die rennen ook.'

Mam knikt. 'Het enige wat telt is dat Ouwe Nick je niet te pakken krijgt. O, maar probeer wel op de stoep te rennen als je kunt, het stuk dat hoger ligt, dan kom je niet onder een auto. En je moet ook heel hard schreeuwen, dan komt iemand je helpen.'

'Wie?'

'Ik weet niet, iemand.'

'Wie is iemand?'

'Ren gewoon naar de eerste de beste persoon die je ziet. Of eh... het is natuurlijk al best laat. Misschien loopt er niemand op straat.' Ze bijt op haar duim, de nagel ervan, ik zeg niet dat ze moet ophouden. 'Als je niemand ziet, moet je naar een auto zwaaien dat hij moet stoppen, en dan zeg je tegen de mensen in de auto dat jij en je mam zijn ontvoerd. Of als er geen auto's zijn... o jee, dan moet je denk ik naar een huis rennen – het eerste het beste huis waar het licht aan is – en zo hard als je kunt op de deur bonzen met je vuisten. Maar alleen een huis waar de lichten aan zijn, niet een leeg huis. Het moet de voordeur zijn, denk je dat je weet welke dat is?'

'De deur aan de voorkant.'

'Zullen we het eens proberen?' Mam wacht af. 'Praat maar gewoon tegen die persoon, net zoals je tegen mij praat. Doe maar net of ik diegene ben. Wat zeg je dan?'

'Jij en ik zijn...'

'Nee, je moet net doen of ik de persoon in het huis ben, of in de auto, of op de stoep, zeg maar tegen ze dat jij en je mam...'

Ik probeer het nog een keer. 'Jij en je mam...'

'Nee, je moet zeggen: Mijn mam en ik...'

'Jij en ik...'

Ze blaast haar adem uit. 'Oké, laat maar, geef ze maar gewoon het briefje... Zit het briefje nog op zijn plek?'

Ik kijk in mijn onderbroek. 'Het is weg!' Dan voel ik waar het is weggeschoven naar tussen mijn billen. Ik pak het en laat het zien.

'Hou het aan de voorkant. Als je het per ongeluk laat vallen, zeg je gewoon tegen ze: "Ik ben ontvoerd." Zeg het eens na, precies zo.'

'Ik ben ontvoerd.'

'Zeg het luid en duidelijk, zodat ze het kunnen horen.'

'Ik ben ontvoerd!' schreeuw ik.

'Fantastisch. En dan belt diegene de politie,' zegt Mam, 'en... ik denk dat de politie dan in de achtertuinen gaat zoeken tot ze Kamer hebben gevonden.'

Haar gezicht is niet heel zeker.

'Met de brander,' help ik haar herinneren.

We oefenen de hele tijd. Dood, Auto, Loswurmen, Springen, Rennen, Iemand, Briefje, Politie, Brander. Dat zijn negen dingen. Ik denk dat ik ze niet allemaal tegelijk in mijn hoofd kan houden. Mam zegt dat ik dat natuurlijk wel kan, ik ben haar superheld, Meneertje Vijf.

Ik wou dat ik nog vier was.

Als middageten mag ik kiezen omdat het een speciale dag is, het is onze laatste dag in Kamer. Dat zegt Mam maar ik geloof het niet echt. Ik heb ineens rammelende honger, ik kies macaroni en hotdogs en crackers, dat is eigenlijk drie middagetens bij elkaar.

De hele tijd dat we Dammen spelen ben ik bang voor onze Grote Ontsnapping, dus ik verlies twee keer en dan wil ik niet meer spelen.

We proberen een dutje maar we kunnen niet uitschakelen. Ik mag wat, de linker en dan de rechter en dan weer de linker tot er bijna niks meer in zit.

We willen geen avondeten allebei niet. Ik moet het overgeefshirt weer aandoen. Mam zegt dat ik mijn sokken aan mag houden. 'Anders doet de straat misschien pijn aan je voeten.' Ze veegt in haar oog, dan in het andere. 'Doe maar je allerdikste aan.'

Ik weet niet waarom ze moet huilen om sokken. Ik ga in Kast om Kies te zoeken onder mijn kussen. 'Ik ga hem in mijn sok stoppen.'

Mam schudt van nee. 'Stel dat je erop gaat staan en pijn krijgt aan je voet?'

'Dat doe ik niet, hij blijft gewoon hier aan de zijkant zitten.'

Het is 18:13, dat wordt al bijna de avond. Mam zegt dat ik eigenlijk al opgerold in Kleed zou moeten liggen, misschien komt Ouwe Nick wel eerder omdat ik ziek ben.

'Nog niet.'

'Nou...'

'Alsjeblieft niet.'

'Ga hier zitten, oké, dan kan ik je heel snel erin rollen als het nodig is.'

We zeggen het plan de hele tijd opnieuw op om mij met de negen te oefenen. Dood, Auto, Loswurmen, Springen, Rennen, Iemand, Briefje, Politie, Brander.

Ik schrik iedere keer als ik de piep piep hoor maar het is niet echt, alleen inbeelding. Ik kijk naar Deur, hij is helemaal glimmend als een dolk.

'Mam?'

'Ja?'

'Laten we het morgenavond doen.'

Ze buigt naar me toe en knuffelt me stevig. Dat betekent nee.

Ik haat haar weer een beetje.

'Als ik het voor je kon doen, zou ik het doen.'

'Waarom kan dat niet?'

Ze schudt haar hoofd. 'Het spijt me zo dat jij het moet zijn en dat het nu moet. Maar ik ben er de hele tijd bij in je hoofd, weet je nog? Ik zal voortdurend tegen je praten.'

We praten nog heel veel keren over Plan B. 'En als hij Kleed openmaakt?' vraag ik. 'Alleen om naar mij dood te kijken?'

Mam zegt even niks. 'Je weet dat slaan niet mag, hè?'

'Ja.'

'Nou, vanavond is een speciaal geval. Ik denk echt niet dat hij het zal doen, hij zal haast maken om... om het achter de rug te hebben, maar als hij het toevallig toch doet, dan moet je hem zo hard slaan als je kunt.'

Wauw.

'Schop hem, bijt hem, steek je vingers in zijn ogen...' Haar vingers prikken in de lucht. 'Alles wat je maar kunt bedenken zodat je kunt wegrennen.'

Ik kan dit haast niet geloven. 'Mag ik hem ook doodmaken?'

Mam rent naar Keukenkast waar de dingen staan te drogen na het afwassen. Ze pakt Glad Mes.

Ik kijk naar zijn glans, ik denk aan het verhaal dat Mam hem tegen de keel van Ouwe Nick hield.

'Denk je dat je deze stevig vast kunt houden, in het kleed, en als...'

Ineens kijkt ze naar Glad Mes. Dan legt ze hem terug bij de vorken op Afdruiprek. 'Waar zat ik toch met mijn verstand?'

Hoe moet ik dat weten als ze het zelf niet eens weet?

'Straks steek je jezelf nog,' zegt Mam.

'Nietes.'

'Jawel, Jack, dat kan toch niet anders, je zou jezelf aan stukken rijten in een kleed met een groot mes... ik raak mijn verstand kwijt volgens mij.'

Ik schud van nee. 'Het zit gewoon hier.' Ik tik op haar haar.

Mam aait mijn rug.

Ik voel of Kies nog in mijn sok zit, het briefje zit in mijn onderbroek aan de voorkant. We zingen liedjes om de tijd vol te maken, maar heel zachtjes. 'Lose Yourself' en 'Tubthumping' en 'Home on the Range.'

'*Waar de herten en antilopen spelen, ongestoord...*' zing ik.

'*Waar zelden een afkeurend woord wordt gehoord...*'

'*En de hemel onbewolkt is de hele dag door.*'

'Het is tijd,' zegt Mam, ze houdt Kleed open.

Ik wil niet. Ik ga liggen en leg mijn handen op mijn schouders met mijn ellebogen naar buiten. Ik wacht tot Mam me oprolt.

Maar ze kijkt alleen maar naar me. Mijn voeten mijn benen mijn armen mijn hoofd, haar ogen glijden over mijn hele ik alsof ze aan het tellen is.

'Wat?' zeg ik.

Ze zegt geen woord. Ze buigt zich over me heen, ze kust me niet eens, ze houdt alleen haar gezicht tegen het mijne tot ik niet meer weet wie wie is. Mijn borst doet boemboemboem. Ik wil haar niet loslaten.

'Oké,' zegt Mam, haar stem is helemaal krakerig. 'We zijn bapper, toch? We zijn hartstikke bapper. Ik zie je buiten.' Ze legt mijn armen op de speciale manier met de ellebogen naar buiten. Ze vouwt Kleed over me heen en het licht is weg.

Ik ben opgerold in het kriebelige donker.

'Niet te strak?'

Ik probeer of ik mijn armen boven mijn hoofd kan krijgen en weer terug, het schuurt een beetje.

'Oké?'

'Oké,' zeg ik.

Daarna wachten we alleen maar. Er komt iets door de bovenkant van Kleed en wrijft over mijn haar, het is haar hand, dat weet ik zonder dat ik het zelfs kan zien. Ik kan mijn adem horen die is lawaaierig. Ik denk aan de Graaf in de zak en de wormen die erin kruipen. De val omlaag omlaag omlaag in de zee. Kunnen wormen zwemmen?

Dood, Auto, Rennen, Iemand... nee, Loswurmen, dan Springen, Rennen, Iemand, Briefje, Brander. Ik ben Politie vergeten voor Brander, het is te ingewikkeld, ik doe het vast helemaal verkeerd en dan gaat Ouwe Nick me echt begraven en dan zit Mam altijd te wachten.

Na heel lang fluister ik: 'Komt hij of niet?'

'Ik weet het niet,' zegt Mam. 'Hij kan toch niet wegblijven? Als hij ook maar een beetje menselijk is...'

Ik dacht dat je alleen wel of niet een mens was, ik wist niet dat je ook een beetje een mens kon zijn. Wat zijn zijn andere stukken dan?

Ik wacht en wacht. Ik kan mijn armen niet meer voelen. Kleed ligt tegen mijn neus aan, ik wil krabben. Ik probeer net zo lang tot ik erbij kan. 'Mam?'

'Ik ben hier.'

'Ik ook.'

Piep piep.

Ik schrik, ik moet eigenlijk dood zijn maar ik kan er niks aan doen, ik wil nu meteen uit Kleed komen maar ik zit vast en ik kan het ook niet eens proberen of anders ziet hij het...

Er drukt iets op me, dat moet Mams hand zijn. Ze wil dat ik Superprins JackerJack ben, dus ik blijf extra stil liggen. Niet meer bewegen, ik ben Lijk, ik ben de Graaf, nee, ik ben zijn vriend die nog doder is. Ik ben helemaal stijf als een kapotte robot met een stroomstoring.

'Hier is het.' Dat is de stem van Ouwe Nick. Hij klinkt net als anders. Hij weet niet eens wat er is gebeurd met mij dood. 'Antibiotica, nog maar net over de houdbaarheidsdatum. Voor een kind moet je ze doormidden breken, zei die man.'

Mam zegt niks.

'Waar is hij, in de kast?'

Dat ben ik, de hij.

'Ligt hij in het kleed? Ben je gek geworden, wie gaat er nou een ziek kind zo oprollen?'

'Je bent niet teruggekomen,' zegt Mam en haar stem klinkt heel raar. 'Het werd vannacht steeds erger en vanmorgen werd hij niet meer wakker.'

Niks. Dan maakt Ouwe Nick een raar geluid. 'Weet je het zeker?'

'Of ik het zeker weet?' Mam gilt het, maar ik beweeg niet, ik beweeg niet, ik ben helemaal stijf niks horen niks zien helemaal niks.

'O nee...' Ik hoor zijn adem helemaal lang. 'Dat is echt vreselijk. Arme meid, je...'

Niemand zegt iets, wel een minuut.

'Dan was het denk ik echt iets heel ernstigs,' zegt Ouwe Nick, 'dan hadden de pillen toch niet gewerkt.'

'Jij hebt hem vermoord.' Mam schreeuwt.

'Kom op, doe eens rustig.'

'Hoe kan ik rustig doen als Jack...' Ze haalt raar adem, haar woorden komen eruit als snikken. Ze doet zo echt alsof dat ik het bijna geloof.

'Laat mij eens.' Zijn stem is heel dichtbij, ik maak me strak en stijf stijf stijf.

'Raak hem niet aan.'

'Oké, oké.' Dan zegt Ouwe Nick: 'Je kunt hem niet hier houden.'

'Mijn kindje!'

'Ik weet het, het is verschrikkelijk. Maar ik moet hem nu wegbrengen.'

'Nee.'

'Hoe lang is het al?' vraagt hij. 'Vanmorgen, zei je? Of misschien in de nacht? Dan begint hij al te... het is niet gezond om hem hier te houden. Ik kan hem beter meenemen en een plekje voor hem zoeken.'

'Niet in de achtertuin.' Mam praat bijna als een grom.

'Oké.'

'Als je hem in de achtertuin legt... Dat had je nooit mogen doen, het is te dichtbij. Als je hem daar begraaft hoor ik hem huilen.'

'Ik zei toch oké.'

'Je moet een heel eind weg rijden met hem, goed?'

'Dat is goed. Laat me...'

'Nog niet.' Ze huilt en huilt. 'Je mag niet aan hem komen.'

'Ik zal hem de hele tijd in het kleed laten.'

'Waag het niet om hem met een vinger...'

'Ja ja, het is goed.'

'Zweer dat je niet eens naar hem zult kijken met je smerige ogen.'

'Oké.'

'Zweer het.'

'Ik zweer het, oké?'

Ik ben dood dood dood.

'Ik kom erachter,' zegt Mam, 'ik kom erachter als je hem in de achtertuin legt, en dan schreeuw ik voortaan iedere keer dat die deur opengaat, ik breek de hele tent af, ik zweer dat ik nooit meer stil zal zijn. Je zult mij ook dood moeten maken om me stil te krijgen, het kan me allemaal niks meer schelen.'

Waarom zegt ze dat hij haar moet doodmaken?

'Rustig maar.' Ouwe Nick klinkt alsof hij tegen een hond praat. 'Ik til hem nu op en ik draag hem naar de auto, oké?'

'Voorzichtig. Zoek een mooi plekje voor hem,' zegt Mam, ze huilt zoveel dat ik haast niet kan horen wat ze zegt. 'Een plek met bomen of zo.'

'Zeker weten. Nu is het tijd om te gaan.'

Ik word vastgepakt door Kleed heen, ik word in elkaar gedrukt, het is Mam, ze zegt: 'Jack, Jack, Jack.'

Dan word ik opgetild. Ik denk dat zij het is en dan weet ik dat hij het is. Niet bewegen niet bewegen niet bewegen JackerJack hou je stijf stijf stijf. Ik word in elkaar gedrukt in Kleed, ik kan niet goed ademen, maar doden ademen toch niet. Als hij me maar niet losmaakt. Ik wou dat ik Glad Mes had.

Het piep piep weer, dan de klik, dat betekent dat Deur open is. De reus heeft me te pakken, *fee fie foe fum*. Heet op mijn benen, o nee, Piemel heeft een beetje geplast. En er is ook een beetje poep uit mijn billen gekomen, dat had Mam niet gezegd. Stinkerig. Sorry Kleed. Een grom bij mijn oor, Ouwe Nick heeft me strak vast. Ik ben zo bang dat ik niet dapper kan zijn, stop stop stop maar ik mag geen geluid maken anders weet hij dat het een list is en dan eet hij me op met mijn hoofd voorop, hij trekt mijn benen eraf...

Ik tel mijn tanden maar ik raak steeds de tel kwijt, negentien, eenentwintig, tweeëntwintig. Ik ben Prins Robot SuperJackerJack Meneertje Vijf, ik beweeg niet. Ben je daar, Kies? Ik kan je niet voelen maar je moet in mijn sok zitten, aan de zijkant. Je bent een stukje van Mam, een klein stukje van Mams twee druppels water vlees en bloed dat met me meegaat.

Ik voel mijn armen niet.

De lucht is anders. Nog steeds het stoffige van Kleed maar als ik mijn neus een heel klein beetje omhoog doe krijg ik die lucht die is...

Buiten.

Zou dat kunnen?

Geen bewegen. Ouwe Nick staat gewoon stil. Waarom staat hij stil in de tuin? Wat gaat hij...

Weer bewegen. Ik blijf stijf stijf stijf.

Aaauwww, op iets hards gevallen. Volgens mij heb ik geen geluid gemaakt, ik heb er geen gehoord. Ik denk dat ik op mijn mond heb gebeten, ik heb die smaak die bloed is.

Er klinkt weer een piep maar een andere. Een rammel van allemaal ijzer. Weer omhoog, dan weer hard gevallen, op mijn gezicht, au au au. Boem. Dan begint alles te trillen en te dreunen en te brullen onder mijn voorkant, het is een aardbeving...

Nee, het is de auto, dat moet het zijn. Het lijkt helemaal niet op een lipscheet, het is miljoen keer meer. Mam! roep ik in mijn hoofd. Dood, Auto, dat is al twee van de negen. Ik lig achter in de bruine pick-uptruck net als in het verhaal.

Ik ben niet in Kamer. Ben ik nog wel mij?

Bewegen nu. Ik zoef echt echt vooruit in de auto.

O ja, ik moet me Loswurmen, dat was ik vergeten. Ik begin te doen als een slang, maar Kleed is strakker geworden, hoe kan dat, ik zit vast ik zit vast. *Mam Mam Mam*... ik kan er niet uitkomen zoals we hadden geoefend ook al hebben we het zo vaak geoefend en geoefend, het is helemaal mislukt, sorry. Ouwe Nick gaat me naar een plek brengen en me begraven en de wormen kruipen erin, de wormen kruipen eruit... Ik moet weer huilen, er komt snot uit mijn neus, mijn armen liggen in de knoop onder me, ik vecht tegen Kleed want ze is niet meer mijn vriend, ik schop net als Karate maar ze heeft me vast, ze is het doodskleed voor de lijken die in de zee vallen...

Het geluid is zachter. Geen bewegen. De auto staat stil.

Het is een stop, het is een stopbordstop, dat betekent dat ik Springen moet doen dat is vijf op de lijst maar ik heb drie nog niet gedaan, als ik me niet kan loswurmen hoe kan ik dan springen? Ik kan niet bij vier vijf zes zeven acht en negen komen, ik zit vast bij drie, hij gaat me begraven bij de wormen...

Weer bewegen, broem broem.

Ik krijg één hand omhoog over mijn gezicht, het is helemaal

snotterig, mijn hand schraapt uit de bovenkant en ik trek mijn andere arm omhoog. Mijn vingers voelen de nieuwe lucht, iets kouds, iets metaals, een ander ding dat niet metaal is met bobbels erop. Ik grijp en trek trek trek en schop en mijn knie, au au au. Het lukt niet, het gaat niet. Zoek de hoek, is dat Mam die in mijn hoofd praat wat ze had gezegd of herinner ik het me alleen? Ik voel helemaal rond Kleed en er is geen hoek aan haar, dan vind ik hem en ik trek, het komt een klein beetje los denk ik. Ik rol op mijn rug maar dat is nog strakker en ik kan de hoek niet meer vinden.

Gestopt, de auto is weer gestopt, ik ben er nog niet uit, ik moest bij de eerste al springen. Ik trek Kleed omlaag tot ze mijn elleboog bijna breekt en ik kan een hele grote schittering zien, dan is het weg want de auto beweegt weer vroooeeemmm.

Ik denk dat dat Buiten was wat ik heb gezien, Buiten is echt en zo licht maar ik kan niet...

Mam is er niet, geen tijd om te huilen, ik ben Prins JackerJack, ik moet JackerJack zijn anders kruipen de wormen erin. Ik lig weer op mijn buik, ik buig mijn knieën en steek mijn billen omhoog, ik ga gewoon uit Kleed barsten en nu is ze losser, ze komt van mijn gezicht af...

Ik kan alle lekkere zwarte lucht ademen. Ik zit rechtop en ik doe Kleed van me af net of ik een soort platgedrukte banaan ben. Mijn paardenstaart gaat los, allemaal haren in mijn ogen. Ik vind mijn benen een en twee, ik krijg mijn hele zelf eruit, het is gelukt, het is gelukt, ik wou dat Dora me kon zien, dan zou ze het liedje 'Het lukte' zingen.

Weer een licht dat over me heen zoeft. Dingen glijden door de lucht dat zijn denk ik bomen. En huizen en lampen op reuzenpalen en sommige auto's en alles zoeft. Het is net een tekenfilm waar ik in zit maar rommeliger. Ik hou me vast aan de rand van de auto, hij is helemaal hard en koud. De lucht is supergroot, daarachter is een roze oranje maar de rest is grijs. Als ik omlaag kijk is de straat zwart en heel heel ver. Ik kan goed springen maar niet als alles brult en botst en met de lampen helemaal wazig en de lucht zo raar ruikt naar appel of zo. Mijn ogen doen het niet goed, ik ben te bang om bapper te zijn.

De auto is weer gestopt. Ik kan niet springen, ik kan gewoon niet bewegen. Ik stel me voor dat ik opsta en ik kijk over de rand maar...

Ik schuif en bots door de auto, mijn hoofd knalt tegen iets pijns, ik roep per ongeluk aaaauuwwww...

Weer gestopt.

Een metaalgeluid. Het gezicht van Ouwe Nick. Hij is uit de auto met het kwaadste gezicht dat ik ooit heb gezien en...

Springen.

De grond breekt mijn voeten knallen mijn knie stoot mijn gezicht maar ik ben aan het rennen rennen rennen, waar is *Iemand*, Mam zei dat ik moest schreeuwen tegen een iemand of een auto of een huis met het licht aan, ik zie een auto maar donker vanbinnen en er komt toch niks uit mijn mond die zit vol met mijn haren maar ik blijf rennen *GingerJack wees handig ren ver*. Mam is niet hier maar ze heeft beloofd dat ze in mijn hoofd is en zegt *rennen rennen rennen*. Gebrul achter me dat is hij, dat is Ouwe Nick die me doormidden komt scheuren *fee fie foe fum*, ik moet *Iemand* vinden om help help te roepen maar er is geen iemand, er is nergens een iemand, ik moet voor altijd blijven rennen maar mijn adem is op en ik kan niks zien en...

Een beer.

Een wolf?

Een hond, is een hond een iemand?

Er komt iemand achter de hond maar het is een heel klein iemand, een kindje die loopt, die duwt iets met wielen waar een nog kleiner kindje in zit. Ik weet niet meer wat ik moet roepen, ik heb het geluid uit, ik blijf alleen naar ze toe rennen. Het kindje lacht, ze heeft bijna geen haar. De kleine in het duwding is geen echte volgens mij, dat is een pop. De hond is klein maar een echte, hij poept op de grond, dat heb ik Tv-honden nooit zien doen. Er komt iemand achter het kindje aan en hij raapt de poep op in een zak net of het een schat is, volgens mij is het een hij, de iemand met kort haar net als Ouwe Nick maar krulleriger en hij is bruiner dan het kindje. Ik zeg: 'Help!' maar het komt er niet zo heel hard uit. Ik blijf rennen tot ik bijna bij ze ben en de hond blaft en springt omhoog en eet me op...

Ik doe mijn mond open voor de grootste schreeuw maar er komt geen geluid uit.

'Raja!'

Rood op mijn vinger allemaal spikkels.

'Raja, af.' De man-iemand heeft de hond in de nek vast.

Mijn bloed valt uit mijn hand.

Dan beng vastgepakt van achteren, het is Ouwe Nick, zijn reuzenhanden op mijn ribben. Ik heb het verpest, hij heeft me gevangen, sorry sorry sorry Mam. Hij tilt me op. Dan schreeuw ik, ik schreeuw geen woorden zelfs. Hij heeft me onder zijn arm, hij draagt me terug naar de auto, Mam zei dat ik hem mocht slaan, en doodmaken, ik sla en sla maar ik kan er niet bij, ik sla alleen mezelf...

'Neem me niet kwalijk,' roept de man met het poepzakje. 'Hé, meneer?' Zijn stem is niet zwaar, hij is zachter. Ouwe Nick draait ons om. Ik vergeet te schreeuwen.

'Ik vind het heel vervelend, is alles goed met uw kleine meid?'

Welke kleine meid?

Ouwe Nick schraapt zijn keel, hij draagt me nog steeds naar de auto maar nu loopt hij achteruit. 'Prima.'

'Raja is meestal heel braaf, maar ze kwam ineens op hem af rennen...'

'Gewoon een driftbui,' zegt Ouwe Nick.

'Hé. Wacht even, ik denk dat haar hand bloedt.'

Ik kijk naar mijn opgegeten vinger, het bloed maakt druppels.

Dan heeft hij het kindje opgetild nu, hij houdt haar op zijn arm en het poepzakje in zijn andere hand en hij kijkt heel erg in de war.

Ouwe Nick zet me neer, hij heeft zijn vingers op mijn schouders, het brandt. 'Alles onder controle.'

'En haar knie ook, dat ziet er niet goed uit. Dat heeft Raja niet gedaan. Is ze gevallen?' vraagt de man.

'Ik ben geen ze,' zeg ik maar alleen in mijn keel.

'Bemoei je met je eigen zaken.' Ouwe Nick gromt bijna.

Mam, Mam, ik heb je nodig om te praten. Ze is niet meer in mijn hoofd, ze is nergens. Ze heeft het briefje geschreven, dat was ik vergeten. Ik stop mijn niet-opgegeten hand in mijn onderbroek en ik kan het briefje niet vinden maar dan toch wel, het is helemaal volgeplast. Ik kan niet praten maar ik zwaai ermee naar de iemand-man.

Ouwe Nick grijpt het uit mijn hand en maakt het weg.

'Oké, ik vind... ik vind dit maar niks,' zegt de man. Hij heeft een klein telefoontje in zijn hand, waar komt dat vandaan? Hij zegt: 'Ja, politie, alstublieft.'

Het gebeurt net zoals Mam zei, we zijn bij acht dat is Politie al en ik heb nog niet eens het Briefje laten zien of gezegd van Kamer, ik doe het achterstevoren. Ik moet met de iemand praten net of hij een mens is. Ik begin te zeggen: 'Ik ben ontvoerd,' maar het komt er alleen maar fluisterig uit omdat Ouwe Nick me weer heeft opgetild, hij gaat naar de auto, hij rent, ik rammel helemaal door elkaar, ik kan er niet bij om te slaan, nu gaat hij...

'Ik heb uw nummerbord, meneer!'

Dat is de man-iemand die schreeuwt, roept hij tegen mij? Welk bord?

'K negen drie...' Hij schreeuwt cijfers, waarom schreeuwt hij cijfers?

Ineens aaaauuuw de straat knalt me tegen mijn buik handen gezicht, Ouwe Nick rent weg zonder mij. Hij heeft me laten vallen. Hij is elke seconde verder weg. Dat waren zeker de magische cijfers waarmee hij me zou laten vallen.

Ik probeer op te staan maar ik weet niet meer hoe het moet.

Een lawaai als een monster, de auto doet vroooeeeemmm, hij komt op me af grrrrrrr, hij gaat me te pletter rijden op het asfalt, ik weet niet hoe waar wat... het kindje huilt, ik heb nog nooit een echt kindje horen huilen...

De auto is weg, hij reed gewoon voorbij, de hoek om zonder te stoppen. Ik hoor hem nog eventjes, dan hoor ik hem niet meer.

Het hogere stuk, de stoep, Mam zei dat ik op de stoep moest gaan. Ik moet kruipen maar met mijn pijne knie niet op de grond. De stoep is helemaal in grote vierkanten, schraperig.

Heel erge stink. De neus van de hond is vlak naast me, hij is teruggekomen om me op te peuzelen, ik schreeuw.

'Raja.' De man trekt de hond weg. De man hurkt neer, hij heeft het kindje op een van zijn knieën, ze wil zich loswurmen. Hij heeft het poepzakje niet meer. Hij ziet eruit als een Tv-figuur maar dichterbij en breder en met geuren, een beetje als Afwasmiddel en mint en curry allemaal door elkaar.

Zijn hand die niet de hond vasthoudt probeert me aan te raken maar ik rol net op tijd aan de kant. 'Alles is goed, liefje. Alles is goed.'

Wie is liefje?

Zijn ogen kijken naar mijn ogen, ik ben het liefje. Ik kan niet kijken, het is te raar dat hij naar me kijkt en tegen me praat.

'Hoe heet je?'

Tv-figuren vragen nooit iets behalve Dora en zij weet al hoe ik heet.

'Kun je me vertellen hoe je heet?'

Mam zei dat ik met de iemand moest praten, dat is mijn taak. Ik probeer het maar er komt niks uit. Ik lik mijn mond. 'Jack.'

'Wat zeg je?' Hij buigt dichterbij, ik rol me op met mijn hoofd in mijn armen. 'Het is oké, niemand zal je pijn doen. Zeg je naam eens iets harder?'

Het is makkelijker te zeggen als ik niet naar hem kijk. 'Jack.'

'Jackie?'

'Jack.'

'O. Ik snap het, sorry. Je vader is weg, Jack.'

Waar praat hij over?

Het kindje begint te trekken aan zijn, het ding over zijn shirt, het is een jas.

'Ik heet trouwens Ajeet,' zegt de man, 'en dit is mijn dochtertje... wacht even, Naisha. Jack heeft een pleister nodig voor die au op zijn knie, even kijken of...' Hij voelt in alle stukken van zijn tas. 'Raja vindt het heel erg dat hij je heeft gebeten.'

De hond kijkt niet alsof hij het erg vindt, hij heeft allemaal spitse vieze tanden. Heeft hij mijn bloed gedrinkt, net als een vampier?

'Je ziet er niet al te goed uit, Jack. Ben je pas ziek geweest?'

Ik schud van nee. 'Mam.'

'Wat zeg je?'

'Mam heeft overgegeefd op mijn T-shirt.'

Het kindje praat meer maar niet in taal. Ze grijpt de oren van de Raja-hond, waarom is ze niet bang voor hem?

'Sorry, dat verstond ik niet,' zegt de Ajeet-man.

Ik zeg verder niks.

'De politie komt er zo aan, oké?'

Hij draait zich om en kijkt naar de straat, het Naisha-kindje huilt een beetje nu. Hij laat haar op zijn knie wippen. 'We gaan zo naar huis naar Ammi, naar huis en naar bed.'

Ik denk aan Bed. Warm.

Hij drukt op de knopjes op zijn telefoon en praat nog meer maar ik luister niet.

Ik wil weg. Maar ik denk dat de Raja-hond me weer gaat bijten en nog meer van mijn bloed drinkt als ik beweeg. Ik zit op een streep dus er zit een stukje van mij op het ene vierkant en een stukje op het andere. Mijn opgegeten vinger doet heel erg pijn en mijn knie ook, de rechter, er komt bloed uit waar het vel kapot is, het was rood maar nu wordt het zwart. Er ligt een puntige ovaal naast mijn voet, ik probeer hem op te rapen maar hij zit vast, dan komt hij in mijn vingers, het is een blaadje. Het is een blaadje van een echte boom net als het blaadje dat toen op Dakraam lag. Ik kijk omhoog, er staat een boom boven me die heeft het blaadje zeker laten vallen. De reusachtige lamppaal maakt me blind. De hele grootheid van de lucht achteraan is nu zwart, waar zijn de roze en oranje stukjes naartoe? De lucht beweegt in mijn gezicht, ik moet per ongeluk bibberen.

'Je zult het wel koud hebben. Heb je het koud?'

Ik denk dat de Ajeet-man het aan het kindje Naisha vraagt maar het is aan mij. Dat weet ik want hij doet zijn jas uit en geeft hem aan mij.

'Hier.'

Ik schud van nee omdat het een mannenjas is, ik heb nog nooit een jas gehad.

'Hoe ben je je schoenen kwijtgeraakt?'

Welke schoenen?

Dan houdt de Ajeet-man op met praten.

Er stopt een auto, ik weet wat voor soort het is, het is een politieauto van Tv. Er stappen figuren uit, twee, kort haar, een zwart haar en een gelig haar, en ze lopen allemaal heel snel. Ajeet praat met ze. Het kindje Naisha probeert los te komen maar hij houdt haar in zijn armen, het doet geen pijn denk ik. Raja gaat liggen op iets bruinigs, het is gras, ik dacht dat gras groen was, er liggen een paar vierkanten van langs de hele stoep. Ik wou dat ik het briefje nog had maar dat heeft Ouwe Nick geverdwijnd. Ik weet de woorden niet, ze zijn uit mijn hoofd gestoten.

Mam is nog steeds in Kamer, ik wil heel heel heel graag dat ze hier is. Ouwe Nick is weggevlucht heel hard rijden in zijn auto maar waar gaat hij naartoe, niet meer naar het meer of de bomen want hij zag mij niet dood, ik mocht hem doodmaken maar het lukte niet.

Ik heb een opeens verschrikkelijk idee. Misschien is hij teruggegaan naar Kamer, misschien is hij daar nu op dit moment en maakt hij piep piep Deur open en hij is kwaad, het is mijn schuld omdat ik niet dood ben...

'Jack?'

Ik kijk welke mond beweegt. Het is de politie, die ene die een ze is volgens mij maar het is moeilijk te zien, met het zwarte haar niet het gele. Ze zegt weer 'Jack'. Hoe weet ze dat? 'Ik ben Agent Oh. Kun je me vertellen hoe oud je bent?'

Ik moet Mam Redden, ik moet met de politie praten om de brander te halen, maar mijn mond doet het niet. Ze heeft een ding aan haar riem, het is een geweer net als een politie in Tv. En als ze nou slechte polities zijn net als die Petrus hadden opgesloten? Daar had ik niet aan gedacht. Ik kijk naar de riem niet het gezicht, het is een hele coole riem met een gesp.

'Weet je hoeveel jaar je bent?'

Makkie. Ik steek vijf vingers op.

'Vijf jaar, geweldig.' Agent Oh zegt iets wat ik niet hoor. Dan over een huis. Ze zegt het twee keer.

Ik praat zo hard als ik kan maar kijk niet. 'Ik heb geen huis.'

'Nee? Waar slaap je dan 's nachts?'

'In Kast.'

'In een kast?'

'Doe je best,' zegt Mam in mijn hoofd, maar Ouwe Nick staat naast haar, hij is nog nooit zo kwaad geweest en...

'Zei je in een kast?'

'Onder jouw drie jurken,' zeg ik. 'Ik bedoel de jurken van Mam. Een is roze en een is groen met streepjes en een is bruin maar je... ze heeft liever een spijkerbroek aan.'

'Je mam, is dat wat je zei?' vraagt Agent Oh. 'Is zij degene van wie de jurken zijn?'

Knikken is makkelijker.

'Waar is je mam nu?'

'In Kamer.'

'In een kamer, oké,' zegt ze. 'Welke kamer?'

'Kamer.'

'Kun je ons vertellen waar die is?'

Ik herinner me iets. 'Niet op een landkaart.'

Ze blaast uit, ik denk dat mijn antwoorden niet goed zijn.

De andere politie is een hij misschien, ik heb nog nooit zo'n haar in het echt gezien, het is bijna doorzichtig. Hij zegt: 'We zijn op de kruising van Navaho en Alcott, een verward kind, mogelijk huiselijk geweld.' Ik denk dat hij tegen zijn telefoon praat. Het is net als Papegaai spelen, ik weet de woorden maar ik weet niet wat ze betekenen. Hij komt dichter bij Agent Oh. 'Lukt het?'

'Het vordert.'

'Zelfde met de getuige. De verdachte is een blanke man, circa één zeventig tot één tachtig, tussen de veertig en de vijftig jaar, ontvlucht in een donkerbruine pick-uptruck, mogelijk een Ford of een Ram, begint met Kilo negen drie, zou een Bravo of een Papa kunnen zijn, geen staats...'

'De man bij wie je was, was dat je vader?' Agent Oh praat weer tegen mij.

'Ik heb geen vader.'

'Is het de vriend van je Mam?'

'Ik heb geen vader.' Dat heb ik al gezegd, mag ik het twee keer zeggen?

'Weet je hoe hij heet?'

Ik denk heel hard terug. 'Ajeet.'

'Nee, die andere, die er met zijn auto vandoor ging.'

'Ouwe Nick.' Ik fluister het want hij vindt het niet leuk als ik het zeg.

'Wat zeg je?'

'Ouwe Nick.'

'Negatief,' zegt de man-politie tegen zijn telefoon. 'Verdachte is gevlucht, voornaam Nick, Nicholas, geen achternaam.'

'En hoe heet je mam?' vraagt Agent Oh.

'Mam.'

'Heeft ze nog een andere naam?'

Ik steek twee vingers op.

'Twee? Geweldig. Weet je ze nog?'

Ze stonden op het briefje dat hij heeft geverdwijnd. Ineens schiet me weer iets te binnen. 'Hij heeft ons gestolen.'

Agent Oh gaat naast me op de grond zitten. Het is niet net als Vloer, het is helemaal hard en bibberig. 'Jack, wil je misschien een deken?'

Ik weet niet. Deken is er niet.

'Je hebt een paar gemene schrammen hier. Heeft die man Nick je pijn gedaan?'

De man-politie is terug, hij geeft me een blauw ding, niet aanraken. 'Zeg het maar,' zegt hij tegen zijn telefoon.

Agent Oh vouwt het blauwe ding om me heen, het is niet wollig grijs net als Deken, het is harder. 'Hoe kom je aan die krassen?'

'De hond is een vampier.' Ik zoek Raja en zijn mensen maar ze zijn weg. 'Deze vinger heeft hij gebeten, en mijn knie was de grond.'

'Wat bedoel je?'

'De straat, die sloeg me.'

'Zeg het maar.' Dat zegt de man-politie, hij praat weer tegen zijn telefoon. Dan kijkt hij naar Agent Oh en zegt: 'Moet ik contact opnemen met de kinderbescherming?'

'Geef me nog een paar minuten,' zegt ze. 'Hé Jack, ik wed dat jij heel goed verhaaltjes kunt vertellen.'

Hoe weet ze dat? De man-politie kijkt op zijn horloge dat hij op zijn pols heeft vastgeplakt. Ik denk aan de pols van Mam die het niet goed doet. Is Ouwe Nick nu daar, draait hij haar pols om of haar nek, scheurt hij haar in stukken?

'Denk je dat je me kunt vertellen wat er vanavond is gebeurd?' Agent Oh lacht naar me. 'En misschien kun je dan heel langzaam en duidelijk praten, want mijn oren doen het niet zo heel erg goed.' Misschien is ze doof, maar ze praat niet met haar vingers net als doven in Tv.

'Begrepen,' zegt de man-politie.

'Ben je er klaar voor?' vraagt Agent Oh.

Haar ogen kijken naar mij. Ik doe mijn ogen dicht en doe net of ik tegen Mam praat, daar word ik dapper van. 'We deden een list,' zeg ik heel langzaam, 'ik en Mam, we deden net of ik ziek was en toen was ik dood maar in het echt zou ik mezelf losmaken en uit de auto springen, alleen moest ik bij de eerste stop springen maar het lukte niet.'

'Oké, en wat gebeurde er toen?' Dat is de stem van Agent Oh vlak naast mijn hoofd.

Ik kijk nog steeds niet, anders vergeet ik het verhaal. 'Ik had een briefje in mijn onderbroek maar dat heeft hij geverdwijnd. Ik heb Kies nog wel.' Ik steek mijn vingers in mijn sok voor hem. Ik doe mijn ogen open.

'Mag ik hem eens zien?'

Ze probeert Kies te pakken maar dat wil ik niet. 'Hij is van Mam.'

'Is dat je mam over wie je het had?'

Ik denk dat haar hersens het niet zo goed doen net als haar oren, hoe kan Mam nou een kies zijn? Ik schud van nee. 'Alleen een stukje van haar twee druppels water vlees en bloed dat eruit is gevallen.'

Agent Oh kijkt heel dichtbij naar Kies en haar gezicht wordt helemaal hard. De man-politie schudt zijn hoofd en zegt iets wat ik niet kan horen.

'Jack,' zegt ze, 'je zei net dat je uit de auto moest springen de eerste keer dat hij stopte, hè?'

'Ja, maar ik zat nog in Kleed, toen pelde ik de banaan maar ik was niet bapper genoeg.' Ik kijk naar Agent Oh en ik praat tegelijk. 'Maar na de derde keer stoppen ging de auto wooeeiiii...'

'Wat ging hij?'

'Zo...' Ik doe het voor. 'Helemaal een andere kant op.'

'Hij sloeg af.'

'Ja, en ik was gestoten en hij, Ouwe Nick, hij stapte helemaal kwaad uit en toen ben ik gesprongen.'

'Bingo.' Agent Oh klapt in haar handen.

'Hè?' zegt de man-politie.

'Drie stopborden en een afslag. Linksaf of rechtsaf?' Ze wacht. 'Maakt niet uit, heel goed gedaan, Jack.' Ze kijkt naar de straat en dan heeft ze een ding in haar hand een soort telefoon, waar komt dat vandaan? Ze kijkt naar het schermpje, ze zegt: 'Laat ze dat gedeeltelijke kenteken eens door het systeem halen, om te vergelijken met... probeer Carlingford Avenue, misschien Washington Drive...'

Ik zie Raja en Ajeet en Naisha helemaal niet meer. 'Is de hond naar de gevangenis gegaan?'

'Nee nee,' zegt Agent Oh, 'dat was gewoon een vergissing.'

'Zeg het maar,' zegt de man-politie tegen zijn telefoon. Hij schudt van nee tegen Agent Oh.

Ze staat op. 'Hé, misschien kan Jack het huis voor ons vinden. Vind je het leuk om in een politieauto te rijden?'

Ik kan niet opstaan, ze steekt haar hand uit maar ik doe net of ik het niet zie. Ik zet mijn ene voet onder me en dan de andere en ik sta weer een beetje duizelig. Bij de auto stap ik in waar de deur open is. Agent Oh gaat ook achterin zitten en doet mijn gordel vast, ik maak me klein zodat haar hand me niet aanraakt behalve de blauwe deken.

De auto beweegt nu, niet zo rammelig als de pick-uptruck, het is zacht en zoemend. Een beetje net als die bank in de Tv-planeet met de vrouw met het bolle haar die vragen stelt, alleen is het Agent Oh. 'Die kamer,' zegt ze, 'is die in een bungalow, of zijn er trappen?'

'Het is geen huis.' Ik kijk naar het glimmende ding in het midden, het is net als Spiegel maar dan heel klein. Ik zie het gezicht van de man-politie erin, hij is de chauffeur. Zijn ogen kijken naar mij achteruit in de kleine spiegel dus dan kijk ik maar door het raam. Alles glijdt voorbij, ik word er draaierig van. Er is allemaal licht dat uit de auto op de weg komt, het schildert over alles. Daar komt een andere auto, een witte supersnel, hij gaat tegen ons aan botsen...

'Niks aan de hand,' zegt Agent Oh.

Als ik mijn handen wegdoe van mijn gezicht is de andere auto weg, heeft deze auto hem weggemaakt?

'Gaat er al een lampje branden?'

Ik zie nergens een lampje. Alleen maar bomen en huizen en auto's donker. *Mam, Mam, Mam.* Ik hoor haar niet in mijn hoofd, ze praat niet. Zijn handen zitten strak om haar heen, strakker strakker strakker, ze kan niet praten, ze kan niet ademen, ze kan niet niks. Levende dingen buigen maar ze wordt gebuigd en nog verder gebuigd...

'Ziet dit er misschien uit als jouw straat?' vraagt Agent Oh.

'Ik heb geen straat.'

'Ik bedoel de straat van waaruit die man Nick je vandaag heeft meegenomen.'

'Die heb ik nooit gezien.'

'Wat zeg je?'

Ik wil niet meer zeggen.

Agent Oh klakt met haar tong.

'Geen pick-uptrucks te bekennen, behalve die zwarte daar,' zegt de man-politie.

'Ga maar even naar de kant.'

De auto stopt, jammer.

'Denk je aan een soort sekte?' zegt hij. 'Dat lange haar, geen achternamen, hoe die kies eruitziet...'

Agent Oh trekt met haar mond. 'Jack, is er daglicht in die kamer van jullie?'

'Het is donker,' zeg ik, heeft ze dat niet gezien?

'Ik bedoel overdag. Waar komt het licht door naar binnen?'

'Dakraam.'

'Er is een dakraam, geweldig.'

'Zeg het maar,' zegt de man-politie tegen zijn telefoon.

Agent Oh kijkt weer naar haar glimmende scherm. 'De satelliet laat een paar huizen met zolderramen zien aan Carlingford...'

'Kamer is niet in een huis,' zeg ik weer.

'Ik snap het niet goed, Jack. Waar is die kamer dan in?'

'Niks. Kamer is binnen.'

Mam is daar en Ouwe Nick ook, hij wil dat er iemand dood is en dat ben ik niet.

'Maar wat is er dan buiten?'

'Buiten.'

'Vertel eens wat meer over wat er buiten is.'

'Ik moet het je wel nageven,' zegt de man-politie, 'je bent een doordouwer.'

Ben ik de *je?*

'Ga door, Jack,' zegt Agent Oh, 'vertel eens over wat er vlak buiten die kamer is.'

'Buiten!' roep ik. Ik moet het snel uitleggen voor Mam, *wacht Mam wacht op me*. 'Daar zijn dingen in het echt, ijsjes en bomen en winkels en vliegtuigen en boerderijen en de hangmat.'

Agent Oh knikt.

Ik moet harder mijn best doen, ik weet niet hoe. 'Maar het is op slot en we weten de code niet.'

'Wilden jullie de deur openmaken en naar buiten gaan?'

'Net als Alice.'

'Is Alice ook een vriendinnetje van je?'

Ik knik. 'Ze is in het boek.'

'*Alice in Wonderland*. Dat is toch om te janken!' zegt de man-politie.

Dat stukje ken ik. Maar hoe kon hij ons boek lezen, hij is nooit in Kamer geweest. Ik zeg tegen hem: 'Ken je dat stukje waar haar huilen een tranenmeer maakt?'

'Wat zeg je?' Hij kijkt achteruit naar me in het kleine spiegeltje.

'Haar huilen maakt een tranenmeer, weet je nog?'

'Moest je mam huilen?' vraagt Agent Oh.

Buiteners snappen ook niks, ze kijken vast te veel tv. 'Nee, Alice.

Ze wil altijd in de tuin komen, net als wij.'

'Wilden jullie ook in de tuin komen?'

'Het is een achtertuin, maar we weten de geheime code niet.'

'Ligt die kamer aan de achtertuin?' vraagt ze.

Ik schud van nee.

Agent Oh wrijft over haar gezicht. 'Doe even je best, Jack. Ligt die kamer bij een achtertuin?'

'Niet bij.'

'Oké.'

Mam, *Mam*, *Mam*. 'Het is helemaal rondom.'

'Dus die kamer is ín de achtertuin?'

'Ja.'

Ik heb Agent Oh blij gemaakt maar ik weet niet waarom. 'Oké, daar gaat-ie.' Ze kijkt naar haar scherm en duwt op knoppen. 'Vrijstaande bouwsels in achtertuinen aan Carlingford en Washington...'

'Dakraam,' zegt de man-politie.

'O ja, met een dakraam...'

'Is dat Tv?' vraag ik.

'Hmm? Nee, dat is een foto van al deze straten. De camera hangt hoog in de ruimte.'

'In Ruimte in Heelal?'

'Ja.'

'Wauw.'

De stem van Agent Oh wordt helemaal opgewonden. 'Drie vier negen Washington, schuurtje aan de achterkant, verlicht dakraam... Dat moet het zijn.'

'Dat is Washington Drive drie vier negen,' zegt de man-politie tegen zijn telefoon. 'Zeg het maar.' Hij kijkt naar achteren in de spiegel. 'Naam van bewoner klopt niet, maar wel blanke man, geboren twaalf tien eenenzestig...'

'Voertuig?'

'Zeg het maar,' zegt hij weer. Hij wacht. 'Tweeduizend-een Silverado, bruin, Kilo negen drie Papa zeven vier twee.'

'Bingo,' zegt Agent Oh.

'We gaan ter plaatse,' zegt hij, 'ik wil graag een eenheid op de achtergrond op Washington Drive drie vier negen.'

De auto draait helemaal om de andere kant op. Dan rijden we steeds harder, ik wiebel heen en weer.

We zijn gestopt. Agent Oh kijkt door het raampje naar een huis. 'Geen licht aan,' zegt ze.

'Hij is in Kamer,' zeg ik, 'hij is haar aan het doodmaken,' maar het huilen smelt mijn woorden zodat ik ze niet kan horen.

Achter ons is nog een auto net als deze. Er komen nog meer polities uit. 'Blijf zitten, Jack.' Agent Oh doet de deur open. 'We gaan jouw mam zoeken.'

Ik spring op, maar haar hand houdt me tegen in de auto. 'Ik ook,' wil ik zeggen, maar er komen alleen maar tranen uit.

Ze heeft een grote zaklamp die ze aandoet. 'Deze agent blijft hier bij jou...'

Er komt een gezicht naar binnen dat ik nog nooit heb gezien.

'Nee!'

'Geef hem wat ruimte,' zegt Agent Oh tegen de nieuwe politie.

'De brander,' nu denk ik eraan, maar het is te laat, ze is al weg.

Er komt gekraak en de achterkant van de auto gaat omhoog, de kofferbak, zo heet dat.

Ik doe mijn handen tegen mijn hoofd zodat er niks in kan komen, geen gezichten geen lichten geen geuren. *Mam Mam niet dood zijn niet dood zijn niet dood zijn...*

Ik tel tot honderd net als Agent Oh had gezegd maar ik ben nog niet rustiger. Ik doe tot vijfhonderd, de cijfers doen het niet. Mijn rug is schokkerig en bibberig, dat komt zeker van de kou, waar is de deken gevallen?

Een verschrikkelijk geluid. De politie voorin snuit zijn neus. Hij doet een klein lachje en steekt het zakdoekje in zijn neus, ik kijk de andere kant op.

Ik kijk uit het raam naar het huis met geen lampen. Een stukje van het huis is nu open dat eerst niet open was denk ik, de garage, een groot donker vierkant. Ik kijk honderden uren, mijn ogen worden prikkerig. Iemand komt uit het donker maar het is een andere politie die ik nog nooit heb gezien. Dan een iemand die Agent Oh is en naast haar...

Ik sla en ik bons op de autodeur maar ik weet niet hoe het moet, ik moet het glas kapotslaan maar ik kan het niet, *Mam Mam Mam Mam Mam Mam Mam Mam...*

Mam maakt de deur open en ik val er half uit. Ze pakt me, ze heeft me helemaal opgevangen. Het is Mam echt, ze is honderd procent levend.

'Het is ons gelukt,' zegt ze, als we allebei samen achter in de auto zitten. 'Of eigenlijk is het jou gelukt.'

Ik schud van nee. 'Ik deed het plan de hele tijd verkeerd.'

'Je hebt me gered,' zegt Mam, ze kust mijn oog en houdt me stevig vast.

'Was hij er?'

'Nee, ik zat helemaal in mijn eentje alleen maar te wachten, het was het langste uur van mijn hele leven. En toen ineens knalde de deur open, ik dacht dat ik een hartaanval kreeg.'

'De brander!'

'Nee, ze deden het met een geweer.'

'Ik wil de explosie zien.'

'Het duurde maar heel even. Je mag er wel een andere keer een zien, dat beloof ik.'

Mam doet een grijns. 'We kunnen nu alles doen.'

'Waarom?'

'Omdat we vrij zijn.'

Ik ben duizelig, mijn ogen gaan zonder mij dicht. Ik ben zo slaperig dat ik denk dat mijn hoofd eraf valt.

Mam praat in mijn oor, ze zegt dat we met nog een paar polities moeten gaan praten. Ik kruip tegen haar aan, ik zeg: 'Ik wil naar Bed.'

'Ze vinden zo meteen wel een plekje voor ons om te slapen.'

'Nee. Bed.'

'Bedoel je in Kamer?' Mam gaat achteruit, ze staart in mijn ogen.

'Ja. Ik heb de wereld gezien en nu ben ik moe.'

'O, Jack,' zegt ze, 'we gaan nooit meer terug.'

De auto begint te bewegen en ik moet zoveel huilen dat ik niet meer kan stoppen.

NADIEN

Agent Oh rijdt voorin, ze ziet er anders uit van achter. Ze draait zich om en lacht naar me, ze zegt: 'Hier is het politiebureau.'

'Kun je zelf uitstappen?' vraagt Mam. 'Ik zal je dragen.' Ze doet de auto open en koude lucht springt naar binnen. Ik maak me klein. Ze trekt aan me, ze laat me opstaan en ik stoot mijn oor tegen de auto. Ze loopt met mij op haar heup, ik hou me stevig vast aan haar schouders. Het is donker maar dan zijn er lichtjes vlug vlug net vuurwerk.

'Aasgieren,' zegt Agent Oh.

Waar?

'Geen foto's!' roept de man-politie.

Welke foto's? Ik zie geen aasgieren, ik zie alleen gezichten van figuren met flitsende apparaten en zwarte dikke stokken. Ze roepen maar ik kan het niet verstaan. Agent Oh probeert de deken over mijn hoofd te doen, ik duw hem eraf. Mam rent, ik bibber helemaal, we zijn in een gebouw en het is duizend procent licht dus ik doe mijn hand voor mijn ogen.

De vloer is helemaal glimmend hard niet net als Vloer, de muren zijn blauw en een heleboel, er is veel te veel lawaai. Er zijn overal mannen en vrouwen niet vrienden van mij. Een ding net als een ruimteschip helemaal verlicht met dingen erin allemaal in hun eigen kleine vakjes zoals zakjes chips en chocoladerepen, ik ga kijken en probeer ze aan te raken maar ze zitten opgesloten in het glas. Mam trekt aan mijn hand.

'Deze kant op,' zegt Agent Oh. 'Nee, hierheen...'

We zijn in een kamer die rustiger is. Een hele grote brede man zegt: 'Het spijt me vreselijk van al die pers, we zijn overgestapt op een *trunking*-systeem maar ze hebben nu weer nieuwe scanners...' Hij steekt zijn hand uit. Mam zet me neer en doet zijn hand op en neer net als personen in Tv.

'En jij, meneer, ik heb begrepen dat jij een ontzettend dappere jongeman bent geweest.'

Dat is mij waar hij naar kijkt. Maar hij kent me niet en waarom zegt hij dat ik een man ben? Mam gaat in een stoel zitten die niet onze stoelen is en ik mag bij haar op schoot. Ik probeer te schommelen maar het is niet Schommelstoel. Alles is verkeerd.

'Nou,' zegt de brede man, 'ik weet dat het laat is, en uw zoon heeft wat schaafwonden waar naar gekeken moet worden, en ze staan voor jullie klaar in de Cumberland Kliniek, dat is een heel goede instelling.'

'Wat soort instelling?'

'Eh, een psychiatrische.'

'We zijn niet...'

Hij praat door haar heen. 'Zij zijn in staat om jullie alle benodigde zorg te verschaffen, het is heel discreet. Allereerst moeten we uw verklaring van vanavond nog eens precies doornemen, als dat lukt.'

Mam knikt.

'Goed, bepaalde onderwerpen kunnen misschien pijnlijk zijn, vindt u het fijn als Agent Oh erbij blijft tijdens dit gesprek?'

'Nee, dat maakt me niet uit,' zegt Mam, ze gaapt.

'Uw zoon heeft veel meegemaakt vannacht, misschien kan hij beter buiten wachten terwijl wij, eh...'

Maar we zijn al in Buiten.

'Dat is geen probleem,' zegt Mam, en ze slaat de blauwe deken om me heen. 'Niet dichtdoen,' zegt ze heel snel tegen Agent Oh die weggaat.

'Prima,' zegt Agent Oh, ze laat de deur half openstaan.

Mam praat met de grote man, hij zegt een van haar andere namen tegen haar. Ik kijk naar de muren, ze zijn romig geworden als geen kleur. Er zijn schilderijlijsten met een heleboel woorden erin, een met een adelaar, hij zegt THE SKY IS NO LIMIT. Iemand loopt langs de deur, ik schrik. Ik wou dat hij dicht was, ik wil zo graag wat.

Mam trekt haar T-shirt weer omlaag over haar broek. 'Niet nu,' fluistert ze, 'ik ben met de commandant aan het praten.'

'En dat vond plaats... enig idee welke datum het was?' vraagt hij.

Ze schudt van nee. 'Eind januari. Ik was pas twee weken weer bezig aan de universiteit...'

Ik heb nog steeds dorst, ik til haar T-shirt weer op en deze keer blaast ze haar adem uit en laat me, ze vouwt me tegen haar borst.

'Wilt u, eh, liever...?' vraagt de Commandant.

'Nee, laten we maar gewoon doorgaan,' zegt Mam. Het is de rechter, er zit niet veel in maar ik wil niet van haar schoot af gaan en de andere kant op gaan zitten want dan zegt ze misschien wel zo is het genoeg en het is niet genoeg.

Mam praat superlang over Kamer en Ouwe Nick en dat allemaal, ik ben te moe om te luisteren. Een zij-iemand komt binnen en zegt iets tegen de Commandant.

Mam zegt: 'Is er iets?'

'Nee nee,' zegt de Commandant.

'Waarom staat ze dan zo naar ons te staren?' Haar arm gaat strak om me heen. 'Ik geef mijn zoon borstvoeding, hebt u daar problemen mee, mevrouw?'

Misschien weten ze in Buiten niet wat het is als je wat mag, het is een geheim.

Mam en de Commandant praten nog veel meer. Ik slaap bijna maar het is te licht en ik kan niet lekker liggen.

'Wat is er?' vraagt ze.

'We moeten echt terug naar Kamer,' zeg ik tegen haar. 'Ik moet naar Wc.'

'Dat is geen probleem, die hebben ze hier in het politiebureau ook.'

De Commandant wijst ons de weg langs de geweldige machine en ik raak het glas aan bijna bij de chocoladerepen. Ik wou dat ik de code wist om ze eruit te laten.

Er zijn een twee drie vier wc's, allemaal in een klein kamertje in een grotere kamer met vier wasbakken en allemaal spiegels. Het is waar, wc's in Buiten hebben een deksel op hun pot, ik kan er niet in kijken. Als Mam plast en opstaat komt er een verschrikkelijk gebrul, ik moet huilen. 'Niks aan de hand,' zegt ze, en ze veegt mijn gezicht af met de platte stukken van haar handen, 'hij spoelt gewoon automatisch door. Kijk, de wc ziet met zijn kleine oogje dat we helemaal klaar zijn en dan spoelt hij zelf door, is dat niet slim?'

Ik wil geen slimme wc die naar onze billen kijkt.

Mam zegt dat ik uit mijn onderbroek moet stappen. 'Ik moest per ongeluk een beetje poepen toen Ouwe Nick me draagde,' zeg ik.

'Dat is helemaal niet erg,' zegt ze en ze doet iets raars, ze gooit mijn onderbroek in een vuilnis.

'Maar...'

'Die heb je niet meer nodig, we gaan zorgen dat je nieuwe krijgt.'

'Voor Zondagtraktatie?'

'Nee, welke dag we maar willen.'

Dat is raar. Ik wil het liever op een zondag.

De kraan is net zoiets als de echte in Kamer maar de verkeerde vorm. Mam doet hem aan, ze maakt papier nat en veegt mijn benen en mijn billen schoon. Ze doet haar handen onder een machine, dan blaast er warme lucht uit, net als onze ventilatie maar warmer en weer veel lawaai. 'Het is een handdroger, kijk maar, wil je het ook eens proberen?' Ze glimlacht naar me maar ik ben te moe om te lachen. 'Oké, veeg je handen dan maar gewoon af aan je T-shirt.' Dan slaat ze de blauwe deken om me heen en gaan we er weer uit. Ik wil naar de machine kijken waar alle blikjes en zakjes en chocoladerepen in de gevangenis zitten. Maar Mam trekt me mee naar de kamer waar de Commandant is voor nog meer praten.

Na wel honderd uur laat Mam me opstaan, ik ben helemaal wiebelig. Ik word misselijk van niet in Kamer slapen.

We gaan naar een soort ziekenhuis, maar dat was toch het oude Plan A, Ziek, Auto, Ziekenhuis? Mam heeft een blauwe deken om haar heen nu, ik denk dat het die is die eerst om mij zat maar die zit nog steeds om mij dus die van haar is zeker een andere. De politieauto ziet eruit als dezelfde auto maar ik weet het niet, in Buiten zijn de dingen lastig. Ik struikel op de straat en val bijna maar Mam grijpt me vast.

We rijden. Als ik een auto zie komen knijp ik elke keer mijn ogen dicht.

'Ze rijden aan de andere kant, weet je,' zegt Mam.

'Welke andere kant?'

'Zie je die streep in het midden? Zij moeten altijd aan die kant van de streep blijven, en wij blijven aan deze kant, zodat we geen botsing krijgen.'

Ineens zijn we gestopt. De auto gaat open en een iemand met geen gezicht kijkt naar binnen. Ik schreeuw.

'Jack, Jack,' zegt Mam.

'Het is een zombie.'

Ik hou mijn gezicht op haar buik.

'Ik ben dokter Clay, welkom in het Cumberland,' zegt het geen gezicht met de diepste bulderstem ooit. 'Dit masker is alleen voor jullie veiligheid. Wil je er even onder kijken?' Hij trekt het wit een stukje omhoog en een man-iemand lacht, een extrabruin gezicht met een piepklein driehoekje zwarte kin. Hij doet het masker weer terug, pling. Zijn praten komt door het wit. 'Hier hebben jullie er ook allebei een.'

Mam pakt de maskers. 'Moet dat?'

'Denk aan alles wat hier rondzweeft waar uw zoon waarschijnlijk nog nooit mee in contact is geweest.'

'Oké.' Ze doet een masker bij haar om en een bij mij met lussen om mijn oren. Ik vind het niet fijn hoe het drukt. 'Ik zie niks rondzweven,' fluister ik tegen Mam.

'Bacteriën,' zegt ze.

Ik dacht dat die alleen in Kamer waren, ik wist niet dat de wereld er ook een heleboel van heeft.

We lopen in een groot verlicht gebouw, ik denk dat het weer het Politiebureau is maar dan is het dat toch niet. Er is een iemand die de Opnamecoördinator heet die zit te tikken op een... ik weet het, het is een computer, net als in Tv. Ze zien er allemaal net zo uit als de mannen en vrouwen in de medische planeet, ik moet steeds onthouden dat ze echt zijn.

Ik zie iets supercools, het is een reusachtig glas met hoeken maar in plaats van blikjes en chocola zitten er levende vissen in, ze zwemmen en doen verstoppeltje met stenen. Ik trek aan Mams hand maar ze wil niet meekomen, ze praat nog steeds met de Opnamecoördinator die ook een naam op haar plaatje heeft, dat is Pilar.

'Luister, Jack,' zegt dokter Clay, hij buigt door zijn benen, hij is net een reuzenkikker, waarom doet hij dat? Zijn hoofd is bijna naast het mijne, zijn haar is alleen maar pluizig als een halve centimeter lang. Hij heeft zijn masker niet meer op, alleen Mam en ik. 'We moeten even naar je mama kijken in die kamer aan de overkant van de gang, oké?'

Dat is mij tegen wie hij het zegt. Maar hij heeft toch al naar haar gekeken?

Mam schudt van nee. 'Jack blijft bij mij.'

'Dokter Kendrick... zij is onze algemeen arts-assistent die op dit moment dienst heeft... ze moet nu meteen het bewijsmateriaal verzamelen, vrees ik. Bloed, urine, haar, vingernagels, uitstrijkjes van de mond, vagina, anus...'

Mam staart hem aan. Ze blaast haar adem uit. 'Ik ben daarbinnen,' zegt ze tegen mij, en ze wijst naar een deur, 'en als je roept kan ik je horen, oké?'

'Niet oké.'

'Alsjeblieft. Je bent zo'n dappere JackerJack geweest, nog heel eventjes maar, oké?'

Ik grijp haar vast.

'Hmm, misschien kan hij mee naar binnen komen en kunnen we een scherm gebruiken,' zegt dokter Kendrick. Haar haar is helemaal roomkleurig en opgedraaid op haar hoofd.

'Een Tv?' fluister ik tegen Mam. 'Daar is er een.' Hij is veel groter dan die in Kamer, er is dansen op en de kleuren zijn veel schitteriger.

'O ja,' zegt Mam, 'kan hij misschien hier bij de receptie zitten? Dan heeft hij wat meer afleiding.'

De Pilar-vrouw staat achter de tafel te praten aan de telefoon, ze lacht naar me maar ik doe net of ik het niet zie. Er zijn heel veel stoelen, Mam kiest er een voor mij. Ik kijk hoe ze weggaat met de dokters. Ik moet me aan de stoel vasthouden om niet achter haar aan te rennen.

De planeet is veranderd in een footballwedstrijd met mannen

met hele grote schouders en helmen. Ik vraag me af of het echt echt gebeurt of alleen plaatjes. Ik kijk naar het vissenglas maar het is te ver, ik kan de vissen niet zien maar ze moeten er nog in zitten, ze kunnen niet lopen. De deur waar Mam in ging is een beetje open, ik denk dat ik haar stem hoor. Waarom pakken ze haar bloed en plas en vingernagels? Ze is er nog steeds ook al zie ik haar niet, net als toen ze in Kamer was en ik de hele tijd onze Grote Ontsnapping deed. Ouwe Nick zoefde weg in zijn auto, nu is hij niet in Kamer en hij is niet in Buiten, ik zie hem niet in Tv. Mijn hoofd is bekaf van alle vragen.

Ik haat het strakke masker, ik doe het boven op mijn hoofd, het is een beetje stijf met een draad erin denk ik. Het houdt mijn haar uit mijn ogen. Nu zijn er tanks in een stad die helemaal kapot is gemaakt, een oud iemand huilt. Mam is heel heel lang in de andere kamer, doen ze haar pijn? De Pilar-vrouw praat nog steeds aan de telefoon. Een andere planeet met mannen in een gigagrote kamer die praten, allemaal met jassen aan, ik denk dat ze een soort ruzie hebben. Ze praten uren en uren.

Dan verandert het weer en daar is Mam en ze draagt iemand en dat ben ik. Ik spring op en ren naar het scherm. Daar is een ik net als in Spiegel alleen ben ik piepklein. Woorden glijden onderaan voorbij PLAATSELIJK NIEUWS TERWIJL HET GEBEURT. Een zij-iemand praat maar ik kan haar niet zien: '... teruggetrokken vrijgezel bouwde zijn tuinschuurtje om tot een onneembare eenentwintigste-eeuwse kerker. De slachtoffers van de despoot zien akelig bleek en lijken zich in een borderlineachtige catatonische toestand te bevinden na de lange nachtmerrie van hun gevangenschap.'

Daar komt toen Agent Oh de deken over mijn hoofd wou doen en ik wou het niet. De onzichtbare stem zegt: 'Hier zien we het ondervoede kind, niet in staat om te lopen, terwijl het verkrampt uithaalt naar een van zijn redders.'

'Mam!' roep ik.

Ze komt niet, ik hoor haar roepen: 'Nog een paar minuutjes.'

'Dat zijn wij! Wij zijn in Tv!'

Maar hij is uit. Pilar staat ernaar te wijzen met een afstandsbediening en ze kijkt met grote ogen naar mij. Dokter Clay komt eraan, hij zegt boze dingen tegen Pilar.

'Doe weer aan,' zeg ik. 'Dat zijn wij, ik wil ons zien.'

'Het spijt me echt vreselijk...' zegt Pilar.

'Jack, wil je nu naar je mama komen?' Dokter Clay steekt zijn hand uit, hij heeft er gek wit plastic aan. Niet aanraken. 'Masker voor, weet je nog?' Ik doe het over mijn neus. Ik loop achteraan niet te dichtbij.

Mam zit op een klein hoog bed in een jurk van papier en achter is hij open. Rare kleren hebben ze in Buiten. 'Ze moesten mijn echte kleren meenemen.' Het is haar stem maar ik kan niet zien waar hij uit het masker komt.

Ik klim op haar kreukelige schoot. 'Ik heb ons in Tv gezien.'

'Ik hoorde het. Hoe zagen we eruit?'

'Klein.'

Ik trek aan haar jurk maar ik kan er niet in. 'Even wachten nog.' Ze geeft me wel een kusje op de zijkant van mijn oog maar ik wil geen kus. 'Ga verder...'

Waarheen?

'Over uw pols, ja,' zegt dokter Kendrick, 'die moet waarschijnlijk een keer opnieuw gebroken worden.'

'Nee!'

'Ssst, het is niet erg,' zegt Mam tegen mij.

'Ze slaapt als het gebeurt,' zegt dokter Kendrick, ze kijkt naar mij. 'Dan stopt de chirurg er een ijzeren pin in zodat het gewricht weer beter werkt.'

'Net als een cyborg?'

'Wat zeg je?'

'Ja, een beetje net als een cyborg,' zegt Mam, en ze doet een grijns naar mij.

'Maar uw gebit heeft nu prioriteit,' zegt dokter Kendrick, 'dus we beginnen meteen met een antibioticakuur, en extra sterke pijnstillers...'

Ik doe een grote gaap.

'Ja, ik weet het,' zegt Mam, 'je had allang in bed moeten liggen.'

Dokter Kendrick zegt: 'Kunnen we alleen nog heel even Jack een kleine check-up geven?'

'Ik heb al nee gezegd.'

Wat wil ze aan mij geven? 'Is dat speelgoed?' fluister ik tegen Mam.

'Het is absoluut niet nodig,' zegt ze tegen dokter Kendrick. 'Neem dat maar van mij aan.'

'We volgen gewoon het protocol voor dit soort gevallen,' zegt dokter Clay.

'O, dus jullie krijgen hier vaak van dit soort gevallen?' Mam is kwaad, dat kan ik horen.

Hij schudt van nee. 'Wel andere traumatische situaties, ja, maar ik moet eerlijk zeggen, niets zoals de uwe. En daarom moeten we het ook goed aanpakken en jullie allebei meteen vanaf het begin de best mogelijke behandeling bieden.'

'Jack heeft geen behandeling nodig, hij heeft alleen slaap nodig.' Mam praat door haar tanden. 'Hij is nooit uit mijn zicht geweest en er is hem niks overkomen, niks van wat jullie insinueren.'

De dokters kijken naar elkaar. Dokter Kendrick zegt: 'Ik bedoelde niet...'

'Ik heb er al die jaren voor gezorgd dat hij veilig was.'

'Zo te horen wel, ja,' zegt dokter Clay.

'Zeker weten.' Er lopen tranen helemaal omlaag over Mams gezicht, er zit er eentje helemaal donker aan de rand van haar masker. Waarom maken ze haar aan het huilen? 'En vanavond, wat hij heeft moeten... hij valt gewoon staand in slaap.'

Ik slaap niet.

'Ik begrijp het helemaal,' zegt dokter Clay. 'Alleen lengte en gewicht en ze kijkt even naar zijn snijwonden, is dat goed?'

Een tel later knikt Mam.

Ik wil niet dat dokter Kendrick me aanraakt, maar ik vind het niet erg om op het apparaat te staan dat mijn zwaar laat zien, als ik per ongeluk tegen de muur aan leun trekt Mam me weer recht. Dan sta ik tegen de nummers aan, net als wij naast Deur deden maar er zijn er wel meer en de streepjes zijn rechter. 'Je doet het geweldig,' zegt dokter Clay.

Dokter Kendrick schrijft heel vaak dingen op. Ze wijst met apparaten in mijn ogen en mijn oren en mijn mond, ze zegt: 'Het ziet er allemaal schitterend uit.'

'We poetsen alle keren dat we eten.'

'Wat zeg je?'

'Je moet langzamer praten, en harder,' zegt Mam tegen me.

'We poetsen na het eten.'

Dokter Kendrick zegt: 'Ik wou dat al mijn patiënten zo goed voor zichzelf zorgden.'

Mam helpt me mijn T-shirt over mijn hoofd trekken. Het masker valt af en ik doe het weer op. Dokter Kendrick zegt dat ik al mijn stukken moet bewegen. Ze zegt dat mijn heupen uitstekend zijn maar dat ik wel een keer een botmeting zou mogen krijgen, dat is een soort röntgenstralen. Er zitten krassen op mijn binnenhanden en mijn benen dat is van toen ik uit de auto sprong. Op mijn rechterknie zit allemaal opgedroogd bloed. Ik schrik als dokter Kendrick het aanraakt.

'Sorry,' zegt ze.

Ik zit tegen Mams buik aan, het papier is helemaal kreukelig. 'Straks springen er bacteriën in het gat en dan ben ik dood.'

'Maak je geen zorgen,' zegt dokter Kendrick, 'ik heb een speciaal doekje waarmee ze allemaal worden weggeveegd.'

Het steekt. Ze doet mijn gebeten vinger ook, aan de linkerkant waar de hond mijn bloed wou drinken. Dan doet ze iets op mijn knie, het is net als plakband maar dan met gezichtjes erop, het zijn Dora en Boots die zwaaien naar mij. 'Hé, hé...'

'Doet het pijn?'

'U had hem geen groter plezier kunnen doen,' zegt Mam tegen dokter Kendrick.

'Ben je fan van Dora?' zegt dokter Clay. 'Mijn nichtje en neefje ook.'

Zijn tanden lachen als sneeuw.

Dokter Kendrick doet nog een Dora en Boots op mijn vinger, hij zit strak.

Kies zit nog steeds veilig in de zijkant van mijn rechtersok. Als ik mijn T-shirt en deken weer aanheb praten de dokters heel zachtjes, dan vraagt dokter Clay: 'Weet je wat een naald is, Jack?'

Mam kreunt. 'O, kom op zeg.'

'Dan kan het lab morgenochtend meteen een volledig bloedonderzoek doen. Sporen van infectie, voedingstekorten... Het is allemaal toelaatbaar bewijsmateriaal, en wat nog belangrijker is, zo komen we er meteen achter wat Jack nu meteen nodig heeft.'

Mam kijkt naar me. 'Kun je nog één minuutje een superheld zijn zodat dokter Kendrick een prikje in je arm kan geven?'

'Nee.' Ik verstoppel ze allebei onder de deken.

'Alsjeblieft.'

Echt nee, ik heb al mijn dapper opgebruikt.

'Ik heb maar zó'n beetje nodig,' zegt dokter Kendrick en ze laat een buisje zien.

Dat is veel meer dan de hond of de mug, dan hou ik bijna niks meer over.

'En dan krijg je... Wat zou hij graag willen?' vraagt ze aan Mam.

'Ik wil graag naar Bed.'

'Ze bedoelt een traktatie,' zegt Mam. 'Iets als taart of zo.'

'Hmm, ik denk niet dat we op dit moment taart hebben, de keukens zijn dicht,' zegt dokter Clay. 'Wat denk je van een Chupa Chup?'

Pilar komt met een pot vol lolly's, dat zijn dus chupachups.

Mam zegt: 'Toe maar, je mag er eentje uitkiezen.'

Maar er zijn er te veel, ze zijn geel en groen en rood en blauw en oranje. Ze zijn allemaal rond als ballen niet plat als cirkels net als die van Ouwe Nick die Mam in Vuilnis had gegooid en die ik toch ging opeten. Mam kiest voor mij, het is een rode maar ik schud van nee want die van hem was ook rood en ik denk dat ik weer moet huilen. Mam kiest een groene. Pilar haalt het papiertje eraf. Dokter Clay steekt de naald in de binnenkant van mijn elleboog en ik schreeuw en ik probeer weg te komen maar Mam houdt me vast, ze stopt de lolly in mijn mond en ik sabbel erop maar de pijn gaat er helemaal niet van weg. 'Bijna klaar,' zegt ze.

'Helemaal niet lekker.'

'Kijk, de naald is er al uit.'

'Goed gedaan,' zegt dokter Clay.

'Nee, de lolly.'

'Je hebt je lolly,' zegt Mam.

'Hij is helemaal niet lekker, de groene is niet lekker.'

'Geeft niet, spuug maar uit.'

Pilar pakt hem. 'Probeer liever een oranje, ik vind de oranje altijd het lekkerst,' zegt ze.

Ik wist niet dat ik er twee mocht. Pilar maakt een oranje voor me open en die is wel lekker.

* * *

Eerst is het warm, dan wordt het koud. Het warm was fijn maar het koud is een nat koud. Mam en ik liggen in Bed maar het is kleiner geworden en het wordt steeds kouder, het laken onder ons en het laken op ons ook en Dekbed is niet meer wit, ze is helemaal blauw...

Dit is niet Kamer.

Gekke Piemel staat rechtop. 'We zijn in Buiten,' fluister ik tegen hem.

'Mam...'

Ze schrikt net of ze een schok krijgt.

'Ik heb geplast.'

'Dat geeft niet.'

'Nee, maar het is helemaal nat. Mijn T-shirt op mijn buik ook.'

'Dat maakt niks uit, vergeet het maar snel.'

Ik probeer het te vergeten. Ik kijk langs haar hoofd. De vloer is net als Kleed maar pluizig met geen patroon en geen randen, een soort grijs, hij gaat helemaal naar de muren. Ik wist niet dat muren groen zijn. Er is een schilderij van een monster, maar als ik kijk is het eigenlijk een hele grote golf van de zee. Een vorm net als Dakraam maar dan in de muur, ik weet wat dat is, dat is een zijkantraam, met honderden houten strepen eroverheen maar er komt licht tussendoor. 'Ik weet het nog steeds,' zeg ik tegen Mam.

'Natuurlijk.' Ze zoekt mijn wang en geeft er een kusje op.

'Ik kan het niet vergeten want ik ben nog steeds helemaal nat.'

'O, dat,' zegt ze met een andere stem. 'Ik bedoelde niet dat je moest vergeten dat je in bed hebt geplast, alleen dat je je er niet druk om moet maken.' Ze gaat uit bed, ze heeft nog steeds haar papieren jurk aan, hij is helemaal kreukelig. 'De verpleegsters zullen het bed wel verschonen.'

Ik zie de verpleegsters niet.

'Maar mijn andere T-shirts...' Die liggen in Dressoir, in de lage la. Daar waren ze gisteren dus nu denk ik nog steeds. Maar is Kamer er nog wel als wij er niet in zijn?

'We bedenken wel iets,' zegt Mam. Ze staat bij het raam, ze heeft de houten strepen verder uit elkaar gedaan en er is een heleboel licht.

'Hoe heb je dat gedaan?' Ik ren naar haar toe, de tafel stoot tegen mijn been boem.

Ze wrijft het beter. 'Met dit touwtje, zie je? Dat is het touwtje van het zonneblind.'

'Waarom is het...?'

'Het is het touwtje waarmee het zonneblind open- en dichtgaat,' zegt ze. 'Dit is een zonneblind, het heet zo... ik denk omdat het zorgt dat je niet meer kunt kijken.'

'Waarom zorgt het dat ik niet meer kan kijken?'

'Ik bedoel jij als iedereen.'

Waarom ben ik als iedereen?

'Het zorgt ervoor dat mensen niet naar binnen of buiten kunnen kijken,' zegt Mam.

Maar ik kijk wel naar buiten, het is net Tv. Er is gras en bomen en een stukje van een wit gebouw en drie auto's, een blauwe en een bruine en een zilveren met gestreepte stukjes. 'Op het gras...'

'Wat?'

'Is dat een gier?'

'Dat is gewoon een kraai, volgens mij.'

'Nog een...'

'Dat is een, hoe heet het ook alweer, een duif. Beginnende Alzheimer! Oké, we gaan ons opfrissen.'

'We hebben nog geen ontbijt gehad,' zeg ik.

'Dat kunnen we daarna doen.'

Ik schud van nee. 'Ontbijt komt voor bad.'

'Dat hoeft niet per se, Jack.'

'Maar...'

'We hoeven niet alles hetzelfde te doen als eerst,' zegt Mam, 'we kunnen doen wat we willen.'

'Ik wil juist ontbijt voor bad.'

Maar ze is om een hoek gegaan en ik kan haar niet zien, ik ren achter haar aan, ik vind haar in een andere kleine kamer in deze kamer, de vloer is veranderd in glimmende koude witte vierkanten en de muren zijn ook helemaal wit geworden. Er is een wc die niet Wc is en een wasbak die twee keer zo groot is als Wasbak en een hoge onzichtbare bak die zeker een douche is net als waar Tv-figuren in spetteren.

'Waar is het bad verstoppeld?'

'Er is geen bad.' Mam schuift de voorkant van de bak opzij zodat hij open is. Ze doet de papieren jurk uit en verfrommelt hem in een mand die denk ik een vuilnis is, maar hij heeft geen deksel die béng doet. 'Kom, weg met dat smerige ding.' Mijn T-shirt trekt aan mijn gezicht als hij uitgaat. Ze frommelt hem op en gooit hem in de vuilnis.

'Maar...'

'Het is een vod.'

'Niet, het is mijn T-shirt.'

'Je krijgt wel een nieuw shirt, een heleboel nieuwe.' Ik kan haar haast niet horen want ze heeft de douche aangedaan, wat een kabaal. 'Kom er maar onder.'

'Ik weet niet hoe dat moet.'

'Het is heerlijk, echt waar.' Mam wacht. 'Goed dan, ik ben zo klaar.'

Ze stapt erin en wil de onzichtbare deur dichtdoen.

'Nee.'

'Ik moet wel, anders spettert er allemaal water doorheen.'

'Nee.'

'Je kunt door het glas naar me kijken, ik ben vlakbij.' Ze schuift hem boem dicht. Ik kan haar niet meer zien alleen wazig, niet als de echte Mam maar net een spook dat rare geluiden maakt.

Ik sla ertegen, ik weet niet hoe het moet, dan snap ik het en gooi hem open.

'Jack...'

'Ik wil niet dat jij erin bent en ik eruit.'

'Kom er dan in.'

Ik moet huilen.

Mam veegt met haar hand over mijn gezicht, de tranen gaan door elkaar. 'Sorry,' zegt ze, 'sorry. Ik ga blijkbaar te snel.' Ze geeft me een knuffel waar ik helemaal nat van word. 'Je hoeft nergens meer om te huilen.'

Toen ik een baby was huilde ik alleen als ik een goede reden had. Maar Mam die in de douche gaat met mij aan de andere kant van de deur, dat is ook een goede reden.

Nu ga ik er wel in, ik ga plat tegen het glas staan maar ik krijg toch nog spetters. Mam doet haar gezicht in de lawaaiige waterval, ze doet een lange kreun.

'Heb je pijn?' roep ik.

'Nee, ik probeer gewoon te genieten van mijn eerste douche in zeven jaar.'

Er is een klein pakje waar Shampoo op staat, Mam maakt het open met haar tanden, ze gebruikt het helemaal op tot er bijna niks meer over is. Ze maakt haar haren superlang nat en doet er nog iets op uit een ander klein pakje waar op staat Conditioner dat is voor zijdezacht haar. Ze wil mijn haar ook doen maar ik wil niet zijdezacht zijn, ik doe mijn gezicht niet in de spetters. Ze wast me met haar handen want er is geen doekje. Sommige stukjes van mijn benen zijn paars geworden van waar ik uit de bruine auto ben gesprongen superlang geleden. Mijn schrammen doen overal pijn, vooral op mijn knie onder mijn Dora en Boots-Pleister die krullerig wordt, Mam zegt dat dat betekent dat de snee beter wordt. Ik weet niet waarom pijn beter worden betekent.

Er is een superdikke witte handdoek voor ons allebei, niet een om samen te doen. Ik wil liever samen doen maar Mam zegt dat dat onzin is. Ze doet nog een derde handdoek om haar hoofd tot het helemaal groot en puntig is als een ijsje, we moeten lachen.

Ik heb dorst. 'Mag ik nu wat?'

'O, zo meteen.' Ze geeft me een groot ding, met mouwen en een riem net als een pak. 'Trek deze badjas maar zolang aan.'

‘Maar die is van een reus.’

‘Het gaat wel.’ Ze vouwt de mouwen op tot ze korter zijn en helemaal dik. Ze ruikt anders, ik denk dat het door de conditioner komt. Ze bindt de badjas dicht om mijn middel. Ik til de lange stukken op om te lopen. ‘Ta-daa,’ zegt ze, ‘Koning Jack.’

Ze pakt een andere badjas precies dezelfde uit de kast die niet Kast is, hij komt maar tot haar enkels.

‘*Dan ben ik de koning, diddel diddel, en jij de koningin*,’ zing ik.

Mam is helemaal roze en blij, haar haar is zwart van het nat. Mijn haar zit weer in paardenstaart maar knoperig omdat er geen Kam is, die hebben we in Kamer gelaten. ‘Waarom heb je Kam niet meegebrengd?’ zeg ik.

‘Meegebracht,’ zegt ze. ‘Ik had nogal veel haast om jou weer terug te zien, weet je nog?’

‘Ja, maar we hebben hem nodig.’

‘Die ouwe plastic kam met allemaal afgebroken tanden? Die kunnen we missen als kiespijn.’

Ik zoek mijn sokken naast het bed, ik trek ze aan maar Mam zegt niet doen want ze zijn helemaal smerig van de straat waar ik rende en rende met gaten erin. Ze gooit ze ook in de vuilnis, ze verspilt alles.

‘Maar Kies, die zijn we vergeten.’ Ik pak gauw de sokken uit de vuilnis en ik vind Kies in de tweede.

Mam rolt met haar ogen.

‘Hij is mijn vriend,’ zeg ik, en ik stop Kies in de zak van mijn badjas. Ik lik over mijn tanden want ze voelen raar. ‘O nee, ik heb mijn tanden niet gepoetst na de lolly.’ Ik duw er hard tegenaan met mijn vingers zodat ze er niet uit vallen, maar niet de gebeten vinger.

Mam schudt van nee. ‘Het was geen echte.’

‘Hij smaakte wel echt.’

‘Nee, ik bedoel, hij was suikervrij, die maken ze met een soort niet-echte suiker die niet slecht is voor je tanden.’

Dat is raar. Ik wijs naar het andere bed. ‘Wie slaapt daar?’

‘Dat is voor jou.’

‘Maar ik slaap bij jou.’

'Ja, maar dat wisten de verpleegsters niet.' Mam kijkt uit het raam. Haar schaduw is helemaal lang over de zachte grijze vloer, ik heb nog nooit zo'n lange gezien. 'Is dat een poes op de parkeerplaats?'

'Laat eens kijken.' Ik ren naar het raam maar mijn ogen vinden hem niet.

'Zullen we op ontdekkingstocht gaan?'

'Waar?'

'Buiten.'

'We zijn al in Buiten.'

'Ja, maar ik wil graag naar de frisse lucht en kijken waar de poes is gebleven,' zegt Mam.

'Leuk.'

Ze vindt twee paar slippers voor ons maar ze passen me niet en ik struikel steeds, dan zegt ze dat ik zolang wel op blote voeten mag. Als ik weer door het raam kijk, komt er een ding aanzoeven naast de andere auto's, het is een busje waar THE CUMBERLAND CLINIC op staat.

'En als hij komt?' fluister ik.

'Wie?'

'Ouwe Nick, als hij in zijn auto komt.' Ik was hem bijna vergeten, hoe kon ik hem nou vergeten?

'O, dat kan niet, hij weet niet waar we zijn,' zegt Mam.

'Zijn we weer een geheimpje?'

'Ongeveer, maar dan de goede soort.'

Naast het bed is een... ik weet wat het is, het is een telefoon. Ik pak het bovenste stuk op, ik zeg: 'Hallo', maar er praat niemand, alleen een soort gezoem.

'O, Mam, ik heb nog niet wat gehad.'

'Later.'

Alles gaat andersom vandaag.

Mam doet de deurklink en trekt een gezicht, het is zeker haar pijne pols. Ze doet het met de andere hand. We gaan eruit in een lange kamer met allemaal ramen en aan de andere kant allemaal deuren. Elke muur is een andere kleur, dat zal wel de regel zijn. Onze deur is de deur waar Zeven op staat helemaal goud. Mam zegt dat we niet door de andere deuren mogen omdat die van anderen zijn.

'Welke anderen?'

'Die kennen we nog niet.'

Hoe kan zij dat dan weten? 'Mogen we wel door de zijkantramen kijken?'

'O ja, die zijn voor iedereen.'

'Zijn wij iedereen?'

'Wij en wie dan ook,' zegt Mam.

Wie dan ook is er niet dus alleen wij. Er is geen zonneblind voor deze ramen om het kijken tegen te houden. Het is een andere planeet, er zijn meer andere auto's te zien zoals groene en witte en een rode en een stenige plek en er zijn dingen die lopen dat zijn mannetjes. 'Ze zijn piepklein, net elfjes.'

'Nee, dat lijkt gewoon zo omdat ze ver weg zijn,' zegt Mam.

'Zijn ze echt echt?'

'Net zo echt als jij en ik.'

Ik probeer het te geloven maar dat is wel lastig.

Er is een vrouw die geen echte vrouw is, dat zie ik omdat ze grijs is, ze is een standbeeld en helemaal bloot.

'Kom mee,' zegt Mam, 'ik rammel van de honger.'

'Ik wil alleen...'

Ze trekt aan mijn hand. Dan kunnen we niet verder omdat er trappen omlaag zijn, een heleboel. 'Hou je maar vast aan de leuning.'

'De wat?'

'Dit ding hier, die buis.'

Ik doe het.

'Je moet één tree tegelijk omlaaggaan.'

Straks val ik. Ik ga zitten.

'Ja, zo gaat het ook.'

Ik ga op mijn billen, één tree en dan nog een en de reuzenbadjas gaat los. Een grote vrouw rent de treden op vlug vlug alsof ze vliegt, maar ze vliegt niet, ze is een echt mens helemaal in het wit. Ik doe mijn gezicht tegen Mams badjas zodat ze mij niet ziet. 'O,' zegt de zij, 'had maar even gezoemd...'

Net als bijen?

'De zoemer naast het bed?'

'We redden ons wel,' zegt Mam.

'Ik ben Noreen, ik zal even nieuwe maskers voor jullie halen.'

'O sorry, daar had ik niet aan gedacht,' zegt Mam.

'Geen probleem, zal ik ze naar jullie kamer brengen?'

'Dat hoeft niet, we gaan naar beneden.'

'Geweldig. Jack, zal ik een assistent oppiepen om je de trap af te dragen?'

Ik snap het niet, ik doe mijn gezicht weer weg.

'Dat hoeft niet,' zegt Mam, 'hij doet het op zijn manier.'

Ik ga op mijn billen de volgende elf omlaag. Onderaan bindt Mam mijn badjas weer dicht zodat we nog steeds de koning en de koningin zijn net als in het versje 'Lavender's Blue'. Noreen geeft me een nieuw masker dat ik moet opdoen, ze zegt dat ze verpleegkundige is en dat ze uit een ander land komt dat Ierland heet en dat ze mijn paardenstaart mooi vindt. We gaan naar een heel groot stuk waar allemaal tafels zijn, ik heb er nog nooit zoveel gezien met borden en glazen en messen en een ervan steekt me in de buik, een tafel bedoel ik. De glazen zijn onzichtbaar net als de onze maar de borden zijn blauw, dat is smerig.

Het is net een Tv-planeet die helemaal over ons gaat, figuren zeggen: 'Goeiemorgen,' en 'Welkom in het Cumberland' en 'Gefeliciteerd,' ik weet niet waarmee. Sommigen hebben precies dezelfde badjassen aan als onze en sommigen hebben pyjama's aan en sommigen verschillende uniformen. De meesten zijn enorm maar ze hebben niet lang haar net als wij, ze lopen snel en ze zijn ineens aan alle kanten, zelfs de achterkant. Ze komen dichtbij en ze hebben zoveel tanden, ze ruiken niet goed. Een hij met helemaal een baard zegt: 'Nou, kereltje, jij bent nog eens een echte held.'

Dat ben ik die hij bedoelt. Ik kijk niet.

'Wat vind je tot nu toe van de wereld?'

Ik zeg niks.

'Best wel leuk?'

Ik knik. Ik hou Mams hand strak vast maar mijn vingers glippen, ze zijn nat geworden. Ze slikt een paar pillen die Noreen haar geeft.

Ik ken één hoofd heel hoog met een kroezig klein haar, dat is dokter Clay met geen masker op. Hij schudt Mams hand met zijn witte plastic hand en vraagt of we goed hebben geslapen.

'Ik was te gespannen,' zegt Mam.

Er komen andere uniformfiguren aanlopen, dokter Clay zegt namen maar ik versta ze niet. Een heeft bochten van haar dat helemaal grijs is en ze heet de Directeur van de Kliniek dat betekent de baas maar ze lacht en zegt nou, niet echt, ik snap niet wat er zo grappig is.

Mam wijst naar een stoel waar ik naast haar kan zitten. Er is iets ongelooflijks bij het bord, het is zilver en blauw en rood, ik denk dat het een ei is maar geen echt ei, een chocolade.

'O ja, fijne Pasen,' zegt Mam, 'daar had ik helemaal niet meer aan gedacht.'

Ik hou het nep-ei in mijn hand. Ik wist niet dat de Paashaas ook in gebouwen kwam.

Mam heeft haar masker omlaag gedaan om haar nek, ze drinkt sap met een rare kleur. Ze doet mijn masker op mijn hoofd zodat ik het sap kan proeven maar er zitten onzichtbare stukjes in net als bacteriën die in mijn keel komen dus ik hoest het heel zachtjes terug in het glas. Er zijn iemanden te dichtbij die rare vierkantjes eten met allemaal kleine vierkantjes erop en krullerig spek. Hoe kunnen ze het eten op de blauwe borden doen, dan komt er toch allemaal verf aan? Het ruikt wel lekker maar te veel en mijn handen zijn weer glibberig, ik leg het Paasei weer terug precies midden op mijn bord. Ik veeg mijn handen af aan de badjas maar niet mijn gebeten vinger. De messen en vorken zijn ook verkeerd er zit geen wit op het handvat alleen het ijzer, dat doet vast pijn.

De figuren zijn met grote ogen, ze hebben allemaal gezichten in verschillende vormen met sommige snorren en hangende sieraden en geverfde stukjes.

'Geen kinderen,' fluister ik tegen Mam.

'Wat zeg je?'

'Waar zijn de kinderen?'

'Die zijn hier denk ik niet.'

'Jij zei dat er miljoenen waren in Buiten.'

'De kliniek is maar een klein stukje van de wereld,' zegt Mam. 'Drink je sap op. Hé, kijk, daar is een jongen.'

Ik gluur waar ze wijst, maar hij is lang net als een man met nagels in zijn neus en zijn kin en boven zijn ogen. Is hij misschien een robot?

Mam drinkt iets wat bruin en stomend is, dan trekt ze een gezicht en zet het weg. 'Waar heb je zin in?' vraagt ze.

De Noreen-verpleegster staat vlak naast me, ik schrik. 'Er is een buffet,' zegt ze, 'je kunt wafels nemen, of omelet, pannenkoeken...'

Ik fluister: 'Nee.'

'Dan zeg je: Nee, bedankt,' zegt Mam, 'dat heet goede manieren.'

Figuren niet vrienden van mij kijken naar me met onzichtbare stralen *zap*, ik duw mijn gezicht tegen Mam.

'Wat wil je eten, Jack?' vraagt Noreen. 'Worstjes, geroosterd brood?'

'Ze kijken,' zeg ik tegen Mam.

'Iedereen wil gewoon aardig zijn.'

Ze moeten ophouden.

Dokter Clay is er ook weer, hij buigt zich naar ons toe. 'Dit zal wel wat overweldigend zijn voor Jack, voor jullie allebei. Misschien een beetje te veel gevraagd voor dag één?'

Wat is Dag Eén?

Mam blaast haar adem uit. 'We wilden de tuin bekijken.'

Nee, dat was Alice.

'Doe maar rustig aan,' zegt hij.

'Eet een paar hapjes,' zegt ze tegen mij. 'Drink in elk geval je sap op, dan voel je je beter.'

Ik schud van nee.

'Zal ik wat borden met eten voor jullie maken en die naar jullie kamer brengen?' zegt Noreen.

Mam doet haar masker weer voor haar neus. 'Kom maar, dan.'

Ze is boos, denk ik.

Ik hou de stoel vast. 'En het Paasei dan?'

'Wat?'

Ik wijs.

Dokter Clay pikt het ei en ik schreeuw bijna. 'Alsjeblieft,' zegt hij, hij doet het in de zak van mijn badjas.

De trappen zijn nog moeilijker om omhoog te gaan dus Mam draagt me.

Noreen zegt: 'Laat mij maar, mag dat?'

'Het gaat prima,' zegt Mam, ze schreeuwt bijna.

Mam doet onze deur Nummer Zeven heel stevig dicht als Noreen weg is. We kunnen de maskers afdoen als alleen wij er zijn, want wij hebben dezelfde bacteriën. Mam probeert het raam open te doen, ze slaat ertegen maar het lukt niet.

'Mag ik nu wat?'

'Wil je je ontbijt niet?'

'Daarna.'

Dus we gaan liggen en ik mag wat, de linker, het is heerlijk.

Mam zegt dat de borden geen probleem zijn, het blauw gaat niet op het eten, ze zegt dat ik er met mijn vinger over moet wrijven om te kijken. Ook de vorken en de messen, het ijzer voelt raar met geen witte handvatten maar het doet niet echt pijn. Er is een stroop die voor op de pannenkoeken is maar ik wil de mijne niet nat. Ik eet een beetje van alle eten en alles is lekker behalve de saus op de roereieren. Het chocolade-ei, het Paasei, dat is gesmelt vanbinnen. Het is dubbel meer chocoladerig dan de chocolaatjes die we soms voor Zondagtraktatie kregen, het is het lekkerste wat ik ooit heb gegeten.

'O! We zijn vergeten Kindje Jezus te bedanken,' zeg ik tegen Mam.

'Dan doen we dat nu, hij vindt het niet erg als we het wat later doen.'

Dan laat ik een hele grote boer.

Dan gaan we weer slapen.

* * *

Als de deur klopt laat Mam dokter Clay naar binnen, ze doet haar masker weer op en het mijne. Hij is nu niet zo eng. 'Hoe gaat het, Jack?'

'Goed.'

'Geef je me een hand, een high five?'

Zijn plastic hand is omhoog en hij wiebelt met zijn vingers, ik doe net of ik het niet zie. Ik ga hem niet mijn hand geven, die heb ik zelf nodig.

Hij en Mam praten over dingen zoals waarom ze niet kan slapen, *tachycardie* en *herbeleven*. 'Probeer deze maar, ééntje voor het slapengaan,' zegt hij, en hij schrijft iets op zijn blok. 'En ontstekingsremmers werken misschien beter tegen uw kiespijn...'

'Mag ik alsjeblieft mijn eigen medicijnen bij me houden in plaats van dat de verpleegsters ze uitdelen alsof ik een patiënt ben?'

'O, dat zal geen probleem zijn, zolang u ze maar niet laat rondslingeren.'

'Jack weet dat hij van pillen moet afblijven.'

'Ik dacht eerlijk gezegd meer aan een aantal van onze patiënten die een verleden van drugsmisbruik hebben. Kijk, voor jou heb ik een toverpleister.'

'Jack, dokter Clay heeft het tegen jou,' zegt Mam.

De pleister moet op mijn arm en dan voelt een stukje ervan of het er niet is. Hij heeft ook supercoole zonnebrillen bij zich die we moeten opdoen als het licht te fel is door de ramen, de mijne is rood en die van Mam is zwart. 'Net rappers,' zeg ik tegen haar. Ze worden donkerder als we in het buiten van Buiten zijn en lichter als we in het binnen van Buiten zijn. Dokter Clay zegt dat mijn ogen superscherp zijn maar dat ze nog niet gewend zijn om ver weg te kijken, ik moet ze oefenen door het raam. Ik wist niet dat er spieren in mijn ogen zaten, ik duw met mijn vingers maar ik kan ze niet voelen.

'Hoe gaat het met die pleister?' vraagt dokter Clay. 'Is het al verdoofd?' Hij haalt hem eraf en voelt eronder, ik zie de vinger op mij maar ik kan hem niet voelen.

Dan iets heel ergs, hij heeft naalden en hij zegt sorry maar ik heb zes spuitjes nodig zodat ik geen vreselijke ziektes krijg, daar is die pleister voor, dat de spuitjes geen pijn doen. Zes kan echt niet, ik ren naar het wc-stuk van de kamer.

'Je kunt ervan doodgaan,' zegt Mam, en ze trekt me terug naar dokter Clay.

'Nee!'

'Van de bacteriën bedoel ik, niet van de spuitjes.'

Het blijft nee.

Dokter Clay zegt dat ik echt heel dapper ben maar ik ben niet dapper, ik heb al mijn dapper opgebruikt voor Plan B. Ik schreeuw de hele tijd. Mam houdt me op haar schoot en hij steekt de spuitjes erin steeds opnieuw en ze doen wel pijn want hij heeft de pleister eraf gehaald, ik schreeuw dat ik de pleister wil en op het laatst doet Mam hem weer op mij.

'Nu is het helemaal klaar, beloofd.' Dokter Clay stopt de spuitjes in een bakje aan de muur dat Sharps heet. Hij heeft een lolly voor me in zijn zak, een oranje, maar ik zit te vol. Hij zegt dat ik hem kan bewaren voor een andere keer.

'... als een pasgeborene in veel opzichten, ondanks zijn opmerkelijke voorsprong op het gebied van taal en rekenen,' zegt hij tegen Mam. Ik luister heel goed want de hij dat ben ik. 'Behalve immuunproblemen zullen er waarschijnlijk problemen rijzen op het gebied van, eens kijken, sociale aanpassing uiteraard, zintuiglijke informatieverwerking – het filteren en opslaan van alle prikkels die op hem afkomen – en dan nog problemen met ruimtelijke waarneming...'

Mam vraagt: 'Botst hij daardoor steeds overal tegenaan?'

'Precies. Hij was zo vertrouwd in zijn beperkte omgeving dat hij niet heeft geleerd om afstanden te schatten.'

Mam heeft haar hoofd in haar handen. 'Ik dacht dat hij wel oké was. Min of meer.'

Ben ik niet oké?

'Een andere manier om ertegenaan te kijken...'

Maar hij stopt want er wordt geklopt, als hij opendoet is het Noreen met weer een dienblad.

Ik doe een boer, mijn buik zit nog propvol van het ontbijt.

'Idealiter zouden we een bezigheidstherapeut uit de geestelijke gezondheidszorg die gespecialiseerd is in spel- en kunsttherapie in de arm moeten nemen,' zegt dokter Clay, 'maar tijdens onze vergadering vanmorgen zijn we overeengekomen dat het allerbelangrijkste is om hem een veilig gevoel te geven. Jullie allebei, beter gezegd. Het is een kwestie van heel, heel langzaam de cirkel van vertrouwen uitbreiden.' Zijn handen zijn in de lucht, steeds verder uit elkaar. 'Aangezien ik het geluk had dat ik gisteravond de dienstdoende psychiater was...'

'Het geluk?' vraagt ze.

'Ongelukkige woordkeus.' Hij doet een soort grijns. 'Maar voorlopig ga ik dus met jullie allebei aan het werk...'

Hoezo aan het werk? Ik wist niet dat kinderen moesten werken.

'... met natuurlijk input van mijn collega's in kinder- en jeugdpsychiatrie, onze neuroloog, onze psychotherapeuten, we halen er een diëtist bij, een fysiotherapeut...'

Er wordt opnieuw geklopt. Het is Noreen weer met een politie, een hij maar niet die met het gele haar van gisteren.

Dat zijn al drie anderen in de kamer nou en twee van ons, dat is samen vijf, het is bijna vol met armen en benen en buiken. Ze praten allemaal tot het pijn doet. 'Stop met allemaal tegelijk praten.' Ik zeg het alleen met het geluid uit. Ik duw mijn vingers in mijn oren.

'Zal ik je eens iets leuks vertellen?'

Dat was ik waar Mam tegen praat, ik wist het niet. Noreen is weg en de politie ook. Ik schud van nee.

Dokter Clay zegt: 'Ik weet niet of dit wel de verstandigste...'

'Jack, ik heb geweldig nieuws,' zegt Mam. Ze houdt de foto's omhoog. Ik zie wie het is zonder dat ik dichtbij hoef te gaan, het is Ouwe Nick. Hetzelfde gezicht als toen ik die keer 's nachts naar hem gluurde in Bed, maar hij heeft een bord om zijn nek en hij staat tegen nummers net als toen wij mijn lang op de muur schrijven als ik jarig ben, maar hij is bijna bij de honderdtachtig maar niet helemaal. Er is een foto waar hij opzij kijkt en een andere waar hij naar mij kijkt.

'Midden in de nacht heeft de politie hem gevangen en hem in de gevangenis gezet, en daar blijft hij,' zegt Mam.

Ik vraag me af of de bruine auto ook in de gevangenis is.

'Als u hiernaar kijkt, bespeurt u dan iets van de symptomen waar we het over gehad hebben?' vraagt dokter Clay aan haar.

Ze rolt met haar ogen. 'Dacht u dat ik van een foto in zou

storten nadat ik hem zeven jaar in levenden lijve heb meegemaakt?'

'En hoe is het voor jou, Jack, hoe voelt het?'

Ik weet het antwoord niet.

'Ik ga een vraag stellen,' zegt dokter Clay, 'maar je hoeft geen antwoord te geven, alleen als je het wilt, oké?'

Ik kijk naar hem dan weer naar de foto's. Ouwe Nick zit vast in de nummers en hij kan er niet uit komen.

'Heeft die man ooit iets gedaan wat je niet fijn vond?'

Ik knik.

'Kun je me vertellen wat hij heeft gedaan?'

'Hij zette de stroom uit en toen werden de groenten slijmerig.'

'Oké. En heeft hij je ooit pijn gedaan?'

Mam zegt: 'Niet...'

Dokter Clay steekt zijn hand op. 'Niemand twijfelt aan uw woorden,' zegt hij. 'Maar denk aan alle nachten dat u lag te slapen. Ik zou mijn werk niet goed doen als ik het Jack zelf niet zou vragen, toch?'

Mam blaast haar adem heel lang uit. 'Goed dan,' zegt ze tegen mij, 'zeg het maar. Heeft Ouwe Nick je ooit pijn gedaan?'

'Ja,' zeg ik, 'twee keer.'

Ze kijken me allebei met grote ogen aan.

'Toen ik de Grote Ontsnapping deed gooide hij me in de auto en ook op de straat, de tweede keer was de meeste pijn.'

'Oké,' zegt dokter Clay. Hij glimlacht, ik weet niet waarom. 'Ik neem meteen contact op met het lab om te vragen of ze nog DNA van jullie nodig hebben,' zegt hij tegen Mam.

'DNA?' Ze heeft haar gekke stem weer. 'Dacht u soms dat ik nog *andere bezoekers* heb gehad?'

'Zo werkt het nu eenmaal bij rechtszaken, elk vakje moet worden afgevinkt.'

Mam zuigt haar hele mond naar binnen tot haar lippen onzichtbaar zijn.

'Er worden elke dag monsters vrijgesproken na een of andere vormfout.' Hij klinkt heel kwaad. 'Oké?'

'Oké.'

Als hij weg is trek ik mijn masker af en vraag: 'Is hij kwaad op ons?'

Mam schudt van nee. 'Hij is kwaad op Ouwe Nick.'

Ik dacht dat dokter Clay hem niet eens kende, ik dacht dat alleen wij hem kenden.

Ik ga kijken naar het dienblad dat Noreen heeft gebracht. Ik heb geen honger maar als ik het aan Mam vraag, zegt ze dat het al één uur is geweest, dat is zelfs te laat voor middageten, middageten moet om twaalf uur nogwat zijn maar er is nog geen plaats in mijn buik.

'Rustig maar,' zegt Mam. 'Alles is anders hier.'

'Maar wat is de regel?'

'Er is geen regel. We kunnen middageten om tien uur of een uur, of om drie uur of midden in de nacht.'

'Ik wil niet midden in de nacht middageten.'

Mam blaast haar adem uit. 'Laten we een nieuwe regel maken dat we gaan middageten... ergens tussen twaalf en twee. En als we geen honger hebben slaan we het gewoon over.'

'Hoe slaan we het over?'

'Gewoon niet eten. Niks.'

'Oké.' Ik vind het niet erg om niks te eten. 'Maar wat doet Noreen dan met al dit eten?'

'Weggooien.'

'Dat is verspilling.'

'Ja, maar het moet wel in de vuilnisbak omdat het... omdat het anders vies is.' Ik kijk naar het eten met al die kleuren op de blauwe borden. 'Het ziet er niet vies uit.'

'Dat is het ook niet echt, maar niemand anders hier zou het nog willen opeten als het al op ons bord heeft gelegen,' zegt Mam. 'Maak je er maar niet druk om.'

Dat zegt ze de hele tijd, maar ik weet niet hoe ik me niet druk moet maken.

Ik doe zo'n grote gaap dat ik bijna omval. Mijn arm doet nog steeds pijn van waar hij verdoofd was. Ik vraag of we weer kunnen gaan slapen en Mam zegt ja hoor, maar zij gaat de krant lezen. Ik snap niet waarom ze de krant wil lezen in plaats van met mij slapen.

Als ik wakker word is het licht op de verkeerde plek.

'Dat is niet erg,' zegt Mam, ze doet haar gezicht tegen het mijne aan, 'alles is goed.'

Ik doe mijn coole zonnebril op om door ons raam naar Gods gele gezicht te kijken, het licht glijdt helemaal over het wollige grijze tapijt.

Noreen komt binnen met tassen.

'Je zou kunnen kloppen.' Mam schreeuwt bijna, ze doet mijn masker op en het hare.

'Sorry,' zegt Noreen. 'Ik heb ook geklopt, maar ik zal het de volgende keer harder doen.'

'Nee, sorry, ik had het niet... ik was met Jack aan het praten. Misschien hoorde ik het wel maar wist ik niet dat het de deur was.'

'Geeft niet,' zegt Noreen.

'Er zijn geluiden van... de andere kamers, ik hoor allerlei dingen waarvan ik niet weet wat of waar het is.'

'Het zal allemaal wel een beetje vreemd aanvoelen.'

Mam lacht halfhalf.

'En wat deze jongeman betreft...' Noreens ogen zijn helemaal glimmend. 'Zal ik jou je nieuwe kleren eens laten zien?'

Het zijn niet onze kleren, het zijn andere in tassen en als ze niet passen of als we ze niet mooi vinden brengt Noreen ze gewoon terug naar de winkel om andere te halen. Ik pas alles aan, ik vind de pyjama het mooist, die is grappig met astronauten erop. Het is net een verkleedpak van een Tv-jongen. Er zijn schoenen die aan gaan met krasserige dingen die klittenband heten. Ik vind het leuk om ze open en dicht te doen zo krrrrrrt krrrrrrt. Maar ze zijn moeilijk om op te lopen, ze voelen zwaar, alsof ik elk moment kan vallen. Ik heb ze liever aan als ik op het bed lig, dan zwaai ik met mijn voeten in de lucht en de schoenen vechten samen en dan worden ze weer vriendjes.

Mam heeft een spijkerbroek aan die te strak is. 'Zo dragen ze ze tegenwoordig,' zegt Noreen, 'en jij hebt er in elk geval het figuur voor.'

'Wie zijn ze?'

'De jeugd.'

Mam doet een grijns, ik weet niet waarom. Ze trekt een shirt aan dat ook te strak is.

'Dat zijn niet jouw echte kleren,' fluister ik tegen haar.

'Nu wel.'

De deur doet klop, het is een andere verpleegster, hetzelfde uniform maar een ander gezicht. Ze zegt dat we onze maskers weer op moeten doen omdat er bezoek voor ons is. Ik heb nog nooit bezoek gehad, ik weet niet hoe dat moet.

Er komt iemand binnen en die rent op Mam af, ik spring op met mijn vuisten maar Mam lacht en huilt tegelijk, ze is blijkbaar blijverdrietig.

'O, mama.' Dat zegt Mam. 'O, mama.'

'Mijn kleine...'

'Ik ben terug.'

'Ja, je bent echt terug,' zegt de zij-iemand. 'Toen ze belden wist ik zeker dat het weer een of andere grap was...'

'Heb je me gemist?' Mam begint te lachen, een rare lach.

De vrouw moet ook huilen, ze heeft allemaal zwarte druppels onder haar ogen, ik vraag me af waarom haar tranen er zwart uit komen. Haar mond is helemaal bloedkleur net als vrouwen in Tv. Ze heeft gelig haar kort maar niet helemaal kort en grote gouden knoppen in haar oren geprikt onder het gat. Ze heeft Mam helemaal vast in haar armen, ze is drie keer zo dik als zij. Ik heb Mam nog nooit een iemand anders zien knuffelen.

'Laat me eens heel even zonder dat rare ding naar je kijken.'

Mam trekt haar masker omlaag, ze blijft de hele tijd maar lachen.

Nu kijkt de vrouw naar mij. 'Niet te geloven, het is echt niet te geloven allemaal.'

'Jack,' zegt Mam, 'dit is je oma.'

Dus ik heb er echt een.

'Wat een schatje.' De vrouw doet haar armen uit elkaar net of ze gaat zwaaien, maar dat doet ze niet. Ze komt naar mij toe lopen. Ik kruip achter de stoel.

'Hij is heel aanhankelijk,' zegt Mam, 'hij is alleen niemand anders dan mij gewend.'

'Natuurlijk, natuurlijk.' De Oma komt een beetje dichterbij. 'O, Jack, jij bent het dapperste jongetje van de hele wereld geweest, je hebt mijn kindje teruggebracht.'

Welk kindje?

'Doe je masker eens heel even omhoog,' zegt Mam tegen me.

Ik doe het en dan doe ik het meteen weer terug.

'Hij heeft jouw kaaklijn,' zegt de Oma.

'Denk je?'

'Je was natuurlijk altijd al dol op kinderen, je ging altijd voor niks oppassen...'

Ze praten de hele tijd. Ik kijk onder mijn Pleister om te zien of mijn vinger er nog steeds bijna af valt. De rode puntjes zijn nu schilferig.

Er komt lucht binnen. Er is een gezicht bij de deur, een gezicht met baard helemaal over de wangen en de kin en onder de neus maar niet op het hoofd.

'Ik heb tegen de verpleegster gezegd dat we niet gestoord willen worden,' zegt Mam.

'Nou, eerlijk gezegd, dit is Leo,' zegt Oma.

'Hallo,' zegt hij, hij wiebelt met zijn vingers.

'Wie is Leo?' vraagt Mam, ze lacht niet.

'Hij zou op de gang blijven wachten.'

'No problemo,' zegt Leo, dan is hij er niet meer.

'Waar is papa?' vraagt Mam.

'In Canberra op dit moment, maar hij is onderweg,' zegt Oma. 'Er is veel veranderd, schat.'

'Canberra?'

'O, liefje, het is waarschijnlijk te veel om te bevatten...'

Blijkbaar is de harige Leo-iemand niet mijn echte Opa, de echte ging weer in Australië wonen toen hij dacht dat Mam dood was en een begrafenis voor haar had gehouden, Oma was kwaad op hem want zij had de hoop nooit opgegeven. Ze had altijd tegen zichzelf gezegd dat haar lieve meid wel haar redenen zou hebben om te verdwijnen en dat ze op een goeie dag weer contact zou opnemen.

Mam kijkt haar met grote ogen aan. 'Op een goeie dag?'

'Nou, het is toch een goeie dag?' Oma zwaait naar het raam.

'Wat voor redenen zou ik...'

'O, we hebben ons suf gepiekerd. Een maatschappelijk werker vertelde ons dat jongeren van jouw leeftijd soms zomaar ineens vertrekken. Drugs, dat was een mogelijkheid, ik heb je hele kamer doorzocht...'

'Ik stond zowat een 9,5 gemiddeld.'

'Dat is waar, we waren zo trots op je.'

'Ik ben gewoon van straat geplukt.'

'Ja, dat weet ik nu. We hebben door de hele stad posters opgehangen, Paul heeft een website gemaakt. De politie praatte met iedereen die je kende van de universiteit en ook van de middelbare school, om erachter te komen met wie je misschien nog meer optrok zonder dat wij het wisten. Ik dacht om de haverklap dat ik je zag, het was een kwelling,' zegt Oma. 'Dan ging ik langzaam naast een meisje rijden en toeterde, maar dan bleek ze een volkomen onbekende te zijn. Voor je verjaardag bakte ik altijd je lievelingstaart, voor het geval je ineens zou komen binnenlopen, weet je nog, mijn bananenchocoladetaart?'

Mam knikt. Ze heeft allemaal tranen op haar gezicht.

'Ik kon niet slapen zonder pillen. De onzekerheid vrat me op, het was gewoon niet eerlijk ten opzichte van je broer. Wist je – ach, hoe zou je dat moeten weten – Paul heeft een dochtertje, ze is bijna drie en nu al zindelijk. Zijn partner is geweldig, ze is radiologe.'

Ze praten nog veel meer, mijn oren worden moe van het luisteren. Dan komt Noreen binnen met pillen voor ons en een glas sap dat niet oranje is, het is appel en het is het lekkerste wat ik ooit heb gedrinkt.

Oma gaat nu naar haar huis. Ik vraag me af of ze in de hangmat slaapt. 'Zal ik... Leo zou even vlug gedag kunnen zeggen,' zegt ze als ze bij de deur staat.

Mam zegt niks. Dan: 'Misschien de volgende keer.'

'Zoals je wilt. De dokters zeiden dat je het rustig aan moest doen.'

'Dat ik wat rustig aan moest doen?'

'Alles.' Oma kijkt naar mij. 'En, Jack... ken jij het woord doei?'

'Eerlijk gezegd ken ik alle woorden,' zeg ik.

Daar moet ze heel erg om lachen.

Ze kust haar eigen hand en blaast hem naar mij. 'Vangen!'

Ik denk dat ze wil dat ik doe alsof ik de kus vang, dus dat doe ik en ze is blij, ze heeft nog meer tranen.

'Waarom moest ze lachen omdat ik alle woorden ken, het was toch geen grapje?' vraag ik later aan Mam.

'O, dat geeft niet, het is altijd fijn om mensen aan het lachen te maken.'

Om 18:12 brengt Noreen weer een heel ander dienblad dat is het avondeten, we kunnen avondeten om vijf uur nogwat of zes uur nogwat of zelfs zeven uur nogwat, zegt Mam. Er is een groen knisperig iets wat heet rucola maar het smaakt te scherp, ik vind de aardappelen met knapperige randjes lekker en vlezen met allemaal streepjes erop. Het brood heeft stukjes erin die in mijn keel krassen, ik probeer ze eruit te pakken maar dan krijg je gaten, Mam zegt dat ik het gewoon kan laten liggen. Er zijn aardbeien en Mam zegt dat ze Hemels smaken, hoe weet zij nou hoe Hemel smaakt? We kunnen niet alles op. Mam zegt dat de meeste mensen zich toch veel te vol proppen, we moeten alleen eten wat we lekker vinden en de rest laten liggen.

Mijn lievelingsding van Buiten is het raam. Het is elke keer anders. Er vliegt een vogel voorbij zooeef, ik weet niet wat het was. De schaduwen zijn nu weer helemaal lang, de mijne golft helemaal door onze kamer naar de groene muur. Ik kijk naar Gods gezicht dat heel langzaam valt, nog oranjeder en de wolken zijn allemaal kleuren, dan later komen er strepen en donker dus stukje voor stukje zie ik niks meer tot het afgelopen is.

* * *

Mam en ik botsen de hele tijd tegen elkaar aan in de nacht. De derde keer dat ik wakker word wil ik Jeep en Afstand maar ze zijn niet hier.

Er is niemand in Kamer nu, alleen maar dingen, alles ligt extra stil met stof dat erop valt, want Mam en ik zijn in de Kliniek en Ouwe Nick is in de gevangenis. Hij moet voor altijd opgesloten blijven.

Ik weet weer dat ik in de pyjama met de astronauten ben. Ik raak mijn been aan door de stof, het voelt niet als mijn been. Al onze dingen die van ons waren zijn in Kamer opgesloten behalve mijn T-shirt die Mam hier in de vuilnis heeft gegooid en nu is hij weg, ik heb gekeken toen het bedtijd was, een schoonmaker heeft hem zeker meegenomen. Ik dacht dat dat iemand was die zich heel vaak wast maar Mam zegt dat het iemand is die komt poetsen. Ik denk dat ze onzichtbaar zijn net als elfjes. Ik wou dat de schoonmaker mijn oude T-shirt kwam terugbrengen maar dan wordt Mam natuurlijk weer chagrijnig.

We moeten in de wereld zijn, we gaan nooit meer terug naar Kamer, Mam zegt dat het nu eenmaal zo is en dat ik juist blij moet zijn. Ik snap niet waarom we niet eens terug kunnen gaan om alleen maar te slapen. Moeten we altijd in het Kliniek-stuk blijven of kunnen we ook in andere stukken van Buiten gaan net als het huis met de hangmat, alleen is de echte Opa in Australië dat is te ver weg. 'Mam?'

Ze kreunt. 'Jack, ik begon net weg te zakken...'

'Hoe lang zijn we hier?'

'Nog maar vierentwintig uur. Het lijkt alleen langer.'

'Nee, maar... hoe lang zijn we hier nog steeds na nu? Hoeveel dagen en nachten?'

'Dat weet ik eigenlijk niet.'

Maar Mam weet altijd alles. 'Zeg het.'

'Sssst.'

'Maar hoe lang?'

'Gewoon een tijdje,' zegt ze. 'En nu zachtjes, er liggen anderen in de kamers naast ons, weet je nog, je moet ze niet storen.'

Ik zie de anderen niet maar ze zijn er toch, ze zijn degenen uit de eetzaal. In Kamer stoorde ik nooit iemand behalve soms Mam als Kies heel erg pijn deed. Ze zegt dat anderen hier in het Cumberland zijn omdat ze een beetje ziek zijn in hun hoofd, maar niet heel erg. Ze kunnen niet slapen misschien doordat ze zich zorgen maken, of ze kunnen niet eten, of ze wassen hun handen te vaak, ik wist niet dat wassen te vaak kon zijn. Sommigen hebben hun hoofd gestoten en kennen zichzelf niet meer, en sommigen zijn de hele tijd verdrietig of ze krassen op hun armen met messen zelfs, ik weet niet waarom. De dokters en de verpleegsters en Pilar en de onzichtbare schoonmakers zijn niet ziek, die zijn er om te helpen. Mam en ik zijn ook niet ziek, wij zijn gewoon hier om uit te rusten, en we willen ook niet worden lastiggevallen door de paparazzi dat zijn de gieren met hun camera's en microfoons, omdat we nu beroemd zijn, net als rappers maar wij hebben het niet expres gedaan. Mam zegt dat we in feite gewoon een beetje hulp nodig hebben om de dingen op een rijtje te zetten. Ik weet niet welke dingen.

Ik voel nu onder mijn kussen of Kies al in geld is veranderd maar nee. Ik denk dat de Tandenfee niet weet waar de Kliniek is.

'Mam?'

'Ja?'

'Zijn we opgesloten?'

'Nee.' Ze gromt het bijna. 'Natuurlijk niet. Hoezo, vind je het hier niet fijn?'

'Ik bedoel, moeten we hier blijven?'

'O nee, we zijn zo vrij als een vogeltje.'

* * *

Ik dacht dat alle rare dingen gisteren waren gebeurd, maar vandaag is er nog veel meer.

Ik kan mijn poep bijna niet eruit krijgen want mijn buik is niet gewend aan zoveel eten.

We hoeven onze lakens niet onder de douche te wassen want de onzichtbare schoonmakers doen dat ook.

Mam schrijft in een schrift dat dokter Clay haar voor huiswerk heeft gegeven. Ik dacht dat alleen kinderen die naar school gaan dat doen, het betekent werk dat je thuis moet doen maar Mam zegt dat de Kliniek niet echt het thuis is van iemand, iedereen gaat op het laatst weer naar zijn eigen huis.

Ik haat mijn masker, ik kan er niet doorheen ademen maar Mam zegt dat het echt wel kan.

We eten ons ontbijt in de eetzaal die is alleen om te eten, iemanden in de wereld gaan graag naar verschillende kamers voor elk ding. Ik denk aan de goede manieren, dat is als iemanden bang zijn om andere iemanden boos te maken. Ik zeg: 'Mag ik alstublieft meer pannenkoeken krijgen?'

De zij met het schort zegt: 'Wat een scheetje.'

Ik ben geen scheetje, maar Mam zegt dat het betekent dat de vrouw me aardig vindt, dus ik moet het haar gewoon laten zeggen.

Ik probeer de stroop, die is superextrazoet, ik drink er een heel bakje van tot Mam zegt dat ik moet stoppen. Ze zegt dat het alleen is om op pannenkoeken te doen maar dat lijkt me getsie.

Er komen steeds iemanden naar haar toe met kannen koffie, ze zegt nee. Ik eet zoveel bacon dat ik de tel kwijtraak, als ik 'Dank je wel, Kindje Jezus' zeg kijken de mensen naar mij want ik denk dat ze hem niet kennen in Buiten.

Mam zegt dat als iemand iets grappigs doet zoals die lange jongen met de ijzeren stukjes in zijn gezicht die Hugo heet en die steeds neuriet, of mevrouw Garber die de hele tijd aan haar nek krabt, dan lachen we niet behalve vanbinnen achter ons gezicht als we het niet kunnen laten.

Ik weet nooit wanneer er geluiden gaan gebeuren en ik schrik er steeds van. Heel vaak kan ik niet zien wat het geluid maakt, sommige zijn heel klein zoals kleine zoemende insecten maar sommige doen pijn aan mijn hoofd. Alles klinkt altijd heel hard, maar toch zegt Mam steeds tegen mij dat ik niet moet schreeuwen zodat ik geen anderen stoor. Maar als ik praat horen ze me vaak helemaal niet.

Mam zegt: 'Waar heb je je schoenen gelaten?'

We gaan terug en vinden ze in de eetzaal onder de tafel, op eentje ligt een stukje bacon dat ik gauw opeet.

'Bacteriën,' zegt Mam.

Ik draag mijn schoenen aan de klittenbanden. Ze zegt dat ik ze aan moet doen.

'Ze doen pijn aan mijn voeten.'

'Zijn ze te klein?'

'Ze zijn te zwaar.'

'Ik weet dat je er niet aan gewend bent, maar je kunt gewoon niet de hele tijd op sokken rondlopen, dan trap je misschien op iets scherps.'

'Dat doe ik echt niet, beloofd.'

Ze wacht tot ik ze aantrek. We zijn in de gang maar niet die boven aan de trap, de Kliniek heeft allemaal verschillende stukken. Ik denk dat we hier nog niet geweest zijn, zijn we verdwaald?

Mam kijkt door een nieuw raam. 'Misschien kunnen we vandaag eens naar buiten gaan om naar de bomen en de bloemen te kijken.'

'Nee.'

'Jack...'

'Ik bedoel: nee, bedankt.'

'Frisse lucht!'

Ik vind de lucht in Kamer Nummer Zeven fijner, Noreen brengt ons er weer naartoe. Door ons raam kunnen we auto's zien parkeren en onparkeren en duiven en soms die ene poes.

Later gaan we met dokter Clay spelen in een andere nieuwe kamer waar een kleed is met lang haar, niet net als Kleed die helemaal plat is met haar zigzagpatroon. Zou Kleed ons missen, ligt ze nog steeds achter in de pick-uptruck in de gevangenis?

Mam laat dokter Clay haar huiswerk zien, ze praten verder over nogal saaie dingen zoals *depersonalisatie* en *jamais vu*. Dan help ik dokter Clay met zijn speelgoedkist uitpakken, die is supercool. Hij praat in een mobieltje dat niet echt is: 'Leuk om van je te horen, Jack. Ik ben nu in de kliniek. Waar ben jij?'

Er is een plastic banaan, daar praat ik in: 'Ik ook.'

'Hé, dat is toevallig. Heb je het hier naar je zin?'

'De bacon is naar mijn zin.'

Hij lacht, ik wist niet dat ik weer een grapje had gemaakt. 'Ja, de bacon is ook naar mijn zin. Een beetje te veel zelfs.'

Hoe kan iets nou te veel naar je zin zijn?

Onder in de kist vind ik hele kleine poppetjes, een hondje met vlekken en een piraat en een maan en een jongetje die zijn tong uitsteekt, mijn lievelings is het hondje.

'Jack, hij vraagt je iets.'

Ik kijk Mam verbaasd aan.

'Dus wat vind je hier niet zo leuk?' vraagt dokter Clay.

'Als anderen kijken.'

'Hmm?'

Dat zegt hij heel vaak in plaats van woorden.

'Ook plotselinge dingen.'

'Sommige dingen? Welke dan?'

'Plotselinge dingen,' zeg ik. 'Die vlug vlug komen.'

'O ja, "Wereld is plotser dan we zelf vermoeden."'

'Hè?'

'Sorry, dat is een regel uit een gedicht.' Dokter Clay doet een grijns naar Mam. 'Jack, kun je beschrijven waar je was voordat je in de kliniek kwam?'

Hij is nooit in Kamer geweest, dus ik vertel hem alles over alle stukken ervan, wat we elke dag deden en zo, Mam zegt de dingen die ik vergeet te zeggen.

Hij heeft drab die ik in Tv heb gezien in alle kleuren, hij maakt er ballen en wormen van onder het praten. Ik steek mijn vinger in een geel stukje, dan zit er iets onder mijn nagel en ik wil niet dat die geel is.

'Heb je nooit klei gehad voor een van je Zondagtraktaties?' vraagt hij.

'Klei droogt uit.' Dat is Mam die erdoorheen praat. 'Nooit aan gedacht? Ook al stop je het iedere keer meteen weer in het potje, dan wordt het na een tijdje toch keihard.'

'Ja, dat is denk ik wel zo,' zegt dokter Clay.

'Daarom vroeg ik ook juist om vetkrijtjes en kleurpotloden, geen stiften, en katoenen luiers, en... allemaal dingen die duurzaam waren, zodat ik er een week later niet opnieuw om zou hoeven vragen.'

Hij knikt nog steeds.

'We maakten brooddeeg, maar dat was altijd wit.' Mam klinkt kwaad. 'Dacht je dat ik Jack niet elke dag een nieuwe kleur klei zou hebben gegeven als het had gekund?'

Dokter Clay zegt Mams andere naam. 'Niemand zegt iets over je keuzes en strategieën.'

'Noreen zegt dat het beter werkt als je er evenveel zout als bloem doorheen doet, wist je dat? Ik wist het niet, hoe had ik dat moeten weten? Ik heb er ook nooit aan gedacht om kleurstoffen te vragen. Als ik er ook maar enig idee van had gehad...'

Ze zegt steeds tegen dokter Clay dat alles prima is met haar maar ze klinkt niet prima.

Zij en hij praten over *cognitieve vervormingen*, ze doen een ademhalingsoefening, ik speel met de poppetjes. Dan is onze tijd om want hij moet met Hugo gaan spelen.

'Heeft hij ook in een schuurtje gewoond?' vraag ik.

Dokter Clay schudt zijn hoofd.

'Wat is er met hem gebeurd?'

'Iedereen heeft een ander verhaal.'

Als we weer op onze kamer zijn, gaan Mam en ik in bed liggen en ik mag heel veel. Ze ruikt nog steeds verkeerd van de conditioner, te zijdeachtig.

* * *

Zelfs na het dutje ben ik nog steeds moe. Mijn neus druppelt steeds en mijn ogen ook, net of ze vanbinnen smelten. Mam zegt dat ik mijn eerste verkoudheid heb, dat is alles.

'Maar ik had mijn masker toch op.'

'Evengoed kunnen bacteriën nog stiekem naar binnen glippen. Waarschijnlijk heb ik het morgen ook, van jou overgenomen.'

Ik moet huilen. 'We hebben nog niet genoeg gespeeld.'

Ze houdt me vast.

'Ik wil nog niet naar Hemel.'

'Liefje...' Dat heeft Mam nog nooit tegen me gezegd. 'Het is niet erg, als we ziek worden maken de dokters ons weer beter.'

'Dat wil ik.'

'Wat wil je?'

'Ik wil dat dokter Clay me nu beter maakt.'

‘Tja, weet je, een verkoudheid kan hij niet beter maken.’ Mam kauwt op haar mond. ‘Maar het is over een paar dagen alweer over, dat beloof ik. Hé, zal ik je eens leren hoe je je neus moet snuiten?’

Ik hoef maar vier keer te oefenen, als ik alle snot in het papieren zakdoekje krijg, klapt Mam voor me.

Noreen brengt middageten dat is soepen en spiesjes en een rijst die niet echt is, die heet quinoa. Voor na het eten is er een salade van fruit en ik moet ze allemaal raden, appel en sinaasappel en die ik niet weet zijn ananas en mango en bosbessen en kiwi en watermeloen, dat is twee goed en vijf fout, dat is min drie. Er is geen banaan bij.

Ik wil weer naar de vissen gaan kijken dus we gaan naar het stuk dat Receptie heet. Ze hebben streepjes. ‘Zijn ze ziek?’

‘Ze zien er toch levendig genoeg uit?’ zegt Mam. ‘Vooral die grote bazige daar in het zeewier.’

‘Nee, maar in hun hoofd? Zijn het gekke vissen?’

Ze lacht. ‘Dat denk ik niet.’

‘Of rusten ze gewoon een tijdje uit omdat ze beroemd zijn?’

‘Deze vissen zijn hier geboren, in dit aquarium.’ Dat is de Pilar-vrouw.

Ik schrik, ik had haar niet uit haar bureau zien komen. ‘Waarom?’

Ze kijkt naar me, ze lacht nog steeds. ‘Eh...’

‘Waarom zijn ze hier?’

‘Zodat wij ernaar kunnen kijken, denk ik. Mooi zijn ze, hè?’

‘Kom mee, Jack,’ zegt Mam, ‘ze heeft vast een hoop werk te doen.’

In Buiten is de tijd helemaal door elkaar. Mam zegt steeds: ‘Rustig aan, Jack,’ en ‘Wacht even,’ en ‘Hou nu eens op,’ en ‘Schiet op, Jack,’ ze zegt heel vaak Jack zodat ik weet dat ze tegen mij praat niet anderen. Ik kan haast nooit raden hoe laat het is, er zijn klokken maar die hebben spitse wijzers, ik ken het geheim niet en Horloge is niet hier met zijn cijfers dus ik moet het steeds aan Mam vragen en die wordt er moe van als ik het steeds vraag.

‘Wil je weten hoe laat het is, het is tijd om naar buiten te gaan.’

Ik wil het niet maar ze blijft steeds zeggen: ‘Laten we het gewoon proberen. Nu meteen, waarom niet?'

Eerst moet ik mijn schoenen weer aandoen. We moeten ook jassen aan en petten en plakkerig spul op ons gezicht onder ons masker en op onze handen, anders brandt de zon ons vel eraf omdat we uit Kamer komen. Dokter Clay en Noreen komen met ons mee, zij hebben geen coole zonnebril of niks.

De weg naar eruit is geen deur, het is net een luchtsluis op een ruimteschip. Mam weet het woord niet meer, dokter Clay zegt: 'Draaideur.'

'O ja,' zeg ik, 'dat ken ik in Tv.' Ik vind het ronddraaien leuk maar dan zijn we buiten en de lichten doen pijn aan mijn zonnebril helemaal donker, de wind slaat in mijn gezicht en ik moet echt weer naar binnen.

'Het is niet erg,' zegt Mam de hele tijd.

'Ik vind het niet fijn.' De draaideur zit vast, hij draait niet, hij duwt me naar buiten.

'Hou mijn hand maar vast.'

'De wind scheurt ons aan stukken.'

'Het is maar een briesje,' zegt Mam.

Het licht is niet als in een raam, het komt van alle kanten om de zijkant van mijn coole zonnebril heen, zo was het niet bij onze Grote Ontsnapping. Veel te veel vreselijke schijn en luchtfrisser. 'Mijn vel brandt eraf.'

'Je doet het geweldig,' zegt Noreen. 'Langzaam, diep ademhalen, goed zo, ik neem mijn petje voor je af hoor!'

Maar zij heeft helemaal geen petje. Er is geen adem hier. Er zitten spikkels op mijn zonnebril, mijn hart doet boem boem boem en de wind is zo lawaaiig dat ik niks kan horen.

Noreen doet iets raars, ze trekt mijn masker af en doet een ander papier op mijn gezicht. Ik duw het weg met mijn plakkerige handen.

Dokter Clay zegt: 'Ik weet niet of dit wel zo'n...'

'Adem maar in de zak,' zegt Noreen tegen me.

Ik doe het, het is warm, ik zuig het de hele tijd naar binnen.

Mam houdt mijn schouders vast, ze zegt: 'Laten we maar weer naar binnen gaan.'

Terug in Kamer Nummer Zeven mag ik wat op het bed, nog steeds met mijn schoenen aan en het plakkerige op.

Later komt Oma, nu ken ik haar gezicht wel. Ze heeft boeken meegebrengd uit haar hangmathuis, drie voor Mam met zonder plaatjes waar ze helemaal blij van wordt en vijf voor mij met plaatjes. Oma wist niet eens dat vijf mijn allerlievelingscijfer was. Ze zegt dat deze van Mam en mijn Oom Paul zijn geweest toen zij nog kinderen waren, ik denk niet dat ze liegt maar het is moeilijk waar te denken dat het echt is dat Mam ooit een kind is geweest. 'Wil je bij Oma op schoot komen zitten? Dan zal ik je er een voorlezen.'

'Nee, bedankt.'

Er is *Rupsje Nooitgenoeg* en *De gulle boom* en *Hup, hond, hup!* en *De Lorax* en *Het verhaal van Pieter Konijn*, ik bekijk alle plaatjes.

'Ik meen het serieus, alle details,' zegt Oma heel zachtjes tegen Mam, 'ik kan er wel tegen.'

'Dat betwijfel ik.'

'Ik ben er klaar voor.'

Mam schudt de hele tijd haar hoofd. 'Wat heeft het voor zin, mama? Het is nu voorbij, ik heb het achter de rug.'

'Maar, schat...'

'Ik heb eigenlijk liever dat je niet telkens als je naar me kijkt aan die dingen denkt, oké?'

Er rollen nog meer tranen omlaag van Oma. 'Liefje,' zegt ze, 'het enige wat ik denk als ik naar jou kijk is halleluja.'

Als ze weg is leest Mam me voor over het konijn, hij is een Pieter, dat lijkt op Petrus maar toch weer anders dan de heilige. Hij heeft ouderwetse kleren aan en hij wordt weggejaagd door een tuinman, ik weet niet waarom hij zo graag groenten wil stelen. Stelen mag niet maar als ik een dief was zou ik coole dingen stelen zoals auto's en chocolaatjes. Het is niet zo'n supergoed boek maar het is wel super om zoveel nieuwe te hebben. In Kamer had ik er vijf maar nu is het plus vijf, dat is samen tien. Maar de vijf oude boeken heb ik nu niet dus eigenlijk heb ik nu alleen de nieuwe vijf. De boeken in Kamer, die zijn misschien van niemand meer.

Oma blijft maar eventjes want we krijgen nog meer bezoek, dat is onze advocaat Morris. Ik wist niet dat we er een hadden, net als de rechtszaalplaneet waar mensen schreeuwen en de rechter met de hamer slaat. We gaan naar hem toe in een kamer in de niet-boven, er is een tafel en het ruikt naar zoet. Zijn haar is extra krullerig. Als hij en Mam praten oefen ik met mijn neus snuiten.

'Deze krant heeft je foto van de basisschool afgedrukt, bijvoorbeeld,' zegt hij, 'daar zouden we een goede zaak tegen hebben voor schending van de privacy.'

De *je* betekent Mam, niet ik, dat kan ik steeds beter horen.

'Je bedoelt een proces aanspannen? Dat is wel het laatste waar ik me druk om maak,' zegt ze. Ik laat haar mijn zakdoekje met mijn gesnuit erin zien, ze steekt haar duim op.

Morris knikt heel veel. 'Ik wil alleen maar zeggen, je moet aan de toekomst denken, die van jou en die van de kleine.' Dat ben ik, de kleine. 'Ja, het Cumberland brengt voorlopig niets in rekening, en ik heb een fonds opgezet voor je fans, maar werkelijk waar, vroeg of laat zullen er rekeningen binnen komen stromen waar je geen idee van hebt. Herintegratie, de nieuwste therapieën, huisvesting, opleidingskosten voor jullie allebei...'

Mam wrijft in haar ogen.

'Ik wil je niet opjagen.'

'Zei je... mijn fans?'

'Nou en of,' zegt Morris. 'De donaties stromen binnen, een hele postzak per dag.'

'Een postzak met wat?'

'Van alles en nog wat. Ik heb zomaar wat spullen meegenomen...' Hij houdt een grote plastic zak omhoog vanachter zijn stoel, en haalt er pakjes uit.

'Je hebt ze al opengemaakt,' zegt Mam, ze kijkt in de enveloppen.

'Geloof me, die dingen moeten worden gefilterd. F-E-C-E-S, en dat is nog maar het begin.'

'Waarom zou iemand ons poep sturen?' vraag ik aan Mam.

Morris kijkt me met grote ogen aan.

'Hij kan goed spellen,' zegt ze tegen hem.

'Eh, je vroeg waarom, Jack? Omdat er een heleboel gekken zijn daarbuiten.'

Ik dacht dat de gekken hier in de Kliniek waren om hulp te krijgen.

'Maar het merendeel van wat jullie krijgen is van mensen die jullie het beste toewensen,' zegt hij. 'Chocolaatjes, speelgoed, dat soort dingen.'

Chocolaatjes!

'Het leek me een goed idee om de bloemen als eerste mee te nemen, want daar krijgt mijn secretaresse hoofdpijn van.' Hij houdt een heleboel bloemen in onzichtbaar plastic omhoog, daar komt die zoet dus van.

'Wat voor speelgoed is het speelgoed?' fluister ik.

'Kijk, hier heb je wat,' zegt Mam, en ze haalt iets uit een envelop. Het is een houten treintje. 'Niet zo hebberig.'

'Sorry.' Ik ga er tjoeketjoeke mee over de tafel en omlaag langs de poot en over de vloer omhoog langs de muur die blauw is in deze kamer.

'Enorme belangstelling van verschillende zenders,' zegt Morris, 'je zou kunnen overwegen een boek te schrijven, over een tijdje...'

Mams mond staat niet aardig. 'Dus je vindt dat we onszelf moeten verkopen voordat een ander het doet.'

'Zo zou ik het niet willen zeggen. Maar ik kan me voorstellen dat de wereld veel van je kan leren. Dat hele consuminderen, dat is echt iets van deze tijd.'

Mam barst in lachen uit.

Morris steekt zijn handen plat in de lucht. 'Maar het is natuurlijk helemaal aan jou. Eén stap tegelijk.'

Ze leest een paar van de brieven voor. 'Kleine Jack, je bent een geweldig jongetje, geniet van elk moment want je verdient het want je bent letterlijk teruggekomen uit de hel!'

'Wie zegt dat?' vraag ik.

Ze draait het blaadje om. 'Een mevrouw die we niet kennen.'

'Waarom zegt ze dat ik geweldig ben?'

'Ze heeft op tv over je gehoord.'

Ik kijk in de dikste enveloppen of er nog meer treintjes zijn.

'Kijk, die zien er lekker uit,' zegt Mam, en ze houdt een klein doosje chocolaatjes omhoog.

'Er zijn er nog meer.' Ik heb een hele grote doos gevonden.

'Neuh, dat zijn er te veel, daar worden we ziek van.'

Ik ben toch al ziek met mijn snotneus dus het maakt mij niks uit.

'Die geven we aan iemand anders,' zegt Mam.

'Aan wie?'

'De verpleegsters, misschien.'

'Speelgoed en zo kan ik doorgeven aan een kinderziekenhuis,' zegt Morris.

'Goed idee. Kies maar een paar dingen die je wilt houden,' zegt Mam tegen mij.

'Hoeveel?'

'Zoveel je wilt.' Ze leest weer een nieuwe brief. 'God zegene jou en die engel van een zoon van je, ik bid dat jullie alle mooie dingen die deze wereld te bieden heeft zullen ontdekken, dat al jullie dromen zullen uitkomen en dat jullie levenspad zal zijn geplaveid met geluk en goud.' Ze legt de brief op tafel. 'Hoe moet ik ooit de tijd vinden om al die brieven te beantwoorden?'

Morris schudt zijn hoofd. 'Die klootz... de verdachte, zullen we maar zeggen, heeft je al de zeven beste jaren van je leven ontnomen. Als ik jou was zou ik geen seconde meer verspillen.'

'Hoe weet je dat het de beste jaren van mijn leven zouden zijn geweest?'

Hij haalt zijn schouders op. 'Ik bedoel gewoon... je was negentien, toch?'

Er zijn supercoole dingen bij, een auto met wielen die zzzzzzhhhhhmmm doen, een fluitje in de vorm van een varken, ik blaas erop.

'Wauw! Dat is hard,' zegt Morris.

'Veel te hard,' zegt Mam.

Ik doe het nog een keer.

'Jack...'

Ik leg het weg. Ik vind een fluwelige krokodil die net zo lang is als mijn been, een rammelaar met een belletje erin, een clownsgezicht en als ik op zijn neus druk zegt hij hahahahaha.

'Die ook niet, daar krijg ik de kriebels van,' zegt Mam.

Ik fluister doei tegen de clown en stop hem weer in zijn envelop. Er is een vierkant met een soort pen eraan vastgebonden waar ik op kan tekenen, maar het is hard plastic, geen papier, en er is een doos aapjes met krullerige armen en staarten waar je een aapjesketting van kunt maken. Er is een brandweerwagen, en een teddybeer met een pet op die er niet af kan ook als ik heel hard trek niet. Op het etiket staat een plaatje van een babygezicht met een streep erdoor en 0-3, betekent dat misschien dat baby's er binnen drie seconden van doodgaan?

'Ach kom nou, Jack,' zegt Mam. 'Zoveel heb je er toch niet nodig.'

'Hoeveel heb ik er dan nodig?'

'Ik weet niet...'

'Kun je dan hier even tekenen, en hier, en hier,' zegt Morris.

Ik sabbel op mijn vinger in onder mijn masker. Mam zegt niet meer dat dat niet mag. 'Hoeveel heb ik er dan nodig?'

Ze kijkt op van de papieren die ze aan het schrijven is. 'Kies er maar... eh, kies er maar vijf.'

Ik tel: de auto en de aapjes en het schrijfvierkant en het houten treintje en de rammelaar en de krokodil, dat zijn er zes niet vijf, maar Mam en Morris zitten de hele tijd te praten. Ik vind een grote lege envelop en ik doe alle de zes erin.

'Oké,' zegt Mam, en ze gooit de rest van de pakjes allemaal in de gigantische zak.

'Wacht even,' zeg ik, 'ik kan op de zak schrijven, ik kan erop zetten: Cadeautjes van Jack voor de Zieke Kindjes.'

'Laat Morris het maar regelen.'

'Maar...'

Mam blaast haar adem uit. 'We hebben een heleboel dingen te doen, en we moeten sommige dingen aan andere mensen overlaten anders ontploft mijn hoofd nog.'

Waarom ontploft haar hoofd als ik op de zak schrijf?

Ik pak het treintje weer, ik stop het onder mijn shirt, het is mijn baby en het komt eruit en ik geef het allemaal kusjes.

'Misschien in januari, of op z'n allervroegst in oktober begint het proces,' zegt Morris intussen.

Er is een proces over taartjes, Wil de Hagedis moet met één vinger schrijven, als Alice de bank van de jury omgooit zet ze hem per ongeluk met zijn kop omlaag terug, hahaha.

'Ja maar, hoe lang denk je dat hij de gevangenis in moet?' vraagt Mam.

Ze bedoelt hem, Ouwe Nick.

'Nou, de officier van justitie zei dat ze hoopt op vijfentwintig jaar tot levenslang, en voor zware misdrijven is er geen borg mogelijk,' zegt Morris. 'We hebben ontvoering voor seksuele doeleinden, wederrechtelijke vrijheidsontneming, veelvuldige verkrachting, zware mishandeling...' Hij telt op zijn vingers niet in zijn hoofd.

Mam knikt. 'En hoe zit het met de baby?'

'Jack?'

'De eerste. Telt dat niet als een soort moord?'

Dit verhaal heb ik nog nooit gehoord.

Morris trekt met zijn mond. 'Niet als het niet levend is geboren.'

'Ze.'

Ik weet niet wie de ze is.

'Ze, neem me niet kwalijk,' zegt hij. 'We kunnen hooguit hopen op nalatigheid, of misschien zelfs dood door schuld wegens het niet bieden van hulp...'

Ze proberen Alice uit de rechtszaal te sturen omdat ze meer dan een kilometer hoog is. Er is een heel ingewikkeld gedichtje bij:

Als zij of ik toevallig zijn
Gemoeid in deze zaak,
Dan ligt hier voor zijn meesterbrein
Voorwaar een schone taak.

Noreen is er ineens, ik had haar niet gezien, ze vraagt of we alleen willen avondeten of in de eetzaal.

Ik draag al mijn speelgoed in de grote envelop. Mam weet niet dat er zes zijn en niet vijf. Sommige anderen zwaaien als we binnenkomen, dus ik zwaai terug, zoals het meisje met het geen haar en tatoeages helemaal in haar nek. Ik vind anderen niet heel erg als ze me maar niet aanraken.

De vrouw met het schort zegt dat ze heeft gehoord dat ik naar buiten ben geweest, ik snap niet hoe ze mij kon horen.

'Vond je het leuk?'

'Nee,' zeg ik. 'Ik bedoel: nee, bedankt.'

Ik leer al veel meer goede manieren. Als iets getsie smaakt zeggen we dat het interessant is, zoals wilde rijst die net lijkt of hij niet gekookt is als je erop bijt. Als ik mijn neus snuit vouw ik het zakdoekje op zodat niemand het snot ziet, dat is een geheimpje. Als ik wil dat Mam naar mij luistert en niet naar iemand anders, dan zeg ik: 'Sorry,' en soms zeg ik 'Sorry, sorry,' heel lang, en als ze dan eindelijk vraagt wat er is weet ik het niet meer.

Als we met onze pyjama aan en ons masker af in bed liggen en ik mag wat, dan weet ik het weer, en ik vraag: 'Wie is de eerste baby?'

Mam kijkt omlaag naar mij.

'Jij zei tegen Morris dat er een ze was die een moord had gedaan.'

Ze schudt van nee. 'Ik bedoelde dat ze is vermoord, eigenlijk.' Haar gezicht kijkt de andere kant op.

'Had ik dat gedaan?'

'Nee joh! Jij hebt helemaal niks gedaan, het was een jaar voordat jij zelfs maar werd geboren,' zegt Mam. 'Weet je nog dat ik altijd zei dat je een meisje was toen je de eerste keer kwam, op het bed?'

'Ja.'

'Nou, daarmee bedoelde ik haar.'

Nu snap ik er helemaal niks meer van.

'Ik denk dat ze jou probeerde te zijn. De navelstreng, dat touwtje...' Mam doet haar gezicht in haar handen.

'Het touwtje van het zonneblind?' Ik kijk ernaar, er komt nu alleen maar donker door de strepen.

'Nee nee, weet je nog van dat touwtje dat naar je navel gaat?'

'Dat had jij doorgeknipt met de schaar en toen was ik vrij.'

Mam knikt. 'Maar bij de meisjesbaby raakte het in de knoop toen ze uit mijn buik kwam, en daardoor kon ze geen adem krijgen.'

'Ik vind dit geen leuk verhaal.'

Ze duwt op haar wenkbrauwen. 'Laat me vertellen hoe het afloopt.'

'Ik wil niet...'

'Hij stond er gewoon bij te kijken.' Mam schreeuwt bijna. 'Hij wist geen bal over hoe baby's geboren worden, hij had niet eens de moeite genomen om het te googelen. Ik voelde de bovenkant van haar hoofdje, het was helemaal glibberig, ik perste en perste, ik schreeuwde: "Help, het lukt niet, help me..." En hij stond daar maar.'

Ik wacht. 'En bleef ze toen in je buik? De meisjesbaby?'

Mam zegt heel lang niks. 'Ze kwam er blauw uit.'

Blauw?

'Ze heeft haar oogjes nooit opengedaan.'

'Je had Ouwe Nick moeten vragen om pillen voor haar, voor Zondagtraktatie.'

Mam schudt van nee. 'De navelstreng zat helemaal in de knoop om haar nek.'

'Zat ze nog steeds in jou vastgebonden?'

'Tot hij de navelstreng doorknipte.'

'En was ze toen vrij?'

Er vallen allemaal tranen op de deken. Mam knikt en huilt maar met het geluid uit.

'Is het nu helemaal afgelopen? Het verhaal?'

'Bijna.' Haar ogen zijn dicht maar het water glipt er toch nog uit. 'Hij nam haar mee en begroef haar onder een struik in de achtertuin. Alleen haar lijfje, bedoel ik.'

Ze was blauw.

'Het echte gedeelte van haar, dat ging regelrecht terug naar de hemel.'

'Is ze gerecycled?'

Mam moet bijna lachen. 'Ik wil graag denken dat het zo gegaan is.'

'Waarom wil je dat graag denken?'

'Misschien was jij het eigenlijk, en toen probeerde je het een jaar later nog een keer en kwam je terug als een jongetje.'

'En toen was ik echt ik. Ik ging niet meer terug.'

'No way, José.' De tranen vallen er weer uit, ze veegt ze weg. 'Maar die keer liet ik hem niet in Kamer komen.'

'Waarom niet?'

'Ik hoorde de deur, ik hoorde het piepen, en ik schreeuwde: "Ga weg!"'

Ik wed dat hij daar heel kwaad over was.

'Ik was er klaar voor, deze keer wilde ik alleen zijn met jou.'

'Wat voor kleur was ik?'

'Felroze.'

'Deed ik mijn ogen wel open?'

'Jij werd geboren met je ogen wijd open.'

Ik doe de allergrootste gaap. 'Kunnen we nu gaan slapen?'

'Nou en of,' zegt Mam.

* * *

In de nacht val ik boem op de vloer. Mijn neus snottert heel erg maar ik kan niet snuiten in het donker.

'Dit bed is te klein voor twee personen,' zegt Mam in de ochtend. 'In het andere bed heb je veel meer ruimte.'

'Nee.'

'En als we het matras er nou eens af halen en hier vlak naast mijn bed leggen, dan kunnen we zelfs nog elkaars hand vasthouden.'

Ik schud van nee.

'Help me nou om iets te bedenken, Jack.'

'Laten we allebei in dit bed blijven maar dan met onze ellebogen ingehouden.'

Mam snuit haar neus heel hard, ik denk dat de verkoudheid van mij naar haar is gesprongen alleen heb ik hem ook nog steeds.

We spreken af dat ik met haar onder de douche ga, maar dat ik mijn hoofd er niet onder doe. De Pleister op mijn vinger is eraf gevallen en ik kan hem nergens vinden. Mam borstelt mijn haar, de klitten doen pijn. We hebben een haarborstel en twee tandenborstels en al onze nieuwe kleren en het houten treintje en ander speelgoed, Mam heeft nog steeds niet geteld, dus ze weet niet dat ik er zes heb gepakt en niet vijf. Ik weet niet waar de spullen moeten, sommige op het dressoir, sommige op het tafeltje naast het bed, sommige in de kast, ik moet Mam steeds vragen waar ze ze heeft opgeruimd.

Ze leest een van haar boeken met zonder plaatjes maar ik ga met een plaatjesboek naar haar toe. Rupsje Nooitgenoeg is een grote verspiller, hij eet alleen maar gaten door aardbeien en worstjes en alles en de rest laat hij over. Ik kan mijn echte vinger door gaten steken, ik dacht dat iemand het boek had kapotgescheurd maar Mam zegt dat het expres zo gemaakt is omdat het dan extra leuk is. Ik vind *Hup, hond, hup!* leuker, vooral als ze vechten met tennisrackets.

Noreen klopt op de deur met een paar geweldige dingen, het eerste zijn zachtige rekkerige schoenen net sokken maar dan van leer, het tweede is een horloge met alleen cijfers die ik kan lezen net als Horloge. Ik zeg: 'Het is negen uur zevenenvijftig.' Het is te klein voor Mam, het is alleen voor mij, Noreen doet voor hoe ik het bandje strak om mijn pols kan doen.

'Elke dag weer cadeautjes, hij raakt nog verwend,' zegt Mam, en ze doet haar masker weer omhoog om haar neus te snuiten.

'Dokter Clay zegt: "alles wat die kleine maar een beetje controle over de situatie kan geven",' zegt Noreen. Als ze lacht rimpelen haar ogen. 'Je hebt vast een beetje heimwee, hè?'

'Heimwee?' Mam kijkt haar met grote ogen aan.

'Sorry, ik wou niet...'

'Het was geen *thuis*, het was een geluiddichte kerker.'

'Dat klonk helemaal verkeerd, neem me niet kwalijk,' zegt Noreen.

Ze gaat gauw weg. Mam zegt niks, ze schrijft alleen maar in haar opschrijfboekje.

Als Kamer niet ons thuis was, betekent dat dan dat we geen thuis hebben?

Vandaag geef ik dokter Clay een high five, hij is superblij.

'Het voelt een beetje onzinnig om die maskers nog steeds op te houden, ook al zijn we nu al hartstikke verkouden,' zegt Mam.

'Nou,' zegt hij, 'er waren wel ergere dingen rond.'

'Ja, maar we moeten de maskers toch de hele tijd omhoogdoen om onze neus te snuiten...'

Hij haalt zijn schouders op. 'Uiteindelijk is het aan jou.'

'Maskers af, Jack,' zegt Mam tegen mij.

'Jippie!'

We doen ze in de vuilnis.

Dokter Clay z'n vetkrijtjes wonen in een speciale doos van karton waar 120 op staat, zoveel zijn er allemaal verschillend. Ze hebben hele mooie namen klein op de zijkant geschreven zoals Mandarijn Festijn en Fuzzy Wuzzy Bruin en Zijderups en Heelal, ik wist niet eens dat dat een kleur had, en Paarse Bergen Pracht en Razzmatazz en Kaneel Geel en Wilde Blauwe Verten. Sommige zijn expres verkeerd geschreven voor de grap, zoals Supurper, dat is niet zo heel grappig vind ik. Dokter Clay zegt dat ik ze allemaal mag gebruiken maar ik kies alleen de vijf die ik ken om mee te kleuren net als die in Kamer: een blauwe en een groene en een oranje en een rode en een bruine. Hij vraagt of ik Kamer misschien kan tekenen maar ik ben al bezig met een raket met bruin. Er is zelfs een wit vetkrijtje, dat is dan toch onzichtbaar?

'En als het papier zwart was?' vraagt dokter Clay. 'Of rood?' Hij zoekt een zwart blaadje voor me om het uit te proberen en hij heeft gelijk, ik kan het wit erop zien. 'Wat is dit vierkant rondom de raket?'

'Muren,' zeg ik. Daar is de meisjes-ik-baby die doei zwaait en Kindje Jezus en Johannes de Doper, ze hebben geen kleren aan want het is zonnig met Gods gele gezicht.

'Staat je mam ook op deze tekening?'

'Ze is helemaal beneden een dutje aan het doen.'

De echte Mam lacht een beetje en snuit haar neus. Dan denk ik eraan dat ik de mijne moet doen want hij druppelt.

'En de man die jullie Ouwe Nick noemen, is die ergens?'

'Oké, die kan hier in dit hoekje zitten, in zijn kooi.' Ik doe hem en de tralies heel dik, hij bijt erin. Er zijn tien tralies, dat is het sterkste getal, zelfs een engel zou ze niet open kunnen branden met zijn brander en Mam zegt dat een engel zijn brander sowieso niet aan zou zetten voor een slechterik. Ik laat dokter Clay zien hoeveel ik kan tellen, tot 1.000.029 en nog meer als ik wil.

'Een jongetje dat ik ken telt de hele tijd dezelfde dingen als hij zenuwachtig is, hij kan er niet mee stoppen.'

'Wat voor dingen?' vraag ik.

'De strepen van het trottoir, knopen, dat soort dingen.'

Ik denk dat dat jongetje beter zijn tanden kan tellen, want die zijn er altijd, behalve als ze uitvallen.

'Je hebt het steeds maar over scheidingsangst,' zegt Mam tegen dokter Clay, 'maar Jack en ik worden toch niet gescheiden...'

'Maar evengoed is het niet meer alleen jullie tweeën, toch?'

Ze bijt op haar mond. Ze praten over *sociale reïntegratie* en *zelfverwijt*.

'Het beste wat je kon doen is dat je hem er vroeg uit hebt gekregen,' zegt dokter Clay. 'Met vijf zijn ze nog volop kneedbaar.'

Ik ben niet van klei, ik ben een echte jongen.

'... waarschijnlijk jong genoeg om het te vergeten,' zegt hij, 'godzijdank.'

Waarom niet Kindje Jezus?

Ik wil verder spelen met de handpop van het jongetje met de tong maar de tijd is om, dokter Clay moet nu met mevrouw Garber gaan spelen. Hij zegt dat ik wel Leentjebuur mag spelen, ik mag de pop lenen tot morgen, maar dan is hij wel nog steeds van dokter Clay.

'Waarom?'

'Nou, alles in de wereld is van iemand.'

Net als mijn zes nieuwe speelgoedjes en mijn vijf nieuwe boeken, en Kies is denk ik van mij omdat Mam hem niet meer hoefde.

'Behalve de dingen die van ons allemaal samen zijn,' zegt dokter Clay, 'zoals de rivieren en de bergen.'

'De straat?'

'Precies, de straten mogen we allemaal gebruiken.'

'Ik rende op de straat.'

'Tijdens je ontsnapping, ja.'

'Want wij zijn niet van hem.'

'Precies.' Dokter Clay lacht. 'Weet je van wie jij bent, Jack?'

'Ja.'

'Van jezelf.'

Maar hij heeft het fout, ik ben van Mam.

* * *

De Kliniek heeft iedere keer weer meer stukken erbij, er is een kamer met een supergrote tv en ik spring op en neer want misschien is *Dora* er wel in of *SpongeBob*, die heb ik al zo lang niet gezien, maar het is alleen maar golf, drie oude mensen waar ik de naam niet van ken zitten te kijken.

In de gang weet ik het weer, ik vraag: 'Waarom moeten we God bedanken?'

'Hè?'

'Dokter Clay zei dat ik van klei was en dat ik het zou vergeten.'

'O,' zegt Mam. 'Hij denkt dat je je over een tijdje niets meer herinnert van Kamer.'

'Welles.' Ik kijk haar aan. 'Moet ik het dan vergeten?'

'Ik weet het niet.'

Dat zegt ze nu steeds vaker. Ze loopt al voor me uit, ze is op de trap, ik moet rennen om haar in te halen.

Na middageten. Mam zegt dat het tijd is om Buiten weer eens te proberen. 'Als we de hele tijd binnenblijven, is het net of we onze Grote Ontsnapping nooit gedaan hebben.' Ze klinkt chagrijnig, ze is haar veters al aan het strikken.

Na mijn pet en zonnebril en schoenen en het plakkerige spul weer ben ik moe.

Noreen wacht op ons naast de vissenbak.

Ik mag van Mam vijf keer in de deur draaien. Ze duwt en dan zijn we eruit.

Het is zo licht, ik denk dat ik haast ga schreeuwen. Dan wordt mijn zonnebril donkerder en kan ik niks meer zien. De lucht ruikt raar in mijn pijne neus en mijn nek is helemaal strak. 'Doe maar net of je dit op tv ziet,' zegt Noreen in mijn oor.

'Hè?'

'Probeer het maar.' Ze doet een speciale stem: 'Hier is een jongetje dat Jack heet die gaat wandelen met zijn Mam en hun vriendin Noreen.'

Ik kijk ernaar.

'Wat heeft Jack op zijn gezicht?' vraagt ze.

'Een coole rode zonnebril.'

'Inderdaad. Kijk, ze lopen met z'n allen over de parkeerplaats op een zachte dag in april.'

Er zijn vier auto's, een rode en een groene en een zwarte en een goudbruine. Verbrand Sienna, dat is het vetkrijtje daarvan. Binnen in hun ramen zijn het net kleine huisjes met stoelen. Er hangt een beertje aan de spiegel in de rode. Ik aai het voorste stuk van de auto, het is helemaal zacht en koud net een ijsklontje. 'Voorzichtig,' zegt Mam, 'anders gaat het alarm misschien af.'

Dat wist ik niet, ik doe mijn handen gauw weer onder mijn ellebogen.

'Kom, dan gaan we op het gras.' Ze trekt een beetje aan me.

Ik verpletter de groene stekels onder mijn schoenen. Ik buk me en wrijf erover, het prikt niet in mijn vingers. Mijn ene die Raja wou opeten is bijna weer dichtgegroeid. Ik kijk weer naar het gras, er ligt een takje en een blaadje dat bruin is en nog een iets, dat is geel.

Een gezoem, ik kijk omhoog, de lucht is zo groot dat ik bijna omval.

'Mam! Weer een vliegtuig!'

'Condensatiestreep!' zegt ze, en ze wijst. 'Nu weet ik het weer, zo heet die rook.'

Ik loop per ongeluk op een bloem, er zijn er honderden, niet een bosje net als de gekken ons in de post hebben gestuurd, ze groeien recht in de grond net als haren op mijn hoofd. 'Narcissen,' zegt Mam, en ze wijst, 'magnolia's, tulpen, seringen. Is dat appelbloesem?' Ze ruikt overal aan, ze duwt mijn neus op een bloem maar het is te zoet, ik word er duizelig van. Ze plukt een sering en geeft hem aan mij.

Van dichtbij zijn de bomen reusachtige reuzen, ze hebben een soort vel maar knobbeliger als we ze aaien. Ik vind een driehoekig ding even groot als mijn neus, Noreen zegt dat het een steen is.

'Hij is miljoenen jaren oud,' zegt Mam.

Hoe weet ze dat? Ik kijk op de onderkant, er zit geen etiket.

'Hé, kijk eens.' Mam gaat op haar knieën zitten.

Er is een iets wat kruipt. Een mier. 'Niet doen!' schreeuw ik, ik doe mijn handen eromheen als een harnas.

'Wat is er aan de hand?' vraagt Noreen.

'Alsjeblieft, alsjeblieft, alsjeblieft,' zeg ik tegen Mam, 'deze niet.'

'Rustig maar,' zegt ze, 'natuurlijk ga ik hem niet pletten.'

'Beloofd?'

'Beloofd.'

Als ik mijn handen weghaal is de mier weg en ik moet huilen.

Maar dan vindt Noreen een andere en nog een, er zijn er twee die samen een stukje van iets dragen dat tien keer zo groot is als hun.

Een ander ding komt draaiend uit de lucht gezoefd en het landt voor mijn neus, ik schrik ervan.

'Hé, een helikoptertje,' zegt Mam.

'Waarom?'

'Het is het zaadje van de esdoorn met twee... een soort kleine vleugeltjes waarmee het ver weg kan vliegen.'

Het is zo dun dat ik door de kleine droge lijntjes heen kan kijken, in het midden is het dikker bruin. Er zit een heel klein gaatje. Mam gooit het in de lucht, het komt weer draaiend omlaag gezoefd.

Ik vind een andere waar iets mis mee is. 'Dit is er maar één, de andere vleugel is kwijt.'

Als ik hem omhooggooi kan hij nog steeds wel vliegen, ik stop hem in mijn zak.

Maar het allercoolste is ineens een heel hard brommend geluid, als ik omhoogkijk is het een echte helikopter, veel groter dan het vliegtuig...

'Kom, snel naar binnen,' zegt Noreen.

Mam grijpt mijn hand vast en trekt.

'Wacht even...' zeg ik maar ik heb geen adem meer, ze trekken me mee tussen hun in, mijn neus snottert.

Als we door de draaideur naar binnen springen ben ik wazig in mijn hoofd. De helikopter zat vol met paparazzi die stiekem foto's van mij en Mam wouden stelen.

* * *

Na ons dutje is mijn verkoudheid nog steeds niet over, ik speel met mijn schatten, mijn steen en mijn gewonde helikoptertje en mijn sering die slap is geworden. Oma klopt op de deur met nog meer bezoek, maar ze blijft zelf buiten wachten anders is het te druk. De anderen zijn er twee, ze heten mijn Oom dat is Paul die slap haar heeft dat maar tot aan zijn oren hangt en Deana dat is mijn tante met een rechthoekige bril en wel een miljoen zwarte vlechtjes net slangen. 'Wij hebben een dochtertje, ze heet Bronwyn en ze zal het zo geweldig vinden om jou te leren kennen,' zegt ze tegen mij. 'Ze wist niet eens dat ze een neefje had... nou ja, we wisten geen van allen dat jij bestond tot twee dagen geleden, toen je oma ons opbelde met het nieuws.'

'We wilden het liefst meteen in de auto springen, alleen zeiden de dokters...' Paul stopt met praten, hij duwt zijn vuist tegen zijn ogen.

'Geeft niet, schat,' zegt Deana en ze wrijft over zijn been.

Hij schraapt zijn keel heel lawaaiig. 'Ik krijg er gewoon telkens opnieuw weer een klap van.'

Ik zie niks dat hem een klap geeft.

Mam slaat haar arm om zijn schouder. 'Hij heeft al die jaren gedacht dat zijn kleine zusje misschien wel dood was,' zegt ze tegen mij.

'Bronwyn?' Ik zeg het met het geluid uit maar ze hoort het toch.

'Nee, ik, weet je nog? Paul is toch mijn broer?'

'Ja, dat weet ik.'

'Ik wist niet wat ik moest...' Zijn stem stopt weer, hij snuit zijn neus. Het klinkt veel harder dan ik, net een olifant.

'Maar waar is Bronwyn?' vraagt Mam.

'Tja,' zegt Deana, 'we dachten...' Ze kijkt naar Paul.

Hij zegt: 'Binnenkort kunnen jij en Jack haar ook ontmoeten. Ze gaat naar de Beestenboel.'

'Wat is dat?' vraag ik.

'Een gebouw waar ouders hun kinderen naartoe brengen als ze het te druk hebben met andere dingen,' zegt Mam.

'Waarom hebben de kinderen het te druk...?'

'Nee, als de ouders het te druk hebben.'

'Bronwyn vindt het er echt geweldig,' zegt Deana.

'Ze leert er gebarentaal en hiphopdansen,' zegt Paul.

Hij wil een paar foto's maken om naar Opa in Australië te sturen, die morgen in het vliegtuig stapt. 'Maak je geen zorgen, als hij hem ziet is het vast meteen goed,' zegt Paul tegen Mam, ik weet niet wie al die hijen zijn. Ik weet ook niet hoe je op een foto moet maar Mam zegt dat we alleen maar naar de camera hoeven te kijken alsof het een vriendje is en lachen.

Paul laat het later zien op het kleine schermpje, hij vraagt welke ik het beste vind, de eerste of de tweede of de derde, maar ze zijn hetzelfde.

Mijn oren zijn moe van al het praten.

Als ze weg zijn dacht ik dat we weer met z'n tweeën waren maar dan komt Oma binnen en ze geeft Mam een lange knuffel en blaast weer een kusje naar mij van maar een klein stukje, ik kan het blazen voelen. 'Hoe gaat het met mijn lievelingskleinzoon?'

'Dat ben jij,' zegt Mam tegen mij. 'Wat zeg je als iemand vraagt hoe het met je gaat?'

Dat zijn weer goede manieren. 'Dank je wel.'

Ze moeten allebei lachen, ik heb weer per ongeluk een grapje gemaakt. '"Heel goed," en dan "dank je wel,"' zegt Oma.

'Heel goed, en dan dank je wel.'

'Behalve als het niet zo goed met je gaat, natuurlijk, dan mag je ook zeggen: "Ik voel me niet honderd procent vandaag."' Ze kijkt weer naar Mam. 'O, trouwens, Sharon, Michael Keelor, Joyce hoeheetze... die hebben allemaal gebeld.'

Mam knikt.

'Ze willen je dolgraag weer in hun armen sluiten.'

'Ik ben... de artsen zeggen dat ik nog niet echt bezoek kan ontvangen,' zegt Mam.

'Ja, natuurlijk.'

De Leo-man staat bij de deur.

'Mag hij heel eventjes binnenkomen?' vraagt Oma.

'Maakt mij niet uit,' zegt Mam.

Hij is mijn Stiefopa, dus Oma zegt dat ik hem misschien Stopa kan noemen, ik wist niet dat zij ook woordbroodjes kende. Hij ruikt raar naar rook, zijn tanden zijn scheef en zijn wenkbrauwen gaan alle kanten op.

'Hoe komt het dat hij zoveel haar op zijn gezicht heeft en niet op zijn hoofd?'

Hij moet ook lachen, ook al had ik het heel zachtjes gefluisterd tegen Mam. 'Al sla je me dood,' zegt hij.

'We hebben elkaar ontmoet op een weekend over indiaanse hoofdmassage,' zegt Oma, 'en ik had hem gekozen omdat hij het gladste werkoppervlak had.' Ze lachen allebei, Mam niet.

'Mag ik wat?' vraag ik.

'Zo meteen,' zegt Mam, 'als ze weg zijn.'

Oma vraagt: 'Wat wil hij?'

'Laat maar.'

'Zal ik de verpleegster even roepen?'

Mam schudt van nee. 'Hij bedoelt borstvoeding.'

Oma kijkt haar met grote ogen aan. 'Je wilt toch niet zeggen dat je nog steeds...'

'Er was geen reden om ermee te stoppen.'

'Nou, opgesloten in dat hok zal alles wel... maar evengoed, vijf jaar...'

'Je hebt geen flauw benul.'

Oma duwt haar mond helemaal omlaag. 'Het is niet dat ik er niet naar gevraagd heb.'

'Mama...'

Stopa staat op. 'We moesten ze maar eens laten uitrusten.'

'Ja, je hebt gelijk,' zegt Oma. 'Doei dan maar, tot morgen...'

Mam leest me weer voor, *De gulle boom* en *De Lorax*, maar zachtjes omdat ze keelpijn heeft en ook hoofdpijn. Ik mag wat, ik mag een heleboel in plaats van avondeten, Mam valt halverwege in slaap. Ik vind het leuk om naar haar gezicht te kijken als ze het zelf niet eens weet.

Ik vind een opgevouwen krant, die heeft het bezoek zeker meegenomen. Op de voorkant staat een foto van een brug die doormidden is gebroken, ik vraag me af of dat echt gebeurd is. Op de volgende bladzijde staat de foto van mij en Mam en de politie die keer toen ze me naar binnen droeg in het Politiebureau. Er staat boven *HOOP VOOR BONSAI-JOCHIE*. Het duurt best lang voor ik alle woorden heb gelezen.

> Hij is 'Wonder-Jack' voor de medewerkers van de exclusieve Cumberland Kliniek die hun hart al hebben verpand aan de kleine held die zaterdagavond ontwaakte in een heerlijke, nieuwe wereld. De spookachtige, langharige Kleine Prins is het product van het herhaaldelijke misbruik van zijn mooie, jonge moeder door het Tuinschuurmonster (dat zondagnacht om 2.00 uur tijdens een dramatische ontknoping door de politie werd aangehouden). Jack zegt tegen alles 'leuk' en hij is dol op paaseieren, maar hij kruipt nog steeds op handen en voeten de trap op en af, als een aapje. Zijn hele vijfjarige leventje heeft hij opgesloten gezeten in een bedompte, met kurk geïsoleerde kerker, en de deskundigen kunnen nog niet zeggen op welk gebied en in welke mate dit een langdurige ontwikkelingsachterstand heeft veroorzaakt...

Mam is op, ze pakt de krant uit mijn hand. 'Waarom lees je je *Pieter Konijn* niet?'

'Maar dat ben ik, het Bonsai-jochie.'

'De bonzen-wat?' Ze kijkt weer naar de krant en duwt haar haren uit haar gezicht, ze kreunt een soort van.

'Wat is bonsai?'

'Een heel klein miniboompje. Mensen houden ze in potten in huis en ze snoeien ze elke dag, zodat ze helemaal opgekruld blijven.'

Ik denk aan Plant. We hebben haar nooit gesnoeid, we lieten haar groeien hoeveel ze wilde maar toch ging ze wel dood. 'Ik ben geen boom, ik ben een jongen.'

'Het is gewoon bij wijze van spreken.' Ze propt de krant in de vuilnis.

'Er staat dat ik spookachtig ben maar ik ben toch geen spook?'

'Die krantenlui hebben het heel vaak mis.'

Die krantenlui, dat klinkt net zoals die in *Alice* alleen zijn die eigenlijk een pak kaarten. 'Ze zeggen dat jij mooi bent.'

Mam lacht.

Ze is ook mooi. Ik heb nu zoveel gezichten van anderen gezien en haar gezicht is het allermooiste.

Ik moet weer mijn neus snuiten, het vel wordt rood en pijnig. Mam pakt haar stillers maar ze kunnen de hoofdpijn niet wegtoveren. Ik had niet gedacht dat ze nog steeds pijn had in Buiten. Ik aai haar haren in het donker. Het is niet helemaal zwart in Kamer Nummer Zeven, Gods zilveren gezicht is in het raam en Mam heeft gelijk, het is helemaal geen cirkel, het is spits aan allebei de kanten.

* * *

In de nacht zweven er vampierbacteriën rond met maskers voor zodat we hun gezicht niet kunnen zien, en een lege doodskist die in een reusachtige wc verandert en de hele wereld doorspoelt.

'Stil maar, stil maar, het is maar een droom.' Dat is Mam.

Dan wordt Ajeet helemaal gek hij stopt de poep van Raja in een pakje om naar ons op te sturen omdat ik zes speelgoedjes heb gehouden, iemand breekt mijn botten en steekt er naalden in.

Ik word huilend wakker en ik mag een heleboel van Mam, het is de rechter maar toch best romig.

'Ik heb zes speelgoedjes gehouden, niet vijf,' zeg ik.

'Wat?'

'Die de gekke fans hadden gestuurd, ik had er zes gehouden.'

'Dat geeft niet,' zegt ze.

'Jawel, ik had de zesde gehouden, ik had hem niet naar de zieke kinderen gestuurd.'

'Ze waren toch ook voor jou, het waren jouw cadeautjes.'

'Waarom mocht ik er dan maar vijf hebben?'

'Je mag er zoveel hebben als je wilt. Ga nu maar weer slapen.'

Het lukt niet. 'Iemand heeft mijn neus dichtgedaan.'

'Dat is gewoon de snot die dikker wordt, dat betekent dat je snel weer beter wordt.'

'Maar ik kan niet beter worden als ik niet kan ademen.'

'Daarom heeft God je een mond gegeven om door te ademen. Plan B,' zegt Mam.

* * *

Als het licht begint te worden, tellen we alle vrienden die we in de wereld hebben, Noreen en dokter Clay en dokter Kendrick en Pilar en de vrouw met het schort ik weet niet hoe ze heet en Ajeet en Naisha.

'Wie zijn dat?'

'De man en het kindje en de hond die de politie hebben gebeld,' vertel ik.

'O ja.'

'Alleen denk ik dat Raja een vijand is want die bijtte in mijn vinger. O, en Agent Oh en de man-politie waar ik de naam niet van ken en de Commandant. Dat is tien en één vijand.'

'Oma en Paul en Deana,' zegt Mam.

'Bronwyn mijn nichtje alleen die heb ik nog niet gezien. Leo dat is Stopa.'

'Hij is bijna zeventig en hij stinkt naar rook,' zegt Mam. 'Het zal wel een bevlieging zijn.'

'Wat is een bevlieging?'

Ze geeft geen antwoord maar vraagt: 'Op hoeveel zitten we nu?'

'Vijftien en één vijand.'

'De hond was gewoon bang, weet je, dat was een goede reden.'

Beestjes bijten met zonder reden. *Goedenacht, slaap zacht, laat de beestjes niet bijten vannacht*, Mam denkt er nooit meer aan om dat te zeggen. 'Goed dan,' zeg ik, 'zestien. En dan nog mevrouw Garber en het meisje met de tatoeages en Hugo, alleen daar praten we bijna nooit mee, telt dat wel?'

'O ja, hoor.'

'Dat is dan negentien.' Ik moet weer een zakdoekje gaan pakken, ze zijn zachter dan wc-papier maar soms scheuren ze als ze nat worden. Dan ben ik al op dus we doen een aankleedwedstrijd, ik win behalve dat ik mijn schoenen vergeet.

Ik kan nu al heel snel de trap af op mijn billen bonk bonk bonk dat mijn tanden rammelen, ik vind niet dat ik een aapje ben net als de krantenmensen zeiden, maar ik weet het niet, de apen van de wildedierenplaneet hebben geen trappen.

Als ontbijt eet ik vier wentelteefjes. 'Ben ik aan het groeien?'

Mam kijkt naar me van boven naar beneden. 'Elke minuut.'

Als we naar dokter Clay gaan moet ik van Mam over mijn dromen vertellen.

Hij denkt dat mijn hersens waarschijnlijk grote schoonmaak houden.

Ik kijk hem verbaasd aan.

'Nu je veilig bent vegen je hersens alle enge gedachten bij elkaar die je niet meer nodig hebt, en die gooien ze eruit als nare dromen.' Zijn handen doen het gooien.

Ik zeg het niet voor de goede manieren, maar hij denkt het juist verkeerd om. In Kamer was ik veilig en Buiten is het enge.

Dokter Clay praat nu met Mam over dat ze Oma wel zou willen slaan.

'Dat mag niet,' zeg ik.

Ze knippert naar mij. 'Ik wil het ook niet echt. Alleen af en toe.'

'Had je voordat je ontvoerd werd ook wel eens zin om haar te slaan?' vraagt dokter Clay.

'O ja, natuurlijk.' Mam kijkt naar hem, dan doet ze een soort kreunlach.

'Geweldig, ik heb mijn leven weer terug.'

We vinden weer een andere kamer met twee dingen die ik weet wat het zijn, het zijn computers. Mam zegt: 'Te gek, ik ga een paar vrienden mailen.'

'Welke van de negentien?'

'O, oude vrienden van mij, eerlijk gezegd, jij kent ze nog niet.'

Ze gaat zitten en doet een tijdje tik tik op het stuk met letters, ik kijk. Ze fronst tegen het scherm. 'Ik weet mijn wachtwoord niet meer.'

'Wat is...?'

'Wat ben ik toch een...' Ze slaat een hand voor haar mond. Ze doet een schraperige adem door haar neus. 'Laat ook maar. Hé, Jack, zullen we eens iets leuks voor jou opzoeken?'

'Waar?'

Ze beweegt de muis een beetje en ineens is er een plaatje van Dora. Ik ga dichterbij om te kijken, ze laat me stukjes zien waar je met het pijltje op moet klikken en dan kan ik het spelletje zelf doen. Ik doe alle stukjes van het toverbordje weer in elkaar en Dora en Boots klappen en zingen een dankjewel-liedje. Het is nog leuker dan Tv.

Mam is met de andere computer bezig in een facebook te kijken dat is een boek met gezichten, ze zegt dat het een nieuwe uitvinding is, ze typt de namen in en dan zie je de lachende gezichten.

'Zijn ze echt heel erg oud?' vraag ik.

'De meesten zijn zesentwintig, net als ik.'

'Maar je zei dat ze oude vrienden waren.'

'Dat betekent alleen dat ik ze al heel lang ken. Ze zien er zo anders uit...' Ze doet haar ogen dichter bij de foto's, ze mompelt soms dingen, 'Zuid-Korea' of 'Nu al gescheiden, jeetje...'

Er is nog een nieuwe website die ze vindt met filmpjes van liedjes en zo, ze laat me twee poezen zien die dansen met balletschoenen aan, die is grappig. Dan gaat ze naar andere sites met alleen woorden zoals 'opsluiting' en 'slavernij', ze zegt of ik haar eventjes rustig kan laten lezen, dus ik probeer mijn Dora-spelletje nog een keer en nu win ik een Wisselster.

Er staat iemand bij de deur, ik schrik. Het is Hugo, hij lacht niet. 'Ik skype om twee uur.'

'Hè?' zegt Mam.

'Ik skype om twee uur.'

'Sorry, ik heb geen idee wat...'

'Ik skype mijn moeder elke middag om twee uur, ze zit al twee minuten op me te wachten, het staat op het schema hier op de deur.'

Als we weer in onze kamer zijn is er een apparaatje met een briefje van Paul, Mam zegt dat het er net zo een is als die waar ze naar luisterde toen Ouwe Nick haar had gestolen, alleen deze heeft plaatjes die je met je vingers kunt bewegen en niet duizend liedjes maar wel miljoenen. Ze heeft de oordingetjes in haar oren gestopt, haar hoofd gaat op en neer voor de muziek die ik niet hoor en ze zingt met een klein stemmetje over dat ze een miljoen verschillende mensen is van de ene op de andere dag.

'Mag ik nu?'

'Het heet "Bitter Sweet Symphony", toen ik dertien was luisterde ik er aan één stuk door naar.' Ze stopt één dingetje in mijn oor.

'Veel te hard.' Ik trek het eruit.

'Doe eens voorzichtig, Jack, het is mijn cadeautje van Paul.'

Ik wist niet dat het van-haar-niet-van-mij was. In Kamer was alles van ons samen.

'Wacht eens, hier is er een van de Beatles, een oudje dat jij misschien wel mooi vindt, van zo'n vijftig jaar geleden,' zegt ze, '"All You Need Is Love".'

Ik snap het niet. 'Je hebt toch ook eten nodig en zo?'

'Jawel, maar daar heb je allemaal niks aan als je niet ook iemand hebt om van te houden,' zegt Mam, ze praat te hard, ze gaat nog steeds door de namen met haar vinger. 'Er is bijvoorbeeld een keer een experiment gedaan met baby-aapjes, een onderzoeker haalde ze weg bij hun moeder en stopte ze allemaal helemaal alleen in een kooitje... en weet je, ze groeiden niet goed op.'

'Waarom groeiden ze niet?'

'Nee, ze werden wel groter, maar ze deden vreemd, omdat ze nooit geknuffeld waren.'

'Wat voor soort vreemd?'

Ze zet haar apparaatje uit. 'Weet je, sorry Jack, ik weet niet waarom ik hierover ben begonnen.'

'Wat voor soort vreemd?'

Mam bijt op haar lip. 'Ziek in hun hoofd.'

'Net als de gekken?'

Ze knikt. 'Ze beten zichzelf en zo.'

Hugo snijdt in zijn armen maar ik denk niet dat hij zichzelf bijt. 'Waarom?'

Mam blaast haar adem uit. 'Weet je, als ze bij hun moeder waren geweest waren ze door haar geknuffeld, maar omdat de melk gewoon uit een buisje kwam, werden ze... het bleek dat ze de liefde net zo hard nodig hadden als de melk.'

'Dat is een stom verhaal.'

'Sorry. Het spijt me echt. Ik had het je niet moeten vertellen.'

'Nee, je moest het wel vertellen,' zeg ik.

'Maar...'

'Ik wil niet dat er stomme verhalen zijn en dat ik ze niet weet.'

Mam houdt me strak vast. 'Jack,' zegt ze, 'ik doe een beetje raar deze week, vind je niet?'

Ik weet het niet, want alles is raar.

'Ik doe alles verkeerd. Ik weet dat jij me nodig hebt als jouw mam maar tegelijkertijd moet ik me ook proberen te herinneren hoe het is om mezelf te zijn en dat is...'

Maar ik dacht dat de zij en de Mam hetzelfde waren.

Ik wil weer naar Buiten gaan maar Mam is te moe.

* * *

'Wat voor dag is het vandaag?'

'Donderdag,' zegt Mam.

'Wanneer is het zondag?'

'Vrijdag, zaterdag, zondag...'

'Nog drie dagen, net als in Kamer?'

'Ja, een week is overal zeven dagen.'

'Wat zullen we voor Zondagtraktatie vragen?'

Mam schudt van nee.

In de middag gaan we in het busje waar THE CUMBERLAND CLINIC op staat, we rijden echt door de grote hekken naar de rest van de wereld. Ik wil niet, maar we moeten naar de tandarts om Mams tanden te laten zien die nog steeds pijn doen. 'Zijn daar ook anderen die geen vrienden van ons zijn?'

'Alleen de tandarts en een van de assistenten,' zegt Mam. 'Ze hebben alle anderen weggestuurd, het is een speciaal bezoek alleen voor ons.'

We hebben onze pet en onze coole zonnebril op, maar niet de zonnebrandcrème want de slechte stralen ketsen van het glas af. Ik mag mijn rekkerige schoenen aanhouden. In het busje zit een chauffeur met een pet, ik denk dat hij het geluid uit heeft. Er is een speciale verhoger op de stoel die mij hoger maakt zodat de gordel mijn keel niet dichtknijpt als we ineens moeten remmen. Ik vind het strakke van de gordel niet fijn. Ik kijk door het raam en ik snuit mijn neus, vandaag is het groener.

Een heleboel hijen en zijen op de stoepen, ik heb er nog nooit zoveel gezien, ik vraag me af of ze allemaal echt echt zijn of alleen een paar. 'Sommige vrouwen hebben lang haar net als wij,' zeg ik tegen Mam, 'maar de mannen niet.'

'O, sommigen wel, popsterren vaak. Het is geen regel, alleen een conventie.'

'Wat is een...?'

'Een rare gewoonte waar iedereen aan vasthoudt. Wil je je haar laten knippen?' vraagt Mam.

'Nee.'

'Het doet geen pijn. Ik had eerst ook kort haar... toen ik negentien was.'

Ik schud van nee. 'Ik wil mijn sterk niet kwijtraken.'

'Je wat?'

'Mijn spieren, net als Samson in het verhaal.'

Daar moet ze om lachen.

'Kijk Mam, daar is een man die zichzelf in brand steekt!'

'Hij steekt alleen zijn sigaret op,' zegt ze. 'Ik rookte vroeger ook.'

Ik kijk haar aan. 'Waarom?'

'Dat weet ik niet meer.'
'Kijk, kijk.'
'Niet zo schreeuwen.'
Ik wijs naar waar er allemaal kleinen langs de straat lopen. 'Kinderen die aan elkaar zijn vastgebonden.'
'Ze zijn niet vastgebonden, denk ik.' Mam doet haar gezicht dichter tegen het raam aan. 'Nee, ze houden het touw gewoon vast, zodat ze niet verdwalen. En kijk, de hele kleintjes zitten in die bolderkarren, zes in elke kar. Ze zijn vast van een kinderdagverblijf, net als waar Bronwyn naartoe gaat.'
'Ik wil Bronwyn zien. Wil je alsjeblieft naar de kinderplek rijden, waar de kinderen en Bronwyn mijn nichtje zijn?' zeg ik tegen de chauffeur.
Hij hoort me niet.
'De tandarts zit nu op ons te wachten,' zegt Mam.
De kinderen zijn weg, ik kijk door alle ramen.
De tandarts is dokter Lopez, als ze haar masker eventjes omhoogdoet is haar lippenstift paars. Ze gaat eerst naar mij kijken omdat ik ook tanden heb. Ik ga liggen op een grote stoel die beweegt. Ik kijk omhoog met mijn mond wijd open en ze vraagt of ik wil tellen wat ik op haar plafond zie. Er zijn drie poezen en een hond en twee papegaaien en...
Ik spuug het ijzeren ding uit.
'Het is alleen maar een klein spiegeltje, Jack, zie je dat? Ik wil je tanden even tellen.'
'Twintig,' zeg ik.
'Goed zo.' Dokter Lopez doet een grijns. 'Ik heb nog nooit iemand van vijf gezien die zelf kon tellen hoeveel tanden hij had.' Ze stopt het spiegeltje er weer in.
'Hmm, veel tussenruimte, zo zie ik het graag.'
'Waarom zie je het zo graag?'
'Dat betekent... dat er volop plaats is voor als je grotere tanden krijgt.'
Mam moet heel lang in de stoel blijven want de boor gaat alle viezigheid uit haar tanden halen. Ik wil niet in de wachtkamer wachten maar Yang de assistent zegt: 'Kom eens kijken wat wij

hier voor coole dingen hebben.' Hij laat me een haai op een stok zien die klakkerdeklak doet en er is een krukje waar je op kunt zitten dat ook in de vorm van een kies is, niet een mensenkies maar een reuzenkies helemaal wit en geen rot. Ik kijk in een boek over Transformers en nog een met geen kaft over Mutant Turtles die nee zeggen tegen drugs.

Dan hoor ik een raar geluid.

Yang gaat voor de deur staan. 'Ik denk dat je Mam misschien liever...'

Ik duik onder zijn arm door en daar staat dokter Lopez een apparaat in Mams mond te doen waar een heel hard geluid uit komt. 'Laat haar met rust!'

'Alles goed,' zegt Mam maar net of haar mond kapot is, wat heeft de tandarts met haar gedaan?

'Als hij zich hier prettiger voelt, is dat ook prima,' zegt dokter Lopez.

Yang zet het kieskrukje in de hoek en ik kijk, het is verschrikkelijk maar beter dan niet kijken. Eén keer doet Mam een schok in de stoel en ze kreunt en ik sta op, maar dokter Lopez zegt: 'Een beetje meer verdoving?' en ze doet een naald en dan is Mam weer rustig. Het gaat wel honderd uur door. Ik moet mijn neus snuiten maar het vel komt eraf dus ik duw het zakdoekje er alleen maar tegenaan.

Als Mam en ik teruggaan naar de parkeerplaats knalt het licht tegen mijn hoofd. Daar is de chauffeur weer, hij zit de krant te lezen, als hij ons ziet stapt hij uit en maakt de deuren voor ons open. 'Ankeweh,' zegt Mam. Ik vraag me af of ze voortaan altijd verkeerd praat. Ik heb liever pijne tanden dan dat ik zo moet praten.

De hele weg terug naar de Kliniek kijk ik naar de straat die voorbijzoeft, ik zing het liedje over het lint van de *highway* en de eindeloze *skyway*.

* * *

Kies ligt nog steeds onder ons kussen, ik geef hem een kusje. Ik had hem moeten meenemen, dan had dokter Lopez hem misschien ook beter kunnen maken.

We krijgen ons avondeten op een dienblad, het heet bief Stroganoff met stukjes die vlees zijn en stukjes die vlees lijken maar dat zijn champignons, en alles ligt op donzige rijst. Mam kan de vleesjes nog niet eten, alleen kleine slurpjes van de rijst, maar ze kan alweer bijna gewoon praten.

Noreen klopt op de deur en zegt dat ze een verrassing voor ons heeft, Mams Papa uit Australië is er.

Mam huilt, ze springt op.

Ik vraag: 'Mag ik mijn Stroganoff meenemen?'

'Zal ik Jack anders over een paar minuutjes naar beneden brengen, als hij klaar is met eten?' vraagt Noreen.

Mam zegt niet eens iets, ze rent gewoon weg.

'Hij heeft een begrafenis voor ons gehouden,' zeg ik tegen Noreen, 'maar we lagen niet in de doodskist.'

'Gelukkig maar.'

Ik jaag achter de kleine rijstjes aan.

'Dit is vast de vermoeiendste week van je hele leven,' zegt ze, en ze komt naast me zitten.

Ik kijk haar verbaasd aan. 'Waarom?'

'Nou, alles is zo vreemd, het is net of je een bezoeker van een andere planeet bent, vind je niet?'

Ik schud van nee. 'Wij zijn geen bezoekers, Mam zegt dat we voor altijd moeten blijven tot we dood zijn.'

'O ja, ik bedoel eigenlijk... een nieuwkomer.'

Als ik alles op heb neemt Noreen me mee naar de kamer waar Mam hand in hand zit met iemand die een pet opheeft. Hij springt op en zegt tegen Mam: 'Ik heb toch tegen je moeder gezegd dat ik niet wil...'

Mam praat door hem heen. 'Papa, dit is Jack.'

Hij schudt zijn hoofd.

Maar ik ben wel Jack, dacht hij dan dat er nog een andere was?

Hij kijkt naar de tafel, hij is helemaal zweterig op zijn gezicht. 'Het is niet persoonlijk bedoeld.'

'Hoe bedoel je, "niet persoonlijk bedoeld"?' Mam praat bijna schreeuwend.

'Ik kan niet in dezelfde kamer zijn. Het bezorgt me de koude rillingen.'

'Er is geen 'het'. Hij is een jongetje. Hij is vijf jaar oud,' brult ze.

'Ik zeg het verkeerd, ik ben... het komt door de jetlag. Ik bel je later nog wel vanuit het hotel, oké?' De man die Opa is loopt langs me heen zonder te kijken, hij is bijna bij de deur.

Er klinkt een klap, Mam heeft met haar hand op de tafel geknald. 'Het is niet oké.'

'Oké oké.'

'Ga zitten, papa.'

Hij beweegt zich niet.

'Hij betekent alles voor me,' zegt ze.

Haar Papa? Nee, ik denk dat ik de hij ben.

'Natuurlijk, dat is normaal.' De Opa-man veegt over het vel onder zijn ogen. 'Maar ik kan alleen maar denken aan dat beest en wat hij...'

'O, dus je had me liever dood en begraven gezien?'

Hij schudt weer zijn hoofd.

'Dan heb je het maar te accepteren,' zegt Mam. 'Ik ben terug...'

'Het is een wonder,' zegt hij.

'Ik ben terug, met Jack. Dat zijn twee wonderen.'

Hij legt zijn hand op de deurklink. 'Op dit moment kan ik gewoon niet...'

'Laatste kans,' zegt Mam. 'Ga zitten.'

Niemand doet iets.

Dan komt de Opa terug naar de tafel en gaat zitten. Mam wijst naar de stoel naast hem dus ga ik daarop zitten ook al wil ik hier eigenlijk niet zijn. Ik kijk naar mijn schoenen, ze zijn helemaal kreukelig aan de rand.

Opa doet zijn pet af, hij kijkt naar mij. 'Aangenaam kennismaken, Jack.'

Ik weet niet welke goede manieren dus ik zeg: 'Graag gedaan.'

Later liggen Mam en ik in bed, ik mag wat in het donker.

Ik vraag: 'Waarom wilde hij mij niet zien? Was dat ook weer een vergissing, net als de doodskist?'

'Zo ongeveer.' Mam blaast haar adem uit. 'Hij denkt... hij dacht dat het voor mij beter zou zijn als ik jou niet had.'

'Als ik ergens anders was?'

'Nee, als je nooit was geboren. Stel je voor.'

Ik probeer het maar het lukt niet. 'Zou jij dan nog steeds Mam zijn?'

'Nou nee, dan was ik niet Mam. Dus het is gewoon een heel stom idee.'

'Is hij de echte Opa?'

'Ik ben bang van wel.'

'Waarom ben je bang...'

'Ik bedoel, ja, dat is hij.'

'Jouw Papa van toen je een klein meisje in de hangmat was?'

'Vanaf dat ik een baby was, zes weken oud,' zegt ze. 'Zo klein was ik toen ze me meenamen uit het ziekenhuis.'

'Waarom had jouw buikmama je daar gelaten? Was dat een vergissing?'

'Ik denk dat ze heel moe was,' zegt Mam. 'Ze was nog jong.' Ze gaat zitten en snuit heel lawaaiig haar neus. 'Over een tijdje zal papa zich wel een houding weten te geven,' zegt ze.

'Wat voor houding?'

Ze lacht een beetje. 'Ik bedoel dat hij zich dan wel aardiger zal gedragen. Meer als een echte opa.'

Net als Stopa, alleen is hij geen echte.

Ik val heel makkelijk in slaap, maar ik word huilend wakker.

'Rustig maar, rustig maar.' Dat is Mam, ze kust mijn hoofd.

'Waarom knuffelen ze de aapjes niet?'

'Wie?'

'De onderzoekers, waarom knuffelen ze de baby-aapjes niet?'

'O.' Even later zegt ze: 'Misschien doen ze dat toch wel. Misschien leren de baby-aapjes om de menselijke knuffels fijn te vinden.'

'Nee, maar jij zei dat ze vreemd waren en zichzelf gingen bijten.'

Mam zegt niks meer.

'Waarom brengen de onderzoekers de moederapen niet terug en zeggen ze sorry?'

'Ik weet niet waarom ik jou dat verhaal verteld heb, het is al heel lang geleden gebeurd, voordat ik was geboren.'

Ik hoest en ik heb niks om mijn neus te snuiten.

'Denk maar niet meer aan de baby-aapjes, oké? Alles is nu weer goed met ze.'

'Ik denk niet dat het goed is met ze.'

Mam houdt me zo stevig vast dat mijn nek pijn doet.

'Au.'

Ze beweegt. 'Jack, er zijn een heleboel dingen in de wereld.'

'Triljoenen?'

'Heel veel triljoenen. Als je die allemaal in je hoofd wil proppen, dan ontploft het gewoon.'

'Maar die baby-aapjes dan?'

Ik hoor haar heel gek ademen. 'Ja, sommige van die dingen zijn akelige dingen.'

'Net als die aapjes.'

'En nog wel erger,' zegt Mam.

'Wat is erger?' Ik probeer iets ergers te bedenken.

'Vanavond niet.'

'Misschien als ik zes ben?'

'Misschien.'

Ze komt tegen me aan liggen.

Ik luister naar haar adems, ik tel ze tot tien, dan tien van mijn adems. 'Mam?'

'Ja.'

'Denk jij aan de ergere dingen?'

'Soms,' zegt ze. 'Soms moet ik wel.'

'Ik ook.'

'Maar dan zet ik ze uit mijn hoofd en ga slapen.'

Ik tel haar adems weer. Ik probeer mezelf te bijten, in mijn schouder, het doet pijn. In plaats van aan de aapjes denk ik aan alle kinderen in de wereld, dat ze niet in Tv zijn maar echt zijn, ze eten en slapen en plassen en poepen net als ik. Als ik ze met iets scherps prik bloeden ze, als ik ze kietel lachen ze. Ik wil ze graag zien maar ik word er duizelig van dat er zoveel zijn en ik ben er maar één.

* * *

'Dus je snapt het helemaal?' vraagt Mam.

Ik lig in ons bed in Kamer Nummer Zeven maar zij zit alleen op de rand. 'Ik hier dutje doen, jij in Tv.'

'Eigenlijk zit mijn echte ik beneden in de spreekkamer van dokter Clay te praten met de mensen van tv,' zegt ze. 'Alleen wordt er een filmpje van me opgenomen met de videocamera, en later op de avond komt dat dan op tv.'

'Waarom wil je met de gieren praten?'

'Geloof me, ik zou het liever niet doen,' zegt ze. 'Ik moet gewoon voor eens en voor altijd antwoord geven op hun vragen, zodat ze erover ophouden. Ik ben terug voor je het weet, oké? Tegen de tijd dat jij wakker wordt, dat weet ik bijna zeker.'

'Oké.'

'En dan gaan we morgen een avontuur beleven, weet je nog waar Paul en Deana en Bronwyn ons mee naartoe nemen?'

'Naar het Natuurmuseum om de dino's te zien.'

'Precies.' Ze staat op.

'Eén liedje.'

Mam gaat zitten en doet 'Swing Low, Sweet Chariot' maar het is te snel en ze is nog steeds schor van onze verkoudheid. Ze trekt aan mijn pols om op mijn horloge met de cijfers te kijken.

'Nog eentje.'

'Ze zitten al te wachten...'

'Ik wil ook mee.' Ik ga zitten en doe mijn armen om Mam heen.

'Nee, ik wil niet dat ze jou te zien krijgen,' zegt ze, en ze duwt me terug op het kussen. 'Ga nu maar slapen.'

'Ik heb geen slaap in mijn eentje.'

'Straks ben je doodmoe als je geen dutje doet. Laat me alsjeblieft los.' Mam wil mijn handen van haar af halen. Ik knijp ze nog strakker om haar heen zodat het niet lukt. 'Jack!'

'Blijf hier.'

Ik doe mijn benen ook om haar heen.

'Laat me los. Ik ben al laat.' Haar handen duwen op mijn schouders maar ik hou haar nog strakker vast. 'Je bent geen baby meer. Ik zei laat me...'

Mam duwt zo hard dat ik ineens los ben, haar duw knalt mijn hoofd tegen het tafeltje, boooeeemmm.

Ze heeft haar hand tegen haar mond.

Ik schreeuw.

'O,' zegt ze, 'o, Jack, o, Jack, ik vind het zo...'

'Hoe gaat het?' Het hoofd van dokter Clay in de deuropening. 'De ploeg is helemaal klaar, ze wachten op je.'

Ik huil op mijn allerhardst, ik hou mijn kapotte hoofd vast.

'Dit wordt niks,' zegt Mam, ze aait mijn natte gezicht.

'Je kunt er nog onderuit,' zegt dokter Clay, hij komt dichterbij.

'Nee, dat kan niet, het is voor Jacks collegegeld.'

Hij draait met zijn mond. 'We hebben het er al over gehad of dat wel een goede reden is om...'

'Ik wil niet naar college,' zeg ik, 'ik wil met jou mee in Tv.'

Mam blaast een lange adem uit. 'Verandering van plan. Je mag mee, alleen om te kijken, maar dan moet je wel heel stil zijn, oké?'

'Oké.'

'Geen woord.'

Dokter Clay zegt tegen Mam: 'Lijkt dat je nou wel zo verstandig?'

Maar ik doe vlug vlug mijn rekkerige schoenen aan, mijn hoofd is nog steeds wiebelig.

Zijn spreekkamer is helemaal veranderd, vol met anderen en lampen en apparaten. Mam zet me op een stoel in de hoek, ze kust me het pijne stuk van mijn hoofd en fluistert iets wat ik niet hoor. Ze gaat naar een grotere stoel en een man clipt een klein zwarte dingetje op haar jasje. Er komt een vrouw aan met een doos kleurtjes en ze begint Mams gezicht te schilderen.

Ik herken Morris onze advocaat, hij zit blaadjes te lezen. 'We willen zowel de uiteindelijke montage als de ongemonteerde versie te zien krijgen,' zegt hij tegen iemand. Hij kijkt me met grote ogen aan, dan zwaait hij met zijn vingers. 'Mensen?' Hij zegt het harder. 'Mag ik even de aandacht? De jongen is in de kamer, maar hij mag niet worden opgenomen, geen foto's, geen kiekjes voor persoonlijk gebruik, niets, is dat duidelijk?'

Dan kijkt iedereen naar mij, ik doe mijn ogen dicht.

Als ik ze weer opendoe krijgt Mam een hand van weer iemand anders, wauw, het is de vrouw met het bolle haar van de rode bank. Maar de bank is er niet. Ik heb nog nooit een echt iemand van Tv gezien, ik wou liever dat het Dora was. 'De opening is jouw voice-over bij luchtbeelden van het schuurtje, ja,' zegt een man tegen haar, 'dan gaan we over op een close-up van haar, dan jullie tweeën samen.' De vrouw met het bolle haar kijkt met een hele grote lach naar mij. Iedereen praat en beweegt door elkaar, ik doe mijn ogen weer dicht en duw op mijn oorgaten want dokter Clay zei dat ik dat moet doen als het te veel wordt. Iemand telt: 'Vijf, vier, drie, twee, een...' Komt er een raket?

De vrouw met het bolle haar doet een speciale stem, ze heeft haar handen tegen elkaar om te bidden. 'Laat me eerst uiting geven aan mijn dankbaarheid, en de dankbaarheid van al onze kijkers, omdat u nauwelijks zes dagen na uw bevrijding al met ons wilt praten. Omdat u weigert nog langer te zwijgen.'

Mam doet een klein lachje.

'Kunt u ons om te beginnen vertellen wat u het ergste gemist hebt in die zeven lange jaren van gevangenschap? Afgezien van uw familie, uiteraard.'

'Een tandarts, eerlijk gezegd.' Mams stem is heel hoog en snel. 'En dat is nogal ironisch, want ik had er een bloedhekel aan om mijn tanden alleen al te laten schoonmaken.'

'U bent in een nieuwe wereld terechtgekomen. Een wereldwijde crisis op het gebied van economie en milieu, een nieuwe president...'

'Eerlijk gezegd hebben we op tv gekeken naar zijn inauguratie,' zegt Mam.

'Ach! Maar er moet zoveel veranderd zijn.'

Mam haalt haar schouders op. 'Er is niet echt iets wat totaal anders lijkt. Maar ik ben nog niet echt de deur uit geweest, behalve naar de tandarts.'

De vrouw lacht, net of het een grapje is.

'Nee, ik bedoel alles voelt wel anders, maar dat komt omdat ik zelf anders ben.'

'Sterker op de pijnlijke plekken?'

Ik wrijf over mijn hoofd dat nog steeds pijn doet van de tafel.

Mam trekt een gezicht. 'Vroeger was ik... ik was zo gewoon, ik was niet eens, je weet wel, vegetariër, ik had niet eens een gothic fase gehad of wat dan ook.'

'En nu bent u een buitengewone jonge vrouw met een buitengewoon verhaal, en we voelen ons zeer vereerd dat u ons, dat wij...'

De vrouw kijkt de andere kant op, naar een van de mannen met de apparaten. 'Laten we dat even opnieuw doen.' Ze kijkt weer naar Mam en doet haar speciale stem. 'En we voelen ons zeer vereerd dat u dit programma hebt gekozen om uw verhaal te komen vertellen. Goed, zonder het direct over, nou ja, het stockholmsyndroom te hebben, zijn veel van onze kijkers benieuwd, of eh, bezorgd of u zich op de een of andere manier... emotioneel afhankelijk voelde van uw ontvoerder.'

Mam schudt van nee. 'Ik haatte hem.'

De vrouw knikt.

'Ik schopte en schreeuwde. Eén keer sloeg ik hem op zijn hoofd met de wc-deksel. Ik waste me niet, lange tijd weigerde ik te praten.'

'Was dat voor of na het drama van het doodgeboren kindje?'

Mam doet haar hand voor haar mond.

Morris praat erdoorheen, hij kijkt in zijn blaadjes. 'Clausule... daar wil ze niet over praten.'

'O, we gaan er niet dieper op in,' zegt de vrouw met het bolle haar, 'maar het lijkt me belangrijk om de chronologie vast te stellen...'

'Nee, het is alleen belangrijk dat u zich aan het contract houdt,' zegt hij.

Mams handen trillen helemaal, ze stopt ze onder haar benen.

Ze kijkt niet naar mij, is ze vergeten dat ik er ook ben? Ik praat tegen haar in mijn hoofd maar ze hoort het niet.

'Geloof me,' zegt de vrouw tegen Mam, 'we willen ú alleen maar helpen om úw verhaal aan de wereld te vertellen.' Ze kijkt naar het papier op haar schoot. 'Dus. U was voor de tweede keer zwanger, in dat hok waar u inmiddels twee jaar van uw kostbare jeugd had uitgezeten. Waren er dagen waarop u het gevoel had dat u, eh, gedwongen was om die man z'n...'

Mam onderbreekt haar. 'Ik voelde me juist gered.'

'Gered. Dat is prachtig.'

Mam trekt met haar mond. 'Ik kan niet voor anderen spreken. Ik bedoel, ik heb op mijn achttiende een abortus gehad en daar heb ik nooit spijt van gehad.'

De vrouw met het bolle haar heeft haar mond een beetje open. Dan kijkt ze op haar papier en dan weer naar Mam. 'Op die koude dag in maart, vijf jaar geleden, beviel u in uw eentje onder middeleeuwse omstandigheden van een gezonde baby. Was dat het moeilijkste wat u ooit hebt gedaan?'

Mam schudt van nee. 'Het beste.'

'Ja, dat ook, natuurlijk. Iedere moeder zegt...'

'Ja, maar voor mij was Jack alles, snapt u. Ik kwam weer tot leven, ik deed ertoe. Dus daarna gedroeg ik me beleefd.'

'Beleefd? O, u bedoelt tegen...'

'Het ging erom dat Jack veilig zou zijn.'

'Was het vreselijk moeilijk om, zoals u het noemt, beleefd te zijn?'

Mam schudt van nee. 'Ik deed het op de automatische piloot, snapt u, als de Stepford Wives.'

De vrouw met het bolle haar knikt heel veel. 'Goed, het moet wel ontzettend moeilijk zijn geweest om hem in uw eentje op te voeden, zonder boeken of professionele hulp of zelfs maar familieleden.'

Ze haalt haar schouders op. 'Wat baby's denk ik het allermeest nodig hebben is de nabijheid van hun moeder. Nee, ik was alleen bang dat Jack ziek zou worden... en ik ook, ik moest zorgen dat ik gezond bleef voor hem. Dus ik hield me vooral aan dingen die ik me herinnerde van de gezondheidslessen: handen wassen, eten heel goed verhitten...'

De vrouw knikt. 'U gaf hem borstvoeding. Sterker nog, en hier zullen sommige kijkers van schrikken, ik begrijp dat u hem nog steeds borstvoeding geeft?'

Mam lacht.

De vrouw staart haar aan.

'Dus dat is het schokkendste detail van dit hele verhaal?'

De vrouw kijkt weer op haar papier. 'Daar zat u dan met uw baby, veroordeeld tot eenzame opsluiting...'

Mam schudt van nee. 'We waren geen van beiden ooit alleen.'

'Ja, oké. Maar er is een heel dorp nodig om een kind op te voeden, zoals ze in Afrika zeggen...'

'Als je een dorp hebt. Maar zo niet, dan kan het ook wel met z'n tweeën.'

'Twee? U bedoelt u en uw...'

Mams gezicht bevriest helemaal. 'Ik bedoel mezelf en Jack.'

'O ja.'

'We hebben het samen gedaan.'

'Dat is geweldig. Mag ik vragen... ik weet dat u hem hebt leren bidden tot Jezus. Was uw geloof erg belangrijk voor u?'

'Het was... een deel van wat ik aan hem moest doorgeven.'

'Ik heb ook begrepen dat u een televisie had om de verveling te verdrijven?'

'Ik heb me nooit verveeld met Jack,' zegt Mam. 'En andersom ook niet, denk ik.'

'Geweldig. Goed, u had een beslissing genomen waar sommige deskundigen hun twijfels bij hebben, om Jack te leren dat de wereld drie bij drie meter was, en dat al het andere – alles wat hij op tv zag, of waar hij over hoorde uit zijn handvol boeken – dat dat allemaal was verzonnen. Had u er moeite mee om hem voor de gek te houden?'

Mam kijkt niet aardig. 'Wat had ik dan tegen hem moeten zeggen... "Luister, er is daarbuiten een hele wereld vol leuke dingen maar daar mag jij niet aan meedoen"?'

De vrouw zuigt op haar lippen. 'Goed, onze kijkers zijn vast helemaal op de hoogte van de spannende details van uw bevrijding...'

'Ontsnapping,' zegt Mam. Ze lacht recht naar mij.

Ik ben verbaasd, ik lach terug maar nu kijkt ze niet meer.

'Ontsnapping, natuurlijk, en de arrestatie van de, eh, de vermeende ontvoerder. Nou, kreeg u het gevoel, in de loop der jaren, dat die man op een of ander basaal menselijk niveau, al was het maar op een verwrongen manier, iets om zijn zoon gaf?'

Mams ogen zijn spleetjes geworden. 'Jack is niemands zoon, alleen van mij.'

'Dat is helemaal waar, in de ware zin van het woord,' zegt de vrouw. 'Ik vroeg me alleen af of u het idee hebt dat de genetische, de biologische relatie...'

'Er was geen relatie.' Ze sist tussen haar tanden door.

'En u had nooit het gevoel als u naar Jack keek dat u pijnlijk werd herinnerd aan zijn oorsprong?'

Mams ogen worden nog kleiner. 'Hij herinnert me aan niets behalve zichzelf.'

'Hmm,' zegt de Tv-vrouw. 'Als u nu aan uw ontvoerder denkt, wordt u dan verteerd door haat?' Ze wacht even. 'Als u tegenover hem hebt gestaan in de rechtszaal, denkt u dat u zich er ooit toe kunt zetten om hem te vergeven?'

Ze trekt met haar mond. 'Dat staat niet echt boven aan mijn lijstje,' zegt ze. 'Ik probeer zo min mogelijk aan hem te denken.'

'Beseft u wel wat een inspiratiebron u bent geworden?'

'Een... sorry?'

'Een bron van hoop,' zegt de vrouw met een glimlach. 'Zodra we aankondigden dat we dit interview zouden houden, begonnen onze kijkers te bellen, ze stuurden e-mails en sms'jes waarin ze zeiden dat u een engel bent, een talisman van goedheid...'

Mam trekt een gezicht. 'Het enige wat ik heb gedaan was overleven, en ik heb Jack goed opgevoed. Goed genoeg in elk geval.'

'U bent erg bescheiden.'

'Nee, ik ben alleen geïrriteerd, eerlijk gezegd.'

De vrouw met het bolle haar knippert twee keer.

'Al dat eerbiedige gedoe... ik ben geen heilige.' Mams stem klinkt weer harder. 'Ik wou dat iedereen eens ophield ons te behandelen alsof wij de enigen zijn die ooit iets afschuwelijks hebben meegemaakt. Ik heb op internet dingen gevonden die je niet voor mogelijk houdt.'

'Andere gevallen zoals dat van u?'

'Ja, maar niet alleen... ik bedoel, natuurlijk, toen ik wakker werd in dat schuurtje dacht ik dat dat het ergste was dat iemand ooit kon overkomen. Maar weet u, slavernij is geen nieuwe uitvinding. En eenzame opsluiting... weet u dat we in Amerika vijfentwintigduizend gevangenen hebben die in een isolatiecel zitten? Sommigen al meer dan twintig jaar.' Haar hand wijst naar de vrouw met het bolle haar. 'En wat kinderen betreft... op sommige plekken liggen baby's met z'n vijven in één wiegje, met een speentje in hun mond vastgetapet, er zijn kinderen die elke avond door pappie worden verkracht, kinderen die in gevangenissen zitten, je kunt het zo gek niet bedenken, die tapijten knopen tot ze blind worden...'

Het is even heel erg stil. De vrouw zegt: 'Door uw ervaringen hebt u, eh, een enorme empathie gekregen met de noodlijdende kinderen in de wereld.'

'Niet alleen met de kinderen,' zegt Mam. 'Mensen kunnen op allerlei manieren opgesloten zitten.'

De vrouw schraapt haar keel en kijkt naar het papier op haar schoot. 'U sprak in de verleden tijd, u zei dat u Jack "goed had opgevoed", ook al is die taak natuurlijk nog lang niet voorbij. Maar nu krijgt u een heleboel hulp van uw familie en van toegewijde deskundigen.'

'Het is nu juist moeilijker.' Mam kijkt omlaag. 'Toen onze wereld tien vierkante meter bestreek, was het veel makkelijker in de hand te houden. Nu zijn er een heleboel dingen waar Jack gek van wordt. Maar ik kan het niet uitstaan dat *hij* in de media wordt omschreven als een freak, of een idiot savant, of als verwilderd, dat woord...'

'Tja, hij is een heel bijzonder jongetje.'

Mam haalt haar schouders op. 'Hij heeft alleen zijn eerste vijf jaar op een vreemde plek doorgebracht, dat is alles.'

'Denkt u niet dat hij is gevormd – beschadigd – door die beproeving?'

'Het was geen beproeving voor Jack, het was gewoon zoals het was. En ja, misschien wel, maar iedereen wordt wel ergens door beschadigd.'

'Zijn herstel lijkt in elk geval met enorme sprongen te vorderen,' zegt de vrouw met het bolle haar. 'Nou, u zei daarnet dat Jack "makkelijker in de hand te houden was" toen u gevangenzat...'

'Nee, de *situatie* was makkelijker in de hand te houden.'

'U voelt vast een bijna ziekelijke behoefte – heel begrijpelijk trouwens – om uw zoon te beschermen tegen de wereld.'

'Ja, dat heet moederschap.' Mam gromt het bijna.

'Zijn er aspecten die u mist van de opsluiting?'

Mam kijkt naar Morris. 'Mag ze me zulke idiote vragen stellen?'

De vrouw met het bolle haar steekt haar hand uit en iemand anders stopt er een fles water in, ze neemt een slok.

Dokter Clay steekt zijn hand op. 'Als ik even mag... ik denk dat we allemaal wel doorhebben dat mijn patiënte de grens heeft bereikt, of er zelfs al overheen is.'

'Als u even wilt pauzeren, kunnen we later verder gaan met de opname,' zegt de vrouw tegen Mam.

Mam schudt van nee. 'Laten we het maar gewoon snel afmaken.'

'Goed dan,' zegt de vrouw, met weer zo'n grote glimlach die net zo nep is als van een robot. 'Er is iets waar ik even op wil terugkomen, als het mag. Toen Jack werd geboren... sommige kijkers vragen zich af of het ooit in u is opgekomen...'

'Wat, om een kussen op zijn hoofd te duwen?'

Ben ik dat waar Mam het over heeft? Maar kussens moeten onder je hoofd.

De vrouw zwaait met haar hand heen en weer. 'O God, nee. Maar hebt u ooit overwogen om uw ontvoerder te vragen of hij Jack weg wilde brengen?'

'Weg?'

'Om hem bij een ziekenhuis achter te laten, bijvoorbeeld, zodat hij geadopteerd kon worden. Net zoals u zelf geadopteerd bent, tot volle tevredenheid, meen ik te hebben begrepen.'

Ik kan zien dat Mam slikt. 'Waarom zou ik dat ooit doen?'

'Nou, zodat hij vrij kon zijn.'

'Vrij, weg van mij?'

'Het zou natuurlijk een offer zijn geweest – het ultieme offer – maar als Jack een normale, gelukkige kindertijd had kunnen hebben in een liefhebbend gezin?'

'Hij had mij.' Mam zegt het woord voor woord. 'Hij had een kindertijd bij mij, of u die nu normaal noemt of niet.'

'Maar u wist wat hij ontbeerde,' zegt de vrouw. 'Hij had met de dag een grotere wereld nodig, en de enige wereld die u hem kon geven werd alleen maar kleiner. U moet toch voortdurend zijn gekweld door de herinnering aan alles waarvan Jack niet eens wist dat hij het miste. Vriendjes, school, gras, zwemmen, naar de kermis...'

'Wat zit iedereen toch te zeuren over de kermis?' Mams stem klinkt helemaal schor. 'Ik had als kind een hekel aan de kermis.'

De vrouw doet een klein lachje.

Er lopen allemaal tranen over Mams gezicht, ze doet haar handen omhoog om ze te vangen. Ik spring van mijn stoel af en ren naar haar toe, er valt iets om booeemmm, ik ben bij Mam en pak haar helemaal vast, en Morris schreeuwt: 'De jongen mag niet in beeld komen...'

* * *

Als ik 's ochtends wakker word is Mam Weg.

Ik wist niet dat ze in de wereld ook nog van die dagen zou hebben. Ik schud aan haar arm maar ze doet alleen een kleine kreun en stopt haar hoofd onder het kussen. Ik heb zo'n dorst, ik kruip naast haar en probeer wat te krijgen maar het lukt niet want ze wil zich niet omdraaien. Ik blijf wel honderd uur opgerold naast haar liggen.

Ik weet niet wat ik moet doen. Als Mam in Kamer Weg was kon ik zelf opstaan en ontbijten en Tv-kijken.

Ik snuif, er zit niks in mijn neus, ik denk dat ik geen verkoudheid meer heb.

Ik ga aan het touwtje trekken om het zonneblind een stukje open te maken. Het is heel licht, de zon kaatst in een autoraam. Er vliegt een kraai voorbij, ik schrik ervan. Ik denk dat Mam het licht niet fijn vind dus ik doe het touwtje weer terug. Mijn buik doet rommelderommel.

Dan denk ik weer aan de zoemer naast het bed. Ik druk erop, er gebeurt niks. Maar even later doet de deur klop klop.

Ik doe hem een klein stukje open, het is Noreen.

'Hé, ventje, hoe gaat het vandaag?'

'Ik heb honger. Mam is Weg,' fluister ik.

'Kom, zullen we haar dan gaan zoeken? Ze moest vast maar heel eventjes de deur uit.'

'Nee, ze is er wel maar niet echt.'

Noreens gezicht is helemaal in de war.

'Kijk.' Ik wijs naar het bed. 'Het is een dag en ze staat niet op.'

Noreen roept Mam haar andere naam en vraagt of alles goed is.

Ik fluister: 'Je moet niet tegen haar praten.'

Ze zegt nog harder tegen Mam: 'Kan ik iets voor je halen?'

'Laat me slapen.' Ik heb Mam nog nooit iets horen zeggen als ze Weg is, haar stem is net een monster.

Noreen gaat naar het dressoir en pakt kleren voor me. Het is moeilijk in het bijna-donker, eerst doe ik allebei mijn benen in dezelfde pijp en dan moet ik haar vasthouden. Het is niet zo erg om anderen expres aan te raken, het is erger als zij mij aanraken, net een elektrische schok. 'Schoenen,' fluistert ze. Ik zoek ze en duw ze aan en doe de klittenband, het zijn niet de rekkerige die ik fijn vind. 'Goed zo.' Noreen staat bij de deur, ze zwaait met haar hand dat ik mee moet komen. Ik trek aan mijn paardenstaart die bijna los is. Ik pak Kies en mijn steen en mijn helikoptertje om in mijn zak te doen.

'Je mam is vast uitgeput van dat interview,' zegt Noreen in de gang. 'Je oom zit al een halfuur bij de receptie te wachten tot jullie wakker worden.'

Het avontuur! Maar nee het kan niet want Mam is Weg.

Daar is dokter Clay op de trap, hij praat met Noreen. Ik hou de leuning stevig vast met twee handen, ik doe één voet omlaag en dan de andere, ik laat mijn handen omlaag glijden, ik val niet, er is alleen een tel dat ik vallerig voel maar dan sta ik al op mijn andere voet. 'Noreen.'

'Heel even nog.'

'Ja maar, ik doe de trap.'

Ze doet een grijns naar me. 'Kijk nou eens!'

'Geef me de vijf,' zegt dokter Clay.

Ik laat met één hand los om een high five te doen.

'Heb je nog steeds zin om naar die dino's te gaan kijken?'

'Zonder Mam?'

Dokter Clay knikt. 'Maar je oom en tante zijn de hele tijd bij je, dus er is niets aan de hand. Of wil je het liever op een andere dag doen?'

Ja maar nee want op een andere dag zijn de dino's misschien weg.

'Vandaag, alsjeblieft.'

'Goed zo,' zegt Noreen. 'Dan kan je mam eens lekker lang slapen en dan kun je haar alles over de dino's vertellen als je terugkomt.'

'Hé, maatje.' Daar is Paul mijn Oom, ik wist niet dat hij in de eetzaal mocht. Ik denk dat maatje mannenpraat is voor liefje.

Ik eet mijn ontbijt en Paul zit naast me, dat is raar. Hij praat in zijn kleine telefoontje, hij zegt dat Deana aan de andere kant is. De andere kant is de onzichtbare kant. Er is vandaag sap met zonder stukjes, hij is heerlijk, Noreen zegt dat ze die speciaal voor mij hebben besteld.

'Ben je klaar voor je eerste uitstapje naar buiten?' vraagt Paul.

'Ik ben al zes dagen in Buiten,' zeg ik. 'Ik ben al drie keer in de lucht geweest, ik heb mieren gezien en helikopters en tandartsen.'

'Wauw.'

Na mijn muffin doe ik mijn jas aan en mijn pet en mijn zonnecrème en coole zonnebril op. Noreen geeft me een bruine papieren zak voor als ik niet kan ademen. 'Hoe dan ook,' zegt Paul als we door de draaideur naar buiten gaan, 'het is eigenlijk maar beter dat je mam niet met ons meegaat vandaag, want na dat tv-programma van gisteravond weet iedereen hoe ze eruitziet.'

'Iedereen in de hele wereld?'

'Zo ongeveer wel,' zegt Paul.

Op de parkeerplaats steekt hij zijn hand uit naast zich, net of ik die moet vastpakken. Daarna laat hij hem weer zakken.

Er valt iets op mijn gezicht en ik schreeuw.

'Het is maar een druppeltje regen,' zegt Paul.

Ik kijk omhoog naar de lucht, die is grijs. 'Valt die dan op ons?'

'Niks aan de hand, Jack.'

Ik wil weer in Kamer Nummer Zeven zijn met Mam ook al is ze Weg.

'Daar zijn we dan...'

Het is een groen busje, Deana zit in de stoel met het stuur. Ze zwaait met haar vingers naar mij door het raam. Ik zie een kleiner gezichtje in het midden. Het busje gaat niet naar buiten open, er schuift een stuk opzij en ik klim erin.

'Eindelijk,' zegt Deana. 'Bronwyn, schatje, zeg eens hoi tegen je neefje Jack.'

Het is een meisje bijna net zo groot als ik, ze heeft allemaal vlechtjes net als Deana maar schitterige kraaltjes onderaan en een olifant die wollig is en cornflakes in een bakje met een deksel in de vorm van een kikker. 'Hoi Jack,' zegt ze heel pieperig.

Er is een verhoger voor mij naast Bronwyn. Paul doet voor hoe ik de gesp moet dichtdoen. De derde keer kan ik het helemaal zelf. Deana klapt en Bronwyn ook. Dan schuift Paul het busje dicht met een harde bons. Ik schrik, ik wil naar Mam, ik denk dat ik misschien ga huilen, maar toch niet.

Bronwyn zegt de hele tijd: 'Hoi Jack, hoi Jack.' Ze kan nog niet goed praten, ze zegt: 'Pappie zing,' en 'Liefe hondje,' en 'Mammie nommeer sjippies assebief'. Assebief daarmee bedoelt ze alsjeblieft. Pappie betekent Paul en Mammie betekent Deana maar dat zijn de namen die alleen Bronwyn mag zeggen, net zoals niemand Mam zegt tegen Mam behalve ik.

Ik ben bapper maar wel ietsje meer dapper dan bang want dit is niet zo erg als net doen of ik dood ben in Kleed. Iedere keer als er een auto op ons afkomt zeg ik in mijn hoofd dat hij aan zijn eigen kant moet blijven anders stopt Agent Oh hem in de gevangenis bij de bruine auto. Filmpjes door het raam zijn net als in Tv maar waziger, ik zie auto's die geparkeerd zijn, een betonmolen, een motor en een autovrachtwagen met een twee drie vier vijf auto's erop, dat is mijn beste cijfer. In een voortuin duwt een kind een kruiwagen met een kleiner kind erin, dat is grappig. Er is een hond die een weg oversteekt met een mens aan een touw, ik denk dat hij echt vastgebonden zit, niet net als het kinderdagverblijf die het alleen maar vasthielden. Verkeerslichten worden groen en een vrouw met krukken hinkelt en een gigantische vogel op een vuilnis, Deana zegt dat het gewoon een meeuw is, die eten altijd alles.

'Het zijn omnivoren,' zeg ik.

'Tjonge, jij kent wel moeilijke woorden.'

We draaien waar er bomen zijn, ik zeg: 'Is dit weer de Kliniek?'

'Nee nee, we moeten alleen heel even naar het winkelcentrum om een cadeautje te halen voor een verjaardagsfeestje waar Bronwyn vanmiddag naartoe gaat.'

Het winkelcentrum betekent winkels net als waar Ouwe Nick onze boodschappen koopt, maar nu niet meer.

Alleen Paul gaat in het winkelcentrum, maar hij zegt dat hij niet weet wat hij moet kiezen, dus gaat Deana maar, maar dan begint Bronwyn te roepen: 'Ik mammie mee, ik mammie mee.' Dus gaat Deana met Bronwyn in de rode kar en Paul en ik wachten in het busje.

Ik kijk naar de rode kar. 'Mag ik eens?'

'Straks, in het museum,' zegt Deana.

'Luister, ik moet heel nodig naar de wc,' zegt Paul, 'het is misschien sneller als we allemaal gauw even naar binnen wippen.'

'Ik weet niet...'

'Het zal niet al te druk zijn op een doordeweekse dag.'

Deana kijkt naar mij, ze lacht niet. 'Jack, heb je zin om even in de kar mee naar het winkelcentrum te gaan, heel eventjes maar?'

'Ja, leuk.'

Ik zit achterin en ik zorg dat Bronwyn er niet uit valt want ik ben de grote neef, 'net als Johannes de Doper,' zeg ik tegen Bronwyn maar ze luistert niet. Als we bij de deuren komen maken ze een plopgeluid en ze scheuren vanzelf open, ik val bijna uit de kar maar Paul zegt dat het gewoon allemaal kleine computertjes zijn die elkaar berichtjes sturen, maak je maar niet druk.

Alles is extra fel en gigantisch, ik wist niet dat binnen net zo groot kon zijn als Buiten, er zijn zelfs bomen. Ik hoor muziek maar ik kan de spelers met de instrumenten niet zien. En helemaal ongelooflijk, een tas van Dora, ik ga haar gezicht aanraken, ze lacht en danst voor me. 'Dora,' fluister ik tegen haar.

'Ja, leuk hè,' zegt Paul, 'Bronwyn was eerst ook helemaal fan van haar maar nu is het alleen nog maar Hannah Montana.'

'Hannah Montana,' zingt Bronwyn, 'Hannah Montana.'

De Dora-tas heeft bandjes, het is net Rugzak maar dan met Dora erop in plaats van het gezicht van Rugzak. Hij heeft ook een handvat, als ik eraan voel komt het omhoog, ik denk dat ik het kapot heb gemaakt maar dan rolt hij, het is een wieltjestas en een rugzak tegelijk, dat is magisch.

'Vind je die mooi?' Het is Deana die tegen mij praat. 'Vind je het leuk om je spullen daarin te bewaren?'

'Misschien eentje die niet roze is,' zegt Paul tegen haar. 'Wat vind je van deze, Jack, dat is wel een coole hè?' Hij houdt een tas van Spiderman omhoog.

Ik geef de tas van Dora een dikke knuffel. Volgens mij fluistert ze: 'Hola, Jack.'

Deana probeert de Dora-tas te pakken maar ik laat hem niet los. 'Het is goed, ik moet hem alleen even betalen bij die mevrouw, je krijgt hem over twee tellen weer terug.'

Het is niet twee tellen, het is zevenendertig tellen.

'Daar is de wc,' zegt Paul en hij rent weg.

De mevrouw doet papier om de tas zodat ik Dora niet meer kan zien, ze stopt hem in een groot karton en dan geeft Deana hem aan mij, zwaaiend aan de touwtjes. Ik haal Dora eruit en doe mijn armen in haar bandjes en ik heb hem om, ik heb echt Dora om.

'Wat zeg je dan?' vraagt Deana.

Ik weet niet wat ik dan zeg.

'Bronwyn mooie tas,' zegt Bronwyn, ze zwaait met een glinsterige tas met hartjes aan touwtjes.

'Ja, schat, maar jij hebt thuis al een heleboel mooie tassen.' Ze pakt de glimmende tas, Bronwyn schreeuwt en een van de hartjes valt op de grond.

'Kunnen we misschien een keer meer dan vijf meter naar binnen komen voor de eerste crisis?' vraagt Paul, hij is weer terug.

'Als jij hier was geweest, had je haar kunnen afleiden,' zegt Deana.

'Bronwyn mooie taaaaaaaaaaassssss!'

Deana tilt haar weer in het karretje. 'Kom mee.'

Ik raap het hartje op en stop het in mijn zak bij mijn andere schatten, ik loop naast de kar.

Dan bedenk ik iets, ik stop al mijn schatten in mijn Dora-tas in het stuk met de voorste rits. Mijn schoenen doen zo'n pijn dat ik ze uitdoe.

'Jack!' Dat is Paul die mij roept.

'Loop niet de hele tijd zijn naam te schreeuwen, weet je nog?' zegt Deana.

'O ja.'

Ik zie een reusachtige appel gemaakt van hout. 'Die is mooi.'

'Grappig hè?' zegt Paul. 'Wat denk je van deze trommel voor Shirelle?' zegt hij tegen Deana.

Ze rolt met haar ogen. 'Daar kunnen ze elkaar de kop mee inslaan. Geen denken aan.'

'Mag ik de appel hebben, dank je wel?' vraag ik.

'Die past niet in je tas, denk ik,' zegt Paul met een grijns.

Dan vind ik een zilver-met-blauw ding net een raket. 'Deze wil ik, dank je wel.'

'Dat is een koffiekan,' zegt Deana, en ze zet hem terug op het schap. 'We hebben al een tas voor je gekocht, dat is genoeg voor vandaag, oké? We zoeken alleen een cadeautje voor het vriendinnetje van Bronwyn, en dan kunnen we hier weg.'

'Sorry, zijn deze misschien van uw oudste dochtertje?' Het is een oude vrouw die mijn schoenen omhooghoudt.

Deana kijkt haar verbaasd aan.

'Jack, maatje, wat is dat nou?' zegt Paul, en hij wijst naar mijn sokken.

'Heel erg bedankt,' zegt Deana, ze pakt de schoenen aan van de vrouw en knielt neer. Ze duwt tegen mijn voeten tot ik in de rechter en de linker stap. 'Je zegt de hele tijd zijn naam,' sist ze tussen haar tanden tegen Paul.

Ik vraag me af wat er mis is met mijn naam.

'O ja, sorry,' zegt Paul.

'Waarom zei ze oudste dochtertje?' vraag ik.

'O, dat komt door je lange haar en je Dora-tas,' zegt Deana.

De oude vrouw is geverdwijnd. 'Was ze een slechterik?'

'O nee.'

'Maar als ze erachter was gekomen dat jij die Jack was,' zegt Paul, 'dan had ze misschien een foto van je gemaakt met haar mobiele telefoon of zo, en dan zou jouw mam ons vermoorden.'

Mijn hart begint te bonzen. 'Waarom zou Mam...?'

'Ik bedoel, sorry...'

'Dan zou ze heel kwaad zijn, dat bedoelt hij alleen maar,' zegt Deana.

Ik denk aan Mam die Weg ligt te zijn in het donker. 'Ik vind het niet fijn als ze kwaad is.'

'Nee, natuurlijk niet.'

'Kan ik nu terug naar de Kliniek, alsjeblieft?'

'Heel snel.'

'Nu.'

'Wil je het museum dan niet zien? We gaan er zo meteen naartoe. Webkinz,' zegt Deana tegen Paul, 'dat lijkt me wel veilig genoeg. Volgens mij is er een speelgoedwinkel naast het eetplein...'

Ik rij mijn tas de hele tijd, mijn schoenen zijn te strak geklitteband.

Bronwyn heeft honger dus krijgen we popcorn, dat is het knapperigste wat ik ooit heb gegeten, het plakt in mijn keel en ik moet hoesten. Paul haalt cappuccino voor hem en Deana bij de espressobar. Als er stukjes popcorn uit mijn zakje vallen zegt Deana dat ik ze moet laten liggen want we hebben genoeg en we weten niet wat er op die vloer heeft gelegen. Ik heb rommel gemaakt, Mam zal wel kwaad zijn. Deana geeft me een nat doekje dan kan ik mijn vingers onplakkerig maken, ik stop het in mijn Dora-tas. Het is hier veel te fel en volgens mij zijn we verdwaald, ik wou dat ik in Kamer Nummer Zeven was.

Ik moet plassen, Paul neemt me mee naar een badkamer met grappige slappe wasbakken aan de muur. Hij zwaait ernaar. 'Ga je gang.'

'Waar is de wc?'

'Deze zijn speciaal alleen voor jongens.'

Ik schud van nee en ga er weer uit.

Deana zegt dat ik wel met haar en Bronwyn mee kan, ik mag zelf het hokje kiezen. 'Goed gedaan, Jack, helemaal niet gespetterd.'

Waarom zou ik spetteren?

Als ze Bronwyns onderbroek omlaag doet is het anders dan Piemel, en ook anders dan Mams vagina, het is een dik klein stukje lichaam dat in het midden is gevouwen met zonder haartjes. Ik steek mijn hand uit en duw er met mijn vinger op, het is flubberig.

Deana slaat mijn hand weg.

Ik kan niet ophouden met schreeuwen.

'Rustig maar, Jack. Heb ik... doet je hand pijn?'

Er komt allemaal bloed uit mijn pols.

'O jee, sorry,' zegt Deana, 'het spijt me zo, dat komt vast door mijn ring.' Ze kijkt naar haar ring met de gouden stukjes. 'Maar luister, we raken elkaars intieme delen niet aan, dat mag niet, oké?'

Wat zijn intieme delen?

'Helemaal klaar, Bronwyn? Laat mammie maar even afvegen.'

Ze wrijft over hetzelfde stukje van Bronwyn als ik maar ze slaat zichzelf niet.

Als ik mijn handen was doet het bloed nog meer pijn. Deana zoekt de hele tijd in haar tas naar een Pleister. Ze vouwt een bruine papieren handdoek open en zegt dat ik die op de snee moet duwen.

'Okidoki?' vraagt Paul als we eruit komen.

'Vraag maar niet,' zegt Deana. 'Kunnen we nu weg?'

‘En het cadeautje voor Shirelle dan?’

‘We kunnen iets van Bronwyn inpakken dat er nog nieuw uitziet.’

‘Niet iets van mij,’ roept Bronwyn.

Ze maken ruzie. Ik wil in bed zijn bij Mam in het donker en zij helemaal zacht en geen onzichtbare muziek en dikke figuren met rode gezichten die langskomen en meisjes die lachen met hun armen in elkaar geknoopt en stukjes van hun die je door hun kleren kunt zien, ik druk op de snee zodat er geen bloed meer uit valt, ik doe mijn ogen dicht onder het lopen, ik bots tegen een plantenpot, het is eigenlijk niet echt een plant zoals Plant totdat ze doodging, het is een plastikke.

Dan zie ik iemand naar mij lachen dat is Gerrie! Ik ren naar hem toe en geef hem een hele dikke knuffel.

‘Een boek,’ zegt Deana, ‘perfect, geef me twee tellen.’

‘Het is Gerrie de Graafmachine, hij is mijn vriend uit Kamer,’ zeg ik tegen Paul. ‘*Daaaaarrrrrrrr komt Gerrie de Graafmachine aan! Hij schept bergen zand langs de hele baan. Kijk zijn lange arm eens grijpen in de grond...*’

‘Geweldig, maatje. Weet je nog waar het stond?’

Ik aai *Gerrie* z’n voorkant, hij is helemaal glad en glimmend geworden, hoe is hij hier in het winkelcentrum gekomen?

‘Pas op dat er geen bloed op komt.’ Paul doet een zakdoekje op mijn hand, mijn bruine papier is zeker gevallen. ‘Wil je misschien een ander boek kiezen dat je nog niet gelezen hebt?’

‘Mammie, mammie,’ Bronwyn probeert een sieraad uit de voorkant van een boek te pakken.

‘Ga jij afrekenen,’ zegt Deana, ze stopt een boek in Paul z’n hand en rent naar Bronwyn toe.

Ik maak mijn Dora-tas open, stop *Gerrie* erin en rits hem veilig dicht.

Als Deana en Bronwyn terugkomen lopen we langs de fontein, we horen de spetters maar worden zelf niet gespetterd. Bronwyn zegt: ‘Centjes, centjes,’ dus Deana geeft haar een muntje en Bronwyn gooit het in het water.

‘Wil jij er ook een?’ Dat is Deana die het tegen mij zegt.

Het is zeker een speciale vuilnis voor geld dat te vies is. Ik pak het muntje en gooi het erin en pak mijn natte doekje om mijn vingers schoon te maken.

'Heb je een wens gedaan?'

Ik heb nog nooit een wens gedaan met vuilnis. 'Waarvoor?'

'Wat je het allerliefst van de wereld zou willen,' zegt Deana.

Wat ik het allerliefst wil is in Kamer zijn, maar dat is denk ik niet in de wereld.

Er is een man die met Paul praat, hij wijst naar mijn Dora.

Paul komt en maakt de rits open en haalt *Gerrie* eruit. 'Jac... maatje!'

'Het spijt me vreselijk,' zegt Deana.

'Hij heeft er thuis ook een, snapt u,' zegt Paul, 'hij dacht dat dit zijn boek was.' Hij geeft *Gerrie* aan de man.

Ik ren ernaartoe en grijp hem terug, ik zeg: '*Daaaaarrrrrrrr komt Gerrie de Graafmachine aan! Hij schept bergen zand langs de hele baan.*'

'Hij snapt het niet,' zegt Paul.

'*Kijk zijn lange arm eens grijpen in de grond...*'

'Jack, schatje, dit boek is van de winkel.' Deana trekt het boek uit mijn hand.

Ik hou het nog steviger vast en duw het onder mijn shirt. 'Ik kom ergens anders vandaan,' zeg ik tegen de man. 'Ouwe Nick hield mij en Mam opgesloten en nu zit hij in de gevangenis met zijn auto maar de engel gaat hem niet losbarsten want hij is een slechterik. Wij zijn beroemd en als je een foto van ons maakt vermoorden we je.'

De man knippert.

'Eh, hoeveel is dat boek?' zegt Paul.

De man zegt: 'Ik moet het eerst scannen...'

Paul steekt zijn hand uit, ik ga op de vloer liggen opgerold om *Gerrie* heen.

'Ik pak wel even een ander exemplaar dat u kunt scannen,' zegt Paul en hij rent weer de winkel in.

Deana kijkt overal in het rond, ze roept: 'Bronwyn? Liefje?' Ze rent naar de fontein en kijkt er overal in. 'Bronwyn?'

Maar Bronwyn staat gewoon achter een raam en ze duwt haar tong tegen het glas.

'Bronwyn?' Deana schreeuwt.

Ik steek ook mijn tong uit, Bronwyn lacht achter het glas.

* * *

Ik val bijna in slaap in het groene busje maar niet echt.

Noreen zegt dat mijn Dora-tas prachtig is en het glimmende hartje ook en *Gerrie de Graafmachine* lijkt haar een geweldig boek. 'Hoe waren de dino's?'

'We hadden geen tijd om te gaan kijken.'

'O, dat is jammer.' Noreen haalt een Pleister voor mijn pols maar er staan geen plaatjes op. 'Je mam heeft de hele dag liggen doezelen, wat zal ze blij zijn om je te zien.' Ze klopt en doet de Deur Nummer Zeven open.

Ik doe mijn schoenen uit maar niet mijn kleren, eindelijk ga ik bij Mam liggen.

Ze is warmig zacht, ik kruip tegen haar aan maar voorzichtig. Het kussen ruikt vies.

'Ik zie jullie bij het avondeten,' fluistert Noreen en ze doet de deur dicht.

Het vieze is overgeef, dat weet ik nog van onze Grote Ontsnapping. 'Wakker worden,' zeg ik tegen Mam, 'je hebt overgeef gedaan op het kussen.'

Ze schakelt niet aan, ze kreunt niet eens en ze rolt ook niet om, ze beweegt niet als ik aan haar trek. Dit is haar ergste Weg van ooit.

'Mam, Mam, Mam.'

Ze is een zombie, denk ik.

'Noreen?' roep ik, ik ren naar de deur. Ik mag de anderen niet storen maar... 'Noreen!' Ze is aan het eind van de gang, ze draait zich om. 'Mam heeft een overgeef gedaan.'

'Geen probleem, dat hebben we zo opgeruimd. Ik ga even het karretje halen...'

'Nee, kom nu.'

'Oké, oké.'

Als ze het licht aandoet en naar Mam kijkt zegt ze niet oké, ze pakt de telefoon en zegt: 'Code blauw, kamer zeven, code blauw...'

Ik weet niet wat... Dan zie ik Mams pillenpotten open op de tafel, zo te zien bijna helemaal leeg. Nooit meer dan twee, dat is de regel, hoe kunnen ze dan bijna helemaal leeg zijn, waar zijn de pillen gebleven? Noreen duwt op de zijkant van Mams keel en zegt haar andere naam en 'Hoor je me? Hoor je me?'

Maar ik denk dat Mam niks kan horen, ik denk dat ze niks kan zien, ik schreeuw: 'Geen goed idee geen goed idee geen goed idee.'

Een heleboel anderen komen eraan rennen, een ervan trekt me naar de gang. Ik schreeuw 'Mam!' zo hard als ik kan maar het is niet hard genoeg om haar wakker te krijgen.

LEVEN

Ik ben in het huis met de hangmat. Ik kijk door het raam of ik hem zie, maar Oma zegt dat hij in de achtertuin zou hangen en niet in de voortuin, maar hij is nog niet opgehangen omdat het pas 10 april is. Er zijn struiken en bloemen en de stoep en de straat en de andere voortuinen en de andere huizen, ik tel elf stukken ervan, daar wonen buren in net als bij Leentjebuur spelen. Ik sabbel om Kies te voelen, hij ligt precies midden op mijn tong. De witte auto is buiten hij beweegt niet, daarin ben ik van de Kliniek hierheen gereden ook al was er geen verhoger, dokter Clay wou dat ik daar bleef voor *continuïteit* en *therapeutische isolatie* maar Oma schreeuwde dat hij me niet mocht vasthouden als een gevangene terwijl ik gewoon familie heb. Mijn familie is Oma Stopa Bronwyn Oom Paul Deana en Opa, alleen krijgt die de rillingen van mij. En nog Mam. Ik doe Kies in mijn wang. 'Is ze dood?'

'Nee, dat zeg ik toch al de hele tijd. Absoluut niet.' Oma leunt met haar hoofd tegen het hout om het raam heen.

Soms als iemand absoluut zegt klinkt het eigenlijk juist niet zo waar. 'Doe je net alsof ze levend is?' vraag ik aan Oma. 'Want als ze niet levend is, wil ik ook niet levend zijn.'

Er lopen weer allemaal tranen over haar gezicht. 'Ik heb... ik kan je niet meer vertellen dan ik weet, liefje. Ze zeiden dat ze zouden bellen zodra ze een update hadden.'

'Wat is een update?'

'Hoe het met haar gaat, op dit moment.'

'Hoe gaat het met haar?'

'Nou, op dit moment niet zo goed omdat ze te veel van die slechte medicijnen heeft geslikt, maar dat hebben ze nu inmiddels wel allemaal uit haar maag gepompt, of het meeste in elk geval...'

'Maar waarom had ze...?'

'Omdat het niet goed met haar gaat. In haar hoofd. Er wordt

goed voor haar gezorgd,' zegt Oma, 'je hoeft je geen zorgen te maken.'

'Waarom niet?'

'Nou, daar heb je niks aan.'

Gods gezicht is helemaal rood en het zit boven op een schoorsteen. Het wordt al donker, Kies prikt in mijn tandvlees, hij is een rotte kies die pijn doet.

'Je hebt geen hap genomen van je lasagne,' zegt Oma, 'wil je wat sinaasappelsap of zo?'

Ik schud van nee.

'Ben je moe? Je moet wel moe zijn, Jack. Ik in elk geval wel. Kom mee naar beneden, dan laat ik je onze extra kamer zien.'

'Waarom is het de extra kamer?'

'Dat betekent dat we hem niet gebruiken.'

'Waarom heb je een kamer die je niet gebruikt?'

Oma haalt haar schouders op. 'Je weet nooit wanneer je hem nog eens nodig zult hebben.' Ze blijft wachten tot ik de trap op mijn billen heb gedaan want er is geen leuning om vast te houden. Ik trek mijn Dora-tas achter me aan hotsebots. We gaan door de kamer die de woonkamer heet, ik weet niet waarom want Oma en Stopa wonen in alle kamers, alleen niet in de extra.

Er begint een afschuwelijk waaa waaa, ik doe mijn oren dicht. 'Ik ga even opnemen,' zegt Oma.

Ze is zo weer terug en brengt me naar een kamer. 'Ben je klaar?'

'Waarvoor?'

'Om naar bed te gaan, liefje.'

'Niet hier.'

Ze duwt rond haar mond waar de kleine barstjes zitten. 'Ik weet dat je je mam mist, maar nu moet je even een tijdje in je eentje slapen. Het komt vast goed, Stopa en ik zijn gewoon hierboven. Je bent toch niet bang voor monsters, hè?'

Het ligt aan het monster, of het een echt monster is of niet en of het is waar ik ben.

'Hmm. De oude kamer van je mam is naast onze kamer,' zegt Oma, 'maar daar hebben we een fitnessruimte van gemaakt, ik weet niet of er genoeg plaats is voor een luchtbed...'

Nu ga ik met mijn voeten de trap omhoog, ik duw gewoon tegen de muren, Oma draagt mijn Dora-tas. Er liggen blauwe flubberige matten en halters en buikspiertrainers net als ik in Tv heb gezien. 'Haar bed stond hier, precies waar haar wiegje stond toen ze nog een baby was,' zegt Oma, ze wijst naar een fiets maar dan vast aan de grond. 'De muren hingen vol posters, weet je wel, van haar favoriete bands, en een reusachtige ventilator en een dromenvanger...'

'Waarom vangde die haar dromen?'

'Wat zeg je?'

'De ventilator.'

'O nee, die waren alleen voor de versiering. Ik vind het zo vreselijk dat ik alles aan een goed doel heb gegeven, op aanraden van een begeleider van de rouwverwerkingsgroep...'

Ik doe een grote gaap. Kies valt bijna uit mijn mond maar ik kan hem nog in mijn hand vangen.

'Wat is dat?' zegt Oma. 'Een kraal of zo? Je moet nooit op iets kleins sabbelen, heeft je...'

Ze probeert mijn vingers open te buigen om hem te pakken. Mijn hand slaat haar hard in de buik.

Ze kijkt verschrikt.

Ik stop Kies weer terug onder mijn tong en doe mijn tanden op slot.

'Weet je wat, zal ik een luchtbed naast ons bed leggen, alleen voor vannacht, tot je hier gewend bent?'

Ik trek aan mijn Dora-tas. De volgende deur is waar Oma en Stopa slapen. Het luchtbed is een grote soort tas, de pomp schiet steeds uit het gat en ze moet Stopa roepen dat hij moet komen helpen. Dan is hij helemaal vol net als een ballon maar dan rechthoekig en ze legt er lakens overheen. Welke *ze* hebben Mams maag gepompt? Waar doen ze de pomp in? Maar knapt ze dan niet?

'Ik zei: waar is je tandenborstel, Jack?'

Ik vind hem in mijn Dora-tas waar mijn alles in zit. Oma zegt dat ik mijn pyjama aan moet doen. Ze wijst naar het luchtbed en zegt: 'Duik er maar in,' mannen en vrouwen in Buiten zeggen steeds duik of spring als ze net willen doen of het leuk is. Oma buigt voorover met haar mond naar voren net of ze wil kussen maar ik stop mijn hoofd onder het dekbed. 'Sorry,' zegt ze. 'Wil je een verhaaltje?'

'Nee.'

'Te moe voor een verhaaltje, goed dan. *Goedenacht.*'

Het wordt helemaal donker. Ik ga zitten. 'Maar de Beestjes dan?'

'Het beddengoed is helemaal schoon.'

Ik kan haar niet zien maar ik ken haar stem. 'Nee, de Beestjes.'

'Jack, ik val zowat om...'

'De Beestjes die je niet moet laten bijten.'

'O,' zegt Oma. '*Goedenacht, slaap zacht...* Dat klopt, dat zei ik altijd toen je mam nog...'

'Je moet het helemaal doen.'

'*Goedenacht, slaap zacht, laat de beestjes niet bijten vannacht.*'

Er komt een beetje licht, dat is de deur die opengaat. 'Waar ga je naartoe?'

Ik kan de vorm van Oma helemaal zwart in het gat zien. 'Gewoon even naar beneden.'

Ik rol van het luchtbed af, het wiebelt. 'Ik ook.'

'Nee, ik ga naar mijn televisieprogramma's kijken, die zijn niet voor kinderen.'

'Je zei dat jij en Stopa in het bed lagen en ik ernaast op het luchtbed.'

'Dat is straks, we zijn nog niet moe.'

'Je zei dat je moe was.'

'Ik ben moe van...' Oma schreeuwt bijna. 'Ik heb geen slaap, ik wil gewoon tv-kijken en eventjes niet nadenken.'

'Je kunt ook hier niet nadenken.'

'Probeer nou gewoon te gaan liggen en je ogen dicht te doen.'

'Dat kan ik niet, niet helemaal alleen.'

'O,' zegt Oma. 'Och, arm ding.'

Waarom ben ik arm en een ding?

Ze bukt naast het luchtbed en raakt mijn gezicht aan.

Ik rol aan de kant.

'Ik wilde alleen je ogen dichtdoen voor je.'

'Jij in het bed. Ik op het luchtbed.'

Ik hoor dat ze haar adem uitblaast. 'Goed dan. Ik ga heel eventjes liggen...'

Ik zie haar vorm boven op het dekbed. Er valt iets boem, het is haar schoen. 'Wil je een slaapliedje?' fluistert ze.

'Hè?'

'Een liedje?'

Mam zingt liedjes voor me maar die zijn er niet meer. Ze knalde mijn hoofd tegen de tafel in Kamer Nummer Zeven. Ze had de slechte medicijnen geslikt, ik denk dat ze te moe was om nog te spelen, ze wilde gauw gauw naar Hemel en ze wilde niet wachten, waarom had ze niet op mij gewacht?

'Lig je te huilen?'

Ik zeg niks.

'O, liefje. Nou ja, het kan er maar beter uit zijn.'

Ik wil wat, ik wil heel heel graag wat. Anders kan ik niet slapen. Ik sabbel op Kies want die is Mam, een stukje van haar tenminste, haar cellen helemaal bruin en verrot en hard. Kies deed haar pijn of hij had pijn maar nu niet meer. Waarom kan het er maar beter uit zijn? Mam zei dat we vrij zouden zijn maar dit voelt niet als vrij.

Oma zingt heel zachtjes, ik ken dat liedje maar het klinkt fout: 'De wielen van de bus gaan...'

'Nee, dank je wel,' zeg ik, en ze stopt.

Ik en Mam in de zee, ik zit vast in haar haren, ik zit helemaal in de knoop en ik verdrink...

Gewoon een nare droom. Dat zou Mam zeggen als ze hier was maar ze is er niet.

Ik ga tellen vijf vingers vijf vingers vijf tenen vijf tenen, ik laat ze een voor een wiebelen. Ik probeer het praten in mijn hoofd: Mam? Mam? Mam? Ik kan haar antwoord niet horen.

Als het lichter begint te worden trek ik het dekbed over mijn gezicht om het donker te maken. Zo voelt het denk ik om Weg te zijn.

Er lopen anderen rond die fluisteren. 'Jack?' Dat is Oma vlak bij mijn oor dus ik kruip weg. 'Hoe voel je je?'

Ik denk aan de goede manieren. 'Niet helemaal honderd procent, dank je wel.'

Ik ben mompelig want Kies zit aan mijn tong geplakt.

Als ze weg is ga ik zitten en tel mijn dingen in mijn Dora-tas, mijn kleren en schoenen en helikoptertje en trein en tekenvierkant en rammelaar en glitterhartje en krokodil en steen en aapjes en auto en zes boeken, de zesde is *Gerrie de Graafmachine* van de winkel.

Heel veel uren later komt het waaa waaa dat betekent de telefoon. Oma komt eraan. 'Dat was dokter Clay, de toestand van je mam is stabiel. Dat klinkt goed, hè?'

Dat klinkt als de medische planeet.

'En als ontbijt hebben we bosbespannenkoeken.'

Ik lig heel stil net of ik een skelet ben. Het dekbed ruikt stoffig.

Dingdong dingdong en ze gaat weer naar beneden.

Stemmen onder me. Ik tel mijn tenen dan mijn vingers dan mijn tanden weer helemaal overnieuw. Ik krijg iedere keer de goede cijfers maar ik weet het niet zeker.

Oma komt weer naar boven hijgend om te zeggen dat mijn Opa er is om dag te zeggen.

'Tegen mij?'

'Tegen ons allemaal, hij vliegt terug naar Australië. Kom nu uit bed, Jack, je hebt er niks aan om te blijven kniezen.'

Ik weet niet wat dat is. 'Hij wil dat ik niet geboren ben.'

'Wat wil hij?'

'Hij zei dat ik er niet moest zijn en dan hoefde Mam geen Mam te zijn.'

Oma zegt niks, dus ik denk dat ze naar beneden is gegaan. Ik doe mijn gezicht eruit om te kijken. Ze staat er nog met haar armen strak om zich heen geslagen. 'Trek je maar niks aan van die klo...'

'Wat is een...?'

'Kom maar gewoon een pannenkoek eten.'

'Dat kan ik niet.'

'Kijk eens naar jezelf,' zegt Oma.

Hoe moet ik dat doen?

'Je ademt en je loopt en je praat en je slaapt zonder je Mam, toch? Dus ik wed dat je ook zonder haar kunt eten.'

Ik hou Kies in mijn wang voor de veiligheid. Ik doe er heel lang over op de trap.

In de keuken heeft Opa de echte paars op zijn mond. Zijn pannenkoek ligt helemaal in een plasje stroop met nog meer paarsen, dat zijn de bosbessen.

De borden zijn normaal wit maar de glazen zijn de foute vorm met hoeken. Er is een grote schaal worstjes. Ik wist niet dat ik honger had. Ik eet een worstje dan nog twee.

Oma zegt dat ze het sap met zonder vruchtvlees niet heeft maar ik moet toch iets drinken anders stik ik in mijn worstjes. Ik drink het vlezige sap met de bacteriën die door mijn keel wriemelen. De Koelkast is gigantisch helemaal vol met bakken en flessen. De kasten hebben zoveel eten erin dat Oma op trapjes moet gaan staan om er allemaal in te kunnen kijken.

Ze zegt dat ik moet douchen maar ik doe net of ik het niet hoor.

'Wat is stabiel?' vraag ik aan Opa.

'Stabiel?' Er komt een traan uit zijn oog en hij veegt hem weg. 'Niet beter en niet slechter, denk ik.' Hij legt zijn mes en zijn vork naast elkaar op zijn bord.

Niet beter en niet slechter dan wat?

Kies smaakt helemaal zuur van het sap. Ik ga weer naar boven om te slapen.

* * *

'Liefje,' zegt Oma. 'Je gaat niet weer een hele dag voor de kijkdoos zitten.'

'Hè?'

Ze doet de tv uit. 'Ik had dokter Clay net aan de telefoon over je ontwikkelingsbehoeften, ik moest wel tegen hem zeggen dat we veel dammen.'

Ik knipper en wrijf in mijn ogen. Waarom heeft ze tegen hem geliegd? 'Is Mam...?'

'Ze is nog steeds stabiel, zegt hij. Heb je zin om echt een potje te dammen?'

'Jouw stukken zijn voor reuzen en ze vallen eraf.'

Ze zucht. 'Ik heb toch al een paar keer gezegd dat dit de normale zijn, en dat geldt ook voor het schaakspel en de kaarten. De magnetische minispelletjes die jij en je Mam hadden waren voor op reis.'

Maar we gingen niet op reis.

'Laten we naar de speeltuin gaan.'

Ik schud van nee. Mam zei dat we samen zouden gaan als we vrij waren.

'Je bent toch al eerder naar buiten geweest, vaak genoeg.'

'Dat was in de Kliniek.'

'Het is toch dezelfde lucht? Kom op, je mam vertelde me dat je goed kunt klimmen.'

'Ja, ik klim op Tafel en onze stoelen en op Bed wel duizend keer.'

'Niet op mijn tafel, meneertje.'

Ik bedoelde in Kamer.

Oma doet mijn paardenstaart heel strak en stopt hem in mijn jas, ik trek hem er weer uit. Ze zegt niks over het plakkerige spul en mijn pet, misschien verbrandt vel niet in dit stukje van de wereld. 'Doe je zonnebril op, o ja, en je goede schoenen, die sloffen geven helemaal geen steun.'

Mijn voeten worden platgeperst onder het lopen ook als ik de klittenband losmaak. We zijn veilig als we op de stoep blijven maar als we per ongeluk op de straat komen gaan we dood. Mam is niet dood, Oma zegt dat ze niet tegen mij zou liegen. Ze heeft wel tegen dokter Clay geliegd over Dammen. De stoep stopt steeds dus dan moeten we de straat oversteken, het is niet erg als we maar handje vasthouden. Ik wil niet aanraken maar Oma zegt jammer dan. De lucht is helemaal blazerig in mijn ogen en de zon is zo schitterig langs de randen van mijn zonnebril. Er is een roze ding dat een haarelastiekje is en een flessendop en een stuur niet van een echte auto maar van een speelgoed en een zakje noten maar de noten zijn weg en een pak van sap waar ik nog steeds wat sap in hoor klotsen en een gele poep. Oma zegt dat die niet van een mens is maar van een of andere smerige hond, ze trekt aan mijn jas en zegt: 'Kom mee, afblijven.' De rommel moet daar niet zijn, behalve de blaadjes die de bomen per ongeluk laten vallen. In Frankrijk laten ze hun honden overal hun gang gaan, daar kan ik een keer naartoe gaan.

'Om naar de poep te kijken?'

'Nee nee,' zegt Oma, 'naar de Eiffeltoren. Later een keer, als je echt heel goed kunt traplopen.'

'Is Frankrijk in Buiten?'

Ze kijkt me raar aan.

'In de wereld?'

'Alles is in de wereld. Daar zijn we dan!'

Ik kan niet in de speeltuin gaan want er zijn kinderen niet vrienden van mij.

Oma rolt met haar ogen. 'Je speelt gewoon tegelijkertijd, dat doen kinderen altijd.'

Ik kan door het hek kijken door de ruitjes van draad. Het is net het geheime hek in de muren en Vloer waar Mam niet doorheen kon graven, maar we zijn er toch uit gekomen, ik heb haar gered, alleen toen wou ze niet meer levend zijn. Er is een groot meisje dat ondersteboven aan een schommel hangt. Twee jongens op het ding waar ik de naam niet meer van weet dat op en neer gaat, ze slaan erop en lachen en vallen eraf volgens mij expres. Ik tel mijn tanden tot twintig en nog een keer. Ik krijg witte strepen op mijn vingers van het hek vasthouden, ik kijk naar een vrouw die een baby naar het klimrek draagt en hij kruipt door de tunnel, ze trekt gekke gezichten naar hem door de gaten in de zijkant en doet net of ze niet weet waar hij is. Ik kijk naar het grote meisje maar ze schommelt alleen maar, soms met haar haren bijna in de modder, soms de goede kant omhoog. De jongens rennen achter elkaar aan en doen knal met hun handen als pistolen, eentje valt en moet huilen. Hij rent door het hek en in een huis, Oma zegt dat hij daar zeker woont, hoe weet ze dat? Ze fluistert: 'Waarom ga je nu niet even met dat andere jongetje spelen?' Ze roept: 'Hallo!' Het jongetje kijkt naar ons. Ik ga in een struik, hij prikt me in mijn hoofd.

Na een tijdje zegt ze dat het frisser is dan je denkt en dat we misschien maar eens naar huis moeten gaan voor middageten.

Het duurt wel honderd uur en mijn benen barsten.

'Misschien vind je het de volgende keer wel leuker,' zegt Oma.

'Het was interessant.'

'Heeft je mam gezegd dat je dat moet zeggen als je iets niet leuk vindt?' Ze lacht een beetje. 'Dat heeft ze van mij geleerd.'

'Gaat ze nu dood?'

'Nee.' Ze schreeuwt bijna. 'Leo zou hebben gebeld als er nieuws was.'

Leo is Stopa, het is ingewikkeld zoveel namen. Ik wil alleen mijn ene naam Jack.

Bij het huis van Oma laat ze me zien waar Frankrijk is op de globe dat is net een standbeeld van de wereld en hij draait altijd. Deze hele grote stad waar wij in zijn is maar een stip en de Kliniek is ook in de stip. En Kamer ook maar Oma zegt dat ik daar niet meer aan hoef te denken, zet het maar uit mijn hoofd.

Als middageten eet ik heel veel brood met boter, het is Frans stokbrood maar er zit geen poep op denk ik. Mijn neus is rood en heet, ook mijn wangen en het bovenste stuk van mijn borst en mijn armen en de bovenkant van mijn handen en mijn enkels boven mijn sokken.

Stopa zegt tegen Oma dat ze zich niet zo druk moet maken.

'Het was niet eens zo heel zonnig,' zegt ze de hele tijd, en ze wrijft in haar ogen.

Ik vraag: 'Valt mijn vel er nu af?'

'Alleen maar kleine stukjes ervan,' zegt Stopa.

'Maak dat kind niet bang,' zegt Oma. 'Er is niks aan de hand, Jack, maak je geen zorgen. Doe nog maar wat van die fijne aftersun op, nu...'

Het is moeilijk om bij mijn achterkant te komen maar ik wil geen vingers van anderen dus het lukt wel.

Oma zegt dat ze weer naar de Kliniek moet bellen maar ze kan er nog even niet tegen.

Omdat ik verbrand ben mag ik op de bank liggen en tekenfilms kijken, Stopa is in de ligstoel en leest in zijn blad *World Traveler*.

* * *

In de nacht komt Kies achter me aan, hij stuitert op de straat bonk bonk bonk, drie meter hoog helemaal schimmelig en scherpe stukjes die eraf vallen, hij knalt tegen de muren. Dan drijf ik in een boot die is dichtgetimmerd en de wormen kruipen erin, de wormen kruipen eruit...

Er sist iets in het donker dat ik niet ken maar dan is het Oma. 'Jack. Rustig maar.'

'Nee.'

'Ga maar weer slapen.'

Dat lukt denk ik niet.

Bij het ontbijt neemt Oma een pil, ik vraag of het haar vitamine is. Stopa lacht. Ze zegt tegen hem: 'Jij moet nodig wat zeggen.' Dan zegt ze tegen mij: 'Iedereen heeft wel iets nodig.'

Dit huis is moeilijk te leren. De deuren waar ik altijd in mag zijn de keuken en de woonkamer en de fitnessruimte en de extra kamer en de kelder, ook buiten de slaapkamer dat heet de overloop, net als waar rivieren overstromen maar dat is hier niet. Ik mag in de slaapkamer komen behalve als de deur dicht is dan moet ik eerst kloppen en wachten. Ik mag ook in de badkamer behalve als hij niet opengaat, dat betekent dat er iemand anders in is en dan moet ik wachten. Het bad en de wasbak en de wc zijn groen dat heet avocado, behalve de wc-bril is hout dus daar kan ik wel op zitten. Ik moet de wc-bril omhoogdoen en daarna weer omlaag dat is beleefd voor de dames, dat is Oma. De wc heeft een deksel op de pot net als die waarmee Mam Ouwe Nick had geslagen. De zeep is een harde bal en ik moet heel hard wrijven anders doet hij het niet. Buiteners zijn anders dan wij, ze hebben wel miljoen dingen en verschillende soorten van elk ding, zoals allemaal verschillende chocoladerepen en apparaten en schoenen. Hun dingen zijn allemaal voor verschillende dingen te doen, een nagelborstel en een tandenborstel en een kleerborstel en een wc-borstel en een haarborstel en een verfborstel. Als ik wat poeder dat talk heet op de vloer laat vallen veeg ik het op maar Oma komt eraan en zegt dat is de wc-borstel en ze is kwaad omdat ik bacteriën verspreid.

Het is ook het huis van Stopa maar hij maakt niet de regels. Hij zit meestal in zijn hok dat is zijn speciale kamer voor zijn eigen.

'Mensen willen niet altijd bij andere mensen zijn,' zegt hij tegen mij. 'Dat wordt vermoeiend.'

'Waarom?'

'Neem het maar gewoon van me aan, ik ben twee keer getrouwd geweest.'

De voordeur daar mag ik niet uit, dan moet ik het eerst tegen Oma zeggen maar dat wil ik toch niet. Ik zit op de trap en zuig hard op Kies.

'Ga nou eens ergens mee spelen, oké?' zegt Oma als ze zich langs me heen wringt.

Er is zoveel, ik weet niet wat. Mijn speelgoed van de gekke gelukwensers toen Mam dacht dat er maar vijf waren maar ik had er stiekem zes gepakt. Er zijn krijtjes allemaal verschillende kleuren die Deana heeft gebracht maar ik heb haar niet gezien, ze zijn te vlekkerig op mijn vingers. Er is een reusachtige rol papier en achtenveertig stiften in een lang onzichtbaar plastic. Een bak met bakjes met dieren erop die Bronwyn niet meer gebruikt, ik weet niet waarom, je kunt er een toren van maken nog hoger dan mijn hoofd.

Ik kijk liever naar mijn schoenen, het zijn mijn zachte. Als ik wiebel kan ik een beetje mijn tenen onder het leer zien. Mam! Ik roep het heel hard in mijn hoofd. Volgens mij is ze er niet. Niet beter niet slechter. Behalve als iedereen liegt.

Er zit een heel klein bruin ding onder het tapijt waar het hout van de trap begint. Ik frummel het eruit, het is een ijzer. Een munt. Er staat een mannengezicht op en woorden: IN GOD WE TRUST LIBERTY 2004. Als ik hem omdraai staat er een man op, misschien dezelfde maar nu zwaait hij naar een klein huisje en zegt: UNITED STATES OF AMERICA E PLURIBUS UNUM ONE CENT.

Oma staat op de onderste tree naar me te kijken.

Ik schrik, ik duw Kies naar de achterkant van mijn tandvlees. 'Er staat een stukje in het Spaans op,' zeg ik.

'O ja?' Ze trekt haar wenkbrauwen op.

Ik laat het zien met mijn vinger.

'Dat is Latijn. E PLURIBUS UNUM. Hmm, dat betekent denk ik "Eendracht maakt macht" of zoiets. Wil je er nog meer?'

'Wat?'

'Even in mijn tas kijken...'

Ze komt terug met een rond plat ding dat als je erin knijpt dan gaat het ineens open net als een mond en er zitten allerlei geldjes in. Een zilverige waar een man met een paardenstaart op staat net als ik en FIVE CENTS maar ze zegt dat iedereen die stuiver noemt, de kleine zilverige is een dubbeltje, dat is tien.

'Waarom is de vijf groter dan de tien als hij maar vijf is?'

'Dat is nu eenmaal zo.'

Zelfs die van een cent is groter dan de tien, ik vind het maar dom.

Op de grootste zilverige staat een andere man niet blij, op de achterkant staat: NEW HAMPSHIRE 1788 LIVE FREE OR DIE. Oma zegt dat New Hampshire een ander stuk van Amerika is, niet dit stuk.

'Leef vrij, is dat dat het gratis is?'

'O nee, nee. Het betekent... dat niemand je baas is.'

Er is een andere dezelfde voorkant maar als ik hem omdraai staan er plaatjes op van een zeilboot met een heel klein mannetje erin en een glas en nog meer Spaans: GUAM E PLURIBUS UNUM 2009 en GUAHAN ITANO' MANCHAMORRO. Oma knijpt haar ogen dicht en gaat haar bril halen.

'Is dat ook een stuk van Amerika?'

'Guam? Nee, dat is denk ik ergens anders.'

Misschien schrijven de Buiteners zo Kamer.

De telefoon begint met zijn geschreeuw in de gang, ik ren gauw naar boven om het niet te horen.

Oma komt naar boven, ze huilt weer. 'Ze gaat de goede kant op.'

Ik kijk haar verbaasd aan.

'Je mam.'

'Welke kant op?'

'Ze is aan de beterende hand, ze wordt weer helemaal beter, waarschijnlijk.'

Ik doe mijn ogen dicht.

* * *

Oma schudt me wakker want ze zegt dat ik al drie uur slaap en ze is bang dat ik vannacht geen oog dichtdoe.

Het is moeilijk om te praten met Kies in mijn mond, dus ik stop hem in mijn zak. Er zit nog steeds zeep onder mijn nagels. Ik heb iets scherps nodig om het eruit te halen, bijvoorbeeld Afstand.

'Mis je je mam?'

Ik schud van nee. 'Afstand.'

'Mis je je... tand?'

'*Afstand.*'

'De afstandsbediening van de tv?'

'Nee, mijn Afstand waarmee Jeep broemm zoef deed maar toen ging hij kapot in Kast.'

'O,' zegt Oma, 'nou, die kunnen we vast wel terugkrijgen.'

Ik schud van nee. 'Ze zijn in Kamer.'

'Kom, dan maken we een lijstje.'

'Om door de wc te spoelen?'

Oma kijkt in de war. 'Nee, dan bel ik de politie.'

'Is het een noodgeval?'

Ze schudt van nee. 'Dan brengen ze je speelgoed hiernaartoe, als ze er klaar mee zijn.'

Ik kijk haar verbaasd aan. 'Kan de politie in Kamer komen?'

'Ik denk dat ze daar op dit moment zijn,' zegt ze, 'om bewijsmateriaal te verzamelen.'

'Wat is bewijsmateriaal?'

'Bewijzen van wat er gebeurd is, om aan de rechter te laten zien. Foto's, vingerafdrukken...'

Als ik de lijst zit te schrijven denk ik aan het zwart van Parcours en het gat onder Tafel, alle tekens die Mam en ik hebben gemaakt. De rechter die naar mijn tekening van de blauwe octopus kijkt.

Oma zegt dat het zonde is om zo'n mooie voorjaarsdag te verspillen, dus als ik een lang shirt aandoe en mijn goede schoenen en mijn pet en mijn zonnebril en een heleboel zonnecrème dan mag ik in de achtertuin.

Ze knijpt zonnecrème op haar handen. 'Jij zegt start en stop, wanneer je maar wilt. Net als met afstandsbediening.'

Dat is best wel grappig.

Ze begint het op de bovenkant van mijn handen te wrijven.

'Stop!' Even later zeg ik: 'Start,' en dan begint ze weer. 'Start.'

Ze stopt. 'Bedoel je dat ik moet doorgaan?'

'Ja.'

Ze doet mijn gezicht. Ik vind het niet fijn bij mijn ogen maar ze doet het heel voorzichtig.

'Start.'

'Nou, we zijn eigenlijk al klaar, Jack. Zullen we?'

Oma gaat voorop door allebei de deuren, die van glas en die van gaas, ze zwaait dat ik moet komen en het licht is helemaal gezigzagd. We staan op de vlonder die is helemaal van hout net als de vloer van een schip. Er liggen pluizen op, kleine bosjes. Oma zegt dat het een of ander stuifmeel is van een boom.

'Van welke?' Ik kijk omhoog naar alle verschillende.

'Dat zou ik echt niet weten, helaas.'

In Kamer wisten we precies hoe alles heette maar in de wereld is er zoveel dat iedereen niet eens de namen weet.

Oma probeert haar billen in een van de houten stoelen te wurmen. Er zijn stokjes die knappen als ik erop ga staan en een paar hele kleine gele blaadjes en slappe bruine, ze zegt dat ze Leo al in november had gevraagd om dat te regelen.

'Heeft Stopa een baan?'

'Nee, we zijn met vervroegd pensioen gegaan, maar nu zijn onze aandelen natuurlijk gekelderd...'

'Wat betekent dat?'

Ze leunt met haar hoofd tegen de bovenkant van de stoel, haar ogen zijn dicht. 'Niks, maak je maar niet druk.'

'Gaat hij bijna dood?'

Oma kijkt weer naar me.

'Of ga jij als eerste dood?'

'Neem me niet kwalijk, ik ben pas negenenvijftig hoor, jongeman.'

Mam is pas zesentwintig. Ze gaat de goede kant op, betekent dat dat ze hierheen komt?

'Er gaat niemand dood,' zegt Oma, 'maak je maar geen zorgen.'

'Mam zegt dat iedereen een keer doodgaat.'

Ze knijpt haar mond dicht, er zitten lijntjes omheen net als zonnestralen. 'Je hebt de meesten van ons pas net leren kennen, dus we gaan voorlopig nog geen gedag zeggen.'

Ik kijk naar het groene stuk van de tuin. 'Waar is de hangmat?'

'Die kunnen we wel gaan zoeken in de kelder, als je er zo op gebrand bent.' Ze staat op met een kreun.

'Ik ga mee.'

'Blijf jij maar zitten waar je zit, geniet van het zonnetje. Ik ben zo terug.'

Maar ik zit helemaal niet, ik sta.

Het is stil als ze weg is, alleen zijn er piepgeluiden in de bomen, ik denk vogels maar ik zie ze niet. De wind doet zwiep zwiep met de blaadjes. Ik hoor een kind roepen, misschien in een andere tuin achter de grote heg of anders is hij onzichtbaar. Gods gele gezicht heeft een wolk erbovenop. Ineens kouder. De wereld verandert iedere keer met licht en warmte en geluid, ik weet nooit hoe het over een minuut is. De wolk ziet er een soort grijsblauw uit, misschien zit er wel regen in. Als er regen op mij begint te druppelen ren ik gauw in het huis anders verdrinkt mijn vel.

Er is iets wat zzzzzz doet, ik kijk in de bloemen en het is iets heel ongelooflijks, een levende bij supergroot met gele en zwarte stukjes, hij danst precies in de bloem. 'Hoi,' zeg ik, ik wil hem met mijn vinger aaien en...

Aaaaauuuuuuwwwww,

mijn hand ontploft met de meeste pijn ooit. 'Mam!' ik schreeuw *Mam* in mijn hoofd, maar ze is niet in de achtertuin en ze is niet in mijn hoofd en ze is nergens, ik ben helemaal alleen in de pijn in de pijn in de pijn in...

'Wat heb je gedaan?' Oma komt over de vlonder aanrennen.

'Ik niet, de bij heeft het gedaan.'

Als ze de speciale zalf erop wrijft doet het niet meer zo'n pijn maar nog steeds wel veel.

Ik moet mijn andere hand gebruiken om haar te helpen. De hangmat hangt aan haken in twee bomen helemaal achter in de tuin, een is een beetje korte boom die maar twee keer mijn lang is en helemaal krom, een is miljoen keer hoger met zilverige blaadjes. De touwstukken zijn een beetje platgedrukt van in de kelder liggen, we moeten steeds trekken tot de gaten groot genoeg zijn. Ook twee van de touwen zijn kapot dus er zijn extra gaten waar we niet in moeten gaan zitten. 'Zal wel door de motten komen,' zegt Oma.

Ik wist niet dat motten zo groot groeien dat ze touwen kapotmaken.

'Eerlijk gezegd hebben we dat ding al in geen jaren meer opgehangen.' Ze zegt dat ze het zelf niet gaat riskeren om erin te klimmen, ze heeft liever wat meer steun in de rug.

Ik strek me uit en maak de hangmat helemaal in mijn eentje vol. Ik wiebel met mijn voeten in mijn schoenen, ik steek ze door de gaten, en mijn handen, maar niet mijn rechter want die doet nog steeds superveel pijn van de bij. Ik denk aan kleine Mam en kleine Paul die in de hangmat lagen te schommelen, dat is gek, waar zijn ze nu? De grote Paul is bij Deana en Bronwyn misschien, ze zeiden dat we een andere keer naar de dino's gaan kijken maar ik denk dat ze hebben geliegd. De grote Mam gaat de goede kant op in de Kliniek.

Ik duw tegen de touwen, ik ben een vlieg in een web. Of een dief die Spiderman heeft gevangen. Oma duwt en ik schommel, ik word er duizelig van maar een coole soort duizelig.

'Telefoon!' Dat is Stopa, hij roept op de vlonder.

Oma rent over het gras, ze laat me alweer helemaal alleen in het buiten-Buiten. Ik spring uit de hangmat en ik val bijna want één schoen zit vast. Ik trek mijn voet eruit, de schoen valt eraf. Ik ren achter haar aan, ik ben bijna net zo snel als zij.

In de keuken praat Oma aan de telefoon. 'Natuurlijk, dat snap ik, hij staat hier naast me. Er is iemand die met jou wil praten.' Dat zegt ze tegen mij, ze geeft de telefoon aan maar ik pak hem niet. 'Wie zou het zijn?'

Ik knipper met mijn ogen.

'Het is je mam.'

Het is waar, ik hoor Mams stem in de telefoon. 'Jack?'

'Hoi.'

Ik hoor niks meer dus ik geef hem terug aan Oma.

'Hier ben ik weer, hoe gaat het nou echt met je?' vraagt Oma. Ze knikt heel vaak en ze zegt: 'Hij zet zijn beste beentje voor.'

Ze geeft de telefoon weer aan mij, ik hoor Mam heel vaak sorry zeggen.

'Ben je nu niet meer vergiftigd met de slechte medicijnen?' vraag ik.

'Nee nee, ik voel me alweer een stuk beter.'

'Ben je niet in Hemel?'

Oma doet haar hand voor haar mond.

Mam maakt een geluid, ik kan niet horen of het huilen of lachen is. 'Dat mocht ik willen.'

'Waarom wil je dat je in Hemel bent?'

'Dat wil ik niet echt, het was maar een grapje.'

'Geen leuk grapje.'

'Nee.'

'Dat moet je niet willen.'

'Oké. Ik ben hier in de kliniek.'

'Had je geen zin meer om te spelen?'

Ik hoor niks, ik denk dat ze weg is. 'Mam?'

'Ik was moe,' zegt ze. 'Het was een stomme vergissing van me.'

'Ben je nu niet meer moe?'

Ze zegt niks. Dan zegt ze: 'Jawel. Maar dat geeft niet.'

'Kun je hierheen komen, in de hangmat schommelen?'

'Heel binnenkort,' zegt ze.

'Wanneer?'

'Ik weet niet, het hangt ervan af. Is alles goed daar bij Oma?'

'En Stopa.'

'Ja. Is er nog nieuws?'

'Alles is nieuw,' zeg ik.

Daar moet ze om lachen, ik weet niet waarom. 'Heb je leuke dingen gedaan?'

'De zon heeft mijn vel eraf gebrand en een bij heeft me gestoken.'

Oma rolt met haar ogen.

Mam zegt iets wat ik niet hoor. 'Ik moet nu ophangen, Jack, ik moet weer gaan slapen.'

'Word je dan wel weer wakker?'

'Dat beloof ik. Ik vind het zo...' Haar adem klinkt helemaal hakkelig. 'Ik bel je gauw nog een keer, oké?'

'Oké.'

Er klinkt geen gepraat meer dus ik leg de telefoon neer. Oma zegt: 'Waar is je andere schoen?'

* * *

Ik kijk naar de vlammen die helemaal oranje onder de pastapan dansen. De lucifer ligt op het aanrecht met de ene kant helemaal zwart en opgekruld. Ik hou hem bij het vuur, hij sist en krijgt weer een grote vlam, ik laat hem gauw vallen op het fornuis. Het kleine vlammetje wordt bijna onzichtbaar, het knabbelt aan de lucifer steeds een klein stukje verder tot hij helemaal zwart is en dan gaat er een klein rookje omhoog, net een zilverig lint. Het ruikt magisch. Ik pak nog een lucifer uit het doosje, ik steek de ene kant in het vuur en nu hou ik hem gewoon vast als hij sist. Het is mijn eigen kleine vlammetje waar ik mee kan rondlopen. Ik zwaai ermee in een cirkel, ik denk dat het uit is maar dan komt het weer terug. De vlam wordt groter en rommelig helemaal rondom de lucifer, het zijn twee verschillende vlammen en er is een kleine rode langs het hout tussen de twee...

'Hé!'

Ik schrik, het is Stopa. Ik heb de lucifer niet meer.

Hij stampt op mijn voet.

Ik schreeuw het uit.

'Hij lag op je sok.' Hij wijst naar de lucifer helemaal opgekruld, hij wrijft over mijn sok waar een zwart stukje zit. 'Heeft je mam je nooit geleerd dat je niet met vuur mag spelen?'

'Er was er geen.'

'Er was geen wat?'

'Vuur.'

Hij kijkt me verbaasd aan. 'Dan hadden jullie zeker een elektrisch fornuis. Zo zie je maar.'

'Wat is er?' Oma komt binnen.

'Jack is de keukenaccessoires aan het oefenen,' zegt Stopa, hij roert in de pasta. Hij houdt een ding omhoog en kijkt naar mij.

'Rasp,' weet ik weer.

Oma dekt de tafel.

'En dit?'

'Knoflookstamper.'

'Knoflookpers. Dat gaat veel harder dan stampen.' Hij doet een grijns naar me. Hij heeft Oma niet verteld over de lucifer, dat is een soort liegen maar dat ik niet op mijn kop krijg is een goede reden. Hij houdt weer iets omhoog.

'Nog een rasp?'

'Citroentrekker. En dit?'

'Eh... een garde.'

Stopa laat een lange pasta in de lucht bungelen en slurpt hem op. 'Mijn oudere broertje trok een keer een pan rijst over zich heen, toen hij drie was, en zijn arm bleef altijd gerimpeld, net als een stukje chips.'

'O ja, die heb ik in Tv gezien.'

Oma kijkt me verbaasd aan. 'Je gaat me toch niet vertellen dat je nog nooit chips hebt gehad!' Dan gaat ze op het trapje staan en schuift dingen aan de kant in een kastje.

'Over twee minuten is het eten klaar,' zegt Stopa.

'O, een handjevol kan geen kwaad.' Oma klimt weer omlaag met een krakerige zak en maakt hem open

Er zitten allemaal streepjes op de chips, ik pak er een en eet het randje ervan af. Dan zeg ik: 'Nee, dank je wel,' en stop ze terug in de zak.

Stopa lacht, ik weet niet wat er grappig is. 'Hij wil plaats overhouden voor mijn tagliatelle carbonara.'

'Ik wil liever het vel zien.'

'Welk vel?' vraagt Oma.

'Van de broer.'

'O, die woont in Mexico. Hij is jouw... eh... je oudoom, denk ik.'

Stopa gooit alle water in de wasbak, er komt een grote wolk van natte lucht.

'Is hij zo oud?'

'Het betekent gewoon dat hij Leo's broer is. Al onze familieleden zijn nu ook familie van jou,' zegt Oma. 'Wat van ons is, is ook van jou.'

'Net lego,' zegt Stopa.

'Wat?' zegt ze.

'Net als met lego. Stukjes familie die aan elkaar vastzitten.'

'Dat heb ik ook in Tv gezien,' zeg ik.

Oma zit me weer aan te kijken. 'Opgroeien zonder lego,' zegt ze tegen Stopa, 'daar kan ik me nou werkelijk geen voorstelling van maken.'

'Ik wed dat er wel een paar miljard kinderen in de wereld zijn die het op de een of andere manier toch voor elkaar krijgen,' zegt Stopa.

'Ja, daar heb je natuurlijk gelijk in.' Ze kijkt in de war. 'Maar volgens mij moeten we ergens in de kelder nog een bak hebben staan...'

Stopa barst een ei met één hand zodat het over de pasta loopt. 'Aan tafel.'

* * *

Ik rij heel veel op de fiets die niet beweegt, ik kan met mijn tenen bij de pedalen als ik me uitstrek. Ik zoem hem wel duizend uur rond, dan worden mijn benen supersterk en dan kan ik terug naar Mam rennen en haar nog een keer redden. Ik ga op de blauwe matten liggen, mijn benen zijn moe. Ik til de vrije gewichten op, ik snap niet wat er vrij aan is. Ik leg er een op mijn buik, ik vind het fijn hoe hij mij omlaag duwt, dan val ik tenminste niet van de draaierige wereld af.

Ding-dong, Oma roept omdat er bezoek voor mij is, dat is dokter Clay.

We gaan op de vlonder zitten, hij zal me waarschuwen als er bijen komen. Mensen en bijen moeten alleen naar elkaar zwaaien, niet aanraken. Geen hond aaien behalve als zijn mens zegt dat het mag, geen straat over rennen, geen intieme delen aanraken alleen mijn eigen als ik in mijn intieme eentje ben. En dan heb je speciale gevallen, zoals de politie mag met pistolen schieten maar alleen op slechteriken. Er zijn te veel regels, ze passen niet in mijn hoofd dus maken we een lijstje met de extra zware gouden pen van dokter Clay. Dan nog een lijstje van alle nieuwe dingen, zoals de vrije gewichten en chips en vogels. 'Vind je het geweldig om dat allemaal in het echt te zien, niet alleen op tv?' vraagt hij.

'Ja. Alleen heeft niks in Tv me ooit gesteekt.'

'Dat is waar,' zegt dokter Clay, hij knikt. 'De mensheid kan niet veel werkelijkheid verdragen.'

'Is dat weer een gedicht?'

'Hoe weet je dat?'

'Je doet een rare stem,' zeg ik. 'Wat is mensheid?'

'Het menselijk ras, wij allemaal.'

'Ben ik dat ook?'

'Ja, zeker weten, jij hoort bij ons.'

'En bij Mam.'

Dokter Clay knikt. 'Zij hoort er ook bij.'

Maar ik bedoelde eigenlijk: ik ben misschien wel een mens maar ik ben ook een Mam-en-ik. Ik weet geen woord voor ons twee. Kameraars?

'Komt ze me al bijna ophalen?'

'Zo gauw als ze kan,' zegt hij. 'Zou je het fijner vinden om in de kliniek te slapen dan hier bij je oma?'

'Met Mam in Kamer Nummer Zeven?'

Hij schudt van nee. 'Zij is nu in de andere vleugel, ze moet een tijdje alleen zijn.'

Ik denk dat hij het fout heeft, als ik ziek was zou ik juist nog liever willen dat Mam bij me was.

'Maar ze werkt heel erg hard om beter te worden,' zegt hij.

Ik dacht dat mensen gewoon ziek of beter zijn, ik wist niet dat het werk was.

Als afscheid doen ik en dokter Clay een high five, low five, back five.

Als ik op de wc ben hoor ik hem op de veranda met Oma. Haar stem is twee keer hoger dan de zijne. 'In godsnaam, waar hebben we het over, hij is een beetje verbrand en hij is door een bij gestoken,' zegt ze. 'Ik heb twee kinderen grootgebracht, kom nou niet aanzetten met *acceptabel zorgniveau*.'

* * *

In de nacht zijn er miljoenen piepkleine computertjes die met elkaar over mij praten. Mam is langs de bonenstaak omhooggegaan en ik sta beneden op aarde eraan te schudden net zo lang tot ze omlaag valt...

Nee. Dat was maar een droom.

'Ik heb een goed idee,' zegt Oma in mijn oor, ze buigt omlaag met haar onderkant nog in haar eigen bed. 'Laten we nog voor het ontbijt naar de speeltuin rijden, dan zijn er nog geen andere kinderen.'

Onze schaduwen zijn superlang en strekkerig. Ik zwaai met mijn reuzenvuisten. Oma gaat bijna op een bankje zitten, maar er zit nat op, dus gaat ze tegen het hek leunen. Er zit een beetje nat op alles, ze zegt dat het dauw is dat ziet eruit als regen maar niet uit de lucht, het is een soort zweet dat in de nacht gebeurt. Ik teken een gezicht op de glijbaan. 'Het is niet erg als je kleren nat worden, doe maar gewoon, het is leuk.'

'Nee, het is koud.'

Er is een stuk met allemaal zand erin, Oma zegt dat ik daarin kan gaan zitten en ermee spelen.

'Wat?'

'Hè?' zegt ze.

'Wat spelen?'

'Ik weet niet, graven of scheppen of zo.'

Ik voel eraan maar het is krasserig, ik wil het niet helemaal op me.

'En het klimrek dan, of de schommels?' zegt Oma.

'Ga jij er ook op?'

Ze doet een klein lachje, ze zegt dat ze dan vast iets kapot zou maken.

'Waarom zou je...?'

'O, niet expres, alleen omdat ik te zwaar ben.'

Ik ga een stukje het trapje op, ik sta als een jongen niet als een aapje, ze zijn van ijzer met harde oranje stukjes die roest heten en de vasthoudleuningen maken mijn hand bevroren. Aan het eind is een heel klein huisje voor kabouters. Ik ga aan het tafeltje zitten en het dak is vlak boven mijn hoofd, het is rood en de tafel is blauw.

'Joe-hoe!'

Ik schrik, het is Oma die door het raampje zwaait. Dan loopt ze naar de andere kant en zwaait weer. Ik zwaai terug, dat vindt ze leuk.

Op de hoek van de tafel zie ik iets bewegen, het is een heel klein spinnetje. Ik vraag me af of Spin nog in Kamer is, of haar web steeds groter en groter wordt. Ik tik liedjes, net als Neuriën maar dan alleen tikken en Mam moet in mijn hoofd raden, de meeste raadt ze goed. Als ik ze op de vloer doe met mijn schoen klinkt het anders want het is ijzer. Op de muur staat iets wat ik niet kan lezen, helemaal volgekrabbeld en er is een tekening die volgens mij een piemel is maar dan net zo groot als het mannetje.

'Ga eens van de glijbaan, Jack, die ziet er leuk uit.'

Dat is Oma die naar mij roept. Ik ga uit het kleine huisje en kijk omlaag, de glijbaan is zilver met wat kleine steentjes erop.

'Woeiii! Kom op, ik vang je als je beneden bent.'

'Nee, dank je wel.'

Er is een ladder van touw net als de hangmat maar dan slap omlaag, hij is te pijn aan mijn vingers. Er zijn een heleboel stangen om aan te hangen als ik sterkere armen had of als ik echt een aapje was. Er is een stuk dat ik Oma laat zien waar dieven zeker de treetjes hebben weggehaald.

'Nee, kijk, daar heb je een brandweerpaal in plaats van een trap,' zegt ze.

'O ja, dat heb ik in Tv gezien. Maar waarom wonen ze daarboven?'

'Wie?'

'De brandweermannen.'

'O, het is niet een echte paal van de brandweer, maar gewoon speelgoed.'

Toen ik vier was dacht ik dat alles in Tv alleen maar Tv was, toen was ik vijf en ging Mam onliegen dat heel veel in Tv plaatjes van echt waren en dat Buiten helemaal echt was. En nu ik in Buiten ben zijn ineens een heleboel dingen hier helemaal niet echt.

Ik ga weer naar het kabouterhuisje. De spin is ergens anders naartoe gegaan. Ik doe mijn schoenen uit onder de tafel en strek mijn tenen uit.

Oma is bij de schommels. Twee zijn plat maar de derde heeft een rubberige emmer met gaten voor benen. 'Hier kun je niet uit vallen,' zegt ze. 'Wil je het eens proberen?'

Ze moet me optillen, het voelt raar met haar handen die in mijn oksels duwen. Ze duwt me tegen de achterkant van de emmer maar dat vind ik niet fijn, ik draai me steeds om want ik wil kijken, dus dan duwt ze me van de voorkant. Ik schommel steeds sneller en sneller en hoger en hoger, het is het allergekste ooit.

'Doe je hoofd eens achterover.'

'Waarom?'

'Doe nou maar.'

Ik doe mijn hoofd achterover en alles draait ondersteboven, de lucht en bomen en huizen en Oma en alles, het is ongelooflijk.

Er zit een meisje op de andere schommel, ik had niet gezien dat ze eraan kwam. Ze schommelt niet tegelijk met mij, ze is achter als ik voor ben.

'Hoe heet je?' vraagt ze.

Ik doe net of ik het niet hoor.

'Hij heet Ja... Jason,' zegt Oma.

Waarom noemt ze me zo?

'Ik ben Cora en ik ben vier en een half,' zegt het meisje. 'Is zij een baby?'

'Hij is een jongen en hij is al vijf, hoor,' zegt Oma.

'Waarom zit ze dan in de babyschommel?'

Ik wil er nu uit maar mijn benen zitten vast in het rubber, ik schop, ik trek aan de kettingen.

'Rustig, rustig,' zegt Oma.

'Heeft ze een driftbui?' vraagt het meisje Cora.

Mijn voet schopt Oma per ongeluk.

'Hou op.'

‘Het kleine broertje van mijn vriendinnetje heeft ook vaak een driftbui.’

Oma trekt me onder mijn armen, mijn voet draait om en dan ben ik eruit.

Ze blijft bij het hek staan en zegt: ‘Je schoenen, Jack.’

Ik denk na en dan weet ik het weer. ‘Ze zijn in het kleine huisje.’

‘Ren gauw terug om ze te halen dan.’ Ze wacht. ‘Dat meisje doet heus niks.’

Maar ik kan niet klimmen als zij misschien kijkt.

Dus gaat Oma het doen en haar billen blijven steken in het kabouterhuisje, ze is kwaad. Ze klittebandt mijn linkerschoen veel te strak dicht dus ik trek hem weer uit en de andere ook. Ik ga op mijn sokken in de witte auto. Ze zegt dat ik glas in mijn voet krijg maar ik krijg er geen glas in.

Mijn broek is nat van de dauw en mijn sokken ook. Stopa is in zijn ligstoel met een mok, hij zegt: ‘Hoe ging het?’

‘Stukje bij beetje,’ zegt Oma, ze gaat naar boven.

Ik mag een slokje espresso proeven van hem, ik krijg er de rillingen van.

‘Waarom noemen ze hier een plek waar je iets kunt eten een espressobar?’ vraag ik.

‘Nou, koffie is het allerbelangrijkste wat ze verkopen, want dat hebben de meeste mensen nodig om aan de gang te blijven, ze krijgen er energie van, net zoals een auto benzine nodig heeft.’

Mam drinkt alleen water en melk en sap net als ik, ik vraag me af waar zij dan energie van krijgt. ‘En waar krijgen kinderen dan energie van?’

‘O, kinderen hebben zoveel energie, ik mag een boon zijn als ik het weet.’

Een boon? Witte bonen in tomatensaus geven me wel energie maar sperziebonen zijn mijn vijand-eten. Een paar avondetens geleden had Oma ze gemaakt maar ik deed net of ik ze niet op mijn bord zag liggen. Nu ik in de wereld ben, ga ik nooit meer sperziebonen eten.

* * *

Ik zit op de trap naar de dames te luisteren.

'Mmm. Hij kan beter rekenen dan ik maar hij kan niet van een glijbaan af,' zegt Oma.

Dat ben ik, denk ik.

Het is haar boekenclub maar ik weet niet waarom want ze lezen helemaal geen boeken. Ze was vergeten ze af te bellen dus kwamen ze allemaal om 15:30 met borden taart en zo. Ik heb drie taarten op een bordje maar ik moet uit de buurt blijven. Oma heeft me ook vijf sleutels gegeven aan een sleutelhanger waar POZZO's PIZZAHUIS op staat, ik vraag me af hoe een huis van pizza gemaakt kan zijn, dan zakt het toch in elkaar? Het zijn niet echt sleutels voor een deur maar ze rammelen, ik heb ze gekregen omdat ik had beloofd dat ik niet meer de sleutel uit de drankkast zou pakken. De eerste taart heet kokosnoot, die is getsie. De tweede is citroen en de derde weet ik niet maar die vind ik het lekkerste.

'Je zult wel afgepeigerd zijn,' zegt een van de dames met de hoogste stem.

'Dapper hoor,' zegt een andere.

Ik heb ook het fototoestel alleen voor lenen, niet de hele chique van Stopa met de reusachtige cirkel maar die verstoppeld zit in het oogje van Oma's mobiel, als hij overgaat moet ik haar roepen en niet opnemen. Ik heb al tien foto's gemaakt, een van mijn zachtige schoenen, twee van het licht in het plafond in de fitnessruimte, drie van het donker in de kelder (maar die was veel te licht), vier van mijn handbinnenkant met de lijntjes, vijf van een gat naast de koelkast dat hopelijk een muizenhol is, zes van mijn knie in mijn broek, zeven van het tapijt in de woonkamer van dichtbij, acht moest eigenlijk Dora zijn toen ze in TV was vanmorgen maar die is helemaal gezigzagd, negen is Stopa met zonder lach, tien is door het raam van de slaapkamer met een meeuw die langsvliegt alleen de meeuw staat niet op de foto. Ik wou er eigenlijk een maken van mij in de spiegel maar dan ben ik een paparazzi.

'Nou, op de foto's ziet hij eruit als een engeltje,' zegt een van de dames.

Hoe heeft zij mijn tien foto's gezien? En ik lijk helemaal niet op een engel, die zijn supergroot met vleugels.

'Bedoel je die korrelige opnamen voor het politiebureau?' vraagt Oma.

'O nee, de close-ups, van toen ze dat interview deden met...'

'Mijn dochter, ja. Maar close-ups van Jack?' Ze klinkt woedend.

'O, lieverd, ze staan overal op internet,' zegt een andere stem.

Dan praten er een heleboel door elkaar. 'Wist je dat dan niet?'

'Alles lekt uit, tegenwoordig.'

'De wereld is net een dorp.'

'Vreselijk.'

'Zoveel verschrikkelijke verhalen op het nieuws elke dag, soms zou je gewoon het liefst in je bed blijven liggen met de gordijnen dicht.'

'Ik kan het nog steeds niet bevatten,' zegt de lage stem. 'Ik weet nog dat ik tegen Bill zei, zeven jaar geleden, hoe kan zoiets nou gebeuren met een meisje dat wij kennen?'

'We dachten allemaal dat ze dood was. Dat zeiden we natuurlijk liever niet...'

'En jij was zo vol vertrouwen.'

'Wie had dit kunnen denken...'

'Wil er iemand nog thee?' Dat is Oma.

'Ach, ik weet het niet. Ik heb een keer een week in een klooster in Schotland gezeten,' zegt een andere stem, 'dat was zo vredig.'

Mijn taarten zijn weg behalve de kokosnoot. Ik laat het bordje op de tree staan en ga in de slaapkamer naar mijn schatten kijken. Ik stop Kies weer in mijn mond om op te sabbelen. Hij smaakt niet naar Mam.

* * *

Oma heeft in de kelder een grote bak lego gevonden die van Paul en Mam is geweest. 'Wat wil je maken?' vraagt ze aan mij. 'Een huis? Een wolkenkrabber? Misschien een stad?'

'Misschien ietsje bescheidener beginnen,' zegt Stopa achter zijn krant.

Er zijn zoveel kleine stukjes in alle kleuren, het is net soep. 'Nou,' zegt Oma, 'leef je maar uit. Ik moet strijken.'

Ik kijk naar de lego's maar ik raak ze niet aan, anders gaan ze misschien kapot.

Even later legt Stopa zijn krant weg. 'Ik heb dit te lang niet gedaan.' Hij pakt toch allemaal stukjes en duwt ze op elkaar tot ze blijven plakken.

'Waarom heb je niet...?'

'Goeie vraag, Jack.'

'Speelde je met lego met je kinderen?'

'Ik heb geen kinderen.'

'Hoe komt dat?'

Stopa haalt zijn schouders op. 'Het is gewoon nooit gebeurd.'

Ik kijk naar zijn handen, ze zijn lompig maar wel slim. 'Is er een woord voor volwassenen als ze geen ouders zijn?'

Stopa lacht. 'Lui die andere dingen te doen hebben?'

'Wat voor dingen dan?'

'Werk, denk ik. Vrienden. Reisjes. Hobby's.'

'Wat is hobby's?'

'Leuke dingen om in het weekend te doen. Ik verzamelde bijvoorbeeld munten, oude munten van over de hele wereld, ik bewaarde ze in fluwelen kistjes.'

'Waarom?'

'Tja, dat was makkelijker dan kinderen, geen stinkende poepluiers.'

Daar moet ik om lachen.

Hij steekt de lego-stukjes uit, ze zijn magisch veranderd in een auto. Hij heeft een twee drie vier wielen die kunnen draaien en een dak en een chauffeur en alles.

'Hoe heb je dat gedaan?'

'Steeds een stukje erbij. Nu moet jij er een kiezen,' zegt hij.

'Welke?'

'Maakt niet uit.'

Ik kies een groot rood vierkant.

Stopa geeft me een klein stukje met een wiel. 'Duw dat er maar op.'

Ik doe het zo dat de bobbel onder het gat van de andere bobbel zit en ik duw heel hard.

Hij geeft me een ander stukje met een wiel, dat duw ik er ook op.

'Mooie motor. *Vrooeemmm!*'

Hij zegt het zo hard dat ik de lego op de grond laat vallen en er valt een wiel af. 'Sorry.'

'Je hoeft geen sorry te zeggen. Ik zal je iets laten zien.' Hij zet zijn auto op de grond en gaat erop staan, krak. Hij is helemaal in stukken. 'Zie je?' zegt Stopa. 'No problemo. We beginnen gewoon opnieuw.'

* * *

Oma zegt dat ik stink.

'Ik was met het doekje.'

'Ja, maar het vuil kruipt in de plooitjes. Dus ik ga het bad aanzetten, en dan ga jij erin.'

Ze maakt het water heel hoog en stomerig en ze doet er bubbels in voor glinsterende bergen. Het groen van het bad is bijna verstoppeld maar ik weet dat het er nog wel is. 'Kleren uit, liefje.' Ze staat met haar handen in de zij. 'Wil je niet dat ik kijk? Heb je liever dat ik even op de gang ga?'

'Nee!'

'Wat is er dan?' Ze wacht. 'Ben je bang dat je zonder je mam in het bad zult verdrinken of zo?'

Ik wist niet dat je in een bad kon verdrinken.

'Ik blijf de hele tijd hier zitten,' zegt ze, en ze klopt op het deksel van de wc.

Ik schud van nee. 'Jij moet ook in bad.'

'Ik? O, Jack, ik ga elke ochtend onder de douche. Zal ik dan hier op de rand van het bad gaan zitten, zo?'

'Erin.'

Oma kijkt me aan. Dan kreunt ze, ze zegt: 'Goed dan, als het niet anders kan, maar alleen voor deze ene keer. En ik doe wel mijn zwempak aan.'

'Ik kan niet zwemmen.'

'Nee, we gaan ook niet echt zwemmen, ik wil alleen liever niet in mijn blootje zijn als jij het niet erg vindt.'

'Vind je dat eng?'

'Nee,' zegt ze, 'ik wil het alleen liever niet, als je het niet erg vindt.'

'Mag ik wel in mijn blootje zijn?'

'Natuurlijk, jij bent een kind.'

In Kamer waren we soms in ons blootje en soms aangekleed, het maakte ons niks uit.

'Jack, zullen we nu in bad gaan voordat het koud is?'

Het is helemaal niet koud, er vliegt nog steeds stoom van af. Ik doe mijn kleren uit. Oma zegt dat ze zo terug is.

Standbeelden kunnen bloot zijn ook als ze volwassen zijn, of misschien moet dat juist. Stopa zegt dat dat is omdat ze er net zo uit willen zien als oude standbeelden die altijd bloot waren omdat de oude Romeinen vonden dat lichamen het allermooiste zijn. Ik leun tegen het bad maar de harde buitenkant is koud aan mijn buik. Er staat dat stukje in *Alice*:

Jij was met haar, zo zei men mij,
Nog voor het hier begon.
Zij prees mijn mooie stem, maar zei
Dat ik niet zwemmen kon.

Mijn vingers zijn duikers. De zeep valt in het water en ik speel dat het een haai is. Oma komt eraan met een streperig ding aan net een onderbroek en een T-shirt aan elkaar met kraaltjes, en ook een plastic zak op haar hoofd dat heet een douchemuts zegt ze ook al gaan wij in bad. Ik lach haar niet uit, alleen vanbinnen.

Als ze in het bad stapt gaat het water omhoog, ik ga er ook in en het loopt er bijna overheen. Zij zit aan de gladde kant, Mam zat altijd aan de kraankant. Ik zorg dat ik Oma's benen niet aanraak met mijn benen. Ik stoot mijn hoofd tegen een kraan.

'Voorzichtig.'

Waarom zeggen ze dat pas als je al pijn hebt?

Oma weet geen enkel badspelletje meer behalve 'Row, Row, Row Your Boat', als we dat proberen komt er een hele plas op de vloer.

Ze heeft geen speeltjes. Ik doe dat de nagelborstel een onderzeeër is die de zeebodem borstelt, hij vindt de zeep, die is een glibberige kwal.

Als we ons hebben afgedroogd krab ik aan mijn neus en er komt een stukje af onder mijn nagel. In de spiegel zie ik kleine schilferige cirkels waar een stukje van mij eraf gaat.

Stopa komt zijn pantoffels pakken. 'Dit vond ik altijd heerlijk om te doen...' Hij raakt mijn schouder aan en ineens heeft hij een hele sliert van dun en wit, ik voelde niet dat het losging. Hij houdt hem voor me dat ik hem kan pakken. 'Dat is een geweldige.'

'Hou daarmee op,' zegt Oma.

Ik wrijf het witte ding tussen mijn vingers en het rolt op, een heel klein droog balletje ik.

'Nog een keer,' zeg ik.

'Wacht even, dan zoek ik een lang stuk op je rug...'

'Mannen,' zegt Oma, ze trekt een gezicht.

* * *

Vanmorgen is de keuken leeg, ik pak de schaar uit de la en knip mijn paardenstaart helemaal af.

Oma komt binnen en kijkt heel verbaasd. 'Goed, ik ga je een beetje fatsoeneren, als het mag,' zegt ze, 'en dan kun je het stoffer-en-blik halen. We moeten eigenlijk een lok bewaren, want het is de eerste keer dat je geknipt bent...'

Het meeste gaat in de vuilnis maar ze pakt drie lange stukken en maakt een vlecht, het is een armbandje voor mij met groene draad op het eind.

Ze zegt dat ik in een spiegel moet gaan kijken maar eerst voel ik aan mijn spieren, ik heb mijn sterk nog.

Op de krant bovenaan staat Zaterdag 17 April, dat betekent dat ik nu al een hele week in het huis van Oma en Stopa ben. Eerst was ik één week in de Kliniek, dat is samen twee weken dat ik in de wereld ben. Ik tel het steeds op voor de zekerheid, want het voelt al net of het een miljoen jaar is en Mam komt me nog steeds niet halen.

Oma zegt dat we dit huis uit moeten. Niemand kent me nu mijn haar helemaal kort is en krullerig wordt. Ze zegt dat ik mijn zonnebril af moet doen want mijn ogen zijn nu vast wel aan Buiten gewend, en trouwens, de zonnebril trekt alleen maar de aandacht.

We steken heel veel straten over met de handen vast en we laten ons niet platrijden door de auto's. Ik vind handen vasthouden niet fijn, ik doe net of het de hand van een andere jongen is die ze vasthoudt. Dan heeft Oma een goed idee: ik kan de ketting van haar tasje vasthouden.

Er is een heleboel van alle soorten dingen in de wereld maar het kost allemaal geld, zelfs dingen om weg te gooien, een man in de rij voor ons bij de buurtwinkel koopt een iets in een doos en hij scheurt de doos kapot en gooit hem meteen in de vuilnis. De kleine kaartjes met allemaal cijfers erop heten een loterij, gekken kopen ze omdat ze hopen dat ze worden omgetoverd tot een miljonair.

Bij het postkantoor kopen we postzegels, we sturen Mam een tekening die ik heb gemaakt van mij in een ruimteschip.

We gaan in een wolkenkrabber die het kantoor van Paul is, hij zegt dat hij het krankzinnig druk heeft maar hij maakt een kopie van mijn handen met een kopieerapparaat en hij koopt een reep voor me uit een snoepautomaat. Als we omlaaggaan in de lift en op de knoppen drukken, speel ik dat ik eigenlijk in een snoepautomaat zit.

We gaan naar een stuk van de regering want Oma moet een nieuwe Social Security-kaart aanvragen omdat ze de oude kwijt is, we moeten wel jaren wachten. Later neemt ze me mee naar een espressobar waar ze geen sperziebonen hebben, ik kies een koek die nog groter is dan mijn gezicht.

Er is een baby die wat mag, dat heb ik nog nooit gezien. 'Ik vind de linker het lekkerst,' zeg ik, en ik wijs ernaar. 'Vind jij de linker ook het lekkerst?' Maar de baby luistert niet.

Oma trekt me weg. 'Neem me niet kwalijk.'

De vrouw doet haar sjaal eroverheen, nu kan ik het gezicht van de baby niet meer zien.

'Ze wilde alleen zijn,' fluistert Oma.

Ik wist niet dat iemand alleen kon zijn buiten in de wereld.

We gaan naar een Wasserette gewoon om te kijken. Ik wil in een draaimachine klimmen maar Oma zegt dat ik dan doodga.

We lopen naar het park om de eendjes te voeren met Deana en Bronwyn. Bronwyn gooit al haar broodjes in één keer en de plastic zak ook en Oma moet hem eruit halen met een stok. Bronwyn wil mijn broodjes, Oma zegt dat ik de helft aan haar moet geven omdat ze nog klein is.

Deana zegt dat het haar spijt van de dino's, binnenkort gaan we zeker nog een keer naar het Natuurmuseum.

Er is een winkel met alleen maar schoenen buiten, sponzige schoenen met allemaal gaten en felle kleuren en Oma laat me ze passen, ik kies gele. Er zijn geen veters en ook geen klittenband, ik hoef alleen maar mijn voet erin te doen. Ze zijn heel licht, net of ik er geen aanheb. We gaan naar binnen en Oma betaalt vijf dollarbriefjes voor de schoenen, dat is hetzelfde als twintig kwartjes, ik zeg dat ik er heel blij mee ben.

Als we naar buiten komen zit er een vrouw op de grond met haar hoed af. Oma geeft me twee kwartjes en wijst naar de hoed, ik doe er een in de hoed en ren Oma achterna.

Als ze mijn gordel doet zegt ze: 'Wat is dat in je hand?'

Ik hou de tweede munt omhoog: 'Het is NEBRASKA, ik hou hem voor mijn schatten.'

Ze klakt met haar tong en pakt hem af. 'Je had hem aan die dakloze mevrouw moeten geven, zoals ik had gezegd.'

'Oké, dan zal ik...'

'Nu is het te laat.'

Ze start de auto. Ik zie alleen maar de achterkant van haar gelige haar. 'Waarom is ze een dakloze mevrouw?'

'Omdat ze op straat woont, ze heeft geen dak boven haar hoofd. Ze heeft niet eens een bed.'

Nu voel ik me heel rot dat ik haar het tweede kwartje niet heb gegeven.

Oma zegt dat dat mijn geweten is.

Door een raam van een winkel zie ik vierkanten die net als Kamer zijn, kurktegels. Ik mag met Oma naar binnen om er een te voelen en te ruiken, maar ze wil hem niet kopen.

We gaan in een autowasstraat, de borstels zwiepen helemaal over ons heen maar het water komt niet door onze dichte ramen, het is supergrappig.

In de wereld valt me op dat anderen bijna altijd gestrest zijn en geen tijd hebben. Zelfs Oma zegt dat vaak, maar zij en Stopa hebben geen baan, dus ik weet niet hoe iemand met een baan ook nog de baan moet doen en de rest van het leven. In Kamer hadden ik en Mam altijd tijd voor alles. Ik denk dat tijd heel dun net als boter wordt uitgesmeerd over de hele wereld, de straten en huizen en speeltuinen en winkels, dan zit er op elke plek maar een klein smeertje tijd, en dan moet iedereen hup hup naar het volgende stukje.

Ook overal waar ik naar kinderen kijk, is het net of volwassenen ze meestal niet leuk vinden, zelfs niet de ouders. Ze zeggen dat de kinderen schattig zijn en zo leuk, ze laten de kinderen een ding helemaal opnieuw doen dan kunnen ze een foto maken, maar ze willen niet echt met ze spelen, ze willen liever koffiedrinken en met andere volwassenen praten. Soms is er een klein kind aan het huilen en dan hoort de Mam ervan het niet eens.

In de bibliotheek wonen miljoenen boeken waar we niks geen geld voor hoeven te betalen. Reusachtige insecten hangen aan het plafond, niet echt, gemaakt van papier. Oma zoekt bij de C naar *Alice* en daar is ze, de verkeerde vorm maar wel dezelfde woorden en plaatjes, dat is wel heel gek. Ik laat Oma het engste plaatje zien met de Hertogin. We gaan op de bank zitten dan kan ze de *De Rattenvanger van Hamelen* voorlezen, ik wist niet dat hij ook een boek was behalve een verhaal. Mijn beste stuk is als de ouders het lachen in de rots horen. Ze roepen de hele tijd naar de kinderen dat ze moeten terugkomen maar de kinderen zijn in een prachtig land, ik denk misschien Hemel. De berg gaat nooit open om de ouders binnen te laten.

Er is een grote jongen die een computer van Harry Potter doet, Oma zegt dat ik niet te dichtbij moet staan, ik ben niet aan de beurt. Er is een piepkleine wereld op een tafel met treinrails en gebouwen, een klein kindje speelt met een groene vrachtwagen. Ik ga ernaartoe, ik pak een rode locomotief. Ik zoef er een beetje mee tegen de vrachtwagen van het kindje, het kindje giechelt. Ik doe het sneller, dan valt de vrachtwagen van de rails af, hij giechelt nog meer.

'Fijn samen gespeeld, Walker.' Dat is een man in de leunstoel die zit te kijken naar een ding net als de BlackBerry van Oom Paul. Ik denk dat het kindje Walker is. 'Nog een keer,' zegt hij. Nu zet ik mijn locomotief boven op de kleine vrachtwagen, dan pak ik een oranje bus en bots tegen ze allebei aan.

'Zachtjes,' zegt Oma, maar Walker zegt: 'Nog een keer,' en hij springt op en neer.

Een andere man komt eraan en hij kust de eerste man en dan Walker. 'Zeg maar dag tegen je vriendje,' zegt hij.

Ben ik dat?

'Dag dag.' Walker wappert met zijn handje op en neer.

Ik denk dat ik hem een knuffel ga geven. Ik doe het te snel en hij valt om, hij stoot tegen de treintafel en moet huilen.

'Het spijt me zo,' zegt Oma de hele tijd, 'mijn kleinzoon weet niet... hij moet nog leren waar de grenzen liggen.'

'Niks aan de hand,' zegt de eerste man. Ze lopen weg met het jongetje van een twee drie *wooeeiii* tussen hun in zwaaien, hij hoeft niet meer te huilen. Oma kijkt naar ze, ze doet verbaasd.

'Onthou,' zegt ze op weg naar de witte auto, 'we knuffelen geen vreemde mensen. Zelfs niet als ze aardig zijn.'

'Waarom niet?'

'Dat doen we gewoon niet, we bewaren onze knuffels voor de mensen van wie we houden.'

'Ik hou van dat jongetje Walker.'

'Jack, je hebt hem nog nooit van je leven gezien.'

* * *

Vanmorgen doe ik een beetje stroop op mijn pannenkoek. Het is eigenlijk best lekker die twee samen.

Oma trekt een streep om me heen, ze zegt dat het niet erg is om op de vlonder te tekenen want de volgende keer dat het regent wordt het krijt toch weggespoeld. Ik kijk naar de wolken, als ze beginnen te regenen ren ik supersonisch snel naar binnen voordat een druppel mij raakt. 'Geen krijt op mij doen,' zeg ik tegen haar.

'Ach, doe toch niet zo tobberig.'

Ze trekt me omhoog tot ik sta en er is een vorm van een kind op de vlonder, dat ben ik. Ik heb een reusachtig hoofd, geen gezicht, geen binnenkant, bobbelige handen.

'Pakketje voor jou, Jack.' Dat is Stopa die roept, wat bedoelt hij?

Als ik naar binnen ga staat hij een grote doos open te snijden. Hij trekt er iets heel groots uit en hij zegt: 'Nou, dit kan meteen in de vuilnisbak.'

Ze rolt open. 'Kleed!' Ik geef haar een grote knuffel. 'Ze is ons Kleed, van mij en Mam.'

Hij doet zijn handen omhoog en zegt: 'Jij je zin.'

Oma trekt met haar gezicht. 'Misschien moet je het mee naar buiten nemen en eens goed uitkloppen, Leo.'

'Nee!' schreeuw ik.

'Oké, dan doe ik het wel met de stofzuiger, maar ik moet er niet aan denken wat daar allemaal in zit...' Ze wrijft Kleed tussen haar vingers.

Ik moet Kleed op mijn luchtbed in de slaapkamer laten, ik mag haar niet door het huis slepen. Dus zit ik met haar over mijn hoofd net als een tent, haar ruik is nog net als ik me herinner en haar gevoel ook. Daaronder heb ik nog andere dingen die de politie ook heeft gebrengd. Ik geef Jeep en Afstand extra dikke kussen, en Gesmelte Lepel. Ik wou dat Afstand niet kapot was, dan kon hij Jeep laten rijden. Woordenbal is platter dan ik dacht en Rode Ballon is bijna niks meer. Ruimteschip is er maar zijn raketgeweer is eraf, hij ziet er niet zo goed uit. Geen Fort of Labyrint, misschien pasten ze niet in de dozen. Ik heb mijn vijf boeken, ook *Gerrie*. Ik pak de andere *Gerrie*, de nieuwe die ik in het winkelcentrum had gepakt toen ik dacht dat hij de mijne was, maar de nieuwe is veel glimmender. Oma zegt dat er duizenden van elk boek in de wereld zijn, dan kunnen duizenden kinderen tegelijk hetzelfde boek lezen, daar word ik duizelig van. Nieuwe Gerrie zegt: 'Hallo Gerrie, aangenaam kennismaken.'

'Ik ben Jack z'n Gerrie,' zegt Oude Gerrie.

'Ik ben ook van Jack,' zegt Nieuwe.

'Ja, maar ik was eigenlijk Jack z'n eerste.'

Dan slaan Oude en Nieuwe met de hoeken tegen elkaar tot er een bladzijde van Nieuwe scheurt en dan stop ik want ik heb een boek kapotgemaakt en dan wordt Mam boos. Ze is niet hier om boos te worden, ze weet het niet eens, ik moet heel erg huilen en ik rits de boeken weg in mijn Dora-tas dan komt er geen gehuil op. De twee *Gerries* kruipen binnenin tegen elkaar aan en zeggen sorry.

Ik vind Kies onder het luchtbed en ik sabbel op hem tot hij net mijn eigen kies lijkt.

De ramen maken grappige geluiden, het zijn regendruppels. Ik ga dichtbij, ik ben niet heel erg bang als er maar glas tussen is. Ik doe mijn neus er helemaal tegenaan, het is overal wazig van de regen, de druppels smelten aan elkaar en maken lange rivieren helemaal omlaag over het glas.

* * *

Ik en Oma en Stopa gaan alle drie in de witte auto voor een verrassingsuitje. 'Maar hoe weet je dan welke kant op?' vraag ik aan Oma als ze aan het rijden is.

Ze geeft me een knipoog in de spiegel. 'Het is alleen voor jou een verrassing.'

Ik kijk door het raam naar nieuwe dingen. Een meisje in een rolstoel met haar hoofd achterover in twee zachte dingen. Een hond die aan de billen van een andere hond snuffelt, dat is grappig. Er is een ijzeren kist om post in te posten. Een plastic zak waait rond.

Ik denk dat ik even slaap maar ik weet het niet zeker.

We zijn gestopt op een parkeerplaats waar iets stoffigs over alle strepen ligt.

'Wat denk je?' vraagt Stopa, hij wijst.
'Suiker?'
'Zand,' zegt hij. 'Word je al warm?'
'Nee, ik heb het koud.'
'Hij bedoelt: heb je al een idee waar we zijn. Een plek waar je grootvader en ik altijd met je moeder en Paul naartoe gingen toen ze klein waren.'
Ik kijk heel ver weg. 'Bergen?'
'Duinen. En tussen die twee in, dat blauwe daar?'
'Lucht.'
'Maar daaronder. Dat donkerdere blauw onderaan.'
Mijn ogen doen pijn, zelfs door mijn zonnebril heen.
'De zee!' zegt Oma.
Ik loop achter ze over het houten pad, ik draag de emmer. Het is anders dan ik dacht, de wind doet steeds kleine steentjes in mijn ogen. Oma legt een groot bloemig kleed uit, nu komt er allemaal zand op maar ze zegt dat het niet erg is, het is een picknickkleed.
'Waar is de picknick?'
'Daar is het nog een beetje te vroeg in het jaar voor.'
Stopa zegt laten we naar het water lopen.
Ik heb zand in mijn schoenen, eentje valt uit. 'Goed idee,' zegt Stopa. Hij trekt de zijne allebei uit en doet zijn sokken erin, hij zwaait ermee aan de veters.
Ik doe ook mijn sokken in mijn schoenen. Het zand is helemaal nattig en raar aan mijn voeten, er zitten stekelige stukjes bij. Mam had nooit gezegd dat het strand zo was.
'Kom op,' zegt Stopa, hij begint naar de zee te rennen.
Ik blijf ver achter want er zijn gigantische groeiende stukken met wit spul erbovenop, ze brullen en storten neer. De zee is de hele tijd aan het grommen en hij is veel te groot, we moeten hier niet zijn.
Ik ga terug naar Oma op het picknickkleed. Ze wiebelt met haar blote tenen, ze zijn helemaal rimpelig.
We proberen een zandkasteel te bouwen maar het is de verkeerde soort zand, het stort steeds in.
Stopa komt terug met zijn pijpen opgerold en druppelend. 'Had

je geen zin om te pootjebaden?'

'Er zit allemaal poep in.'

'Waar?'

'In de zee. Onze poep gaat door de buizen naar de zee, daar wil ik niet in lopen.'

Stopa lacht. 'Je moeder heeft niet veel verstand van riolering, of wel?'

Ik wil hem slaan. 'Mam heeft overal verstand van.'

'Er is een soort grote fabriek waar alle buizen van alle wc's naartoe gaan.' Hij gaat op het kleed zitten met zijn voeten helemaal zanderig. 'De mannen die daar werken scheppen alle poep eruit en maken elke druppel water schoon tot hij goed genoeg is om op te drinken, en dan doen ze het water weer in de buizen zodat het weer uit onze kranen kan stromen.'

'Wanneer gaat het dan naar de zee?'

Hij schudt van nee. 'Ik denk dat de zee alleen maar van regen en zout is.'

'Heb je ooit een traan geproefd?' vraagt Oma.

'Ja.'

'Nou, dat is hetzelfde als de zee.'

Dan wil ik er evengoed niet in lopen als het tranen zijn.

Maar ik ga wel terug naar het water met Stopa om schatten te zoeken. We vinden een wit schelpje net een slak, maar als ik mijn vinger erin steek, is hij weg. 'Je mag hem houden,' zegt Stopa.

'Maar als hij dan thuiskomt?'

'Nou,' zegt Stopa, 'ik denk niet dat hij hem zou laten rondslingeren als hij hem nog nodig had.'

Misschien is hij door een vogel opgegeten. Of door een leeuw. Ik stop de schelp in mijn zak, en een roze, en een zwarte, en een lange gevaarlijke die messchede heet. Ik mag ze mee naar huis nemen want wat je vindt mag je houden.

We middageten bij een eettent maar het is geen tent gewoon een gebouw. Ik neem een BLT dat is een heet broodje met sla en tomaat met bacons erin verstoppeld.

Als we naar huis rijden zie ik de speeltuin maar hij is helemaal verkeerd, de schommels staan aan de andere kant.

'O, Jack, dat is een andere,' zegt Oma. 'Je hebt speeltuinen in elke stad.'

Een heleboel van de wereld is blijkbaar een herhaling.

* * *

'Noreen vertelde dat je haar geknipt is.' Mams stem klinkt heel klein aan de telefoon.

'Ja. Maar ik heb nog wel mijn sterk.' Ik zit onder Kleed met de telefoon, helemaal in het donker, dan is het net of Mam hier is. 'Ik ga nu al in mijn eentje in bad,' zeg ik. 'Ik ben op de schommels geweest en ik weet geld en vuur en daklozen en ik heb twee *Gerrie de Graafmachines* en een geweten en sponzige schoenen.'

'Wauw.'

'O ja, en ik heb de zee gezien, er zit geen poep in, je hebt me voor de gek gehouden.'

'Je had altijd zoveel vragen,' zegt Mam. 'En ik had niet alle antwoorden, dus moest ik soms iets verzinnen.'

Ik hoor haar huiladem.

'Mam, kun je me vanavond komen halen?'

'Nu nog niet.'

'Waarom niet?'

'Ze zijn nog steeds met de juiste dosering bezig, om uit te zoeken wat ik nodig heb.'

Mij, ze heeft mij nodig. Snapt ze dat dan niet?

* * *

Ik wil mijn pad thai met Gesmelte Lepel eten maar Oma zegt dat dat onhygiënisch is.

Later zit ik in de woonkamer, ik ben aan het kanaalsurfen, dat betekent naar alle planeten kijken net zo snel als een surfer, en ik hoor mijn naam, niet in het echt maar in Tv.

'... moeten luisteren naar Jack.'

'We zijn allemaal Jack, in zekere zin,' zegt een andere man die aan de grote tafel zit.

'Uiteraard,' zegt een andere.

Heten zij ook Jack, zijn ze een paar van de miljoen?

'Het innerlijke kind, gevangen in onze persoonlijke Kamer één-nul-één,' zegt weer een andere man, hij knikt.

In die kamer ben ik volgens mij nog nooit geweest.

'En als je dan wordt verlost voel je je wrang genoeg alleen in de menigte...'

'Dan duizelt het je van de zintuiglijke overbelasting van de moderniteit,' zegt de eerste.

'Póstmoderniteit.'

Er is ook een vrouw bij. 'Maar op een symbolisch niveau is Jack uiteraard het kindoffer,' zegt ze, 'ingemetseld in het fundament om de geesten gunstig te stemmen.'

Hè?

'Ik zou denken dat Perseus hier het meer relevante archetype is... geboren uit een opgesloten maagd, op drift gesteld in een houten kist, het slachtoffer dat als een held terugkeert,' zegt een van de mannen.

'Tja, het is natuurlijk bekend dat Kaspar Hauser beweerde dat hij gelukkig was geweest in zijn kerker, maar misschien bedoelde hij eigenlijk dat de negentiende-eeuwse samenleving in Duitsland alleen maar een grotere kerker was.'

'Jack had tenminste nog tv.'

Een andere man lacht. 'Cultuur als een schaduw op de muur van Plato's grot.'

Oma komt binnen en zet de tv meteen uit, ze kijkt woest.

'Het ging over mij,' zeg ik.

'Die lui hangen veel te veel rond op de universiteit.'

'Mam zegt dat ik ook naar de universiteit moet.'

Oma rolt met haar ogen. 'Alles op zijn tijd. Nu eerst pyjama aan en tandenpoetsen.'

Ze leest *Het weggelopen haasje* voor maar ik vind het vandaag niet leuk. Ik denk steeds stel dat de moederhaas was weggelopen en zich had verstoppeld en dat het kindje haas haar niet kon vinden.

* * *

Oma gaat een voetbal voor me kopen, dat is zo super. Ik ga naar een plastic man kijken met een zwart rubber pak en zwemvliezen, dan zie ik een grote stapel koffers in alle kleuren zoals roze en groen en blauw, dan een roltrap. Ik stap er heel eventjes op maar ik kan niet meer omhoog, hij zoeft me steeds lager en lager en het is heel cool maar ook eng, cooleng, dat is een woordbroodje, die zou Mam leuk vinden. Onderaan moet ik eraf springen, ik weet niet hoe ik weer omhoog bij Oma moet komen. Ik tel mijn tanden vijf keer, een keer krijg ik negentien in plaats van twintig. Er zijn overal borden die hetzelfde zeggen: Over Drie Weken Is Het Moederdag. Ze Verdient Toch Zeker Het Allerbeste? Ik kijk naar borden en fornuizen en stoelen, dan ben ik helemaal slap dus ik ga op een bed liggen.

Een mevrouw zegt dat dat niet mag dus ik ga zitten. 'Waar is je mama, ventje?'

'Mam is in de Kliniek omdat ze had geprobeerd om nu al naar Hemel te gaan.' De mevrouw kijkt me verbaasd aan. 'Ik ben een bonsai.'

'Wat ben je?'

'We zaten opgesloten, nu zijn we beroemde rappers.'

'O mijn go... jij bent dat jongetje! Die... Lorana,' roept ze, 'kom eens hier. Dit geloof je niet. Het is dat jongetje, Jack, die van tv uit dat schuurtje.'

Er komt iemand anders aan, ze schudt van nee. 'Die van het schuurtje is kleiner en hij heeft lang haar in een staart, en deze is helemaal zo ineengedoken.'

'Hij is het toch,' zegt ze, 'ik zweer het je.'

'No way,' zegt de ander.

'José,' zeg ik.

Ze moet heel erg lachen. 'Dit is niet te geloven. Mag ik je handtekening?'

'Lorana, hij weet toch niet hoe hij zijn naam moet schrijven!'

'Jawel, ik doe het,' zeg ik, 'ik kan alles schrijven wat er is.'

'Jij bent me er eentje,' zegt ze. 'Hij is me er eentje, hè?' zegt ze tegen de andere.

Het enige papier is oude etiketten uit de kleren, ik schrijf JACK op een heleboel dan kunnen de mevrouwen ze aan hun vriendinnen geven en dan komt Oma eraan rennen met een bal onder haar arm en ik heb haar nog nooit zo kwaad gezien. Ze roept tegen de mevrouwen over het *protocol voor kwijtgeraakte kinderen*, ze scheurt mijn handtekeningen in stukjes. Ze trekt heel hard aan mijn hand. Als we de winkel uit rennen doet het poortje wiiieeeuww wiiieeeuww. Oma laat de voetbal op het tapijt vallen.

In de auto kijkt ze niet naar me in de spiegel. Ik vraag: 'Waarom heb je mijn bal weggegooid?'

'Hij liet het alarm afgaan,' zegt Oma, 'omdat ik hem niet had betaald.'

'Wilde je hem stelen?'

'Nee, Jack,' roept ze, 'ik was als een gek door het hele gebouw aan het rennen op zoek naar jou.' Dan zegt ze rustiger: 'Er had wel van alles kunnen gebeuren.'

'Zoals een aardbeving?'

Oma kijkt me verbaasd aan in het spiegeltje. 'Een vreemde had je kunnen meenemen, Jack, dat bedoel ik.'

Een vreemde is een niet-vriend, maar de mevrouwen waren mijn nieuwe vrienden.

'Waarom?'

'Omdat hij misschien zelf wel een klein jongetje zou willen, nou goed?'

Het klinkt helemaal niet goed.

'Of misschien wel omdat hij je pijn wilde doen.'

'Bedoel je hem?' Ouwe Nick, maar dat kan ik niet zeggen.

'Nee, hij kan niet uit de gevangenis, maar wel iemand zoals hij,' zegt Oma.

Ik wist niet dat er nog iemand zoals hij in de wereld was.

'Kun je nu teruggaan en mijn bal ophalen?' vraag ik.

Ze doet de motor aan en rijdt snel van de parkeerplaats af, de banden piepen ervan.

In de auto word ik steeds bozer.

Als we terug zijn bij het huis stop ik alles in mijn Dora-tas, behalve mijn schoenen passen niet dus die gooi ik in de vuilnis en ik rol Kleed op en sleep haar achter me aan naar de trap.

Oma komt naar de gang. 'Heb je je handen gewassen?'

'Ik ga terug naar de Kliniek,' schreeuw ik tegen haar, 'en je kunt me niet tegenhouden want je bent een, je bent een vreemde.'

'Jack,' zegt ze, 'leg dat stinkende kleed terug op zijn plek.'

'Jij bent de stinkende,' roep ik.

Ze duwt tegen haar hart. 'Leo,' zegt ze over haar schouder, 'ik zweer je, ik heb het helemaal gehad met...'

Stopa komt de trap op en hij tilt me op.

Ik laat Kleed vallen. Stopa schopt mijn Dora-tas aan de kant. Hij draagt me, ik schreeuw en ik sla hem want dat mag, dit is een speciaal geval, ik mag hem ook doodmaken, ik maak hem dood, dood...

'Leo!' jammert Oma beneden, 'Leo...'

Fee fie foe fum, hij gaat me in stukken scheuren, hij gaat me oprollen in Kleed en me begraven en de wormen kruipen erin, de wormen kruipen eruit...

Stopa gooit me op het luchtbed, maar het doet geen pijn.

Hij gaat op het uiteinde zitten, het gaat helemaal omhoog als een golf. Ik ben nog steeds aan het huilen en bibberen en mijn snot komt op het laken.

Ik stop met huilen. Ik voel onder het luchtbed naar Kies, ik stop hem in mijn mond en zuig heel hard. Hij smaakt nergens meer naar.

Stopa's hand ligt op het laken vlak naast me, er zitten haartjes op de vingers.

Zijn ogen wachten op mijn ogen. 'Alles kits, zand erover?'

Ik duw Kies naar mijn wang. 'Wat?'

'Wil je een stuk taart eten op de bank en naar de wedstrijd kijken?'

'Oké.'

* * *

Ik raap takken op die van de bomen af zijn gevallen, zelfs superzware. Oma en ik binden ze met touw in bossen dan kan de gemeente ze meenemen. 'Hoe kan de gemeente...?'

'De mannen van de gemeente, bedoel ik, de mannen die dat als werk hebben.'

Als ik groot word is mijn werk dat ik een reus word, niet de soort die mensen opeet, misschien de soort die kinderen vangt die in de zee vallen en ze weer op het land zet.

Ik roep: 'Paardenbloemalarm!' Oma schept hem eruit met haar schepje dan kan het gras groeien, want er is geen plaats voor alles.

Als we moe zijn gaan we in de hangmat, Oma ook. 'Zo lag ik altijd met je moeder toen ze een baby'tje was.'

'Mocht ze dan wat?'

'Wat bedoel je?'

'Uit je borst.'

Oma schudt van nee. 'Ze boog mijn vingers altijd achterover als ze haar flesje kreeg.'

'Waar is de buikmama?'

'De... o, weet je daarvan? Ik heb geen idee, eerlijk gezegd.'

'Heeft ze een nieuwe baby gekregen?'

Oma zegt niks. Dan zegt ze: 'Dat zou een fijn idee zijn.'

* * *

Ik zit te schilderen aan de keukentafel met Oma's oude schort voor waar een krokodil op staat en IK AT ALLIGATOR OP DE BAYOU. Ik maak geen echte tekening, alleen spetters en strepen en spiralen, ik gebruik alle kleuren, ik meng ze zelfs in kwakjes. Ik vind het leuk om een stuk nat te maken en dan het papier dubbel te vouwen zoals Oma heeft voorgedaan, als ik het dan weer openvouw is het een vlinder.

Daar is Mam voor het raam.

Het rood knoeit. Ik probeer het op te vegen maar het zit helemaal op mijn voet en de vloer. Mams gezicht is er niet meer, ik ren naar het raam maar ze is weg. Was het alleen maar inbeelding? Ik krijg rood op het raam en de gootsteen en het aanrecht. 'Oma?' roep ik. 'Oma?'

Dan is Mam vlak achter me.

Ik ren tot bijna bij haar. Ze wil me knuffelen maar ik zeg: 'Nee, ik ben helemaal vervig.'

Ze lacht, ze maakt mijn schort los en legt het op tafel. Ze houdt me overal stevig vast maar ik hou mijn plakkerige handen en voet opzij. 'Ik ken je haast niet meer terug,' zegt ze tegen mijn hoofd.

'Waarom ken je me haast niet...?'

'Door je haar, denk ik.'

'Kijk, ik heb een paar lange in een armband, maar hij blijft steeds overal aan hangen.'

'Mag ik hem hebben?'

'Tuurlijk.'

De armband krijgt een beetje verf erop als hij van mijn pols af glijdt. Mam doet hem bij zichzelf om. Ze ziet er anders uit maar ik weet niet hoe. 'Sorry dat ik je rood heb gemaakt op je arm.'

'Het is allemaal uitwasbaar,' zegt Oma, ze komt net binnen.

'Had je hem niet verteld dat ik zou komen?' vraagt Mam, ze geeft haar een kus.

'Het leek me beter van niet, voor het geval er iets tussenkwam.'

'Er komt niks tussen.'

'Fijn om te horen.' Oma veegt haar ogen af en gaat de verf opruimen. 'Nou, Jack heeft op een luchtbed geslapen in onze slaapkamer, maar ik kan de bank voor je opmaken...'

'Weet je, we kunnen maar beter meteen gaan.'

Oma blijft even stilstaan. 'Je blijft toch nog wel eten?'

'Tuurlijk,' zegt Mam.

Stopa maakt karbonades met risotto, ik vind de stukken met bot niet lekker maar ik eet alle rijst op en ik schraap de saus van mijn bord met mijn vork. Stopa steelt een stukje van mijn karbonade.

'Zwieber niet stelen.'

Hij moppert: 'O nee!'

Oma laat me een zwaar boek zien met kinderen, ze zegt dat dat Mam en Paul zijn toen ze klein waren. Ik doe mijn best om het te geloven, dan zie ik er een van het meisje op een strand, het strand waar ik met Oma en Stopa naartoe ben geweest, en haar gezicht is precies het gezicht van Mam. Ik laat het aan Mam zien.

'Dat ben ik, ja,' zegt ze, en ze slaat de bladzijde om. Er is er een van Paul die door een raam zwaait in een reusachtige banaan die eigenlijk een standbeeld is, en een van hun allebei die ijs in hoorntjes eten met Opa maar hij ziet er anders uit en Oma ook, ze heeft donker haar op de foto.

'Waar is er een van de hangmat?'

'Daar lagen we zo vaak in, waarschijnlijk heeft niemand er ooit aan gedacht om er een foto van te maken,' zegt Mam.

'Het moet vreselijk zijn om er geen te hebben,' zegt Oma.

'Geen wat?' zegt Mam.

'Foto's van Jack toen hij een baby en een peuter was,' zegt ze. 'Ik bedoel, gewoon als herinnering.'

Mams gezicht wordt helemaal strak. 'Ik ben er geen dag van vergeten.' Ze kijkt op haar horloge, ik wist niet dat ze er een had, er zitten spitse aanwijzers op.

'Hoe laat verwachten ze je bij de kliniek?' vraagt Stopa.

Ze schudt van nee. 'Dat heb ik helemaal achter de rug.' Ze haalt iets uit haar zak en schudt ermee, het is een sleutel aan een sleutelhanger. 'Zal ik je eens wat zeggen, Jack, jij en ik hebben ons eigen appartement.'

Oma zegt haar andere naam. 'Is dat wel zo'n goed idee, denk je?'

'Het was mijn eigen idee. Het komt wel goed, mama. Je hebt daar dag en nacht begeleiding.'

'Maar je hebt nog nooit op jezelf gewoond...'

Mam kijkt Oma verbaasd aan, en Stopa ook. Hij moet heel hard lachen.

'Dat is niet grappig,' zegt Oma, ze slaat hem op zijn buik. 'Ze weet best wat ik bedoel.'

Mam neemt me mee naar boven om mijn spullen in te pakken.

'Doe je ogen eens dicht,' zeg ik, 'er zijn verrassingen.' Ik neem haar mee naar de slaapkamer. 'Ta-daa!' Ik wacht. 'Het is Kleed en een heleboel van onze spullen, de politie heeft ze teruggegeven.'

'Ik zie het,' zegt Mam.

'Kijk, Jeep en Afstand...'

'Laten we geen kapotte rommel meeslepen,' zegt ze, 'neem maar alleen mee wat je echt nodig hebt en dat kun je in je nieuwe Dora-tas doen.'

'Ik heb het allemaal nodig.'

Mam ademt uit. 'Doe het maar op jouw manier.'

Wat is mijn manier?

'Er zijn dozen waar het allemaal in zat.'

'Ik zei toch dat het goed was.'

Stopa doet al onze spullen in de kofferbak van de witte auto.

'Ik moet mijn rijbewijs laten vernieuwen,' zegt Mam als Oma aan het rijden is.

'Je bent het misschien wel een beetje verleerd.'

'O, ik ben alles verleerd, dat is nu eenmaal zo, rust roest!' zegt Mam.

Ik vraag: 'Waarom ben je geroest?'

'Net als de Tinnen Man,' zegt Mam over haar schouder. Ze doet haar elleboog omhoog en maakt een piepgeluid. 'Hé, Jack, zullen we ook een keer een auto kopen voor onszelf?'

'Ja. Of liever een helikopter. Een super-racer-helikopter-trein-auto-onderzeeër.'

'Zo, dat lijkt me fantastisch.'

Het duurt uren in de auto. 'Waarom is het zo lang?' vraag ik.

'Omdat het helemaal aan de andere kant van de stad is,' zegt Oma. 'Het is praktisch in de volgende staat.'

'Mama...'

De lucht wordt donker.

Oma parkeert waar Mam het zegt. Er is een groot bord. INSTELLING VOOR BEGELEID ZELFSTANDIG WONEN. Ze helpt ons om al onze dozen en tassen naar binnen te dragen in het gebouw dat is gemaakt van bruine bakstenen, alleen ik trek zelf mijn Dora op de wieltjes. We gaan door een grote deur met een man die de portier heet, hij lacht. 'Gaat hij ons opsluiten?' fluister ik tegen Mam.

'Nee, hij zorgt alleen dat er geen anderen binnenkomen.'

Er zijn drie vrouwen en een man die heten het Begeleidingsteam, als we waar dan ook hulp bij nodig hebben moeten we een seintje geven via de intercom, de intercom is net een soort telefoon. Er zijn een heleboel verdiepingen, en appartementen op elke verdieping, die van mij en Mam is op zes. Ik trek aan haar mouw, ik fluister: 'Vijf.'

'Wat zeg je?'
'Mogen we ook op vijf zijn?'
'Sorry, we kunnen niet kiezen,' zegt ze.
Als de lift dichtknalt staat Mam te trillen.
'Alles goed?' vraagt Oma.
'Gewoon een van de vele dingen waar ik nog aan moet wennen.'
Mam moet de geheime code intoetsen om de lift te laten schudden. Mijn buik voelt raar als hij omhooggaat. Dan gaan de deuren open en we zijn al op zes, we hebben gevliegd zonder dat we het wisten. Er is een luikje waar op staat VUILVERBRANDING, als we er vuilnis in gooien valt het steeds lager en lager en dan gaat het in rook op. Op de deuren staan geen nummers maar letters, de onze is de B, dat betekent dat we in Zes B wonen. Zes is geen slecht cijfer zoals negen, het is eigenlijk juist het omgekeerde ervan. Mam steekt de sleutel in het gat, als ze draait trekt ze een gezicht, dat komt door haar pijne pols. Ze is nog niet helemaal beter geworden. 'Thuis!' zegt ze als ze de deur openduwt. Hoe kan dit nou thuis zijn, ik ben hier toch nog nooit geweest?
Een appartement is net als een huis maar dan helemaal platgedrukt. Er zijn vijf kamers, dat brengt geluk, een is de badkamer met een bad dus dan kunnen we in bad niet onder de douche. 'Zullen we nu meteen in bad gaan?'
'Laten we eerst even rondkijken,' zegt Mam.
Het fornuis doet vlammen net als bij Oma. Die naast de keuken is de woonkamer daar staat een bank en een heel laag tafeltje en een supergrote tv.
Oma is in de keuken een doos aan het uitpakken. 'Melk, bagels, ik weet niet of je alweer koffie drinkt... Hij vindt deze lettercornflakes leuk, laatst had hij Vulkaan gespeld.'
Mam slaat haar armen om Oma heen, ze kan zich bijna een minuut niet meer bewegen. 'Bedankt voor alles.'
'Moet ik nog iets voor je halen?'
'Nee, volgens mij heb je overal aan gedacht. Trusten, mama.'
Oma's gezicht staat raar. 'Weet je...'
'Wat?' Mam wacht. 'Wat is er?'
'Ik ben van jou ook geen dag vergeten.'

Ze zeggen niks meer, dus ik ga de bedden uitproberen welke het beste stuitert. Als ik salto's aan het doen ben hoor ik ze heel veel praten. Ik loop rond en doe alles open en dicht.

Als Oma weer naar haar eigen huis is gegaan, laat Mam me zien hoe ik de grendel moet doen, dat is een soort sleutel die alleen wij aan de binnenkant open en dicht kunnen doen.

In bed weet ik het ineens weer, ik trek haar T-shirt omhoog.

'O,' zegt Mam, 'ik denk dat er niks meer in zit.'

'Jawel, vast wel.'

'Weet je wat het is met borsten, als er een tijdje niet uit wordt gedronken denken ze: oké, niemand heeft onze melk meer nodig, dan maken we maar niks meer.'

'Dombo's, ik wed dat ik nog wel wat kan vinden...'

'Nee,' zegt Mam, ze doet haar hand ertussen, 'het spijt me. Dat is echt afgelopen. Kom hier.'

We knuffelen heel hard. Haar borsten doen boem boem boem in mijn oor, dat is haar hart.

Ik doe haar T-shirt omhoog.

'Jack...'

Ik kus de rechter en zeg: 'Dag, dag.' Ik kus de linker twee keer want die was altijd romiger. Mam houdt mijn hoofd zo strak vast dat ik zeg: 'Ik krijg geen adem,' en dan laat ze me los.

* * *

Gods gezicht komt heel lichtrood op in mijn ogen. Ik knipper en laat het licht komen en gaan. Ik wacht tot Mams adem aan is. 'Hoe lang blijven we hier in de Zelfstandig Wonen?'

Ze gaapt. 'Zo lang als we willen.'

'Ik wil dan wel één week blijven.'

Ze strekt haar hele zelf uit. 'Dan blijven we in elk geval een week, en daarna zien we wel verder.'

Ik rol haar haren op als een touw. 'Ik kan jouw haar ook afknippen en dan zijn we weer hetzelfde.'

Mam schudt van nee. 'Ik denk dat ik het mijne lang hou.'

Als we gaan uitpakken is er een groot probleem, ik kan Kies nergens vinden.

Ik zoek tussen al mijn spullen en dan overal want misschien heb ik hem gisteren laten vallen. Ik denk diep na wanneer ik hem nog in mijn hand of in mijn mond had. Niet gisteravond maar misschien de avond ervoor bij Oma, toen heb ik denk ik op hem gesabbeld. Ik krijg een verschrikkelijk idee, misschien heb ik hem per ongeluk doorgeslikt toen ik sliep.

'Wat gebeurt er met dingen die we opeten als het geen eten is?'

Mam is sokken in haar la aan het leggen. 'Zoals wat?'

Ik kan niet tegen haar zeggen dat ik misschien wel een stukje van haar ben kwijtgeraakt. 'Een steentje of zoiets.'

'O, dan glijdt het er gewoon doorheen.'

We gaan niet omlaag met de lift vandaag, we kleden ons niet eens aan.

We blijven in onze Zelfstandig Wonen en ontdekken alle stukjes ervan. 'We zouden in deze kamer kunnen slapen,' zegt Mam, 'maar jij kunt in die andere spelen, daar komt meer zon.'

'Met jou.'

'Ja, natuurlijk, maar soms moet ik andere dingen doen, dus misschien kan onze slaapkamer overdag dan mijn kamer zijn.'

Wat voor andere dingen?

Mam schenkt onze cornflakes in, gewoon zonder te tellen. Ik dank Kindje Jezus.

'Ik heb op de universiteit eens een boek gelezen waarin stond dat iedereen een eigen kamer zou moeten hebben,' zegt ze.

'Waarom?'

'Om in na te denken.'

'Ik kan wel nadenken als ik met jou in een kamer ben.' Ik wacht. 'Waarom kun jij niet nadenken als je met mij in een kamer bent?'

Mam trekt een gezicht. 'Dat kan ik wel, meestal, maar het zou fijn zijn om een plekje te hebben dat alleen van mij is, af en toe.'

'Dat vind ik niet.'

Ze blaast een lange adem uit. 'Laten we het gewoon proberen voor vandaag. We kunnen naamplaatjes maken en die plakken we dan op de deuren...'

'Cool.'

We maken allemaal verschillende kleuren letters op blaadjes, er staat JACKS KAMER en MAMS KAMER, en dan hangen we ze op met plakband, we gebruiken zoveel als we willen.

Ik moet poepen, ik kijk erin maar ik zie Kies niet.

We zitten op de bank en kijken naar de vaas op de tafel, hij is van glas gemaakt maar niet onzichtbaar, er zitten allemaal blauwen en groenen in. 'Ik vind de muren niet mooi,' zeg ik tegen Mam.

'Wat is daar dan mis mee?'

'Ze zijn te wit. Hé, weet je wat, we kunnen kurkvierkanten kopen in de winkel en die overal opplakken.'

'No way, José.' Een minuutje later zegt ze: 'Dit is een nieuwe start, goed onthouden!'

Ze zegt goed onthouden maar zelf wil ze Kamer niet onthouden.

Ik denk aan Kleed, ik ga haar gauw uit de doos halen en sleep haar achter me aan. 'Waar zullen we Kleed leggen, naast de bank of naast ons bed?'

Mam schudt van nee.

'Maar...'

'Jack, het is helemaal versleten en vlekkerig van zeven jaar... ik kan het hiervandaan ruiken. Ik moest toekijken hoe je leerde kruipen op dat kleed, hoe je leerde lopen, je struikelde er voortdurend over. Je hebt er een keer op gepoept, een andere keer ging de soep eroverheen, ik kon het nooit echt schoon krijgen.' Haar ogen zijn helemaal glimmend en veel te groot.

'Ja, en ik was op haar geboren en ik was ook dood in haar.'

'Ja, dus ik zou het echt het allerliefst in de vuilverbranding gooien.'

'Nee!'

'Kun je niet voor één keertje aan mij denken in plaats van aan...'

'Dat doe ik ook!' schreeuw ik. 'Ik dacht de hele tijd aan jou toen je Weg was.'

Mam doet haar ogen heel even dicht. 'Weet je wat, je mag het in je eigen kamer houden, maar dan opgerold in de kast, oké? Ik wil het niet hoeven zien.'

Ze gaat naar de keuken, ik hoor haar spetteren met het water.

Ik pak de vaas vast, ik gooi hem tegen de muur en hij valt in triljoen stukjes.

'Jack...' Daar staat Mam.

Ik schreeuw: 'Ik wil niet jouw kleine haasje zijn.'

Ik ren naar JACKS KAMER met Kleed achter me aan, ze blijft aan de deur hangen, ik sleep haar mee in de kast en doe haar helemaal om me heen, ik blijf daar uren en uren zitten en Mam komt niet.

Mijn gezicht is helemaal stijf waar de tranen zijn opgedroogd. Stopa zegt dat ze zo zout maken, ze vangen golven in kleine vijvers en dan droogt de zon ze op.

Er is een eng geluid bzzz bzzz bzzz, dan hoor ik Mam praten. 'Ja hoor, het kan net zo goed nu.' Even later hoor ik haar buiten de kast, ze zegt: 'We hebben bezoek.'

Het is dokter Clay en het is Noreen. Ze hebben een eten meegebracht dat afhaal heet, dat is mie en rijst en glibberige gele lekkere dingetjes.

De splinterige stukjes van de vaas zijn allemaal weg, Mam heeft ze zeker geverdwijnd in de vuilverbranding.

Er is een computer voor ons, dokter Clay maakt hem klaar zodat we spelletjes kunnen doen en e-mails sturen. Noreen laat zien hoe ik tekeningen kan maken op het scherm, dan is het pijltje veranderd in een verfborstel. Ik maak er een van mij en Mam in de Zelfstandig Wonen.

'Wat zijn al die witte friemeltjes?' vraagt Noreen.

'Dat is de ruimte.'

'De ruimte in het heelal?'

'Nee, alle ruimte binnen, de lucht.'

'Tja, beroemdheid is een secundair trauma,' zegt dokter Clay tegen Mam. 'Heb je nog nagedacht over een nieuwe identiteit?'

Mam schudt van nee. 'Ik kan me er niks bij voorstellen... ik ben ik en Jack is Jack, toch? Hoe kan ik hem nu ineens Michael of Zane of zo gaan noemen?'

Waarom zou ze mij Michael of Zane noemen?

'Ja, maar dan misschien wel een nieuwe achternaam,' zegt dokter Clay. 'Zodat hij minder de aandacht trekt als hij op school begint.'

'Wanneer begin ik op school?'

'Pas als je er klaar voor bent,' zegt Mam, 'maak je geen zorgen.'

Ik denk dat ik er nooit klaar voor ben.

In de avond gaan we in bad en ik lig met mijn hoofd op Mams buik in het water, ik slaap bijna.

We oefenen dat we in de twee kamers zijn en naar elkaar roepen, maar niet te hard anders heeft iedereen er last van in de andere Zelfstandig Wonens die niet Zes B zijn. Als ik in JACKS KAMER ben en Mam in MAMS KAMER, dan is het niet zo erg, alleen als ze in andere kamers is maar ik weet niet in welke, dat vind ik niet fijn.

'Het maakt niet uit,' zegt ze, 'ik hoor je toch altijd.'

We eten nog meer van de afhaal die we weer hebben heet gemaakt in onze magnetron, dat is het kleine fornuisje dat supersnel werkt met onzichtbare doodstralen.

'Ik kan Kies niet vinden,' zeg ik tegen Mam.

'Mijn kies?'

'Ja, jouw rotte kies die eruit kwam en die ik had gehouden, ik had hem de hele tijd maar nu is hij denk ik kwijt. Of misschien heb ik hem doorgeslikt, maar hij glijdt er nog niet uit in mijn poep.'

'Maak je er maar geen zorgen over,' zegt Mam.

'Maar...'

'Iedereen verliest wel eens dingen, doordat ze zo vaak naar andere plaatsen gaan in de wereld.'

'Kies is niet zomaar een ding, ik moet hem hebben.'

'Geloof me, dat hoeft niet.'

'Maar...'

Ze houdt mijn schouders vast. 'Dag dag, rotte ouwe kies. Punt uit.'

Ze lacht bijna, maar ik niet.

Ik denk dat ik hem misschien echt per ongeluk heb doorgeslikt. Misschien komt hij er niet uit glijden in mijn poep, misschien verstoppelt hij zich voor altijd in een hoekje binnen in mij.

* * *

In de nacht fluister ik: 'Ik ben nog steeds ingeschakeld.'

'Ja,' zegt Mam. 'Ik ook.'

Onze slaapkamer is MAMS KAMER en dat is in de Zelfstandig Wonen en dat is in Amerika en dat zit op de wereld geplakt en dat is een blauw-met-groene bal en die is miljoenen kilometers breed en draait altijd rond. Om de wereld heen heb je het Heelal. Ik weet niet waarom we er niet af vallen. Mam zegt dat het door de zwaartekracht komt, dat is een onzichtbare kracht die ons op de grond geplakt houdt, maar die voel ik niet.

Gods gele gezicht komt op, we kijken door het raam. 'Valt het je op,' zegt Mam, 'dat hij elke ochtend een beetje vroeger opkomt?'

Er zijn zes ramen in onze Zelfstandig Wonen, ze laten allemaal verschillende plaatjes zien maar soms van dezelfde dingen. Mijn lievelings is de badkamer want daar is een bouwplaats, ik kan omlaag kijken naar de hijskranen en graafmachines, ik zeg alle Gerrie-woorden tegen ze, dat vinden ze leuk.

In de woonkamer doe ik mijn klittenband want we gaan de deur uit. Ik zie de plek waar de vaas eerst stond tot ik hem stukgooide. 'We kunnen een nieuwe vragen voor Zondagtraktatie,' zeg ik tegen Mam, maar dan weet ik het ineens weer.

Haar schoenen hebben veters die ze aan het strikken is. Ze kijkt naar me, niet boos. 'Weet je, je hoeft hem nooit meer te zien.'

'Ouwe Nick.' Ik zeg de naam om te kijken of het eng klinkt, maar het is niet zo heel eng.

'Ik moet hem wel nog één keertje zien,' zegt Mam, 'als ik naar de rechtszaal ga. Maar dat is pas over een heleboel maanden.'

'Waarom moet je daar naartoe?'

'Morris zegt dat ik het ook wel via een videoverbinding zou kunnen doen, maar eigenlijk wil ik hem juist een keer recht in zijn gemene oogjes kijken.'

Ik probeer me zijn ogen te herinneren. 'Misschien vraagt híj óns voor Zondagtraktatie, dat zou grappig zijn.'

Mam doet een lach, maar geen leuke. Ze kijkt in de spiegel, ze doet zwarte lijntjes om haar ogen heen en paars op haar mond.

'Je bent net een clown.'

'Het is gewoon make-up,' zegt ze, 'dan zie ik er mooier uit.'

'Je ziet er altijd mooier uit,' zeg ik tegen haar.

Ze doet een grote grijns naar me in de spiegel. Ik duw het puntje van mijn neus omhoog en mijn vingers in mijn oren en dan ermee wiebelen.

We doen handjes vasthouden maar de lucht is heel erg warm vandaag en ze worden glibberig. We kijken door de ramen van winkels, maar we gaan niet naar binnen, we lopen alleen. Mam zegt steeds dat de dingen krankzinnig duur zijn, of ze zijn rommel. 'Daar verkopen ze heren en dames en kinderen,' zeg ik.

'Wat?' Ze draait zich om. 'O nee, kijk, het is een klerenwinkel, dus als er staat *Heren*, *Dames*, *Kinderen* dan betekent het gewoon kleren voor al die mensen.'

Als we een straat moeten oversteken drukken we op de knop en wachten op het kleine zilveren mannetje, hij houdt ons veilig. Er is een ding dat lijkt gewoon beton, maar er zijn kinderen aan het gillen en het springen om nat te worden, het heet een spetterpoel. We kijken een tijdje maar niet te lang want Mam zegt dat we dan misschien raar overkomen.

We spelen Ik zie, ik zie wat jij niet ziet. We kopen een ijsje dat is het lekkerste van de hele wereld, ik heb vanille en Mam aardbei. De volgende keer kunnen we andere smaken proberen, er zijn er wel honderd. Een grote brok is koud helemaal omlaag en mijn gezicht doet pijn, Mam doet voor hoe ik mijn hand voor mijn neus kan doen en de warme lucht opsnuiven. Ik ben al drie en een halve week in de wereld, en nog steeds weet ik nooit wat er pijn gaat doen.

Ik heb een paar munten die ik van Stopa heb gekregen, ik koop voor Mam een speld voor haar haren met een lieveheersbeestje erop maar het is gewoon een neppe.

Ze zegt heel vaak dank je wel.

'Je mag hem voor altijd houden ook als je dood bent,' zeg ik. 'Ben jij eerder dood dan ik?'

'Dat is wel het plan.'

'Waarom is dat het plan?'

'Nou, tegen de tijd dat jij honderd bent, ben ik honderdeenentwintig, en ik denk dat mijn lichaam dan wel aardig versleten is.'

Ze doet een grijns. 'Dan ben ik alvast in de hemel om jouw kamer klaar te maken.'

'Onze kamer,' zeg ik.

'Oké, onze kamer.'

Dan zie ik een telefooncel en ik ga erin om te spelen dat ik Superman ben die zijn pak aantrekt, ik zwaai naar Mam door het glas. Er zijn kleine kaartjes met lachende foto's waarop staat *Rondborstige Blondine 18* en *Filippijnse Ladyboy*, die zijn van ons want wat je vindt mag je houden, maar als ik ze aan Mam laat zien zegt ze dat ze vies zijn en ik moet ze in de vuilnis gooien.

Een tijdje zijn we verdwaald, dan ziet ze de naam van de straat waar de Zelfstandig Wonen is dus we waren niet echt verdwaald. Mijn voeten zijn moe. Volgens mij is iedereen in de wereld de hele tijd moe.

In de Zelfstandig Wonen doe ik weer blote voeten, ik zal schoenen nooit fijn vinden.

De buren in Zes C zijn een vrouw en twee grote meisjes, groter dan mij maar niet helemaal groot. De vrouw heeft altijd een zonnebril op zelfs in de lift en ze heeft een kruk om mee te hinkelen, de meisjes kunnen niet praten denk ik maar ik zwaaide een keer met mijn vingers naar eentje en toen lachte ze.

* * *

Elke dag weer zijn er nieuwe dingen.

Oma heeft een waterverfset voor me meegebracht, het is tien gekleurde ovalen in een doos met een onzichtbaar deksel. Ik spoel het kleine kwastje elke keer schoon dan gaan ze niet door elkaar en als het water vies wordt pak ik gewoon nieuw. De eerste keer dat ik mijn schilderij omhooghou voor Mam om te kijken druppelt het, dus daarna laten we ze plat op de tafel drogen.

We gaan naar het hangmathuis en ik maak supermooie lego met Stopa van een kasteel en een racersuperwagen.

Oma kan nu alleen in de middags bij ons op bezoek komen want ze heeft een baan in een winkel waar mensen nieuw haar en borsten kopen als die eraf zijn gevallen. Mam en ik gaan naar haar gluren door de deur van de winkel, Oma lijkt helemaal niet op Oma. Mam zegt dat iedereen een paar verschillende ikken heeft.

Paul komt naar onze Zelfstandig Wonen met een verrassing voor mij dat is een voetbal, net als die Oma had weggegooid in de winkel. Ik ga met hem naar het park, niet Mam want zij gaat naar een espressobar voor een afspraak met een van haar oude vrienden.

'Goed zo,' zegt hij. 'Nog een keer.'

'Nee, jij,' zeg ik.

Paul doet een gigantische trap, de bal stuitert tegen het gebouw en weg in de struiken. 'Pak hem maar,' roept hij.

Als ik trap gaat de bal in de vijver en ik moet huilen.

Paul haalt hem eruit met een tak. Hij schopt hem heel ver weg. 'Laat eens zien hoe hard je kunt rennen?'

'Wij hadden Parcours rond Bed,' zeg ik. 'Ik kan wel hard, ik deed een heen-en-terug in zestien stappen.'

'Wauw. Ik wed dat je nu zelfs nog harder kunt.'

Ik schud van nee. 'Dan struikel ik.'

'Dat denk ik niet,' zegt Paul.

'Ik struikel de hele tijd hier, de wereld is heel struikelig.'

'Ja, maar dit gras is heel erg zacht, dus zelfs als je valt doet het geen pijn.'

Daar komen Bronwyn en Deana aan, ik zie ze met mijn scherpe ogen.

* * *

Het is elke dag een beetje heter, Mam zegt dat het ongelooflijk is voor april.

Dan gaat het regenen. Ze zegt dat het wel leuk zou zijn om twee paraplu's te kopen en dan naar buiten te gaan en dat de regen op onze paraplu's stuitert en ons helemaal niet nat maakt, maar ik denk van niet.

De volgende dag is het weer droog dus gaan we de deur uit, er zijn plassen maar ik ben er niet bang voor, ik ga in mijn sponzige schoenen en mijn voeten worden nat gespetterd door de gaten, dat mag best.

Ik en Mam spreken iets af, we gaan alles één keer proberen, dan weten we wat we leuk vinden.

Ik vind het nu al leuk om naar het park te gaan met mijn voetbal en om de eendjes te voeren. Ik vind de speeltuin nu echt heel leuk alleen niet toen die jongen vlak achter mij van de glijbaan af ging en me in de rug schopte. Ik vind het Natuurmuseum leuk alleen de dino's zijn gewoon dooie met botten.

In de badkamer hoor ik mensen Spaans praten alleen Mam zegt dat het goede woord Chinees is. Er zijn wel honderden verschillende buitenlandse manieren om te praten, daar word ik duizelig van.

We kijken in een ander museum waar schilderijen zijn, net zoiets als onze meesterwerken die bij de havermout zaten maar dan veel en veel groter, en we kunnen ook de klonterigheid van de verf zien. Ik vind het leuk om door de hele kamer ervan te lopen, maar dan zijn er nog een heleboel andere kamers en ik ga op de bank liggen en de man met het uniform komt eraan met een niet-aardig gezicht dus ik ren gauw weg.

Stopa komt naar de Zelfstandig Wonen met een superding voor mij, een fiets die ze alvast hadden voor Bronwyn maar ik mag er eerst op fietsen want ik ben groter. Hij heeft glimmende gezichten in de spaken van de wielen. Ik moet een helm op en kniebeschermers en polsbeschermers als ik in het park ga fietsen voor als ik eraf val, maar ik val er niet af, ik heb evenwicht, Stopa zegt dat ik een natuurtalent ben. De derde keer dat we gaan hoef ik van Mam de beschermers niet om en over een paar weken gaat ze de zijwieltjes eraf halen want dan heb ik die niet meer nodig.

Mam vindt een concert dat in een park is, niet ons dichtbije park maar een waar we met de bus naartoe moeten. Ik vind het heel leuk om met de bus te gaan, we kijken omlaag op de allemaal verschillende harige hoofden in de straat. Bij het concert is de regel dat de muzikanten alle lawaai mogen maken en dat wij niet eens een kik mogen geven behalve klappen op het eind.

Oma zegt waarom neemt Mam me niet mee naar de dierentuin maar Mam zegt dat ze niet tegen die kooien kan.

We gaan naar twee verschillende kerken. Ik vind die met de ramen met allemaal kleuren het mooist maar het orgel gaat te hard.

We gaan ook naar een toneelstuk, dat is als volwassenen zich verkleden en spelen net als kinderen en alle anderen komen kijken. Het is in weer een ander park, het heet *Midzomernacht*. Ik zit op het gras met mijn vingers voor mijn mond zodat hij niet vergeet dat hij dicht moet blijven. Een paar elfen maken ruzie om een jongetje, ze zeggen zoveel woorden dat ze allemaal in elkaar persen. Soms verdwijnen de elfen en dan komen er andere figuren helemaal in het zwart die de meubels verschuiven.

'Dat deden wij ook in Kamer,' fluister ik tegen Mam, ze moet bijna lachen.

Maar dan beginnen de toeschouwers bij ons in de buurt te roepen: 'O fijne geest, o elf...' en 'Gegroet, Titania!' Ik word kwaad en zeg sssst, en dan ga ik echt schreeuwen dat ze stil moeten zijn. Mam trekt me aan mijn hand helemaal terug naar de bomen en zegt dat dat publieksparticipatie was, dat mag, dat is een speciaal geval.

Als we thuiskomen in de Zelfstandig Wonen schrijven we alles op wat we hebben geprobeerd, de lijst wordt al lang. Dan zijn er nog dingen die we misschien proberen als we dapperder zijn.

In een vliegtuig vliegen
Een paar van Mams oude vrienden te eten vragen
Autorijden
Naar de Noordpool gaan
Naar school gaan (ik) en naar de universiteit (Mam)
Ons echt eigen appartement zoeken dat niet een Zelfstandig Wonen is
Iets uitvinden
Nieuwe vrienden maken
In een ander land wonen niet Amerika
Afspreken bij een ander kind thuis net als Kindje Jezus en Johannes de Doper
Op zwemles gaan
Mam 's avonds gaan dansen en ik logeren bij Stopa en Oma op het luchtbed
Een baan zoeken
Naar de maan gaan

Het allerbelangrijkste is een hond krijgen die Lucky heet, ik ben er elke dag klaar voor maar Mam zegt dat ze genoeg aan haar hoofd heeft op dit moment, misschien als ik zes ben.

'Als ik een taart met kaarsjes krijg?'

'Zes kaarsjes,' zegt ze. 'Ik zweer het.'

In de nacht in ons bed dat niet Bed is wrijf ik over het dekbed, het is veel bolliger dan Dekbed was. Toen ik vier was wist ik niks van de wereld, of ik dacht dat het alleen maar verhalen waren. Toen vertelde Mam me er echt over en toen dacht ik dat ik alles wist. Maar nu ben ik de hele tijd in de wereld en eigenlijk weet ik nog niet veel, ik ben altijd in de war.

'Mam?'

'Ja?'

Ze ruikt nog steeds naar zichzelf, maar niet haar borsten, die zijn nu gewoon borsten.

'Wens jij wel eens dat we niet ontsnapt waren?'

Ik hoor niks. Dan zegt ze: 'Nee, dat wens ik nooit.'

* * *

'Het is zo wrang,' zegt Mam tegen dokter Clay, 'al die jaren hunkerde ik naar gezelschap. Maar nu lijk ik er niet tegen te kunnen.'

Hij knikt, ze drinken van hun stomende koffie, dat drinkt Mam nu net als volwassenen om aan de gang te blijven. Ik drink nog steeds melk maar soms is het chocolademelk, dat smaakt naar chocolade maar het mag wel. Ik zit op de vloer te puzzelen met Noreen, het is een supermoeilijke puzzel van een trein met vierentwintig stukjes.

'De meeste dagen... heb ik genoeg aan Jack.'

'De ziel zoekt haar eigen gezelschap. Dan... sluit ze de deur.' Dat is zijn gedichtenstem.

Mam knikt. 'Ja, maar zo herinner ik me mezelf helemaal niet.'

'Je moest wel veranderen om te overleven.'

Noreen kijkt op. 'Vergeet niet dat je sowieso zou zijn veranderd. Je werd ouder, je kreeg een kind... je zou sowieso niet dezelfde zijn gebleven.'

Mam drinkt alleen maar van haar koffie.

* * *

Op een dag vraag ik me af of de ramen open kunnen. Ik probeer het raam van de badkamer, ik frummel aan het handvat en duw tegen het glas. Ik ben bang voor de lucht maar ik doe heel bapper, ik buig naar voren en duw mijn handen erdoorheen. Ik ben half binnen half buiten, het is ongelooflijk...

'Jack!' Mam trekt me helemaal naar binnen aan de achterkant van mijn T-shirt.

'Au.'

'We zitten zes verdiepingen hoog, als je was gevallen was je hartstikke dood geweest.'

'Ik ging niet vallen,' zeg ik, 'ik was alleen binnen en buiten tegelijkertijd.'

'Je was een mafkees tegelijkertijd,' zegt ze, maar ze moet bijna lachen.

Ik loop achter haar aan naar de keuken. Ze klopt eieren in een kom voor wentelteefjes. De eierschalen zijn kapot, we gooien ze gewoon in de vuilnis, dag dag. Ik vraag me af of ze in de nieuwe eieren veranderen. 'Komen we terug na Hemel?'

Ik denk dat Mam me niet hoort.

'Groeien we dan weer in een buik?'

'Dat heet reïncarnatie.' Ze snijdt het brood. 'Sommigen denken dat we misschien terugkomen als een ezel of een slak.'

'Nee, als een mens in dezelfde buik. Als ik weer in jou groei...'

Mam steekt de vlam aan. 'Wat wil je vragen?'

'Noem je me dan ook weer Jack?'

Ze kijkt me aan. 'Dat is goed.'

'Beloofd?'

'Ik zal je altijd Jack noemen.'

* * *

Morgen is het 1 mei, dat is een feestdag omdat het zomer wordt en er komt een optocht. Misschien gaan we alleen even kijken. 'Is het alleen 1 mei in de wereld?' vraag ik.

We eten cruesli in onze schaaltjes op de bank zonder te knoeien. 'Wat bedoel je?' vraagt Mam.

'Is het ook 1 mei in Kamer?'

'Ik denk het wel, alleen is er niemand om het te vieren.'

'Wij zouden erheen kunnen gaan.'

Ze klettert met haar lepel tegen haar schaaltje. 'Jack.'

'Kan dat?'

'Wil je dat echt heel graag?'

'Ja.'

'Waarom?'

'Ik weet het niet,' zeg ik.

'Vind je het buiten niet leuk?'

'Jawel. Niet alles.'

'Oké, dat snap ik, maar voor het grootste deel? Vind je het hier leuker dan in Kamer?'

'Voor het grootste deel.' Ik eet mijn cruesli helemaal op en ook wat Mam nog in haar schaaltje heeft overgelaten. 'Kunnen we een keertje teruggaan?'

'Niet om er te wonen.'

Ik schud van nee. 'Alleen heel eventjes op bezoek.'

Mam leunt met haar mond tegen haar hand. 'Ik denk niet dat ik dat kan.'

'Jawel, dat kun je wel.' Ik wacht. 'Is het gevaarlijk?'

'Nee, maar alleen al bij het idee voel ik me...'

Ze zegt niet hoe. 'Dan hou ik je hand vast.'

Mam kijkt me aan. 'En als jij nou eens in je eentje gaat?'

'Nee.'

'Met iemand anders, bedoel ik. Met Noreen?'

'Nee.'

'Of met oma?'

'Met jou.'

'Ik kan niet...'

'Ik kies voor ons allebei,' zeg ik.

Ze staat op, ik denk dat ze boos is. Ze pakt de telefoon in MAMS KAMER en praat met iemand.

Later in de ochtend belt de portier op de intercom en hij zegt

dat er een politieauto voor ons is.
'Ben jij nog steeds Agent Oh?'
'Nou en of,' zegt Agent Oh. 'Lang niet gezien.'
Er zitten kleine spikkels op de ramen van de politieauto, ik denk dat het regen is. Mam bijt op haar duim. 'Geen goed idee,' zeg ik, en ik trek haar hand weg.
'Jawel.' Ze trekt haar duim terug en begint er weer op te bijten. 'Ik wou dat hij dood was.' Ze fluistert bijna.
Ik weet wie ze bedoelt. 'Maar niet in Hemel.'
'Nee, erbuiten.'
'Klop, klop, klop, maar hij mag niet naar binnen.'
'Ja.'
'Haha.'
Er rijden twee brandweerwagens langs met sirenes. 'Oma zegt dat er meer van hem zijn.'
'Wat?'
'Mannen zoals hij, in de wereld.'
'O,' zegt Mam.
'Is dat waar?'
'Ja. Maar het lastige is, er zijn er veel meer die ertussenin zitten.'
'Waar?'
Mam staart door het raam maar ik weet niet naar wat. 'Ergens tussen goed en slecht,' zegt ze. 'Stukjes van allebei die aan elkaar geplakt zitten.'
De spikkels op het raam komen bij elkaar in kleine riviertjes.
Als we stoppen, weet ik alleen dat we er zijn omdat Agent Oh zegt: 'We zijn er.' Ik weet niet meer uit welk huis Mam kwam op de avond van onze Grote Ontsnapping, de huizen hebben allemaal garages. Er is er geen een bij dat er speciaal als een geheim uitziet.
Agent Oh zegt: 'Had ik maar paraplu's meegenomen.'
'Het miezert alleen maar,' zegt Mam. Ze stapt uit en wil mij haar hand geven.
Ik maak mijn gordel niet los. 'Dan valt de regen op ons...'
'Kom op, Jack, want ik kom niet nog een keer terug.'
Ik klik hem open. Ik doe mijn hoofd omlaag en knijp mijn ogen

half dicht, Mam trekt me mee. De regen is op me, mijn gezicht wordt nat, mijn jas, mijn handen een beetje. Het doet geen pijn, het is alleen raar.

Als we dichter bij de deur van het huis komen, weet ik dat het het huis van Ouwe Nick is omdat er een geel lint is waar in zwarte letters op staat: PLAATS DELICT VERBODEN TOEGANG. Een grote sticker met een eng wolvengezicht dat zegt: PAS OP VOOR DE HOND. Ik wijs ernaar, maar Mam zegt: 'Dat is gewoon nep.'

O ja, die nephond die een aanval kreeg op de dag dat Mam negentien was.

Een man-politie die ik niet ken doet de deur van binnen open, Mam en Agent Oh bukken onder het gele lint door, ik hoef alleen maar een beetje opzij te gaan.

Het huis heeft een heleboel kamers met allemaal spullen zoals dikke stoelen en de enormste tv die ik ooit heb gezien. Maar we lopen er meteen doorheen, er is nog een deur achterin en dan is er gras. De regen valt nog steeds maar mijn ogen blijven open.

'Een heg van vierenhalve meter hoog helemaal rondom,' zegt Agent Oh tegen Mam, 'de buren vonden het niet vreemd. "Iedereen heeft recht op zijn privacy", blablabla.'

Er zijn struiken en een gat met nog meer geel lint op stokken helemaal eromheen. Er schiet me iets te binnen. 'Mam. Is dat waar...'

Ze staat er alleen maar naar te kijken. 'Ik geloof niet dat ik dit kan.'

Maar ik loop al naar het gat toe. Er zitten bruine dingen in de modder. 'Zijn dat wormen?' vraag ik aan Agent Oh, mijn hart doet boem boem boem.

'Nee, gewoon boomwortels.'

'Waar is de baby?'

Mam staat naast me, ze maakt een geluid.

'We hebben haar opgegraven,' zegt Agent Oh.

'Ik wilde niet dat ze hier bleef,' zegt Mam, haar stem is helemaal krakerig. Ze schraapt haar keel en vraagt aan Agent Oh: 'Hoe wisten jullie waar...?'

'We hebben bodemsondes gebruikt.'

'We gaan haar op een mooier plekje leggen,' zegt Mam tegen me.

'In de tuin van Oma?'

'Weet je, we kunnen... we kunnen haar botjes tot as verbranden en die kunnen we onder de hangmat uitstrooien.'

'Gaat ze dan weer groeien en wordt ze dan mijn zusje?'

Mam schudt van nee. Haar gezicht is helemaal streperig nat.

Er valt nog meer regen op me. Het is niet zoals een douche, zachter.

Mam heeft zich omgedraaid, ze kijkt naar een grijs schuurtje in de hoek van de tuin. 'Dat is het,' zegt ze.

'Wat?'

'Kamer.'

'Niet.'

'Jawel, Jack, je hebt het gewoon nooit van de buitenkant gezien.'

We lopen achter Agent Oh aan, we stappen over nog meer geel lint. 'Kijk, het centrale ventilatiesysteem zit verborgen in deze struiken,' zegt ze tegen Mam. 'En de ingang is aan de achterkant, helemaal uit het zicht.'

Ik zie zilverig metaal, dat is Deur denk ik maar de kant van hem die ik nooit heb gezien, hij staat al half open.

'Zal ik met jullie mee naar binnen gaan?' vraagt Agent Oh.

'Nee!' roep ik.

'Oké.'

'Alleen ik en Mam.'

Maar Mam heeft mijn hand laten vallen en ze bukt voorover, ze maakt een raar geluid. Er zit spul op het gras, aan haar mond, het is overgeef, dat ruik ik. Is ze weer vergiftigd? 'Mam, Mam...'

'Het gaat wel.' Ze veegt haar mond af aan een zakdoekje dat Agent Oh haar geeft.

'Wil je liever...?' vraagt Agent Oh.

'Nee,' zegt Mam en ze pakt mijn hand weer vast. 'Kom mee.'

We gaan naar binnen door Deur en er klopt niks van. Kleiner dan Kamer en leger en het ruikt raar. Vloer is kaal, dat komt omdat Kleed er niet ligt, zij is in mijn kast in onze Zelfstandig Wonen, ik was vergeten dat ze niet tegelijk hier kon zijn. Bed is er wel maar er liggen geen lakens of Dekbed op haar. Schommelstoel is er en Tafel en Wasbak en Bad en Keukenkast maar geen borden en bestek erbovenop, en Dressoir en Tv en Haas met het paarse lint aan hem, en Plank maar niks op haar, en onze stoelen ingeklapt maar ze zijn allemaal anders. Niks zegt iets tegen me. 'Dit is het niet volgens mij,' fluister ik tegen Mam.

'Ja, toch wel.'

Onze stemmen klinken niet als ons. 'Is het gekrompen?'

'Nee, zo was het altijd.'

Spaghettimobile is weg, en mijn octopustekening, en de meesterwerken, en alle speelgoed en Fort en Labyrint. Ik kijk onder Tafel maar er zit geen web. 'Het is donkerder geworden.'

'Tja, het is een regenachtige dag. Je kunt het licht aandoen.' Mam wijst naar Lamp.

Maar ik wil niet aanraken. Ik kijk nog beter, ik probeer te zien hoe het was. Ik vind mijn verjaardagscijfers naast Deur, ik ga ertegenaan staan en leg mijn hand plat boven op mijn hoofd en ik ben groter dan de zwarte vijf. Er ligt een dun donker op alles. 'Is dat het stof van ons vel?' vraag ik.

'Vingerafdrukpoeder,' zegt Agent Oh.

Ik buk en kijk in Onderbed naar Eierslang opgerold alsof hij slaapt. Ik kan zijn tong niet zien, ik steek heel voorzichtig mijn hand uit tot ik het prikje van de naald voel.

Ik ga weer staan. 'Waar was Plant?'

'Weet je dat nu al niet meer? Hier,' zegt Mam, en ze tikt op het midden van Dressoir en ik zie een rondje dat meer gekleurder is dan de rest.

Daar is het spoor van Parcours rond Bed. Het kuiltje dat in Vloer zat geschuurd waar onze voeten altijd onder Tafel gingen. Dit was denk ik toch Kamer eerst. 'Maar nu niet meer,' zeg ik tegen Mam.

'Wat?'

'Het is nu niet meer Kamer.'

'Denk je niet?' Ze snuift. 'Eerst rook het zelfs nog muffer. Nu is de deur open, natuurlijk.'

Misschien komt het daardoor. 'Misschien is het niet Kamer als Deur open is.'

Mam doet een heel klein lachje. 'Wil je...?' Ze schraapt haar keel. 'Wil je misschien heel eventjes met de deur dicht?'

'Nee.'

'Oké. Ik moet hier nu weg.'

Ik loop naar Bedmuur en voel er met één vinger aan, de kurk voelt naar niks. 'Is welterusten ook in de dag?'

'Hè?'

'Kunnen we welterusten zeggen als het geen avond is?'

'Dan kun je denk ik beter "dag" zeggen.'

'Dag Muur.' Dan zeg ik het tegen de drie andere muren, dan: 'Dag Vloer.' Ik geef Bed een klopje: 'Dag Bed.' Ik steek mijn hoofd in Onderbed en zeg: 'Dag Eierslang.' In Kast fluister ik: 'Dag Kast.' In het donker hangt de tekening die Mam voor mijn verjaardag had gemaakt, ik zie er heel klein uit. Ik zwaai dat ze moet komen en wijs ernaar.

Ik kus haar gezicht waar de tranen zijn, zo smaakt de zee.

Ik haal de ik-tekening eraf en stop hem in mijn jaszak. Mam is bijna bij Deur, ik loop naar haar toe. 'Til me eens op?'

'Jack...'

'Alsjeblieft.'

Mam zet me op haar heup, ik steek mijn hand uit.

'Hoger.'

Ze houdt me bij mijn ribben vast en tilt me hoog, hoger, hoger, ik raak het begin van Dak aan en zeg: 'Dag Dak.'

Mam zet me neer, plof.

'Dag Kamer.' Ik zwaai naar Dakraam. 'Zeg maar dag,' zeg ik tegen Mam. 'Dag Kamer.'

Mam zegt het maar met het geluid uit.

Ik kijk nog een keertje om. Het is net een krater, een gat waar iets is gebeurd. Dan gaan we de deur uit.

Dankbetuiging

Dank aan mijn geliefde Chris Roulston en mijn agent, Caroline Davidson, voor hun reacties op de eerste versie, en aan Caroline (geholpen door Victoria X. Kwee en Laura Macdougall) en mijn Amerikaanse agent, Kathy Anderson, voor hun enthousiaste toewijding aan dit boek vanaf dag één. Judy Clain van Little, Brown, Sam Humphreys van Picador en Iris Tupholme van HarperCollins Canada voor hun intelligente redactie. Ook mijn vriendinnen Debra Westgate, Liz Veecock, Arja Vainio-Mattila, Tamara Sugunasiri, Hélène Roulston, Andrea Plumb, Chantal Phillips, Ann Patty, Sinéad McBrearty en Ali Dover voor hun suggesties op uiteenlopende gebieden, van kinderontwikkeling tot plotontwikkeling. En vooral mijn zwager Jeff Miles voor zijn verontrustend inzichtelijke adviezen over de praktische aspecten van Kamer.

Verantwoording citaten

Het citaat van Simonides op pagina 7 is afkomstig uit: Herman Gorter, *Verzamelde Werken deel VII* (Van Dishoeck/Querido, Bussum, 1952)

De gedichtjes uit *De avonturen van Alice in Wonderland* van Lewis Carroll op pagina 212 en 293 zijn afkomstig uit de vertaling van Nicolaas Matsier (Van Goor, Amsterdam, 2001)

Het versje 'Het huis dat Jack heeft gebouwd' op pagina 77 is een aangepaste versie van het Gouden Boekje 'Het huis dat Japie heeft gebouwd' van Annie M.G. Schmidt (De Bezige Bij, Amsterdam, 1956; oorspr. uitgave Simon and Schuster, 1956)

Leesclubvragen KAMER:

Waarom denk je dat het hele boek is geschreven vanuit Jacks oogpunt? Vind je dat het werkt?
Op welke manieren is Jack achteropgeraakt in zijn ontwikkeling doordat hij is opgegroeid in Kamer? In welke opzichten was het wellicht voordelig voor hem?
Als je Mam was, wat zou je dan het meeste missen aan de buitenwereld?
Wat zou je anders doen als jij Jacks ouder was? Zou je Jack van begin af aan over de buitenwereld hebben verteld?
Als Mam nooit zwanger was geraakt van Jack, hoe zou haar situatie in Kamer dan zijn?
Om wat voor Zondagtraktatie zou jij vragen als je Jack was? En als je Mam was?
Wat gebeurt er met Jack als hij voor het eerst de buitenwereld betreedt? En welke gevoelens komen er los bij Mam?
Welke rol spelen de televisie en boeken in de roman?
Zou jij in deze situatie een kind het verschil leren tussen de echte wereld en dat wat het op televisie ziet? Hoe dan eventueel?
Aan het einde van de roman neemt Jack bijna liefdevol afscheid van Kamer. Waarom? Zal hij ooit nog naar Kamer terugverlangen?
Wat voor een jongen zal Jack zijn als hij twintig jaar oud is? En hoe zal Mam er tien jaar later aan toe zijn?
Wat raakte je het meest in deze roman?